D'amour
et d'eau fraîche

DU MÊME AUTEUR

Aux Éditions René Julliard

Comme tout le monde
L'Amour quotidien
Les Bonnes Manières
La Corrida du veau d'or
Midi à quatorze heures
Les Vieux Gamins
Les Faux Jules
Trois Petits Tours et 40 ans

Aux Éditions Alain Mazo

Saint-Tropez
Le Japon

Aux Éditions Sylvie Messinger

Saint-Tropez d'hier et d'aujourd'hui

Annabel Buffet

D'amour
et d'eau fraîche

Succès du Livre

Cette édition de *D'amour et d'eau fraîche* est publiée
par les Éditions de la Seine,
avec l'aimable autorisation des Éditions Sylvie Messinger.
© Éditions Sylvie Messinger, 1986.

ÉTÉ

Quelqu'un gémit. Cela vient du couloir. Me cramponner au sommeil, ne pas entendre. Plainte horripilante, têtue, obstinée; je ne me laisserai pas faire, je ne suis pas concernée. Surtout ne pas bouger, ne pas ouvrir les yeux. L'angoisse est là, bête répugnante; faire semblant de dormir pour qu'elle ne parle pas. Ne pas respirer. Refuser cette odeur de désinfectant. Ce lit trop haut me donne le vertige, une sensation d'insécurité...

Qui peut pleurer assez fort pour transpercer ces murs capitonnés. Est-ce un malade hurlant son envie de vivre? A-t-il mal ou tout simplement peur? Un appel obsédant que rien ne fait taire. C'est bizarre que personne n'aille voir... Peut-être est-ce un fou?

J'ai trop chaud, j'en ai marre... et cette sueur poisseuse qui me colle au matelas, qui me ligote. Je dois sentir mauvais. J'ai soif... Soif... Soif... Si je sonnais l'infirmière: « Apportez-moi du champagne glacé je vous prie! » Ça ne la ferait même pas rire. Je hais cet endroit! Je veux foutre le camp. Je veux rentrer à la maison. Je n'aurais pas dû venir. Ils n'ont pas le droit de me garder de force... Mes habits! Est-ce qu'ils m'ont laissé mes habits...

En tâtonnant pour trouver la lumière, je rencontre mon cendrier, qui tombe sur le tapis avec un bruit mat et m'arrache à mon cauchemar. Il me faut quelques secondes pour retrouver mon calme; la fenêtre est grande ouverte et il fait presque froid. Je ne suis pas en nage et le lit est si bas que je n'ai pas à me pencher pour constater les dégâts causés par ma maladresse: je mets toujours de

7

l'eau dans le récipient pour minimiser les risques d'incendie et les mégots mouillés sont tombés à dix centimètres du museau de Benêt, le chien-lion allongé au pied du lit. Il n'a même pas bronché. Je m'étire et soupire de bien-être. Si je ne craignais pas de troubler le sommeil de Bernard, je pousserais un rugissement de joie...

Appuyée sur un coude, je le regarde rêver. Le visage apaisé, il sourit... où est-il? suis-je avec lui?... curiosité ou jalousie?

Des jappements intempestifs me font sursauter... Voilà un des mystères éclairci : la nouvelle pensionnaire de la maison me réclame et c'est elle que j'ai confondue avec un malade. En me réveillant, elle m'a arrachée au cauchemar. Je suis chez moi et c'est trop bon pour que je me fâche de ce caprice... Quand je l'ai ramenée de Nîmes, il y a quinze jours, on ne pouvait pas l'approcher. Tout lui faisait peur. J'ai dû l'apprivoiser. J'ai passé des heures à lire, sur une chaise longue, au milieu de la pelouse, à lui parler de temps à autre afin qu'elle s'habitue à ma voix. Chaque fois que j'essayais de la caresser, elle se sauvait et attendait que je replonge dans mon livre avant de venir me regarder... Je ne me suis jamais montrée aussi patiente pour séduire un homme! Quant à faire entrer cette craintive dans la maison, il a fallu des semaines... Je n'ai que trop bien réussi puisque la sauvage a maintenant le culot de monter me chercher jusque derrière la porte de ma chambre! Il faut que je me lève, autrement ses lamentations vont réveiller toute la maisonnée. Et dire que j'ai une prédilection pour la première cigarette, fumée en flânant un peu, qui me permet d'entrer dans la journée sur la pointe des pieds... Pour aujourd'hui c'est raté!

Bernard grommelle : « Elle exagère! Il fait encore nuit! » Ce qui est faux, il est six heures; mais je n'ai pas besoin d'excuser la coupable, il y avait du rire et de la tendresse dans son bougonnement; j'ai eu une bonne idée en lui offrant Roanne pour son anniversaire.

A peine la porte ouverte, je suis assaillie, léchée, bousculée : Rachel, mon autre chienne, flairant ma bonne humeur, est venue nous rejoindre, et c'est flanquée de mes trois fauves que j'ai dévalé l'escalier en direction de la cuisine.

Je ne suis pas toujours aussi alerte quand je descends. Pourtant, quelle que soit mon humeur, j'accomplis mécaniquement les besognes matinales, avec un sérieux presque ridicule, une sorte de rite domestique... une manière prudente d'attaquer le quotidien. Brancher la cafetière à qui, la veille, j'ai confié la dose de café, et la quantité d'eau nécessaire pour obtenir le breuvage noir et âcre, propre à ébranler ma léthargie. Sortir le beurre du frigidaire pour éviter le combat exaspérant qui consiste à préparer une tartine quand il est trop froid et refuse de se laisser étaler. Des gestes devenus naturels à force d'habitude... Les chiens, certains que je ne leur échapperai plus, se réinstallent dans le sommeil.

Ils ont de la chance. Je suis jalouse de leur paresse et j'envie leur quiétude... Pas de soupirs inutiles! les fantaisies d'horaire me sont interdites. Une discipline de couventine m'est un précieux garde-fou, mais le droit de ne pas bâcler mon petit déjeuner en fait partie. C'est plus que cela, d'ailleurs : un besoin essentiel, presque une drogue.

J'aime cette solitude matinale, solitude du corps et de l'esprit. Un bonheur physique que mon cerveau reçoit comme l'herbe la rosée... si cette solitude était affective, elle me serait insurmontable. D'autant que cet isolement du cœur m'est connu. J'en sais l'aridité et la détresse... Je l'ai vécu trop longtemps pour ne pas me battre, jusqu'à ma dernière heure, comme la chèvre de Monsieur Seguin afin de ne pas retomber sous sa griffe.

Non, ce dont je ne peux pas me passer est tout autre chose. C'est être seule pendant que les miens dorment, c'est être égoïste sans peiner qui que ce soit... c'est n'être distraite par rien, dérangée par personne. Un tête-à-tête avec soi-même. J'ai, de tout temps, préservé cette parenthèse quotidienne. Autrefois, j'y parvenais en prolongeant mes soirées. Ces heures suspendues, hors de portée du téléphone, du courrier, des gens, n'existent que la nuit... oui, mais autrefois je buvais. Sobriété et noctambulisme sont incompatibles, alors j'ai volé au matin ce que le soir ne pouvait plus m'offrir.

Presque deux ans déjà, ou devrais-je dire deux ans seulement... Une longue aventure que cette métamorphose, un enchevêtrement de situations comiques ou dérisoires, d'élans enthousiastes et de crises de désespoir... bref, cinq cent quatre-vingt-treize jours que je ne souhaite à personne.

C'est bizarre, ce cauchemar qui revient à intervalles plus ou moins réguliers, me glacer d'effroi, alors que je n'ai pas commencé ma cure de désintoxication en clinique... J'ai même regretté une ou deux fois ma présomption. Assumer à domicile un jeûne de cet ordre demande plus d'énergie que je ne le supposais. On croit tout savoir, on s'imagine plus fort ou plus malin que les autres et on finit par patauger dans une mare aussi boueuse que la leur!

Qu'allait-il faire dans cette galère?

Une belle phrase qui me laisse perplexe, rêveuse, volubile ou silencieuse, selon l'instant où je me pose la question. Elle aussi provoque ce désir, ressenti comme une nécessité, de vider ma tête du fatras qui l'encombre, de passer au peigne fin ce que j'y trouverai et d'en dresser l'inventaire sur ce cahier. Le simple fait d'aligner des mots me rassure, et devrait m'aider à clarifier ma pagaille mentale...

A vrai dire, il y a presque un an que j'essaie de transformer mon abandon de l'alcoolisme en livre. Mes deux premières tentatives ont été, pour la première une velléité que j'ai jetée au panier... la seconde était lamentable, superficielle et j'en ai eu honte.

Pourquoi cet entêtement à vouloir traiter ce sujet et non un autre? En aucun cas pour faire du prosélytisme; ces sortes de croisades me font horreur. Tout ce qui s'apparente à un endoctrinement m'incite systématiquement à faire l'opposé de ce que l'on me conseille. Je n'ai de leçons à donner ou à recevoir de personne. D'où le choix de jouer à la psychanalyse, tour à tour dans le rôle de l'allongée et dans celui du praticien.

L'impuissance qui m'englue au potager est-elle le prix que je dois payer pour être en bonne santé? Je ne prends plus de tranquillisants, et pourtant je vis comme un légume. Mes échecs semblent me condamner à finir mes jours en chou-fleur. Je refuse d'accepter ce verdict, et je n'ai d'autre possibilité pour aller en appel que d'écrire ce livre. Tant que je n'aurai pas retrouvé le rythme de travail, le pouvoir de créer que j'avais avant cette saloperie de cure, je me considérerai comme malade...

Parmi les multiples questions que je me pose, dans l'espoir de dénouer l'écheveau dont je suis prisonnière, et qui sont restées sans réponse satisfaisante, il en est une qui m'intrigue plus particulièrement : Pourquoi ai-je décidé de supprimer l'alcool de ma vie ? Ce ne sont pas les raisons qui manquent, mais une seule est la vraie.

Au fond, rien ne le prouve ; c'est même une affirmation un peu simpliste. Le blanc et le noir, le bon et le méchant... et bien entendu le bien piétine le mal et sort vainqueur du chapeau du prestidigitateur. Disons qu'à l'instant du choix, l'un de mes mobiles a été le plus déterminant. Lequel ?

Je n'ai jamais cessé de tricher sur ce point. Au jeu de la Vérité imposé par les autres, ce serait une ruse de bonne guerre. Au jeu du Solitaire, c'est une feinte inutile.

Ces mensonges intimes sont-ils un réflexe de défense, une façon d'anesthésier une peur, qui, étalée au grand jour, m'affolerait plus encore ? Fouiller au plus profond des souvenirs, y déterrer les racines de mon alcoolisme demande du courage. En aurai-je la force ?

Trouver le pourquoi de mon abstinence sera plus simple que d'admettre les causes de l'éthylisme qui l'ont entraînée.

Une comptine enfantine remonte d'un passé lointain et chantonne, narquoise, comme pour se moquer de ma prétendue lassitude – celle-ci n'est que le sursaut de l'inquiétude qui me ronge, à l'idée d'avoir à regarder dans les greniers de la mémoire... Petite chanson facile à imiter : « Peur du noir, noire de boire, boire comme un trou, trou de mémoire... »

L'oubli n'est peut-être qu'un camouflage prudent de ce qui ternirait le présent. Le bonheur, pour réussir son dessin, a besoin d'estompes et de gommes.

Faut-il vraiment remuer l'eau du lac, patauger dans la vase au risque de s'y embourber ?... Aujourd'hui je n'en trouve pas le courage. Je suis plus proche du potager que du Goncourt !

11

Il pleut, une pluie tiède d'août. L'herbe bat ses propres records de verdure, les vaches sont grasses. Quelqu'un m'avait assuré qu'à l'instar des grenouilles, elles peuvent servir de baromètre. Seulement j'ai tout confondu, et je ne sais si elles se couchent quand il va faire beau ou, au contraire, en cas de mauvais temps!

Depuis que nous vivons en Normandie, j'apprends à trouver sympathiques ces ruminantes créatures. On les prétend stupides... en tout cas elles sont débrouillardes. Elles se gavent de pommes, les laissent fermenter dans leur estomac pour finir la paupière lourde, soûles au point qu'on les voit tituber sur la pâture... J'aimerais bien en faire autant pour occuper cet été boudeur. Cette humidité s'infiltre en moi, éteint le peu de flamme qui me reste et je me laisse glisser vers une inévitable mélancolie.

La pluie ne me vaut rien; je ne suis pas la seule à m'en plaindre, les chiens, malgré leur origine irlandaise, préfèrent mon bureau au jardin. Autrefois, j'aurais rué dans les brancards et filé vers le soleil... Et nous y revoilà! Autrefois je buvais... combien de fois ces trois mots reviendront-ils ponctuer ce livre? Si je ne secoue pas cette souriante inertie, je finirai par me haïr...

Bernard a dû se lever et monter à l'atelier. Il a annexé le dernier étage et travaille tout là-haut, sous le toit. Il a voyagé plus loin que moi dans la souffrance; il dit avoir atteint la sérénité. Parfois, il semble que ce soit vrai. A moins qu'il ne feigne ce bonheur tranquille pour me rassurer... Heureux ou résigné? Mieux vaut ne pas trop creuser de ce côté-là non plus. Nous marchons sur la même route... je trébuche plus souvent que lui. Sait-il qu'il est ma raison de vivre?

Encore du brouillard! L'humidité m'oppresse. Le ciel est si bas qu'il sert de couvercle à la maison, une marmite où bouillonnent mes contradictions, mes sautes d'humeur, mes doutes. Le café brûlant m'aide à émerger d'un mauvais sommeil, à surmonter un début de découragement... ça ne finira donc jamais! Chaque fois que j'ai l'impression d'aller mieux, d'être vivante, quelque chose se détraque et le mécanisme se bloque. Je clapote dans un défaitisme morose.

Il est vrai que je me suis couchée exaspérée. Comme de bien entendu, ma colère était due aux enfants. Je déteste ce numéro de dressage que le quotidien m'impose. L'état actuel de mes nerfs n'améliore pas mes talents de dompteuse. Je suis fatiguée à en pleurer... Je me demande si un des aspects les plus cruels du combat que je livre n'est pas l'incompréhension qui l'entoure.

A part les médecins, personne ne considère l'éthylisme comme une maladie. Même eux n'emploient peut-être ce terme que par courtoisie! Annoncer que l'on ne boit plus fait figure de défi. Au début, on passe pour un héros; je ne serais pas étonnée que des paris aient été pris sur mes chances de réussite. Je ne m'en plains pas, si l'on est un gagneur c'est une émulation très bénéfique. Seulement, cet intérêt est de courte durée, il faut ranger le costume de Superman au vestiaire et retourner dans le rang. Oublié l'exploit, finis les égards, on doit faire face à sa nouvelle vie avec une énergie analogue à celle que l'on déployait dans l'ancienne. Cette brusque indifférence à ce qui restait pour moi si terriblement présent a failli me blesser. Ce que je prenais pour un manque d'affection n'est qu'une incompréhension très naturelle.

L'ignorance de ceux qui restent à l'extérieur – un peu comme au cinéma quand le film est triste, et que les larmes vous montent aux yeux, quelques secondes d'un chagrin que l'on croit partager mais qu'on ne fait que regarder –, cette ignorance-là est invivable. J'ai soigné, entouré Bernard, victime avant moi de ce supplice; j'ai cru, du plus profond de moi-même, avoir tout compris de ce qu'il vivait; je ne faisais que côtoyer sa détresse. Je n'en étais que le spectateur.

Le désarroi, la brûlure d'écorché vif, la vulnérabilité que déclenche l'abstinence me révoltent... L'obligation de me comporter avec naturel, de renouer le présent à la veille comme si rien ne les différenciait, me demande un effort épuisant et parfois presque insupportable. Si j'avais attrapé un virus, une mauvaise fièvre, me ménagerait-on davantage? J'en doute...

C'est probablement ma faute, un perfectionnisme absurde, comme l'obstination que je montre à éduquer mes enfants. J'ai toujours été persuadée que l'expérience n'est pas transmissible. Et cependant, je dois bien admettre que je me conforme aux règles de la société : je suis éducatrice par devoir...

Quelle tristesse! Pourvu que Nicolas ne soit pas trop dur. Ses treize ans annoncent l'âge ingrat. Je n'ai pas oublié celui de mes filles...

Elles sont grandes et devraient être autonomes. Virginie, mariée, mère, se veut femme au foyer. Danielle joue à la femme libérée... Elles nous aiment. Elles sont tendres et encombrantes... Un bonheur profond, grave et animal m'envahit, qui me vient d'elles, et aussi de sentir que nous sommes cinq, pour de vrai, pour toujours. Et pourtant j'ai peur, quand je constate à quel point elles sont dépendantes de nous. Je ne fais pas allusion à des liens matériels, nous avons fait en sorte qu'il n'y en ait pas. Ce sont les toiles d'araignées qu'elles tissent entre leurs vies et la nôtre qui m'inquiètent... Elles me veulent l'arbitre de tout ce qui les concerne. Encore tellement enfants qu'elles ne veulent même pas admettre que je puisse me tromper. Elles refusent catégoriquement de devenir adultes. Loin d'être flattée par cette confiance illimitée, j'essaie vainement de me dégager de cette responsabilité... Elle me paraît de plus en plus lourde à porter. Je suis lasse de ce rôle de chef de tribu. Pourquoi ai-je accepté la charge de résoudre les problèmes des autres comme si cela allait de soi? Par vanité, éblouie par la réputation de magicienne du bonheur qui m'était faite. J'ai eu tort de me laisser piéger par les louanges. Savoir écouter, mêler l'instinct à un minimum de logique et avoir l'argent pour lier mon élixir étaient mes seuls mérites. L'habitude est, dit-on, une seconde nature! Peu à peu, on s'est tourné vers moi pour un oui ou un non. Pas seulement mes enfants, mes amis aussi et les membres de mon kibboutz. Le pli était pris et je n'ai plus osé déclarer forfait.

C'est curieux, mais je ne crois pas qu'ils me connaissent... Ils m'ont inventée, ou plus exactement façonnée pour que je devienne telle qu'ils le souhaitaient. En étais-je consciente quand je fonctionnais au scotch?...

Est-ce qu'un jour je cesserai de comparer ce que je suis en train de devenir à ce que j'étais? Ce serait le signal de fin de désintoxication! Pour l'instant, ce dédoublement de la personnalité est parfaitement désagréable. Je suis deux sœurs ennemies...

Je savais que la secousse serait rude, Bernard m'avait prévenue, mais je ne m'attendais pas à un séisme aussi sévère. Toujours la même histoire, on croit tout savoir et la moindre vérification met en évidence une ignorance irritante. Pourtant, l'éthylisme, ses avantages, et ses dangers me passionnent depuis longtemps.

La plupart des gens commencent à boire à l'occasion d'une fête, avec la famille quand il s'agit d'une communion, d'une noce, avec des amis pour un réveillon, un anniversaire, une boum. Un entraînement que les mœurs françaises favorisent.

L'alcool est entré dans ma vie différemment...

J'avais quinze ans... c'était en 1943. J'habitais un mas à Auribeau-sur-Siagne. J'avais été recueillie par la mère de ma meilleure amie. Nous étions d'autant plus liées que, juives toutes deux, nous ne partagions pas l'existence de ceux qui pouvaient se montrer au grand jour. Notre amitié s'épanouissait dans l'intimité du monde clos qui nous était autorisé.

On a déjà tant écrit sur le racisme que je préfère ne pas en parler. Je ne peux pourtant pas nier son influence car je sais à quel point on souffre d'être catalogué comme malfaisant, inférieur... Cette période évoque tant de dégoûts, de peurs, de détresse, que je m'efforce de laisser ces laideurs au fin fond de ma mémoire. Aujourd'hui encore, les en extirper m'est pénible... J'ai gardé de cette époque une haine vivace pour tout ce qui ressemble à un endoctrinement. Je serai jusqu'à mon dernier souffle antimilitariste et apolitique.

C'est en me révoltant contre l'humiliation – le mot

youpin ressemblait à un crachat – que j'ai appris la dignité. Je ne suis ni fière, ni honteuse d'appartenir à une race louée ou décriée avec excès... je suis juive, je ne m'en vante pas mais je ne m'en cacherai jamais plus.

Donc j'avais quinze ans et, à cet âge, tout n'est jamais complètement désespéré. Le chagrin se manifeste par crises et non à jet continu, heureusement... Je vivais avec Francine et sa mère Lucie. Elles m'aimaient et j'essayais de me montrer aussi affectueuse que possible. Ce qui me séduisait le plus était leur gaieté. Je n'avais jamais manqué de quoi que ce soit de matériel. Par contre, personne ne s'était occupé de moi de cette manière attentive et tendre depuis ma petite enfance. Je n'ai pas su leur montrer le bonheur qu'elles me donnaient... Je me demande si j'en étais consciente. J'étais bien avec elles et ne cherchais pas à savoir pourquoi.

En ce temps-là je ne savais pas aimer... je ne voulais pas aimer serait plus juste.

Comme elle est difficile cette remontée dans le temps... J'ai beau m'y aventurer sur la pointe des pieds, j'ai l'impression de marcher sur des aiguilles. J'ai mal au cœur...

J'ai été totalement heureuse jusqu'au jour où tout a basculé en quelques heures.

Ma mère s'est suicidée. J'avais huit ans. Je peux revivre cette journée dans ses moindres détails; ils sont gravés en moi à jamais. Une incurable blessure, une cicatrice douloureuse qui saigne pour un rien... Je souffrais dans mon corps... Plus jamais je n'irais me blottir dans son lit, plus jamais nous ne roulerions ensemble sur le tapis, plus jamais elle ne me laverait, plus jamais... jamais... jamais... Un vertige de peur... un trou noir... des mains vides... une insoutenable amputation.

Les grandes personnes qui héritaient de moi ont décidé que j'étais trop petite pour souffrir. Un enfant oublie vite. On m'a donné des jouets et on a compté sur le temps pour me consoler de la perte de ma mère...

C'est d'une inconscience tellement énorme que je reste incapable de l'expliquer. Je n'étais plus un bébé. Curieux comme on vous assène l'obligation d'être responsable à sept ans, le fameux « âge de raison »... et qu'un an plus tard on ait pu penser que ce drame glisserait sur ma vie sans y laisser de traces. Il est vrai que je n'ai rien fait pour être comprise.

Je ne pleurais pas. Je me laissais ballotter de-ci, de-là, par mes grands-parents, par mon père. Murée dans un chagrin inexprimable, amputée de celle qui était mon tout, je regardais ces gens dont je dépendais comme des étrangers, je me méfiais d'eux. Je n'aimais pas les conversations chuchotées qui cessaient dès que l'on s'apercevait de ma présence. Maman n'aurait pas fait cela. Elle était le soleil, la lumière; ces gens-là se mouvaient dans l'ombre. Je ne voulais pas qu'ils parlent d'elle... Elle était à moi. Ma docilité toute neuve ne les a pas intrigués. Aucun d'entre eux n'a pressenti ma détresse. Ils ont mis mon mutisme, mon obéissance, sur le compte de l'indifférence. Pourquoi troubler une fillette avec une histoire pareille? La mort n'est pas un sujet de conversation à avoir avec une enfant, fût-elle orpheline. On m'envoyait jouer.

Tout ce monde s'agitait. Je suppose que l'enterrement, la succession et probablement mon avenir causaient ce tohu-bohu... Exclue de ces conférences, j'errais comme un chaton perdu, je faisais le moins de bruit possible pour qu'on m'oublie. J'aurais voulu que les fées existent, d'un coup de baguette magique elles m'auraient fait disparaître. Je ne croyais plus à ces légendes pour tout-petits.

Un jour, je ne sais plus pourquoi j'étais là à traîner dans la cuisine, et on parlait de moi : « Si la gamine avait été plus affectueuse, cette pauvre femme aurait pas fait une bêtise pareille! »

Sales bonnes femmes! Je les détestai de toutes mes forces. Les mains crispées par une colère qui me faisait trembler de la tête aux pieds, je luttai pour ne pas vomir sur le carrelage. Leur injustice m'avait frappée de plein fouet. Elles mentaient. Pourquoi disaient-elles que c'était ma faute! Ce n'était pas vrai... « Maman, dis que je t'aime, dis-le... oh! Maman! »

Le monde de l'enfance est hermétique. Ce ragot sans importance m'a précipitée dans le silence. Je m'y enfonçai comme dans un nid. De spontanée, je devins secrète...

Bien sûr, je n'analysais pas mes réactions. Comment l'aurais-je pu, à huit ans?... Elles ne m'en déchiraient pas moins. J'étais assez grande pour sentir que l'irrémédiable était accompli. Maman était partie sans moi. Elle aurait dû m'emmener. Peut-être avait-elle eu peur que je la dérange? Peut-être qu'elle ne m'aimait plus? Elle m'avait laissée là comme on oublie ses gants...

Je me réfugiai dans une vie animale, refusant instinctivement tout ce qui ressemblait à un sentiment. Comme le sont souvent les chiens battus, j'étais sur la défensive et prête à me montrer méchante envers qui oserait forcer mes secrets... J'inventais des jeux cruels qui m'enchantaient. Par exemple : « Quel sera le prochain à mourir? » Je me débarrassais ainsi de ceux qui me dérangeaient.

Seule l'absence de maman restait vivante comme une bête maléfique. Je ne m'attacherais plus à personne; comme ça, si on m'abandonnait de nouveau cela me serait bien égal!

Comme un athlète antique qui se prépare aux jeux de l'arène, je m'astreignais à une gymnastique de l'esprit propre à me forger une armure invincible qu'aucune souffrance ne traverserait. Une force qui m'aiderait toujours mais aussi un gouffre de solitude, car l'atrophie de mes capacités affectives s'amplifiait jour après jour.

Si au début je n'avais cherché qu'à m'isoler, j'avais compris, peu à peu, que je n'étais pas de taille à vivre seule sur mon rocher. A quinze ans, je continuais à étouffer mes élans tout en voulant être aimée. J'admirais, à travers mes lectures, les déchaînements provoqués par les passions malheureuses. Fascinée par Julien Sorel, j'aurais donné n'importe quoi pour être un garçon. Je me trouvais laide et, pour me consoler, je singeais George Sand. Je rêvais d'enchaîner impitoyablement ceux qui auraient la faiblesse de se laisser séduire... Pourquoi le cacher? je prenais plaisir à voir que j'étais douée pour la férocité. Déjà, au collège, j'avais ma petite cour. Francine, jalouse et possessive, faisait les frais de mes expériences adolescentes. Elle pleurait... Pourquoi aurais-je eu pitié de ces larmes? Elle avait une mère, elle!

Hier soir, ce passé fraîchement remué m'a radicalement empêchée de dormir. Une insomnie dépourvue d'angoisse. Plutôt une excitation de détective. L'impression de relire un recueil très ancien, dont plusieurs pages auraient été égarées. Une succession d'images, d'odeurs, de bruits; des souvenirs discontinus; un mélange d'idées graves et d'incidents cocasses. Mais ce serait le propos d'un autre livre... Restons-en à la découverte de l'alcool.

Malgré mes efforts nocturnes je n'ai pas réussi à me souvenir des circonstances qui m'ont permis de me procurer la bouteille... Me l'avait-on donnée ou l'ai-je trouvée, oubliée dans un fond de placard? mystère... Je sais qu'elle était poussiéreuse, fermée à la cire, avec une étiquette écrite à la main...

J'aimais déjà la solitude et je m'étais installé un repaire dans le jardin. Il n'était pas secret, mais Francine le respectait, soit parce qu'elle grimpait moins bien que moi aux arbres, soit pour éviter les représailles qu'aurait suscitées son invasion. Mon figuier était vieux, majestueux et confortable. Je m'y installais avec un livre, des cigarettes quand j'avais pu en faucher ou en troquer, et j'y passais des heures délicieuses. C'était la faim qui m'en faisait descendre et regagner la maison.

Bien entendu c'est là que j'emportai la fameuse bouteille. J'avais dû la voler, autrement je n'aurais eu aucune raison d'agir en cachette... Une légère appréhension, jointe au frisson du défendu, mettaient le comble à mon excitation. Avant de goûter, je reniflai prudemment. C'était fort, une sorte d'eau-de-vie. Un beau nom qui aujourd'hui me fait sourire tant il justifie l'usage que j'en ai fait... Je n'ai su que plus tard, en Italie, que l'eau de feu de mon baptême d'alcoolique était de la grappa.

Je n'en absorbais que très peu à la fois. Cela suffisait à chasser mes tristesses, mes inquiétudes. Quelque chose se dénouait en moi, j'entrevoyais dans le lointain une possibilité de bonheur. Puisqu'il existait sur ma branche, il pouvait être ailleurs. Je n'ai jamais été ivre. D'instinct, je savais ne pas dépasser la dose.

Comment ne pas sourire du « cocorico » qu'est cette dernière phrase! Elle dénote de la suffisance... celle de l'artisan qui, après trente années de fidélité à son établi, se remémore son apprentissage et déclare gravement : « Je connais mon métier, moi, Madame... » Il y a de cela dans ma fierté d'aujourd'hui. Savoir boire est une science et il semble que cette approche de l'alcool, absorbé avec respect comme·en un rite secret, montre à quel point j'étais douée.

La crainte des reproches n'était pour rien dans ma décision de taire ma découverte, fût-ce à Francine. Elle ne m'aurait pas trahie. Je crois que si je ne lui en ai pas parlé, c'était pour ne pas prendre le risque de minimiser mon euphorie en la partageant... Un refus qui manquait de générosité? Pas vraiment. Francine semblait si naturellement heureuse. Elle n'aurait vu qu'une nouvelle source d'amusement là où j'avais découvert un espoir de dénouer les entraves qui m'oppressaient... L'élixir qui m'aidait à m'épanouir et me révélait le goût léger et exquis du bonheur était trop extraordinaire pour être dilapidé. En faire un jeu me paraissait sacrilège. Influencée par la tendresse joyeuse que je puisais dans mon flacon magique, j'aurais peut-être fini par lui en parler. Seulement il m'aurait fallu pour cela l'inviter dans mon arbre... La seule pensée d'avoir à renoncer à la solitude, admise et respectée, dans mon figuier, suffit à me rendre muette. Je n'eus pas à mentir. Francine semblait ravie de me voir plus gaie et donc plus gentille, mais elle n'en devina pas les causes. Pas de questions indiscrètes, pas de réponses à fournir. Avant même d'avoir vidé cette première bouteille je me préoccupais des possibilités d'en trouver une autre.

Jusqu'au mois de janvier 1982, je n'ai plus jamais envisagé l'existence sans potion magique! Pourquoi ai-je cessé de lui faire confiance? J'ai la tête pleine de points d'interrogation... Ils dansent du présent au passé, chorégraphie incohérente, contradictoire, qui me fait douter de mes réponses, patauger dans mes trous de mémoire au son d'une musique rythmée par les « pourquoi »! Des « pourquoi » modulés sur tous les tons : les inquisiteurs, les nostalgiques, les craintifs... et le pire, celui dont dépendent les autres. Vais-je être capable de répondre en buvant de l'eau? Ça marche pour les arbres, les fleurs, ça fait les ruisseaux, la mer, et ça transforme un écrivain en grenouille impuissante... C'est exactement ce que je ressens. Une misérable rainette, verte de rage, incapable de grimper sur la petite échelle de son bocal pour annoncer le beau temps!

Un écrivain affolé par une page blanche, c'est banal. Mon angoisse ne vient pas de cette hésitation. Elle naît de l'horrible sensation d'être enfermée dans une pudeur farouche, qui me défend d'extérioriser mes tumultes. Et aussi d'un excès de lucidité. Je n'ai jamais pratiqué l'auto-admiration; je suis trop orgueilleuse pour me contenter d'une complaisance de pacotille. En revanche avec les autres, enfants, amis, copains, j'ai usé agréablement de l'illusion pour masquer des réalités qui me dérangeaient.

Suis-je condamnée à me balader avec un détecteur de mensonges dans la tête! Malgré cette confrontation avec des faits réels, je ne me sens pas assez concernée pour me mettre en colère. Tout occupée de moi-même, je suis ailleurs, ce qui cause un malentendu comique entre mon entourage et moi. Pendant que je m'éloigne à tire-d'aile de tout ce qui n'est pas lié à ma reconstruction, eux, loin de s'en inquiéter, sont ignorants de la mutation que je subis et sont même ravis par ma nouvelle attitude. Ils qualifient d'indulgence ce qui n'est qu'indifférence distraite.

Alcool, mon tendre magicien... Tu camouflais si bien de bleu et de rose tout ce qui m'irritait... Tu n'aurais pas dû peindre à l'aquarelle. L'eau dilue jour après jour le beau décor dont tu m'entourais... Quelle sottise que de vouloir hisser les gens au-dessus du niveau qui leur convient! C'est ridicule de croire que l'on peut modifier les tendances profondes d'un être... quant à espérer faire le bonheur des autres malgré eux, c'est une utopie plus absurde encore! Bernard a raison de refuser ces sortes de soucis. Il a une façon très particulière d'aimer : je pourrais la comparer à celle d'un collectionneur rangeant dans une vitrine ses objets favoris... les étagères du bas pour les plus modestes, puis en montant, selon les possibilités de chacun.

Si l'un d'eux lui paraît plus précieux qu'il ne l'avait cru, il grimpe d'un degré Si, au contraire, un autre le déçoit, il le sort et le jette, pour ne plus y penser jamais. Comme lui, j'ai le coup de balai facile et une fois les débris à la poubelle, le même oubli... Mon erreur a sans doute été une exigence excessive, un refus de la médiocrité, qui m'incitaient à parer des plumes du paon des canards, de bonne volonté, mais qui n'en demandaient pas tant!

Et mes enfants! ne suis-je pas trop ambitieuse pour eux? Mes filles sont maintenant des femmes. A elles de jouer! Qu'elles se sentent aimées, là est l'essentiel... je ne suis pas leur juge. Reste Nicolas qui n'est encore qu'un enfant.

Ah non! Pas question de sauter sur l'occasion pour prétendre que l'épreuve que je me suis imposée me rend moins disponible... qu'après tout... peut-être... en y réfléchissant... Comme c'est reposant la mauvaise foi, mais je dois me l'interdire. Attendre qu'il soit élevé pour me désintoxiquer n'aurait été qu'une dérobade. Avec la tribu que j'ai choisi de me coller sur le dos, si j'avais prétendu mettre tout le monde à l'abri avant de fixer la date fatidique, on m'aurait enterrée avec une bouteille et une paille!

A quoi bon me monter la tête. Vivre au jour le jour, travailler sans fausse modestie ni excès d'enthousiasme, boire de l'eau sans pleurnicher, c'est déjà bien!

Nicolas m'attend pour aller jouer au tennis. Allons-y! On verra s'il n'est pas trop fatigué pour ramasser les balles...

Réveil facile, ce matin, sans doute parce qu'il va faire beau... Est-ce que ça compte pour tout le monde ou est-ce mon attachement viscéral à la Méditerranée? Je l'ignore, mais ouvrir un œil, voir que le soleil s'annonce, suffit à influer sur la journée tout entière... Je me suis offert le luxe d'un troisième café que j'ai bu paresseusement, assise sur le seuil de la cuisine.

Les chiennes se roulaient dans l'herbe, gambadaient et j'ai eu du mal à renoncer à l'école buissonnière.

Les gens se font une curieuse idée de la « vie d'artiste ». Elle est très différente de sa légende; à la fois plus belle, justement par tout ce qu'elle exige de celui qui s'y engage, mais aussi moins séduisante qu'il n'y paraît. Dommage, d'ailleurs! Le désordre de la bohème, des muses, drapées d'un voile arachnéen, versant l'absinthe à de beaux jeunes gens, pâlis par les excès du corps, les yeux brûlant de passion, et enfin le génie naissant à l'aube de ces nuits orgiaques seraient loin de me déplaire! Que ceux qui espèrent vivre ces paradis artificiels cherchent un autre métier; quant aux autres, qui croient que nous avons de la chance d'obtenir gloire et fortune pour une chose aussi facile que peindre une fleur ou raconter une histoire, ils n'ont qu'à essayer...

Restent les curieux, les cartésiens, qui veulent tout démythifier, tout comprendre, tout expliquer : les psychiatres en sont l'exemple le plus flagrant. Ils sont littéralement fascinés par le mécanisme qui détermine la création. Je ne crois pas que ce soit dans l'espoir de le posséder. Eux savent le prix à payer pour ce privilège! De toute façon, je suis prête à parier sur l'échec de leur entreprise...

Un artiste ignore pourquoi il en est un et ne sait pas non plus pourquoi il peut créer. Il n'est certain que d'une évidence : il ne peut pas faire autrement! Quant aux moyens d'exprimer ce qu'il a en lui, disons la technique, cela s'apprend, comme tous les métiers.

Si je me base sur mon expérience personnelle, je ne me suis pas réveillée un beau matin avec la révélation d'une vocation d'écrivain! Depuis ma plus tendre enfance j'ai été attirée par la beauté. J'ai toujours aimé la musique, j'étais sensible aux objets, aux maisons... Je parlais aux arbres comme à des amis, et je vénérais la mer par-dessus tout... On m'a dit depuis que c'étaient les signes d'un tempérament artistique. Ça me paraît léger comme symptôme. Enfin, puisqu'il en faut!

Plus grande, la lecture est devenue une passion. L'aurais-je eue si la télévision et la vidéo avaient existé?... Je n'oserais pas l'affirmer, mais je ne pense pas que le cinéma m'aurait arrachée à la littérature... Je préfère le galop de l'imagination aux images imposées. En revanche, je n'ai pas le souvenir d'avoir voulu écrire. En fait, je ne pensais pas à ce genre de choses.

Quand je suis arrivée à l'âge où l'on commence à s'interroger sur ce que sera l'avenir, à se demander ce que l'on voudrait qu'il soit, j'ai éprouvé pour la première fois la sensation d'être différente. Le suicide de ma mère, puis le fait d'être juive, m'avaient mise dans une situation particulière, mais ces événements m'avaient été imposés. Là, ce n'était plus le cas...

Je ne sentais pas les choses comme les autres. La plupart des filles ne pensaient qu'au mariage. Les récréations servaient à échafauder ces futures chasses au mari. Je m'ennuyais, je les trouvais idiotes, mais je me gardais de critiquer leurs projets; je pressentais le danger qu'il y aurait à me singulariser. Pour les mêmes raisons, je jugeais plus prudent de taire mes ambitions. Je voulais devenir peintre.

Grâce au *Larousse* et aux manuels d'histoire, j'avais découvert la peinture. Dès qu'un livre contenait des reproductions, je m'en emparais. Cette boulimie d'œuvres d'art n'était pas pratiquée par mes camarades de classe et elles m'auraient considérée comme une folle si j'avais révélé mon espoir de faire une carrière.

Nous avions une surveillante générale qui s'appelait Mlle Trottin; une vraie caricature de la mode 1925, outrageusement maquillée, habillée avec extravagance, que nous moquions et redoutions tout à la fois, car elle était d'une extrême sévérité.

Je serais incapable de me rappeler quelle sottise j'avais à cacher ce jour-là, ni pourquoi je grimpai quatre à quatre l'escalier pour échapper à cette harpie, mais une fois arrivée au dernier étage, je découvris un véritable atelier. Chevalets et plâtres couverts de poussière montraient qu'il était désaffecté. Un refuge de rêve... J'y passai mes heures de loisir pour commencer, puis une partie des heures d'étude... Évidemment, c'est ce qui me fit prendre. L'horrible Mlle Trottin fit irruption dans ce sanctuaire et m'expédia chez la directrice.

Le fait de me compter parmi les favorites n'atténuait

pas la frousse que m'inspirait cette sanction... Nicolas la comprendrait-il? J'en doute. J'ai l'impression que la frousse a changé de camp! Maintenant ce sont les professeurs qui craignent d'avoir mal compris l'élève; l'excès d'autorité pourrait traumatiser ces petits trésors! Et puis que penserait-on au Conseil des Parents! Dommage pour les gosses! Pour nous, désobéir prenait des allures d'exploit. En supprimer le danger, c'est aussi retirer le sel qui en faisait le charme...

Toujours est-il que je n'en menais pas large, en frappant à la porte de Mme Pallet. J'étais pourtant décidée à retourner dans l'atelier! J'étais prête à promettre n'importe quoi en échange de l'autorisation d'en faire mon territoire... Je l'obtins plus facilement que prévu. On me trouva même un professeur et c'est on ne peut plus légalement que j'appris stoïquement à dessiner des feuilles d'acanthe!...

Dire que je me considérais comme une artiste serait plus qu'exagéré. Je n'avais guère le temps de me livrer à l'introspection; et à cet âge on n'en a ni l'idée, ni l'envie. Les allers et retours à vélo de Cannes à Auribeau, les préoccupations de nourriture, les trafics de troc pour avoir quelques cigarettes ne laissaient pas de place à la gamberge. La Libération, le retour à Paris me firent changer d'atelier et de maître... J'allai à l'Académie Jullian. J'avais dix-neuf ans quand j'ai renoncé à la peinture.

Même quand j'ai dû gagner ma vie, j'ai fait toutes sortes de métiers sans que jamais m'effleure l'idée d'entrer dans le rang en choisissant une profession classique, vendeuse ou secrétaire par exemple... J'aurais aimé le théâtre, j'ai fait du cabaret. C'est à Orson Welles, à l'époque où il errait dans nos caves de la rive gauche, personnage hors du commun, fascinant et admiré, oui, c'est à lui que j'avais confié mon espoir de pouvoir monter sur scène et qui m'avait conseillé d'apprendre à jouer en me jetant à l'eau, plutôt que dans une école d'art dramatique. Je l'avais écouté et c'est en disant du Max Jacob et du Prévert devant un joyeux parterre de fêtards que j'avais fait mes premiers pas en public.

Vu avec du recul, j'admets que ce comportement montre un penchant pour l'anarchie plus que pour le fonctionnariat... On naît artiste avec tout ce que ce cadeau du destin implique de difficultés, de souffrances, de déséquilibres, mais aussi de joies incomparables... Selon le don reçu, on peut, à force de volonté, devenir peintre, musicien, écrivain, etc. De là à imaginer des existences fantasques, il y a un faux pas à éviter! Notre fameuse différence, qui déchaîne curiosité et jalousie, est dans notre perception de la vie. Écorchés vifs, rendus vulnérables par une sensibilité exacerbée, nous ressentons les événements les plus anodins avec une acuité qui oscille entre le bonheur fou et la douleur.

On dit que la marge qui sépare le génie de la folie est infime... N'étant ni géniale, ni folle j'ignore la réponse à cette affirmation... Mais je sais que dès que l'on quitte le troupeau, dès qu'on ne ressemble pas au prototype souhaité par la société, dès que l'on se permet de négliger la collectivité au bénéfice de l'individu, on accepte de devenir un suspect... La réussite est le passeport de citoyen à part qui évite à ce « manifestant pour la différence » l'asile, la prison ou toute autre marque de rejet.

J'aime écrire, c'est ce à quoi je tiens le plus. J'ai besoin de m'exprimer; je suis tout à fait incapable d'envisager une vie sans un stylo, un cahier, un dictionnaire. Je ne résiste pas à une papeterie, j'éprouve un véritable plaisir à tracer des signes sur une feuille... L'écriture m'est essentielle au même titre que le sommeil, la nourriture.

La désintoxication m'a rendue stérile pendant dix-huit mois. M'étant engagée à une cure exemplaire de deux ans, j'ai subi cette terrible punition. Cela tournait à l'obsession... j'en éprouvais un malaise physique, des migraines, des nausées... J'entrais dans des papeteries pour acheter du buvard, des cahiers, comme si cette débauche de matériel scolaire allait me débloquer. La nuit, je rêvais de mes feuilles remplies d'une écriture serrée... Je me réveillais en sursaut, et ne me rappelais plus ce texte qui me plaisait tant...

C'est pour échapper à cet enfer que j'ai décidé de reprendre une troisième fois ce même sujet. Si l'impuissance persistait, si je devais encore déchirer ces pages, je retournerais vers l'alcool. Tout bien réfléchi, je me préférais flétrie avec un stylo alerte.

Je ne crois pas que je savais à quel point ce métier m'était important, avant d'avoir eu ce passage à blanc. Peut-être parce que je me comparais à Bernard. Je n'ai pas de complexe d'infériorité à son égard. Il est peintre, je suis écrivain, mais je sais que jamais je n'appartiendrai à l'écriture comme lui à la peinture. Il lui a consacré sa vie; il lui donne tout, elle est son univers. Si je n'éprouvais pas pour son œuvre une admiration, un respect sans limite, je crèverais de jalousie; elle est une rivale bien plus redoutable que les amours terre à terre. J'ai toujours su que le jour où ma présence l'empêcherait de peindre, il me quitterait sans hésitation. Fantastique passion que je lui ai parfois enviée, qui me fait presque peur, mais que je n'atteindrai jamais. Je n'en ai ni la force, ni la foi...

Et pourtant, je viens de découvrir que sans y sacrifier la totalité de mon existence, je ne peux pas renoncer à m'exprimer avec des mots. Femme de lettres, un joli nom.

Assez de grandes phrases. Tant de jeunes gens rêvent de célébrité, espèrent la gloire, la fortune. Libre à eux de tenter l'aventure! Je me refuse à les décourager. Je me fiche de ce que font les autres... j'ai déjà assez de mal à retrouver mon propre équilibre. « Il est interdit d'interdire. » Un slogan de mai 68 qui me plaît. Je vais fermer ce cahier, fermer ma tête et aller cueillir des roses au jardin...

Benêt, sagement assis, me fixe de ses yeux jaune pâle, cernés de noir comme par un savant maquillage, un regard qui inquiète les autres et où je lis une infinie tendresse. Son insistance m'amuse tant elle révèle une tranquille certitude. Nous nous aimons. Il ressemble vraiment à un lion, avec son pelage de fauve, sa haute taille, et la grâce féline de ses mouvements. D'une race presque disparue, ces lévriers d'Irlande, autrefois chasseurs de loups, sont de drôles de chiens. Aucun des trois n'a le même caractère. Benêt fait de moi ce qu'il veut, le sait, ce qui ne l'empêche pas de montrer une patience exemplaire. Je n'ai jamais réussi à lui faire avaler un légume, il dévore de la viande crue et des os énormes, ce qui correspond assez bien à son apparence. En revanche, ce qu'il attend en ce moment est plus inattendu! Il espère m'emmener au potager pour manger des framboises. Il les saisit avec délicatesse et les déguste lentement, comme conscient de leur rareté. Il agit de même avec le raisin et les cerises. Je sais déjà que je céderai à sa gourmandise, que je partage d'ailleurs, d'autant que la chaleur enfin revenue redonne au jardin ses subtiles odeurs d'été.

Le climat méditerranéen est le seul que j'aime, mais le soleil arrive à me faire pardonner à la Normandie ses pluies trop fréquentes. Après les herbes brûlées de Provence, la nature me paraît ici d'une luxuriance éhontée. Je trouve une exceptionnelle volupté dans ces flâneries de fin d'après-midi, une nonchalante glissade vers le repos d'une journée très longue et très remplie, une pause avant le début de la soirée... Quelle douceur, ces minutes paresseusement égrenées au gré de l'inutile, faites de rien, de minuscules sensations intransmissibles; une fleur sauvage, la brûlure des orties, l'arôme de l'herbe fraîchement coupée, la cigarette qui n'a pas le même goût que dans mon bureau, la stridence d'un cri d'oiseau, un rire inconnu dans le lointain, le meuglement des vaches gorgées de lait qui attendent la traite... oui, des minutes délicieuses, reposantes. L'impression, la promenade terminée, de revenir vers la maison avec un autre visage, comme lavé du passé, lissé par l'immédiat, par un présent que je découvre avec une lucidité qui l'habille d'autres couleurs.

Jamais je n'ai aimé Bernard aussi profondément. Pourtant, il est le seul que le camouflage de naguère n'atteignait pas. Je me dispersais trop. Je ne veux plus perdre une seconde de ma vie dans la toile d'araignée que sont les soucis des autres... j'y laisse trop de plumes. Qu'ils se débrouillent! J'en ai par-dessus la tête d'être tour à tour infirmière pour cœur brisé, Loterie Nationale pour portefeuille à sec, institutrice bénévole pour paresseux patenté!

Je vais garder mes forces pour me sortir définitivement de cette garce de désintoxication... Il faut que renaissent l'enthousiasme, la fantaisie, la gaieté que Bernard puisaient en moi pour lutter contre l'angoisse qui l'habite. Il a besoin de moi comme j'ai besoin de lui. Le reste n'a strictement aucun intérêt. Je ne dois plus jamais l'oublier!

« Allez Benêt, viens, c'est l'heure des framboises! »

Par moments, je ressens la sobriété comme une infirmité... Une perte partielle du cerveau! Je me demande si mes proches savent à quel point ma métamorphose est profonde. Je préférerais qu'ils ne remarquent que l'amélioration physique. C'est bien la seule satisfaction sûre que je retire de cette histoire... tout le reste passe du merveilleux au cauchemardesque selon les jours. Mon double, l'alcoolique, a la vie dure! J'aurai sa peau. Mais une fois morte, arriverai-je à l'oublier, ou, n'ayant plus à subir ses nuisances, vais-je la parer de toutes les séductions? Je devrais graver dans ma mémoire des images sordides et les programmer pour qu'elles défilent automatiquement à la moindre alerte. Une femme bouffie, à l'œil jaune et rouge, en train de gerber à quatre pattes dans la salle de bains!

Comment ai-je pu, alors que je prétends n'aimer que la beauté, en arriver à cette dégradation! Car je suis bien obligée d'avouer que ce ne sont pas ces répugnantes séances de nausées qui m'ont incitée à m'arrêter. Si c'était le cas, je serais sobre depuis des années!

Une résolution aussi ardue à respecter ne se prend pas sur un coup de tête. Sa gestation est lente, sournoise, fugitive, sauf quand elle est imposée par une urgence médicale, et encore... pas n'importe laquelle! De toute façon, on croit toujours que les urgences en question n'arrivent qu'aux autres...

Quand j'ai cessé de jouer à l'autruche et admis que j'étais touchée, j'ai constaté que j'étais soudain moins désinvolte qu'en abordant cette éventualité dans un futur non déterminé. Trous de mémoire répétés, mauvais teint, flétrissures diverses étaient des signes indéniables d'un trop-plein qui ne pouvait que s'aggraver. Si je ne me soignais pas de mon plein gré, qu'arriverait-il? Or, je tenais à choisir la date de ma sortie du tonneau et non m'y voir contrainte.

L'écriture de ce livre transforme mon cahier en microscope... Je dois cerner les événements, pour découvrir à travers eux les motifs qui m'ont enchaînée à un éthylisme sans faille pendant près de quarante ans et m'expliquer la véritable cause de ma désintoxication. Un programme qui n'est pas aussi simple qu'il le paraît!

Si je n'étais pas si fatiguée! Je passe de l'euphorie à la morosité sans que rien ne justifie l'un ou l'autre. D'une part, j'ai embelli, rajeuni. Je joue au tennis, je vois des amis, on me complimente sur ma gaieté. L'image de la femme gâtée, aimée, enviable... Côté ombre, je suis fragile, les nerfs vrillés par la plus petite contrariété, désorientée, incapable de maîtriser les doutes qui m'assaillent, triste de ne pas oser lâcher mes béquilles. Une interminable convalescence. Je ne vais pratiquement pas voir mes médecins, mais ils sont là, je ne fais rien sans leur permission imaginaire.

Je ne leur ai pas parlé de ce désarroi. Est-ce un tort? Dans deux jours on me fait une prise de sang. La sagesse serait de profiter de ce contrôle pour les rencontrer... Je ne peux pas rester définitivement dans l'humiliante position d'assistée. Je leur joue la comédie de l'équilibre depuis le début : je déteste la pitié, je refuse tout ce qu'elle inspire! le regard compréhensif qui n'est que le reflet du confort de se sentir fort devant un faible; la phrase réconfortante qui dit qu'il est tout à fait naturel d'être découragée après un pareil effort et qui signifie que cette mollesse de l'âme est une séquelle méritée par des années de plaisir...

Finalement, j'attends d'eux un coup de pied au cul; le feu vert qui me libérera des dernières vapeurs d'une époque révolue!

La ville, quel piège! Je ne saurais plus y vivre. La dernière tentative s'est d'ailleurs soldée par un échec; nous n'y sommes restés qu'un an. J'ai un besoin physique d'espace, de plantes, d'animaux. Autrefois, Paris se vidait au mois d'août; la crise a freiné les départs.

Hier, il n'y avait pas d'embouteillages, mais les rues étaient pleines. Comment ne pas être frappé par l'agressivité, la dureté qui se dégagent de cette foule? Depuis que nous n'allons à Paris qu'une fois par semaine, je remarque davantage le contraste, de plus en plus marqué, qui oppose les citadins aux ruraux. Les gens de la ville se sentent directement concernés par la politique, l'économie; à la campagne, les nouvelles semblent filtrées par le quotidien. La naissance d'un veau, le soleil qui sauve la moisson, le mariage de la fille des voisins, sont des événements autrement plus importants que des discours de ministres, un peu comme si cette agitation gouvernementale concernait un autre pays.

Bernard n'étant pas venu, j'ai fait quelques courses en attendant l'heure de mon rendez-vous chez le médecin. Je suis totalement préservée des contingences matérielles, mais ce privilège ne suffit pas à m'enfermer dans une bulle.

En ce moment, je suis même particulièrement perméable à ce qui m'entoure, les nerfs à vif... Je saute d'un optimisme exagéré à une morosité inexplicable, comme si je jouais à la marelle, allant du ciel à l'enfer en un aller et retour grotesque.

Je me suis inventé une liste d'emplettes utiles pour la campagne, tout en sachant que je ne cherchais qu'à meubler le temps avant d'aller à l'hôpital. Rien d'humain chez les passants que j'ai côtoyés dans la rue. Quelle idée aussi d'attendre quelque chose de cette horde d'individus affolés, qui courent je ne sais où! J'étais oppressée par une effrayante solitude. J'aurais voulu téléphoner à Bernard, lui parler de n'importe quoi, juste pour l'entendre! Impossible, à cette heure-là, il est dans l'atelier. J'étais vraiment mal, j'avais froid.

Au bord du malaise, j'ai regagné l'appartement. Dans l'ascenseur, il y avait une dame antipathique, au visage grincheux; elle m'épiait en douce. Nous n'avons pas échangé un mot. C'est elle qui a appuyé sur le bouton du cinquième, sans même me demander à quel étage j'allais. Elle a sorti une clé de son sac. Elle habitait donc l'immeuble. Je ne le savais pas. Je ne l'avais jamais vue, ou jamais remarquée... J'étais étonnée de la férocité qui montait en moi, je la détestais et j'ai éprouvé un vrai soulagement quand elle est sortie de la minuscule cabine, mettant fin à un voisinage qui me mettait à bout. Est-ce que je devenais folle! Cette femme ne m'avait rien fait. On ne hait pas quelqu'un parce qu'il a une sale gueule...

Chez moi, j'ai essayé de me détendre; de l'eau froide sur le visage, une cigarette, peu à peu je retrouvai mon calme. Mais l'isolement ce matin-là m'était pénible. Je ne cesse de dire que j'aime être seule et même que j'en ai besoin. C'est vrai que je préfère travailler dans la maison endormie, parce que le silence me permet une plus grande concentration, parce que personne ne vient m'interrompre, parce que, pendant quelques heures, je ne suis plus ni maman, ni chérie, ni Madame. Je suis moi. Je peux injurier l'encre qui a séché sur ma plume, me mettre les doigts dans le nez, bâiller, boire trop de café, faire des grimaces et que sais-je d'autre, sans gêner quiconque. Seulement mes dormeurs existent, ils sont là, tout proches... leurs cœurs, momentanément ralentis par le sommeil, battent au rythme du mien. En ces heures qui ne sont qu'à moi, je peux faire le point, contrôler mes impulsions, éviter l'inutile ou parfois n'être qu'inutile, flottante, rêveuse, ce qui est aussi un bien infiniment précieux.

Tout ceci n'est en rien comparable à l'abîme que j'ai frôlé, perdue dans cette foule anonyme, et qui m'a précipitée chez moi pour retrouver mon souffle.

L'avantage de cette désagréable aventure a été de faire passer le temps. Je n'étais plus en avance sur mon rendez-vous à l'hôpital, mais presque en retard. Être à l'heure est une de mes manies! De ma fenêtre, j'ai vu que la voiture était arrivée. Je suis descendue... par l'escalier.

Je ne sais si je dois la capacité de me montrer souriante et sûre de moi, dès que je suis en public, à l'éducation que j'ai reçue de mes nurses anglaises, à mes expériences de chanteuse, ou tout simplement au dégoût que m'inspire l'impudeur, toujours est-il que je n'ai eu aucun mal à offrir à mes médecins un visage calme. J'étais d'ailleurs contente d'être là. Ces visites m'inquiètent pendant les quelques jours qui les précèdent, plus par les souvenirs que m'évoquent ces lieux que pour ce qui me concerne personnellement. Les deux hommes qui m'ont soignée se sont révélés beaucoup plus efficaces que je ne l'espérais au début de cet interminable voyage...

G. L., le généraliste, était le chef d'orchestre. Je le considérais comme un ami avant de lui demander de prendre ma situation en main. J'aurais plaisir à le voir en dehors de sa profession, si je ne pensais pas que, entre médecin et malade comme entre parents et enfants, l'amitié est bénéfique mais le copinage désastreux.

Le matin de ma visite à l'hôpital, il avait eu les résultats de mes récentes analyses dont il était pleinement satisfait. Il ne m'a pas donné le coup de pied que j'attendais, mais conseillé de ranger mes béquilles au grenier. Et puis, bien sûr, il m'a demandé des nouvelles de Bernard. Et, comme d'habitude, cela m'a agacée. Mon égocentrisme revenait au galop. Est-ce qu'un jour quelqu'un cessera de me ranger dans la catégorie des forts et comprendra que la faiblesse de Bernard n'est qu'une légende! J'étais carrément jalouse des égards qu'on avait pour lui et qu'on me refusait sous prétexte que je n'en avais pas besoin.

— Comment étais-tu aussi sûr que je tiendrais le coup en restant en liberté?

Ses yeux riaient, ironiques mais affectueux.

— Je savais depuis plusieurs mois que tu y viendrais. Il était temps, d'ailleurs!

— Tu ne m'as jamais prévenue!

— Exact.

— Pourquoi?

– Parce que tu ne fais bien que ce que tu as décidé seule.

C'était tellement vrai que je n'avais rien à ajouter... Si, et je l'ai fait : le remercier d'avoir lu en moi, d'avoir deviné la révolte instinctive qui s'empare de moi devant une interdiction. Ensuite, nous avons bavardé quelques minutes. J'étais gaie et détendue quand j'ai traversé le couloir pour me rendre chez le psychiatre, seconde étape à la fois dangereuse et intéressante. J'en ai connu plusieurs, ce sont des gens dont je me méfiais a priori, et dont la fréquentation n'a rien fait pour améliorer mon opinion.

Je me souviens tout particulièrement de l'un d'eux. Bernard allait le voir sagement, discipliné comme il sait l'être quand il a fait une promesse... et puis, un jour, brusquement, une heure avant son rendez-vous, pris d'une colère froide il m'a annoncé qu'il ne mettrait plus les pieds chez ce monsieur. Je trouvais qu'il avait raison, et j'étais même contente de cette décision. Je voulais cependant rester courtoise. Je me suis rendue à sa place à la consultation, jugeant plus aimable d'expliquer de vive voix que mon mari ne viendrait plus, et en profitant pour régler à l'infirmière ce que nous devions pour le traitement. En m'introduisant dans son cabinet de consultation, je réussis à éviter le fauteuil, en pleine lumière, destiné au malade, et m'assis sur un autre siège. Je n'étais là que pour excuser Bernard, non pour le remplacer. Mais on n'échappe pas à ces gens-là... Nos propos, presque mondains devinrent rapidement un interrogatoire en règle... Je ne voyais aucun inconvénient à répondre à ses questions, persuadée qu'il ne les posait qu'en fonction de Bernard. Je me trompais. C'était bien à moi qu'il s'intéressait. J'aurais préféré qu'il n'en fût rien. Il m'a parlé longuement dans un français admirable dont je ne retiens que l'essentiel... En résumé, cet homme, qui ne me connaissait pas, n'a pas hésité à me dire le plus tranquillement du monde, que, fille de suicidés, épouse de neurasthénique, j'étais prédisposée au malheur... leur fréquentation me condamnait à une inévitable contagion. J'étais trop abasourdie pour discuter ce verdict et nous nous sommes séparés sur une phrase pleine de civilités, pour lui un au revoir, pour moi un adieu. Nous n'habitions pas loin, juste de l'autre côté de la Seine... Je marchai vite, pressée de rentrer... C'est en traversant le pont que j'ai pris conscience de ce destin qui m'était promis... Si j'avais enjambé le parapet et sauté, aurait-il été reconnu coupable d'homicide par imprudence?

Charmante expérience, impossible à oublier... Aussi quand G. L. a exigé que Bernard soit à nouveau suivi par un psychiatre, j'ai accepté, tout en me préparant à nous défendre l'un et l'autre des dangers de l'investigation mentale qu'il allait subir.

Non seulement J-P. M. a forcé ma confiance, mais je reconnais qu'il m'a été d'un grand secours. Au début, seul Bernard était son patient. Encore bien trop souffrant pour s'occuper d'autre chose que de survivre, il était totalement indifférent à ce qui se passait autour de lui. Il échangeait quelques mots avec G. L., quelques phrases avec moi, et avait pour J-P. M., qu'il n'avait jamais vu auparavant, ce sourire qui lui est si particulier, que les autres trouvent timide et gentil, mais que je sais être une fin de non-recevoir. A ma grande surprise, J-P. M. n'essayait même pas de percer le blindage qu'il lui opposait. Il passait tous les jours, matin et soir, et bavardait avec moi. Il me faisait rire par une tournure d'esprit cocasse, une façon toute personnelle de dédramatiser les situations. Peu à peu, je me laissai charmer par cet homme intelligent, dont je pressentais qu'il était aussi vulnérable que nous aux blessures de l'âme, au désir de les oublier. Comme Bernard, il avait une passion évidente pour son métier. Comme lui, il se refusait à en parler. G. L. était-il son complice? A-t-il eu seul l'intuition de la conduite à tenir pour nous apprivoiser? Cela a si peu d'importance que je n'ai jamais songé à leur poser la question. Toujours est-il que j'ai presque effacé la pensée qu'il était psychiatre pour ne voir en lui qu'un bon médecin. Bernard, une fois convalescent, allait le voir ou lui téléphonait quand il en avait envie, jusqu'au moment où il n'en éprouva plus le besoin. Quand ce fut à mon tour de me rendre chez lui en cliente, j'étais en pays de connaissance.

D'habitude, nous discutions de livres, de voyages, ou de n'importe quel sujet qui nous passait par la tête. Très peu de moi. Je ne crois pas que c'était par discrétion. Il devait juger que si j'avais besoin de son secours, j'étais assez grande pour le lui dire. Il ne m'a jamais menti. Dès la première rencontre il a même frôlé la cruauté, en m'expliquant, le plus tranquillement du monde, que la suppression de l'alcool me laisserait un manque définitif. Je m'y habituerais peut-être, je n'oublierais jamais les plaisirs défendus. Il semblait sincèrement désolé de me voir punie, et je sais qu'il l'était. Il ne me cacha pas non plus qu'il n'existait, à sa connaissance, pas grand-chose qui puisse remplacer les sensations que me donnait l'éthylisme.

Ce tableau peu alléchant ne m'était pas inconnu. J'ai mis sa rude franchise sur le compte de l'estime. J'aurais été très humiliée, je l'avoue, s'il m'avait promis monts et merveilles. Je me souviens que ce jour-là, j'ai réprimé une forte envie de rire. Je n'aurais pas osé lui confier la raison de cette insolente gaieté et pourtant, j'avais la certitude qu'il aurait été la seule personne, parmi les gens sages de mon entourage, à trouver logique que je continue à boire. Je n'insinue pas qu'il m'y aurait encouragée, bien au contraire. Peut-être avait-il connu ce besoin d'une intensité que l'on obtient difficilement sans se doper. Oui, il aurait compris...

J-P. M. m'attendait. Je m'étais promis de ne pas tricher. Au lieu d'afficher mon assurance habituelle et de prétendre que je ne venais que par discipline, je n'hésitai pas à lui confier l'impuissance qui sapait le fragile édifice que je m'efforçais de reconstruire. Il devait me sortir de là. Je me tus, parce qu'un sanglot me montait à la gorge, un spasme qui m'étreint chaque fois que je dois parler de moi. Bizarre, cette pudeur morale chez l'impudique physique que je suis. Je n'eus pas à poursuivre ce déshabillage. Le regard attentif qu'il posait sur moi disait l'intérêt qu'il portait à cette frustration. J'allumai nerveusement une cigarette, lui se taisait. Réfléchissait-il ou attendait-il que je reprenne mon souffle ?

– Nous allons nous occuper de cela. A propos comment va Bernard? Il travaille toujours autant je suppose. C'est curieux, mais je n'arrive pas à vous dissocier. Il me semble que je vous soigne au pluriel.

J'écoutais sa voix calme, amicale, parler de nous. Amusée, je notai l'allusion au peintre qui n'avait aucun problème pour peindre, ce qui en clair signifiait qu'il en serait de même pour l'écrivain, bientôt. Rapidement il en vint à des questions d'ordre clinique. Il voulait des réponses précises. L'heure à laquelle je me levais... comment je me sentais... était-ce pour moi de nouveaux horaires? Une partie serrée dont l'enjeu était trop gros pour que je me réfugie dans l'à-peu-près. Je m'efforçai de cerner la vérité... Un détail, ou plus exactement ce que j'avais jusqu'alors considéré comme tel, semblait la clé de ma léthargie cérébrale. A l'époque où je buvais, j'avais les matins difficiles, j'étais en proie à une sorte d'endormissement de la pensée. En remontant les années, je m'aperçus que, de tout temps, j'avais dû mettre mon réveil deux heures avant d'avoir à me servir de ma tête. Un état plus ou moins comateux dont je rendais mon foie responsable. Seulement, comme je ne travaillais que le soir, je n'y avais pas attaché d'importance.

Pourvu qu'il ait raison. Mon impuissance porte le joli nom d'asthénie. Si j'avais osé, j'aurais touché du bois... Il me prescrivit un médicament dont il usait lui-même lorsque, submergé d'obligations, il manquait de sommeil. Je n'ignorais pas que ses malades possédaient le numéro de téléphone de son domicile et pouvaient l'appeler à toute heure. Ces pilules avaient l'avantage de n'entraîner aucune accoutumance. Certes, elles ne remplaceraient pas le scotch, sauf sur un point, elles me stimuleraient. Si celles-là ne me convenaient pas, il en existait d'autres du même type. Et puisque G. L. me déclarait physiquement guérie, je n'avais plus qu'à affronter l'existence. J'ai promis de le tenir au courant; nous avons encore bavardé de choses et d'autres, de Venise où il allait pour quelques jours, de voitures.

En sortant de chez lui, j'ai eu, comme chaque fois, besoin de quelques secondes pour réaliser que j'étais dans le couloir de l'hôpital. En effet le cabinet de J.-P. M. y est un lieu privilégié, une sorte d'enclave, meublée avec infiniment de goût : une très belle tapisserie, quelques objets chinois du XVIIIe, et une odeur de tabac qui fait oublier la médecine... Je sais que je riais quand j'en suis sortie.

Alain, chauffeur, garde du corps et ami, m'attendait pour me ramener à l'appartement. Dans la voiture, je repensais à la conversation que nous venions d'avoir. J-P. M. semblait sincère en me disant de reprendre une vie normale, en me conseillant le rythme d'autrefois. Il ne parlait pas de ce qui m'était interdit, mais de tout le reste. Je sentais que tant que je n'aurais pas pris le risque de me confronter aux tentations, je garderais la désagréable impression de traîner une fausse convalescence. Au mois d'août, je savais où aller pour rencontrer le diable. J'avais prévenu Bernard que je ne regagnerais la campagne que le matin suivant. Je changeai brusquement d'avis. Après un arrêt dans une pharmacie pour acheter mon nouveau médicament, une halte à l'appartement pour boire un café et téléphoner, nous prîmes la route de Saint-Crespin.

Le soir même, j'ai dit à Bernard que j'avais envie de soleil, de mouvement, de désordre. Il est habitué à mes départs inopinés pour le midi.

— Tu pars quand?

— J'ai trouvé une place pour après-demain. Avant, tout est complet.

Dire qu'il y a des jours où je serais prête à jurer que je ne suis pas snob, que c'est une légende fausse et injustifiée, que je suis tout à fait capable de vivre comme Madame-n'importe-qui! Faux et usage de faux. Énorme mensonge ou totale inconscience? Orly au mois d'août me le prouve. Je suis là, assise sur une banquette, coincée entre un jeune homme à lunettes, genre énarque, mais qui a un blouson en jean pour avoir l'air *in* et des boutons dans le cou qui trahissent des désirs sexuels non accomplis, et un vieux monsieur dont le corps usé flotte dans un costume froissé à l'odeur douteuse. Je fume pour me protéger d'un écran de tabac blond, lui ne sort sa pipe éteinte d'entre ses dents que pour tenir des propos parfaitement désagréables à la grosse dame à la croupe fleurie qui l'accompagne, laquelle n'a rien à lui envier en méchanceté. Ces trois-là ne sont pas les seuls échantillons de laideur qui me cernent, ils ne sont que les plus proches. Et on appelle ça un vol bleu! Où est le voyage de rêve qu'évoquent ces deux mots? Drôles d'oiseaux dans tous les cas. Il y a ceux qui parlent trop fort pour se faire remarquer, d'autres, aussi bruyants, mais avec une stridence dans le timbre de voix qui trahit la peur. Il y a pire : ceux qui sont déjà en tenue de plage, shorts au ras des fesses, laissant s'épanouir des grappes de cellulite, bretelles de soutien-gorge dépassant du débardeur, seins mous et bringuebalant sous un tee-shirt. Un dégoût viscéral me raidit de haine. Terrible sensation que la solitude qu'on éprouve au milieu d'une foule, un mélange entre la terreur d'être happée par ce grouillement humain, qui confine à la panique, et l'effroi provoqué par le vide, désert vertigineux et unique issue pour échapper à une gluante agression.

Absurde de laisser ce passage dans un aéroport me bouleverser à ce point. Ce n'est qu'un inconfort passager, et pourtant je ne retrouverai une respiration régulière qu'une fois arrivée au terme du voyage. Ridicule, ce rejet physique d'une masse que je condamne sur son apparence! Je manque de charité et je n'en ai rien à foutre. Depuis que je bois de l'eau, j'ai l'indulgence difficile.

L'odeur de la mer, le cri vorace des mouettes, les cloches de l'église brisant le sommeil de leurs chants graves, l'odeur du pain chaud qui monte de la boulangerie du rez-de-chaussée... la pompe de la fontaine gémit, Madeleine doit arroser ses fleurs avant de descendre au marché de la place aux Herbes vendre son poisson, et ces bruits familiers, ces senteurs iodées, me pénètrent, avant même que je ne sois complètement réveillée. Je reste immobile, pour étirer ces instants délicieux jusqu'à leur extrême limite. De ma chambre, nichée au haut des toits de la Ponche, je ne vois que la Citadelle et la mer. A l'aurore, elle est veloutée comme un tissu rare que le soleil levant teinte d'un rose orangé. Après des semaines de pluie normande, il y a quelque chose de miraculeux à être là, dans l'air déjà tiède du matin, en train de fumer la première cigarette – la plus nocive, paraît-il. Dès que quelque chose est agréable, c'est systématiquement interdit! Je me sens gaie et frondeuse. Une sorte d'école buissonnière.

Quelques jours vécus en célibataire ne sont pas sans charme. Oublier ma tribu, n'être responsable que de moi – ce qui n'est pas une mince affaire. Dans une semaine ils me manqueront et je n'aurai qu'un désir, rentrer. Aujourd'hui je suis ravie d'être seule dans ma tanière. D'autant que l'année dernière, empêtrée dans les méandres de la désintoxication, je n'avais pas retiré mon armure de méfiance. Cette fois-ci, je suis prête à affronter la tentation. Si je suis guérie, je ne risque pas grand-chose. On verra bien...

Ce lieu m'est bénéfique entre tous. Je dis toujours que j'y finirai mes jours, mais ce sont des projets hasardeux... au fond je n'aimerais pas rester ici mais j'ai besoin d'y venir, comme si je n'avais pas d'autre lieu où recharger mes accus.

A chaque coin de rue, je me cogne à un souvenir, ancien ou récent, profond ou léger, toujours aimé, un peu comme si les ombres mauvaises, les grises qui encombrent le grenier de la mémoire, s'évanouissaient d'elles-mêmes à la lumière d'ici. Je rencontre maman partout. Ce sont les odeurs, peut-être. Sur le petit marché de la place aux Herbes, j'ai été saisie par la senteur des tubéreuses; j'en ai acheté plusieurs bottes, c'était son parfum. A quel âge suis-je venue ici avec elle? Je n'arrive pas à mettre les images bout à bout. Des bribes de bonheur, éblouissantes et aussi inaccessibles que les étoiles colorées d'un feu d'artifice. Je devais avoir quatre ou cinq ans. Nous venions en bateau; un voilier, que je n'ai pas oublié. Je nageais comme un poisson, et j'étais furieuse d'être traitée en bébé, mais malgré ma colère, elle m'attachait au mât à l'aide d'un harnais. Comme elle

40

riait quand je me débattais pour lui échapper! Ses cheveux, toujours si bien coiffés à Paris, n'étaient plus qu'une toison de boucles bleu marine. Je la revois à la barre et aussi sur le quai où, à peine arrivées, nous allions manger des glaces. Je choisissais toujours de la pistache, pour la couleur. Je ne vais pas me mettre à pleurer dans la rue. Je suis habitée par des émotions intempestives dès que je pense à elle; ici plus qu'ailleurs, sans doute parce que tout ce que j'ai d'animal en moi renaît au contact des pavés sous mes pieds nus, au son des voix chantantes, au souvenir d'un passé dont je ne sais plus s'il est fait de rêve ou de réalité. Mes larmes ravalées ne sont pas de tristesse, elles sont de tendresse, elles me libèrent d'un excès d'amour. Celui de l'enfance radieuse, mais aussi de tout ce qui lui a succédé ici. Les bêtises non regrettées, les erreurs qui se métamorphosent en fêtes, les rires fous, les nuits blanches, s'égrènent comme des signes de piste. Les départs pour la pêche, plonger d'un pointu pour laver dans l'eau claire la fatigue et les soucis, retrouver les amis de toujours, ceux qui ne posent jamais de questions, avec qui la conversation reprend comme si l'on s'était quitté la veille. Je me gorge de ces miettes de vie qui, en m'égratignant dans le grand lit où coule la rivière expérience, m'ont façonnée telle que je suis. Saint-Tropez me porte bonheur, me protège. Superstition? Peut-être, mais si ça me plaît de croire que mon refuge est également celui d'un magicien, porteur de talismans, je ne vois pas qui cela pourrait déranger.

N'est-ce pas juste au bas de ma rue que j'ai connu Bernard? Certes, je n'habitais pas cet appartement, mais l'hôtel de la Ponche où règne Margot Barbier. La chambre numéro huit.

En traversant la terrasse – seul accès à ma niche – pour descendre me faire du café, je m'aperçois que je chante. C'est drôle, ça ne m'était pas arrivé depuis... Attention, danger. Je suis ici pour construire une nouvelle manière d'exister, pas pour évoquer ce qui ne peut plus être.

Je me suis levée beaucoup trop tôt! Christine et Claude ont dû sortir et ne m'emmèneront à la plage que vers midi. Je vais aller faire un marché sérieux. Corentin ne va pas tarder à arriver de Colombie et j'ai intérêt à acheter assez de café pour soutenir un siège. Pour l'instant, le village fait sa toilette et on peut l'imaginer habité par les siens et quelques parents par alliance. Tout à l'heure il prendra les allures de courtisane qu'il affiche au mois d'août. A quoi bon lui tenir rigueur de ses bassesses de l'été! que celui qui n'a jamais fait la pute le critique, moi je n'ose pas. De toute façon, rien ne peut l'atteindre que de superficiel... J'aimerais bien l'imiter pendant ce séjour, et jouer les canards que rien ne mouille. A la moindre faiblesse je rentrerai. Mais je ne vais quand même pas me dégonfler avant d'avoir mis le nez dehors. Je dois savoir si je suis capable de me passer d'alcool en me mêlant à des gens pour qui il est inconcevable de ne pas boire. Depuis des mois je ne fréquente que des buveurs d'eau. Claude et Christine sont d'une sagesse exemplaire, et Corentin ne s'adonne aux joies de l'éthylisme que lorsqu'il ne travaille pas, ce qui est rarissime. Puisqu'il vient partager mes vacances, je partagerai les siennes! Les boîtes de nuit sans potion magique risquent de me paraître très différentes. Tant mieux. Ça m'évitera la fabrication d'un paradis perdu et la vaine désolation que m'infligerait la perte d'un plaisir révolu.

Et voilà! En termes de rugby, l'essai est transformé... Un pari gagné. Sur une courte durée, il est vrai, mais les montagnes russes sur lesquelles je bringuebale me rendent patiente. Je n'espérais pas une victoire définitive. Par petits bonds, en évitant les orties, les branches qui font tomber, les flaques qui éclaboussent, j'ai appris à me reposer sur chaque fleur, chaque brindille de bonheur. Cahin-caha, j'avance vers autre chose. Je ne sais pas très bien comment sera ce futur, ni si je l'aimerai... je n'ai pas le choix. Funambule je suis, je l'avoue, fière d'être encore en équilibre sur mon fil, le corps de bronze grâce au soleil, le moral d'acier après des nuits tropéziennes et donc mouvementées. J'ai vécu cette semaine à deux cents à l'heure, avec une inévitable impression de déjà vu, et pourtant l'imprévisible surprise, un nouveau regard qui m'a fait découvrir une planète inconnue.

Vacances en mosaïque de rires, de tendresses, tout au

long du jour. Dès que tombait la nuit, les rires avaient une autre couleur, celle de l'ironie, des colères et des dégoûts, mais aussi du plaisir, celui du fauve qui sort ses griffes. Une victoire sur le passé, une pierre d'angle pour le présent, et surtout un très grand pas vers un horizon moins aride. Je n'aurais pas gagné ce pari seule. Le maître d'œuvre de ce succès, le complice vigilant, léger en apparence, profond, presque grave dès qu'on effleure l'amitié, a été Corentin.

Un prénom inhabituel, pour un homme à part. Il n'appartient à rien, ni à personne. Il est lui.

Corentin est entré dans ma vie par hasard. On me l'a présenté ici, d'ailleurs, au Club 55 où je déjeunais. Je l'ai trouvé beau. Grand, mince, les attaches fines, un pur-sang rétif. Brun, les cheveux longs, vêtu de sombre, il était avec un groupe qui ne lui convenait pas. Byron égaré dans un repas offert par le Bourgeois Gentilhomme. Il m'intriguait. Quelqu'un m'a dit qu'il occupait un poste important dans une grande joaillerie. J'ai cru m'être trompée sur son compte. Les mondains qui l'entouraient n'étaient donc pas une erreur. Dommage...

J'aurais pu ne jamais le revoir. Il bavardait avec un architecte, Pierre Epstein, que je trouvais sympathique. J'étais avec Christine et Claude Fain, un couple que nous voyons beaucoup. Lui est dentiste. Très travailleur, il est d'humeur égale, optimiste et facilement rieur. Amoureux de sa femme, passionné par ses deux filles, il occupe ce qu'elles lui laissent de loisirs à jouer aux échecs, à courir antiquaires et brocanteurs ou à aller voir des matchs de football. Un homme équilibré et simple à la présence apaisante. Elle est une femme dans toute l'acception du terme. Belle, très élégante, j'ai craint quand je l'ai connue qu'elle ne soit exagérément mondaine. J'ai vite découvert qu'elle était autre chose. Elle a une générosité de cœur évidente, ignore tout de l'envie; un bel oiseau qui cache sous un plumage rutilant une grande profondeur de sentiments. Curieuse de toutes les formes d'art, elle a une conversation faite de culture et d'humour, ce qui est très agréable. Elle est directrice d'un magasin qui appartient à la firme où travaille Corentin et, à la fois pour lui faire plaisir et par un reste de curiosité, j'ai invité toute la bande à prendre un verre le soir même. A cinq heures du matin, nous écoutions des disques de Léo Ferré et de Bobby Lapointe.

Ma première impression avait été la bonne.

C'est ainsi qu'arrivé dans mon existence sur la pointe des pieds, l'amitié l'y a installé... Il glisse sur l'eau de la vie, romantique, distrait, insaisissable. Un marin qui poursuit une course en solitaire. Où va-t-il? Je n'éprouve pas le besoin de connaître ses secrets. Je sais qu'il arrivera à bon port. Il ressemble au jeune frère que j'aurais voulu avoir. Notre amitié m'est précieuse... J'ai eu de la chance de ne pas me laisser influencer par les apparences, le jour, déjà lointain, où je l'ai connu. Les chats de race et de gouttière se font rares.

C'est donc avec Corentin que j'ai voulu faire mes premiers pas hors des limites où me consignait ma convalescence. Quand je buvais, nous avions les mêmes horaires, plus maintenant, ce qui ne nous gêne pas. Le matin, en descendant de ma chambre sur les toits, je trouve, posée sur les marches du petit escalier intérieur qui me relie au reste de l'appartement, une lettre-gazette relatant ses péripéties nocturnes. Je la lis en préparant mon petit déjeuner. Une bouffée de ses nuits folles que je partage grâce à ses chroniques nocturnes, ce que je préfère, tant je les soupçonne d'être plus gaies racontées par lui qu'en réalité. Dans un coin, il marque l'heure à laquelle il est rentré. Si c'est à l'aube, je sais qu'il me rejoindra à la plage, autrement il me laisse décider du moment opportun pour le réveiller. Je glisse ma réponse sous sa porte, récit des menus incidents, souvent cocasses, de mes promenades matinales. Charmante habitude que cette correspondance, dont je ne sais comment elle est née, mais que nous tenons à poursuivre.

Quand je dis que j'ai mené une vie trépidante, je me fonde sur ce qu'est maintenant mon rythme quotidien. Je n'ai pas été intrépide au point de suivre les tribulations de Corentin. De toute façon, je l'aurais laissé, car passé une certaine heure, je risquerais d'être une entrave à ses conquêtes!...

Je ne les connais pas. C'est même l'unique condition que j'impose à mes enfants et à mes amis quand ils sont

44

sous mon toit. J'aime trop le calme pour me trouver nez à nez avec des inconnus, sans cesse renouvelés, à l'heure du petit déjeuner...

D'autant que dans ce village que reste Saint-Tropez malgré sa gloire, les ragots galopent! Ils ne m'ont pas été épargnés :

J'étais allongée sur un matelas, à la plage. Pour avoir la paix, je mets le casque de mon *walk-man*, faisant croire ainsi que j'écoute de la musique. De même, quand je me tourne pour mettre mon dos au soleil, je lis... En fait, je ne fais ni l'un, ni l'autre. Je ne vois rien sans lunettes et la lumière est trop forte pour en mettre, quant aux cassettes, je préfère entendre les rires d'enfants et le cri des mouettes. Ces feintes sont assez efficaces; parfois, cependant, elles ne suffisent pas à décourager les bavards. Ce matin-là, j'attendais Corentin. Il devait être midi, car de tranquille et familiale, la plage devenait mondaine. J'étais de bonne humeur et je m'amusais du timbre artificiel de ces voix qui se veulent à la pointe de la mode. Tout près de moi, une bande de perruches péroraient allègrement. J'en connaissais deux. Quand je chantais, j'allais en maugréant chez le coiffeur presque tous les jours. C'est là que je les voyais. Depuis, j'étais devenue : « Chère amie... » Je me suis mal débrouillée, l'une d'elles m'a repérée et je n'ai pas pu éviter la conversation.

— Oui, c'est exact j'ai été aux Caves du Roy.

— On me l'avait dit! Je n'arrivais pas à y croire. Il paraît que tu étais superbe!

— Merci.

— J'étais ravie... Surtout que l'année dernière, on ne t'a vue nulle part! Ma chérie, c'est épatant! Tu as dû bien t'amuser. Tout le monde a remarqué que tu riais beaucoup.

— J'ignorais que c'était démodé! On pleure, cette année, dans les boîtes?

— Non... mais, on m'avait raconté... Disons que le scotch-coca redonne le goût de la fête!

Quelle idiote!... et perfide en plus. Je me suis gardée de la détromper. Le truc du café noir avec des glaçons se révélait un moyen efficace pour ne pas déranger les buveurs en affichant une sobriété intempestive.

Apparemment, mes vacances sans mari ni enfants faisaient jaser. Pourtant, elles n'étaient pas les premières que je passais sans eux. A Saint-Tropez, je fais partie des meubles et je ne m'attendais pas à attirer l'attention à ce point en me montrant dans un lieu fréquenté par un milieu que je connais mal, pour la simple raison que je le fuis.

Finalement, ce remue-ménage est assez logique. J'ai abandonné les boîtes de nuit bien avant l'alcool. Je m'y ennuyais, n'y trouvant plus ce que j'ai tant aimé dans mes errances nocturnes. Pour moi, la fête devait naître de l'imprévu, de l'aventure, du mystère. L'encanaillement fictif entre mondains m'assomme. Mon noctambulisme était différent : les heures de bavardage incongru, les rencontres étranges, les grandes idées, les projets fous, les copains, le frottement intellectuel ou physique, parfois les deux, avec des êtres dont on ne sait ni d'où ils viennent, ni où ils vont, mais avec qui on est en parfaite harmonie, grâce à l'alcool ou pour toute autre raison; une guitare rauque, un piano larmoyant, un mot, un regard...

Je ne trouve plus ce plaisir nulle part. Je ne me suis conformée au diktat de la société tropézienne que pour tester ma résistance à la tentation. Puisque les Caves du Roy étaient l'endroit où il « fallait boire », j'ai suivi le mouvement...

J'y suis allée deux fois, des soirées qui ne m'ont rien prouvé du tout. Même autorisée aux vapeurs éthyliques, je me refuserais à partager l'ivresse de ces gens-là! Je me suis amusée, mais à leurs dépens! On bascule dans un tel amoncellement de grotesque, d'exhibitionnistes, de faux riches qui cherchent à se vendre aux vrais – et ceux-ci ne sont acheteurs que de pauvres, parce qu'ils sont plus faciles à jeter le lendemain!... C'est totalement absurde. Des vieilles en minijupes, des Monsieur Muscle qui coulent des yeux de velours à tout ce qui passe, quelques célébrités qui font des entrées tapageuses et, sur la piste de danse, une foule hagarde qui trépigne au rythme du disco, le ventre mort, les pieds obstinés.

Non, ce n'est pas là que j'ai frôlé le danger. C'est avant le dîner, en flânant à la maison, quand la fraîcheur du soir tombe... Prendre une douche, mettre un disque et ne pas se servir un scotch! Servir du champagne aux autres, sourire, bavarder comme si de rien n'était et arriver à se sentir bien quand même! Difficile, mais pas dramatique; et c'était la preuve que je cherchais. Non seulement je ne regrette pas la vie de la nuit, mais à l'avenir je m'épargnerai la fatigue des veilles inutiles.

Je reste trop peu de temps à Saint-Tropez pour gaspiller les matins. Mon erreur a été de ne pas prévoir un chauffeur. La plage de Pampelonne est trop éloignée pour s'y rendre à pied, les taxis roulent de gares en aéroports et je répugne à être encombrante, ce qui fait que je n'ose pas rogner sur le sommeil de mes amis pour me faire conduire.

La seule chose qui m'a vraiment manqué pendant ces vacances est cette impossibilité d'être le plus tôt possible au bord de l'eau. Suis-je imprégnée de mes premières années plus que je n'en avais conscience? Dès que je m'approche de la Méditerranée, je remets mes pas dans ceux de ma petite enfance. Je n'en ai pas de souvenirs continus. Quelques événements, des odeurs, des sensations. Il me suffit de fermer les yeux pour que défilent les images, en un film dont le monteur aurait perdu le script. Mes grands-parents habitaient à Cannes. La villa Aiguebelle, gigantesque construction de pur style 1900, trônait au milieu d'un parc exceptionnel. A quatre ans, probablement influencée par le palais de Dame Tartine, je croyais la maison faite de nougat, de meringue et de crème fouettée. Sa blancheur m'émerveillait. Ma chambre était au premier étage; du plafond, où s'ébattaient sur fond de ciel des anges joufflus couronnés de roses, tombait un flot de tulle qui entourait mon lit. C'était tout simplement une moustiquaire, mais j'en faisais une tente d'Indien, un igloo, ou la robe du soir d'une fée selon l'histoire que l'on m'avait racontée pour m'endormir.

Je n'avais pas le droit d'aller à la cuisine, trop dangereuse pour ma turbulence, sauf quand ma grand-mère préparait la marmelade d'oranges amères.

J'en ai depuis acheté des pots de toutes les marques, mais aucune n'a le goût de celle que je grattais, encore tiède et caramélisée, sur les bords du chaudron de cuivre.

La merveille des merveilles était le jardin. Planté des essences les plus rares, regorgeant de fleurs et de fruits, parcouru de ruisseaux dont certains étaient aménagés pour abriter des poissons multicolores, il faisait l'admiration de tous. Je n'avais bien entendu aucune idée du luxe que représentaient Aiguebelle et la manière dont on y vivait. Le raffinement y était quotidien et, avec ou sans invités, le petit déjeuner que l'on prenait à huit heures était servi sur des nappes brodées, avec des tasses en porcelaine de Chine, et la cafetière et la chocolatière d'argent étincelant. C'était le seul repas que je partageais avec les grandes personnes. Aussitôt après, nous partions pour la plage. La voiture de ma grand-mère était petite, bleu pâle, décapotable et, comble de modernisme, il y avait un *spider*. Nous nous dépêchions, car il était impératif de regagner la maison à onze heures. S'exposer au soleil avant qu'il ne soit au zénith et le fuir ensuite était une règle absolue avec laquelle personne ne badinait. La peur de la tuberculose interdisait toute velléité de désobéissance. Je me souviens aussi d'un canoë orange, de mon insistance à y monter pour des promenades enchanteresses, mais je ne sais plus du tout qui pagayait. Ce n'était pas ma mère, je n'ai rien oublié d'elle.

La vie chez mes grands-parents maternels me semblait féerique, mais eux, les ai-je aimés? Je trouvais ma grand-mère jolie; ses yeux, dont je n'ai jamais pu déterminer s'ils étaient myosotis ou lilas, se posaient sur moi avec tendresse. Elle était douce, gentille, effacée. Je ne l'admirais pas. Mon grand-père m'aurait attirée davantage, mais à cette époque, un homme digne de ce nom ne perdait pas son temps avec une petite fille. Je n'ai eu que peu de rapports avec lui, un petit drame a failli nous rapprocher... Pour entretenir le parc, il y avait plusieurs jardiniers; l'un d'eux habitait la propriété, il faisait office de gardien et occupait le pavillon destiné à cet emploi avec sa femme et ses fils, à peine plus âgés que moi. Malgré l'interdiction formelle de frayer avec les domestiques, je désobéissais sans vergogne pour aller jouer avec ses deux petits garçons. J'avais à peine sept ans et déjà une solide expérience pour échapper à mes nurses successives. Craignant d'être traitée de fille et chassée de leurs jeux, je les suivais aveuglément. Un jour, pour ne pas perdre l'honneur en avouant ma frousse, je me suis attaquée à un arbre beaucoup trop haut pour moi, un magnolia dont les branches basses rendaient l'escalade facile. Tous le chats le savent, grimper n'est rien, regagner la terre ferme est autre chose. Cramponnée au sommet de mon perchoir, j'étais incapable d'en descendre...

Ils sont partis en courant et j'ai cru qu'ils allaient chercher du secours. Combien d'heures suis-je restée là-haut? Ils n'avaient pas osé avouer que nous étions ensemble et ce n'est qu'en voyant s'organiser les recherches – ma trop longue absence avait heureusement éveillé l'inquiétude – qu'ils avaient avoué en sanglotant m'avoir abandonnée. Leur père est monté me chercher. En bas, mon grand-père m'attendait. Sans un mot, il me prit dans ses bras et me ramena à la maison.

Personne ne me fit de reproches. J'étais couchée quand mon grand-père est venu. Sa proposition était claire. Si je renonçais à la compagnie des fils du jardinier, on ne parlerait plus de cette histoire, mais si je ne tenais pas ma promesse, il les mettrait à la porte... J'étais furieuse; on me passait tous mes caprices et je n'étais pas habituée à ce que l'on me prive d'un plaisir. Je le trouvais injuste et méchant. Il a gagné avec une petite phrase :

– Ils sont lâches, tes jeunes amis. On ne peut pas aimer ce que l'on méprise!

Oui, j'aurais pu m'attacher à lui... La vie en a décidé autrement, mais ce conseil d'un soir d'été ne m'a pas quittée.

Je m'aperçois, en évoquant ce paradis de ma petite enfance, que je n'avais d'amour que pour ma mère, le reste n'était que jeux. Un petit animal égoïste, trop gâté pour les uns, pour elle un océan de tendresse... Ma belle, ma fascinante, mon indispensable, ma déchirure...

Oui, j'ai gardé intact le goût des départs pour la plage, dès le cérémonial du petit déjeuner accompli. J'aime la mer lisse, satinée, qui attend pour frémir le réveil du vent, j'aime le silence qui se brise peu à peu, plaisanteries des plagistes au travail, ronronnement d'un pointu qui livre le poisson fraîchement pêché; les premiers clients s'installent – ce sont des petits enfants accompagnés par une gouvernante ou une jeune fille au pair – les parents se remettent des mondanités de la veille. Je suis attendrie par cette minuscule faune qui s'ébat, nue, joyeuse, tour à tour craintive ou téméraire, mais si vivante, si neuve, affamée de joies et de découvertes.

Cette fois-ci, je me suis privée du simple, du rafraîchissant et suis allée à la plage plus tard. Je ne le regrette pas, mais je ne renouvellerai pas cette expérience. Ai-je vieilli ou suis-je simplement démodée? Je m'en moque. Le bruit m'épuise. Je tiens à me nourrir quand j'ai faim et je continuerai à préférer la fraîcheur de ma tanière, avec des livres et des disques, à la promiscuité suante des corps alignés pour une sieste torride, qui ressemble plus à une exposition avant la vente aux enchères qu'à des vacances.

Je devrais m'imposer plus souvent ces sortes d'électro-chocs! Même les tristes voisinages de l'aéroport d'Orly me semblent plus acceptables que la vulgarité dorée qui règne ici au mois d'août.

Je vais rentrer. La pluie normande a son charme, la rigueur de notre vie monastique aussi.

Arrivée de Saint-Tropez hier soir, je serais bien restée à la maison quelques jours pour renouer avec le silence paisible de mon bureau, la discipline dans le travail, et attendre, sans même y penser, que mûrissent tout au fond de moi mes récentes expériences. Je suis encore trop en désordre pour mesurer sans tricher qui l'emporte, du bien ou du mal, dans ce que je ramène de mon escapade. Mais il y a des limites à l'égoïsme! Mes hommes n'ont pas quitté la maison pendant mon absence et ne cachent pas leur envie de changer d'air. Paris s'impose... les chats seront contents. Bernard veut faire provision de livres et Nicolas projette d'aller au cinéma voir le plus de films possible. J'en profiterai pour lui acheter des vêtements; il a grandi si vite qu'il n'a rien à mettre pour la rentrée des classes. Dans une semaine, déjà!

La date de la mise en cage approche trop vite. Bizarre de les boucler début septembre. L'été est encore là et il paraît injuste d'avoir à remplir un cartable. Même la pluie, qui y met pourtant de la bonne volonté, n'arrive pas à faire oublier le goût des vacances. Le temps des loisirs, de l'indulgence, touche à sa fin. Le moment de revêtir l'armure de mère sévère sonne toujours trop tôt. Quelle horreur! Le savoir pensionnaire est plus détestable encore. A quoi bon pleurnicher? puisque je tiens à accomplir mon devoir, je n'ai pas le choix. Je ne suis même pas certaine que l'internat et ses rigueurs suffiront à secouer son évidente paresse.

Bernard met cette inertie sur le compte de la puberté. J'espère qu'il a raison... le rôle de gendarme qui m'est dévolu est certainement une des obligations qui me fatiguent le plus. Boire de l'eau et gueuler, c'est beaucoup pour une ex-alcoolique aux nerfs particulièrement sensibilisés!

L'Éducation nationale pourrait essayer de séduire les lycéens, au lieu de les condamner à l'ennui. Comment? Je n'en ai pas la moindre idée. Je suis complètement désarçonnée par cette génération de mutants. Ils savent à peine lire, ne connaissent Stendhal et Balzac que par le cinéma, mettent Van Gogh et Van Dongen dans le même sac, parlent de *Culture Club* sans avoir jamais écouté Mozart, ce qui bien évidemment m'exaspère. En revanche, ils sont plus précoces que nous ne l'étions à l'égard de l'argent, du sexe, de la vie de tous les jours. Ils sont parfaitement à l'aise dès qu'il est question d'électronique. Je crois même que c'est l'unique domaine qui les intéresse vraiment. Nicolas ne comprend pas pourquoi il devrait s'astreindre à apprendre des matières qui, quand il sera adulte, seront si simples à programmer dans son ordinateur! Je suppose qu'il n'envisage jamais l'éventualité d'une existence sans électricité.

Tout cela me fatigue. D'autant que je doute de mon propre sérieux! J'ai une pile de courrier en retard et je ne renonce pas au magnétoscope pour autant. Comment Nicolas ne serait-il pas fasciné par cette machine?...

Exiger qu'il aille finir ses devoirs est certainement moral, mais aussi injuste. La vérité est que j'en ai par-dessus la tête de m'entendre répéter les mêmes doctes propos, j'en ai assez de contraindre, de punir, d'interdire. S'imposer en grande personne, prétendre une science infuse sans être persuadée d'avoir atteint la maturité nécessaire peut prendre les dimensions d'un insupportable cauchemar. C'est mon cas. Je lutte en permanence contre la tentation de tout envoyer promener, d'oser me montrer telle que je suis, d'avouer mes doutes, mes faiblesses, mes erreurs. Oui, j'ai envie de hurler que je me fiche pas mal de cette prétendue morale d'imbéciles qui m'oblige à mettre mon fils en prison pour lui faire avaler des âneries qui ne lui serviront jamais à rien!

Pour parler comme lui : « Ça m'éclaterait carrément! »

Facile, reposant et irresponsable! Une lâcheté qu'il ne me pardonnerait pas. Il est encore trop jeune. Il ne se rebelle jamais quand je me montre ferme. Au contraire. Il semble rassuré par mon autorité. Cette certitude ne me console pas du départ de Nicolas pour les travaux forcés du pensionnat mais elle m'aide à accepter cette séparation et me donne le courage de jouer les cerbères quelques années encore. Les spécimens de seize à vingt ans que j'ai pu observer à Saint-Tropez m'ont confortée dans le système d'éducation que je me force à pratiquer avec ou sans plaisir!

Aurais-je aimé faire partie de la jeunesse actuelle? Il m'est difficile de répondre, pour la simple raison que je ne partage pas l'opinion générale qui veut que ces années-là soient les meilleures. Les nouveaux jeunes semblent être de mon avis! Ceux que j'ai vus erraient, l'air désemparé... Je sais bien que Saint-Tropez est un miroir aux alouettes très particulier, mais les mêmes bandes existent ailleurs. Tous vivent en meute, affichent des allures blasées, et semblent noyés dans un insondable ennui. Ils portent les fringues qui caractérisent le clan auquel ils appartiennent. Qu'ils soient rockers, punks, ou B.C.B.G., ils prennent un soin énorme de leur tenue, qui doit être conforme à la mode dans les moindres détails. Nous en avons fait autant autrefois, alors pourquoi leur reprocher ces déguisements? Le malaise vient de ce que ces vêtements sont utilisés comme un uniforme et non pour être la marque d'un goût personnel. Mais ce qui me frappe plus que leur apparence est leur incapacité – ce trait les rassemble en une vaste horde –, à vivre autrement que dans le bruit. Ce mot me paraît même faible, pour décrire le tapage qui est leur oxygène. Le *walk-man* dans la journée, les hurlements des baffles la nuit, diffusent un boum-boum incessant qui serait pour moi une torture, et qui pour eux est de la musique! Sont-ils victimes de l'incommunicabilité au point d'utiliser ce vacarme électronique pour couper court à tout dialogue? J'ai cru que mon incompréhension était due à mon âge. Admettre que l'on vieillit est déplaisant. La fameuse barrière des générations n'est pas un obstacle que l'on peut sauter... Mais si elle me paraît infranchissable, eux l'escaladent sans problèmes : c'est quand même curieux qu'ils persistent à rester en notre compagnie. Comment pourrions-nous leur apprendre à faire la fête sans nous? Ils n'ont qu'à en inventer. Je ne regrette pas mes vingt ans, et encore moins les leurs. J'espère que Nicolas ne se laissera pas piéger par ces régiments de copains désenchantés...

AUTOMNE

La rentrée des classes approche et avec elle la mélancolie... Je flotte entre l'été finissant et le long hiver qui s'annonce. Sans enthousiasme, vide, j'erre dans la maison, en faisant semblant d'être utile, feignant un calme propre à atténuer l'inquiétude de Nicolas... Il joue le même jeu, mais derrière son apparente assurance se cache la peur de ce nouveau collège de Rouen, plus sévère que le précédent. Est-ce lui qui me communique son anxiété? Je ne crois pas. Cette sensation de malaise est strictement personnelle et je m'y englue sans parvenir à déterminer si je suis triste ou simplement sans envie. J'avoue que si l'on me demandait, en faisant abstraction de mes obligations, ce qui me ferait plaisir, je serais tout à fait incapable de répondre.

J'ai l'impression de n'être plus personne. Plus celle que j'étais et encore loin de ce que je serai. Il y a quelques jours, à Saint-Tropez, fière d'avoir surmonté la tentation de boire, lasse du bruit, écœurée par les gens, j'étais ravie de rentrer. A Paris j'étais nerveuse. J'ai cru que c'était mon bureau qui me manquait. Alors, que se passe-t-il, maintenant que je l'ai retrouvé? D'où vient ce pessimisme qui me colle à la peau, qui me fait tout critiquer à tort et à travers? Ce n'est pas une crise d'angoisse, j'en ai trop subi pour confondre le désenchantement d'aujourd'hui avec l'horreur de ces désespoirs qui frôlent la folie. Au fond je me sens mutilée. Un oiseau à qui on aurait coupé le bout des ailes pour qu'il ne se sauve pas!

Je dois secouer cette torpeur néfaste, laisser ma tête au

repos, laisser parler mon corps qui s'émerveille d'être sain, vivant, souple. Brave bête. Je tiens énormément à lui. Je m'en occupe beaucoup, comme de mon meilleur ami... Oui, il est mon complice, un peu primaire, plein de bon sens, et c'est grâce à lui que j'ai accepté de regarder la vérité en face! Il me l'a imposée et je lui ai obéi.

Je suis futile et je ne m'en cache pas. J'ai la chance d'aimer un homme qui considère la coquetterie comme une vertu. De toute façon, je ne fais aucun effort pour être moins concernée par mon aspect, bien au contraire. Recevoir la beauté en naissant est un inestimable cadeau – et de surcroît immérité. Un présent à considérer comme un privilège. Je me sens totalement redevable de cette chance. Les complexes physiques peuvent détériorer une vie; être laid, ou le croire, ce qui revient au même, psychiquement, est pour beaucoup une véritable souffrance. J'aurais honte de négliger mon corps, de le laisser s'abîmer, que ce soit gratuitement ou par souci d'une quelconque religion : n'en déplaise aux Dames Libérées, je ne trouve rien d'infâmant à provoquer le désir. J'ai évité bien des disputes, des malentendus, en me déshabillant à bon escient... Certes, être un paquet-cadeau n'est pas suffisant; mais est-ce une raison pour se priver du plaisir d'en dénouer les rubans? Contenu et contenant vont souvent de pair. La dégradation de l'un provoque celle de l'autre, ou elle en provient. Un signal d'alarme voulu par la nature. Quand il a sonné, j'ai eu la chance de l'entendre, et la certitude qu'il ne fallait pas le prendre à la légère. Comme c'est vite écrit! Infiniment plus lent dans la réalité, un peu plus difficile que de sauter du lit au premier cri du réveil... on se rendort un peu en essayant d'oublier qu'il faut se lever, et quand on s'y décide, ce n'est pas en sifflotant joyeusement qu'on trébuche de fatigue vers la salle de bains.

Je suis entrée en sobriété par la porte grande ouverte d'un regard jaune teinté de rose, de poches sous les yeux, de cheveux ternes et cassants et surtout, catastrophe sans précédent, avec onze kilos à perdre. Ce poids excédentaire a été le top de départ, vers l'exploit qui consiste à sortir d'un tonneau pour marcher vers une source... mais j'ai gardé encore quelque temps un bandeau de

55

mauvaise foi, en ne faisant que la moitié du chemin.

Pratiquant cette politique de l'autruche, je me suis lancée dans un régime alimentaire draconien. J'étais furieuse de m'être laissée aller à ce point. J'aurais dû commencer à me méfier dès que j'avais dû changer de taille en achetant mes jeans! Ronchonner ne servait à rien. Le jeûne ne m'évitait pas des crises de foie répétées. Je dissimulais ces malaises et l'inquiétude qui grandissait en moi... Voulant absorber le moins de sucre possible (c'est ce que conseillent les livres de diététique), j'avais supprimé le vin à table, le rhum, le Fernet-Branca, pour ne conserver que le scotch, mon fidèle compagnon! Mon état dépressif s'aggravait de jour en jour, mais je m'obstinais à nier l'évidence.

Des détails sans grand intérêt me mettaient dans des colères folles. Écorchée vive, je refusais une vérité par trop dérangeante. Je ne tenais le coup qu'en augmentant les doses d'alcool, mais elles m'apportaient des périodes d'euphorie de plus en plus brèves. Je me cramponnais stoïquement à mes mensonges.

Deux mois plus tard, la situation s'était singulièrement détériorée. Je n'avais perdu que trois livres, ce qui n'avait rien d'étonnant : je n'ai jamais eu assez d'appétit pour justifier de pareilles rondeurs. J'avais vraiment une sale gueule. J'avais beau faire du charme à mon miroir, il me jetait ma disgrâce au visage...

Découragée, je me laissais glisser vers une séduisante veulerie. Je lapais mon scotch, comptant sur lui pour résoudre mes problèmes, et niant sa responsabilité dans l'échec de mon régime amaigrissant. Je poursuivais celui-ci sans le moindre mérite. Ni faim, ni gourmandise ne me troublaient. Je me nourrissais d'alcool. Je n'avais plus de nausées, mais je souffrais de maux de tête difficilement supportables. Alors, je me servais un autre verre qui les atténuait momentanément. La nuit, je trouvais un répit, grâce aux somnifères. Ma mémoire faiblissait; je rabâchais les mêmes histoires, j'avais des passages à blanc dont j'avais honte; pour finir, je m'enfermais dans le silence.

Le crâne serré dans un étau, amorphe ou exaspérée, je luttais contre l'évidence. Une panique d'animal devant la maladie, que l'alcool ne parvenait plus à masquer... Je ne buvais que pour échapper à la douleur, sans plaisir, piégée par ce poison magique, qui n'était désormais qu'une drogue sans effet.

Aujourd'hui encore, je ne m'explique pas comment j'ai pu envisager le suicide comme une issue... Une folie incompréhensible! Ma mère s'est tuée, marquant mes huit ans d'une inguérissable blessure qui aurait dû me servir de garde-fou! Mon père s'est pendu et, sans Bernard, je n'aurais pas su accepter l'horrible ricochet. Les imiter est un fossé que je ne me serais pas crue capable de franchir, fût-ce en pensée...

On se croit toujours plus solide que les autres. C'était une grave erreur de présumer de ma force. Quelle sotte prétention d'espérer tenir, là où Bernard était tombé!

J'ai appris depuis qu'il savait tout de mon état. Il ne m'aurait pas laissée accomplir l'irréparable, mais il ne voulait pas non plus m'influencer, ni me forcer à me soigner. Mais ce n'est pas encore l'instant de parler de lui... d'autant qu'alors, j'étais persuadée que personne ne connaissait mon secret. Laissons cela pour revenir aux choses telles que je les ai vécues.

Une immense lassitude due à l'éthylisme, une confusion mentale que je n'osais confier à personne, le phantasme imbécile que peut devenir une mort spectaculaire, une sorte de romantisme désespéré m'incitaient traîtreusement à glisser vers le vide dans un feu d'artifice de bouteilles de toutes les couleurs... Si mon esprit se gavait voluptueusement de projets morbides, mon corps se révoltait sauvagement contre ce que je voulais lui faire subir. Les vomissements s'ajoutaient aux migraines, et la seule trêve était un lourd sommeil d'ivrogne.

A peine levée, quelques verres me sortaient de ma torpeur, et je profitais avidement de cette euphorie passagère. Je me cramponnais à cette gaieté artificielle pour échapper à la neurasthénie, mais elle ne durait jamais assez pour que je trouve l'élan nécessaire à me sortir de ce cirque! Pendant toute cette période en dents de scie, j'étais totalement sincère. D'ailleurs, j'étais mon seul publie. J'oscillais pitoyablement entre deux personnages, entre deux rôles, entre deux romans-photos; je vivais péniblement ce dédoublement. Ça a l'air drôle? oui, et probablement invraisemblable pour certains, mais ça ne l'est pas. C'est sinistre.

Un événement anodin, puisque je ne m'en souviens pas, a déclenché le mécanisme de survie. J'ai pris conscience de la lâcheté qu'il y avait à m'engluer dans ce mauvais cinéma. Un comportement inadmissible pour une femme aimée et coupable pour une mère.

Je me jugeais sans indulgence. J'étais malade et responsable à cent pour cent de ma maladie. Terminée la ronde folle : je me prétendais forte, je me voulais libre; il restait à prouver l'un et à mériter l'autre.

Deux ans déjà! ou deux ans seulement... J'hésite entre ces appréciations du temps écoulé. Suis-je vraiment guérie? Je suis allée à Saint-Tropez me frotter au risque, pour chercher une réponse à cette question. Elle paraît affirmative, mais reste trop récente pour pavoiser...

Que suis-je aujourd'hui? je ne le sais pas très bien. Un puzzle à construire... je devrais y arriver, si je n'ai pas perdu trop de morceaux!

Nicolas est parti. Bernard n'a pas voulu que je l'accompagne. A treize ans, on est assez grand pour affronter seul la rentrée. Il a peut-être raison. Le gamin cachait mal le trac que lui inspire ce nouveau collège. Enfin, il a crâné jusqu'au bout. Les larmes n'étaient pas loin et il est monté précipitamment dans la voiture, mais il s'en est plutôt bien sorti. L'homme qui commence à se dessiner à travers son adolescence me plaît. Que ce doit être difficile de sortir de l'enfance, quand elle est heureuse! Je ne devrais pas m'attendrir. Je suis déjà assez désorientée par son absence...

Bernard est carrément triste. Il est persuadé que Nicolas ne travaillera pas et que ma sévérité est inutile. Et si ce coup de cafard n'était dû qu'à l'appréhension de nous retrouver en tête-à-tête, comme avant les enfants? Après vingt-deux ans, c'est une drôle de sensation. Vais-je savoir combler le vide creusé par ces départs successifs?

Danielle est partie avant sa sœur aînée. Elle est photographe et parisienne. Elle téléphone tous les jours, nous la voyons chaque semaine, mais la séparation a été difficile à vivre pour son père. Il est heureux de la voir embellir, s'affiner, organiser son existence à sa guise, mais elle lui manque... Une sorte de déchirure du cocon grâce auquel il préserve une sensibilité exacerbée. Il n'est détendu qu'au milieu de nous. Danielle partie, c'était une porte ouverte sur l'extérieur... J'ai réagi autrement. Mon but a toujours été d'élever mes enfants pour qu'ils puissent être autonomes. J'étais donc fière de ce premier envol et soulagée d'avoir une responsabilité de moins. Une illusion vite perdue : cette jeune personne est toujours aussi encombrante, mais sa tendresse me fait tout accepter. Elle a assez de volonté et elle réussira; le tout est d'avoir la patience d'attendre sans la brusquer...

Virginie, encouragée par la faiblesse paternelle, a choisi une autre méthode pour vivre sa vie. Amoureuse, elle a ramené son fiancé et ils se sont tranquillement installés à la maison. Il semblait ravi d'épouser toute la famille. Je l'étais moins. Je n'ai rien dit. Cela s'est passé à l'époque où j'étais exclusivement concernée par Bernard, qui avait de graves problèmes, et je n'avais de temps pour rien d'autre. Virginie m'a annoncé qu'elle était enceinte, deux mois après le début de ma désintoxication. Avoir un gendre à demeure était acceptable; le bébé allait faire d'eux des parents, nous devions les forcer à assumer une indépendance morale. J'ai loué une maison dans le village le plus proche, je l'ai meublée, organisée et je les ai mis dedans. Cela continuait à me compliquer l'existence, mais je préférais cette situation à une cohabitation qui aurait tourné au drame.

Il nous restait Nicolas qui entourait son père de la soie de son rire, de sa tendresse. Ils sont merveilleusement proches l'un de l'autre. Un peu trop complices, mais qu'importe... un lien de cette qualité résiste aux erreurs.

J'ai parfois été un peu jalouse de l'intimité qui existe entre Bernard et nos enfants. J'en suis exclue. Ils sont plus spontanés avec lui, partagent des secrets, chahutent. Et surtout, ce que j'envie le plus, ils ont avec lui un abandon physique dans l'affection, une façon de se blottir près de lui qu'ils n'ont jamais avec moi.

Ce serait injuste de le leur reprocher car je suis seule responsable de cette évolution dans nos rapports.

Quand je chantais, je m'absentais souvent. C'était pour de très courtes périodes, mais elles ont suffi pour que Bernard, avec son naturel casanier, se glisse dans le rôle de père au foyer. Il a pris en charge les menus détails dont l'affectivité enfantine a un besoin essentiel. Baiser-bonsoir, réveil-rieur pour un départ à l'école, disponibilité pour consoler un gros chagrin, et bien évidemment, toutes sortes de petits trucs pour cacher au grand méchant loup sévère que j'étais les bêtises sans gravité.

Je dois avouer que j'ai profité de la situation. Je les quittais sans remords. Je n'avais plus à me reprocher mon retour à la scène. Ils m'offraient une bonne conscience. Et c'est ainsi que, sans m'en rendre compte, je me suis trouvée investie de la suprême autorité, qui se doit généralement d'être paternelle. Je ne suis pas mûre pour m'inscrire au M.L.F. : j'ai détesté ce transfert et j'en ai souffert. J'ai eu l'impression d'être exclue de leur intimité. J'étais jalouse.

Ce n'est pas ce qui m'a fait abandonner la chanson. J'avais d'autres raisons bien plus impératives sur lesquelles je reviendrai. Reprendre ma place de maman m'aurait rendu les choses plus faciles. Trop tard; le pli était pris. J'étais intronisée une fois pour toutes chef de tribu et je le suis toujours. Je me demande parfois s'ils ont deviné à quel point je suis différente de celle qu'ils se sont inventée. Ils me voient invincible! S'ils savaient...

Seulement, le pensionnat ayant pris possession de Nicolas, nous n'avons plus à assumer aucun rôle! Père et mère en chômage, il nous reste à renouer avec nous. Lui et moi... Tête-à-tête qui, loin de me peser, excite mon désir de plaire. Est-ce qu'on peut encore séduire un homme avec qui on vit depuis vingt-six ans? Je triche. Je connais la réponse...

Roanne a caracolé sur le palier aux aurores! Elle assume son rôle de réveille-matin à quatre pattes un peu trop consciencieusement! Quand elle jappe sa gourmandise de caresses, je n'arrive plus à la gronder. Benêt, le grand lion, l'a évidemment entendue et fait semblant de dormir. Quel culot! sa paresse m'amuse. Heureusement, Rachel, plus prudente n'ose pas monter... Ces animaux me mènent par le bout du nez. Je compense la sévérité à l'égard des enfants, par une faiblesse totale envers mes chiens!

Toujours est-il que grâce à Roanne, je suis devant mon cahier alors qu'il fait à peine jour. Je n'imaginais pas l'aube autrement que comme l'heure de rentrer et le matin comme un sale moment à passer! Est-ce que tout sera dorénavant rythmé selon les « avant » et les « après »? Probablement. Le « pendant », que je situe entre ma première visite médicale et le début de ce livre, a creusé un fossé infranchissable entre le passé et le présent, tant dans mon esprit que dans mes actes les plus anodins. Pour sortir de la galère où je m'étais fourrée, j'ai dû m'imposer un jeu de la Vérité en solitaire. Je me suis efforcée d'être à la fois l'insecte et le microscope.

Ce récit est l'inventaire de ce ménage en grand. Avec ce que j'ai voulu garder, c'est-à-dire tout ce pourquoi je voulais guérir, et aussi ce qu'il m'a fallu jeter, ou, par sagesse, gommer de ma mémoire. Pourquoi? pour avoir le plus de chances possibles de ne pas recommencer. Je n'aurai pas le courage de me désintoxiquer une seconde fois! Admettre que l'on est alcoolique est un aveu pénible. Apprendre qu'on le restera, que plus jamais on ne devra approcher de l'alcool, que c'est un état définitif, incurable, et que la moindre rechute aggraverait les conséquences du poison, c'est pire encore...

Il paraît que l'éthylisme est un refuge, une fuite, un refus... Contre qui? Contre quoi? Je devais dénouer les fils, dénicher les causes qui me ficelaient à une bouteille, par un travail de fourmi au creux de mes pensées les plus secrètes.

Les larmes qui coulaient à l'intérieur de mes joues se sont taries. Jour après jour, j'ai écaillé le camouflage qu'avait étalé le scotch, pour voir les choses telles qu'elles étaient, nues comme la vérité que j'avais déguisée si longtemps.

Cette lucidité, conquise pied à pied, a ravagé mes illusions, déchiré mes rêves. J'étais brisée, amorphe. L'orgueil m'a sortie de cette torpeur malsaine. Je devais abandonner le rêve et cesser de me complaire dans une morne convalescence. J'ai décidé de recommencer l'analyse de ma vie à zéro. Tout ne pouvait pas être bon pour la poubelle; je n'avais pas inventé mon bonheur, il avait existé. Tout refuser, c'était me renier moi-même. Murée dans un égoïsme farouche, je me cramponnai à la tâche. Incapable d'écrire, enfermée dans une impuissance désolante, je me suis obstinée. Une saine colère naissait de ma faiblesse. L'alcool, pas plus que la drogue, ne suffisent à fabriquer un créateur. Tout au plus favorisent-ils l'extériorisation et le rendement. Ce que j'étais avec, je pouvais l'être sans... Vaste programme! J'ai cru plusieurs fois y être arrivée et je me suis cassé la gueule. Ça n'en finissait pas. Et puis, brusquement, sans que j'en prenne immédiatement conscience, j'ai ressemblé à cette Annabel que je croyais morte. Avec un petit quelque chose en plus: une extraordinaire sensation de liberté...

Est-ce la sobriété qui me fait manquer d'indulgence? Était-ce la lucidité que je fuyais en la noyant dans l'alcool? Le quotidien me poursuit de points d'interrogation...

« Monsieur mon Passé, laissez-moi passer... »

Une superbe chanson de Léo Ferré et aussi ma prière... Pour qu'elle soit exaucée il faut que j'accepte mon passé tel qu'il a été, sans ombres, sans trous de mémoire factices. J'avance sur la pointe des pieds dans cette recherche; j'ai peur... suis-je plus forte aujourd'hui qu'hier? Vais-je pouvoir regarder calmement des faits que j'ai enterrés pour ne plus jamais avoir à les revivre, fût-ce en pensée? Je dois en finir avec la politique de l'autruche. En cessant de boire j'ai coupé les ailes sous lesquelles je cachais mes peurs. Je n'ai pas d'autre choix que de garder la tête haute.

Bernard a-t-il, lui aussi, fait ce difficile voyage au plus profond de lui-même? J'envie la sérénité dont il fait preuve. Je n'ose pas encore lui demander ce qu'il a traversé avant d'y parvenir. Je dois d'abord déchiffrer un passé plus lointain. C'est bête, mais j'ai toujours du mal à admettre que j'ai existé sans lui. Nous avions trente ans quand nous nous sommes connus et ce qui a précédé cette rencontre me semble appartenir à une autre vie. Ce sont précisément ces années-là que j'ai à défricher.

Pratiquer sa propre analyse est une tâche ardue. Les deux jours hebdomadaires dans la capitale m'ont fatiguée. Comme à chaque retour, j'ai dû fournir un gros effort pour retrouver la concentration qui m'est nécessaire. Mon cahier est un aimant qui me rend d'humeur casanière. Le plaisir d'être seule m'était devenu étranger et je le retrouve avec bonheur; d'autant que c'est un indice de l'équilibre mental que je recherche. Pour rester librement en tête-à-tête avec soi-même, il faut se sentir bien dans sa peau. Se complaire dans la solitude quand on ne tourne pas rond, c'est prendre un risque considérable. Elle aggrave l'anxiété; tous ceux qui ont eu des crises d'angoisse connaissent ces sables mouvants de la neurasthénie. Moi-même, quand je pataugeais dans le désespoir, ai-je admis que j'étais malade? Bien sûr que non. J'étais désespérée, pas folle. Un psychiatre? Pour quoi faire? Est-ce qu'on mérite l'asile parce qu'on est fatigué de vivre?...

Quand et comment ai-je commencé à envisager le suicide comme la solution idéale? Par épuisement, attirée par l'espoir de dormir, ou comme une chance d'échapper à la peur... Je n'y pensais pas vraiment, pas pour tout de suite, mais je m'y intéressais trop. J'étais aux aguets du suicide des autres, je cherchais à connaître les moyens utilisés pour se supprimer. Selon l'humeur du jour, j'approuvais ou réprouvais ce geste, excessive dans mes propos, qu'ils soient sévères ou indulgents, toujours fascinée par l'acte lui-même. Un secret que je préservais farouchement, qui creusait un fossé entre Bernard et moi; une menace, dont j'aurais voulu qu'il me protège, et que je ne lui confiais pas, tant je restais hypnotisée par cette séduisante délivrance...

Le goût de vivre a été le plus fort, mais il était grand temps de crier au secours sans pudeur ni fausse honte. Ce que je n'ai pas fait à proprement parler. Je me suis contentée de me désintoxiquer, ce qui m'a évité le pire. J'ai eu un atout qui a facilité cette décision : Bernard avait traversé le même bourbier.

Il y a un fait, cependant, dont je me souviens avec précision... qui, alors, me semblait logique et m'apparaît comme un détail baroque, mais très représentatif de cette lutte entre le corps et l'esprit. Chaque fois que j'envisageais les diverses possibilités qui s'offraient à moi au cas où finalement je me déciderais à passer de l'autre côté du miroir, je cherchais celle qui m'éviterait la douleur physique, plus effrayée par elle que par la mort. Au même titre, j'espérais découvrir un moyen de quitter mon corps sans l'abîmer.

Et Bernard? Il a vécu la même attirance vers l'au-delà, le même vertige de lassitude. Je ne lui ai jamais dit combien j'avais été près du départ définitif. Aussi proches que soient deux êtres, ils gardent des zones d'ombre... C'est mieux. Je ne sais de son combat contre l'auto-destruction que ce que j'ai vu ou deviné.

C'était longtemps avant que je ne sois confrontée au même piège. Au point que j'avais cru ces mauvais souvenirs rayés de ma mémoire... Ils ont ressurgi au bon moment, un peu comme ces tirades de Corneille, de Racine, que l'on ingurgite en classe en se demandant à quoi elles serviront! Les stances de Rodrigue, la prière d'Esther me vaudraient encore aujourd'hui une bonne note!

Vivre en spectateur la tentation du suicide est autre chose que de la subir. Quand Bernard a frôlé ce gouffre, ce que j'ai deviné d'instinct, j'ai réagi violemment. Les gens ont besoin d'expliquer un acte qui leur semble contre nature et parlent un peu facilement de chagrin d'amour, de faillite ou de tout autre prétexte prétendument logique. C'est faux. Les êtres se tuent par peur, dégoût, refus ou fatigue de vivre. Un duel entre la vie et la mort, le reste n'est que littérature... J'ai lutté pied à pied contre la mort; une rivale redoutable à vaincre. J'avais une alliée de taille, sans qui j'aurais probablement perdu le combat : la peinture; la passion totale que lui voue Bernard l'a hissé hors du désespoir où il s'enlisait. Mais cette victoire ne s'est pas remportée en un jour! Et je ne supposais pas que son expérience me serait utile.

Il n'entrait aucune curiosité morbide dans l'attention que je portais à ses moindres gestes, à ses propos les plus anodins. Ma méfiance était en alerte depuis qu'il avait voulu vivre à Paris. Il n'aimait que la campagne et ne m'avait donné de ce revirement que des explications vagues, et peu convaincantes. Je sais maintenant pourquoi il redoutait la solitude, et c'est précisément ce qui me fait dire qu'il faut un grand équilibre pour s'offrir le luxe de rester seul avec soi-même.

Le processus de l'auto-destruction est d'une simplicité enfantine. Pendant la crise d'angoisse, le désir de mourir surpasse tous les autres, il est même séduisant : il ressemble à un sommeil paisible, à un paysage calme, à un départ vers un pays serein. On sait que ce voyage est interdit, mais cela n'en atténue pas le charme. Alors on entre dans la phase de duplicité. On triche, on ment, on prépare son coup en douce! On se sent extraordinairement lucide, et l'excitation d'échapper à ceux qui vous persécutent en vous retenant au seuil de cet envol, augmente la fascination qu'il exerce.

La crise passée, que reste-t-il de cet enthousiasme forcené pour l'au-delà? Une immense fatigue, la terreur de céder aux sirènes meurtrières des heures folles de l'anxiété. La victime de ces douches écossaises est profondément sincère dans son espoir de survivre, comme dans sa tentation de devenir son propre assassin...

Ce dédoublement de la personnalité est assez invraisemblable pour être difficile à croire et pourtant il est rigoureusement exact. Je l'ai tristement vérifié depuis, mais je n'en avais pas réellement conscience pendant que Bernard l'affrontait. S'il avait choisi d'habiter Paris, c'était uniquement pour se préserver de lui-même. Dès qu'il pressentait l'approche de l'angoisse, il quittait son atelier et descendait dans la rue. Le simple fait de marcher au milieu d'une foule anonyme le protégeait. Il errait, noyant dans le troupeau de ces inconnus ses idées morbides et ne rentrait que quand il était certain que nos filles, qui avaient sept et huit ans à l'époque, seraient là. Il partageait leurs jeux, se gavait de leurs rires et quand je revenais à mon tour, tout semblait aller très bien...

Maintenant, je sais à quel point j'ai côtoyé l'irrémédiable. Aurais-je eu la force d'afficher la tranquille certitude d'une guérison proche, si comme aujourd'hui j'avais fait le même voyage? Je ne crois pas. Je me souviens déjà trop bien de mon inquiétude quand je mettais ma clef dans la serrure et de mon soulagement quand j'entendais sa voix. Il a bien fait de me mentir et de me laisser l'espoir que cette sinistre aventure serait bientôt du passé. Sans le courage qu'il a eu face à cette maladie contagieuse qu'est la neurasthénie, nous aurions sombré ensemble. J'étais trop sensibilisée par le suicide. Je me serais crue marquée par la fatalité et je n'aurais pas trouvé la force de feindre. Or, il voulait guérir pour moi, pour me voir heureuse.

Bernard, en m'apprenant l'amour, m'avait rendue l'adolescence que je n'avais pas eue. Dirigée, protégée, aimée, j'avais oublié dans un bonheur sans ombre que tout peut s'écrouler en un instant. La chatte de gouttière qu'il avait ramassée rue de la Ponche s'était métamorphosée en animal de luxe, les griffes rognées par la douceur de l'irresponsabilité. C'était en 1969 et si je suis toujours sur un coussin de soie, j'ai laissé repousser des ongles acérés. Ils sont rétractiles et je ne les sors que pour défendre ma tanière. Nous sommes tous les deux sortis gagnants de nos guerres respectives, vivants et décidés à le rester, sans devancer la date à laquelle nul n'échappe. Et si je continue à me méfier de mon humeur casanière, ce n'est plus pour les mêmes motifs. Le goût de la solitude ne doit pas être poussé à l'excès. La création se nourrit du sang des autres! Les émotions, les joies, les colères, le banal ou l'extraordinaire sont l'inspiration, le matériau d'un artiste, quelle que soit sa discipline. Négliger la source inépuisable que sont les humains ne peut qu'entraîner la sclérose de cette capacité de restituer sous forme de tableaux, de sculptures, de musique, de livres ou de films leurs sentiments ou leurs sensations. Bernard est encore plus enclin que moi à rester chez lui, d'où l'interdiction que nous nous sommes faite mutuellement de céder au plaisir de nous blottir dans notre tour d'ivoire...

Moralité, nous irons à Paris la semaine prochaine, que cela m'amuse ou pas! De toute façon, j'aurai sans doute changé d'avis d'ici là...

Et puis les chats, exilés de la campagne à cause des chiens, ont droit à leur part de tendresse...

C'est grisant de sentir les idées rouler dans ma tête, surtout au sortir d'une pesante léthargie, et je ne résiste pas au plaisir de les laisser s'écrire.

L'impression la plus étrange que j'ai ressentie depuis que je me suis lancée à la recherche de mon vrai visage, est d'être très différente de ce que je prétendais être. L'alcool ne se contentait pas d'étendre son camouflage sur les autres! Il m'aidait à me déguiser; il était une armure sans laquelle je me révèle un peu trop fragile. J'espère que ce manque d'assurance n'est pas définitif, et surtout que je suis seule à connaître cette faiblesse. Le plus agaçant est cette nouvelle propension à ne rien faire avec légèreté.

Par exemple, j'ai rendez-vous tout à l'heure avec le professeur principal de mon fils. C'est ridicule, mais l'idée de cette visite me dérange depuis que je m'y suis engagée. Je n'ai pensé à rien d'autre ce matin en me réveillant. Cette rencontre m'intimide. Si je déplais à cet homme, Nicolas risque d'en subir les conséquences.

L'année dernière j'étais trop perturbée par ma désintoxication pour être attentive à ses problèmes scolaires. Il était pensionnaire et partait gaiement tous les lundis, ce qui aurait dû me mettre en garde. Je n'ai découvert sa paresse qu'en fin d'année. Insouciance et flemme s'étalaient tout au long du compte rendu du Conseil de Classe. Trois trimestres sans retenue ni punition ne m'avaient pas préparée à d'aussi mauvaises notes. Bien entendu, il devait redoubler. J'étais furieuse, ni contre lui ni contre ses professeurs, mais contre moi. La colère a secoué ma torpeur. Je m'étais assez dorlotée. Je devais reprendre mon rôle de chef de tribu avant qu'il ne soit trop tard. De là à trouver le courage de jouer au C.R.S., il y avait un pas que je me refusais à franchir. Puisque ce pensionnat agréable, mixte et peu sévère, avait été un prétexte pour ne rien faire, j'allais le mettre dans une école plus stricte et fréquentée uniquement par des garçons. Convaincre son père de cette nécessité était plus difficile. Comme chaque fois que nos enfants sont en cause, je me sentais terriblement seule et triste d'avoir à montrer une autorité lourde de n'être pas partagée.

J'ai tendance à parer Bernard de toutes les qualités; il en a beaucoup et j'aime la plupart de ses défauts, sans doute parce qu'ils ressemblent aux miens. J'ai trouvé en lui tout ce que j'aime, tout ce que j'admire et même ce que j'envie aux hommes. Nous n'avons jamais eu de disputes graves, il est le seul être avec qui je peux vivre. Vingt-six années d'amour nous ont soudés l'un à l'autre, ma vie s'est greffée sur la sienne... La seule ombre entre nous est l'exaspération que je ressens parfois devant sa manière d'être père! Je ne suis pas plus douée que lui en matière d'éducation, mais je fais l'effort de feindre! Certes, nous sommes adultes – peut-être l'étais-je même davantage avant d'aimer Bernard. Mais ni l'un ni l'autre n'avons jamais su penser ni agir en grandes personnes. Faut-il vraiment que nos enfants le sachent? Bernard ne s'en cache pas. Moi si, et, pourquoi ne pas l'avouer, je crève de jalousie devant cette franchise qui me laisse assumer, drapée dans mon beau déguisement de mère efficace, tout ce qui est déplaisant, ennuyeux. A lui les rires, à moi les interdictions...

Je ne m'étais pas mise en quête aussitôt de l'internat qui conviendrait. L'été me laissait le temps de mûrir ce projet. Si Nicolas manifestait un quelconque intérêt pour un art, ou semblait avoir un don particulier, je serais moins inquiète. Influencée par Bernard, je pataugeais allègrement dans le bourbier de l'indécision. J'en arrivais à me demander si cette course au baccalauréat avait vraiment sa raison d'être. Les vacances reconstituaient notre trio et j'en subissais le charme, je laissais les choses en suspens. C'est Nicolas qui, bien involontairement, a convaincu son père de la sagesse de mes intentions.

Sa paresse n'était pas réservée aux études. Elle se manifesta insolemment à la maison. Il ne faisait strictement rien, à part la grasse matinée, traîner dans les pieds de tout le monde, ingurgiter des programmes de télé insipides ou des films du même acabit. Il arrivait juste à temps pour les repas, sans songer à aider qui que ce soit. Il oubliait de ranger ses affaires, ne se donnait même plus la peine de faire son lit et n'hésitait pas à faire la tête à la moindre réflexion. Bref, il vivait en gosse de riches, ce qui me déplaît plus que tout. Comble de maladresse, il prenait un ton prétentieux et frimeur, qui fit voler en éclats l'indulgence paternelle.

Un mauvais virage, qu'un début d'âge ingrat ne suffisait pas à excuser.

Bernard était parfaitement conscient de la situation. Nicolas devait apprendre que tout ne lui était pas dû. Il devait connaître ses responsabilités, affirmer sa personnalité, contrôler ses désirs et surtout cesser de fuir la difficulté. Il était hors de question d'espérer qu'il y parvienne sans y être contraint. Les parents, dans ce combat qu'est l'adolescence, ne sont guère utiles... Ils sont précisément le soutien dont il faut savoir se passer. Un obstacle à sauter sur la route de l'indépendance. Ennemis ou complices, nous devions éviter un manque d'objectivité, si nous voulions que la tendresse continue à unir notre trio!

Le parrain de Nicolas, Maurice Garnier, vint un jour à déjeuner. D'un commun accord, il fut décidé que nous lui exposerions les faits et que son avis ferait loi.

Pauvre Maurice, c'est décidément son lot! Savait-il, quand il a regardé un tableau de Bernard pour la première fois, dans quel impitoyable engrenage il se laissait prendre? Il a sans aucun doute consacré sa vie à l'œuvre de Bernard. Il s'en occupe à la perfection, mais là n'est pas mon propos. Il ne s'est pas contenté d'être un grand marchand, un collectionneur, et même un mécène. Il a pris en charge nos existences; il s'est contraint à être l'aîné sage, vigilant, parfois sévère, s'efforçant de nous épargner les soucis quels qu'ils soient. Enfants gâtés, nous avons pris l'habitude d'en abuser. Des choses sérieuses jusqu'aux détails quotidiens, je le charge de tout... plombier, factures, courrier, bref, ce qui m'ennuie, qui me fait perdre du temps, ou que je ne sais pas régler seule. Jamais il ne s'en plaint. Son grand et unique problème est Bernard. Il déteste le contrarier; la simple idée de le peiner, de le fâcher, le bouleverse. Étonnant Maurice, dont le physique froid, presque hautain, intimide tant de gens... et qui, malgré l'apparence, est à notre égard d'une incommensurable tendresse.

Véritable bourreau de travail, il vient trop rarement nous voir à la campagne pour que nous lui gâchions cette journée. Aussi, malgré l'œil rieur de Bernard, qui s'amusait déjà de l'embarras de Maurice devant l'obligation de décider de l'avenir de Nicolas, sans connaître l'opinion de son hôte, je m'empressai de le rassurer en lui racontant les récents événements, l'inquiétude que nous inspirait une évidente paresse, et le désir que nous avions tous deux de connaître son opinion. Il nous encouragea énergiquement à ne pas céder à une faiblesse coupable. L'intelligence de Nicolas méritait ce sacrifice. Il ne me restait plus qu'à chercher le lieu où il trouverait instruction et fermeté.

Je connaissais de réputation le pensionnat que dirigeaient à Rouen les Frères des Écoles Chrétiennes. J'ai déjà dit ce que je pensais de l'endoctrinement et qu'il soit religieux n'atténue pas ma méfiance. Après m'être renseignée, je me décidai à demander un rendez-vous que j'eus beaucoup de mal à obtenir. Une heure de conversation avec le père Directeur me confirma que cette méthode éducative conviendrait à Nicolas. Les demandes d'entrée étaient si nombreuses, que je dus patienter jusqu'à la fin de juillet pour recevoir le dossier d'inscription. Soulagée de savoir Nicolas accepté dans cette institution, je lui en parlai, non comme de représailles, mais comme d'une chance de se tirer d'un mauvais pas. Il ne fit aucun commentaire. La rentrée était encore loin et, à treize ans, on fait rarement des prévisions de longue durée.

Le pensionnat Saint-Jean-Baptiste-de-la-Salle est un endroit étonnant. Je ne supposais pas qu'un lieu semblable existât encore! Je n'en avais jamais fréquenté personnellement, mais je m'en faisais une image d'après ce que j'en avais lu dans des œuvres de Mauriac, de Cocteau, de Montherlant...

Pour ma seconde visite, j'étais plus détendue. Je me contentais d'espérer faire bonne impression sur le Chef de Division dont dépendait Nicolas. Ma curiosité eut tôt fait de prendre le pas sur un manque de confiance en moi dû à une sorte de timidité... Ce que j'ai vécu pendant deux heures m'a passionnée.

Craignant toujours d'être en retard, j'arrive généralement en avance. J'étais donc devant le porche de Saint-Jean-Baptiste dix minutes trop tôt. Ne sachant pas si j'oserais fumer dans le bureau de M. Carpentier, ni même si c'était autorisé, je profitai de mon excès d'exactitude pour allumer une cigarette. Je ne crois pas que ce soit convenable de mégoter dans la rue... mais ne m'a-t-on pas appris autrefois qu'une dame ne devait sous aucun prétexte sortir sans son chapeau et ses gants! Je me moque des bonnes manières; en revanche, je tiens au tabac. Je ne peux pas me désintoxiquer de tout. Il n'y avait qu'à espérer qu'il n'y aurait pas trop de parents d'élèves dans les parages. D'ailleurs, rien ne m'obligeait à rester devant cette porte comme une sentinelle. L'humidité me faisait frissonner, je fis quelques pas pour me réchauffer.

Jusque-là, rien que de très banal... Oui, mais là, justement, sous mon nez, dans la vitrine d'une petite épicerie, s'étalaient des bocaux de bonbons multicolores, des boules de gomme, des boîtes remplies de rouleaux de réglisse, bref des friandises d'avant les Américains. Je retrouvais leur saveur comme si j'en avais mangé le matin même... Je n'avais plus le temps d'entrer dans le magasin, et pourtant j'aurais bien demandé s'il vendait des rou-dou-dou! Je me promis d'y retourner.

L'enfance me prenait à la gorge et je n'avais plus rien d'une mère de famille en pénétrant dans l'imposant établissement. L'ambiance suscitait les souvenirs. Tout semblait se liguer pour me rappeler la petite fille que j'avais été.

Au bureau d'accueil, une dame rassurante, sans âge, fraîche, avec les rondeurs de la gourmandise, le regard clair, vêtue d'une robe sage et d'un tablier fleuri... Elle ressemblait tellement à celle qui occupait le même emploi au cours Maintenon, que j'eus l'impression de la

71

connaître. Elles auraient pu être parentes. Je ne me souviens pas du nom de la mienne... elle avait l'accent de Nîmes, et je n'ai pas oublié la décoction d'herbes qu'elle fabriquait en secret, selon les directives d'une recette de gitans et qui, en compresses, soulageait plaies et bosses... Celle-ci semblait plus douée pour les confitures que pour la sorcellerie. Elle m'accompagna jusqu'à la cour de récréation, vide à cette heure, et m'ayant indiqué la porte que je devais emprunter ainsi que l'emplacement du bureau que je cherchais, me quitta dans un sourire.

Le préau était beaucoup plus grand que celui où je jouais autrefois. A quoi s'y amusaient les garçons? Probablement au football. Nous, c'était au ballon prisonnier... Est-ce que les jeux changent selon que les écoles sont mixtes ou non? Y a-t-il toujours des clans? Et l'élève qui fascine les autres et dont tous rêvent d'être le copain? Et le mal-aimé? Et le chouchou que tout le monde déteste? Je revoyais des visages, des silhouettes... je n'étais pas venue pour rêver, ni pour faire une étude comparative sur nos comportements respectifs, mais pour rencontrer celui qui allait diriger le travail de Nicolas. Assez flâné dans le passé!

Ayant poussé la porte, qui se referma avec un bruit semblable à un soupir, je me retrouvai dans un couloir peint en vert. Des centaines d'enfants ont dû évoluer dans ce décor, que rien ne peut situer dans le temps. Cette pérennité d'une certaine manière d'apprendre, ce lien entre les écoliers d'hier et les hommes de demain est infiniment émouvant, et rassurant aussi. La similitude des lieux, et parfois des méthodes, ne comblera pas le gouffre que les découvertes scientifiques ont creusé entre nos générations. Qu'importe si nous restons impuissants devant un devoir de mathématiques modernes... En ce qui concerne les sentiments, avoir connu le même dortoir, le même réfectoire, peut être une aide précieuse pour comprendre les désarrois de cet âge déchiré.

Comme j'allais frapper, je fus devancée. Je serrai la main tendue, et m'assis sagement sur la chaise du visiteur. Je dévisageai l'homme qui me faisait face avec étonnement. Je l'imaginais moins jeune. J'eus la sensation qu'il s'amusait. Je savais qu'il était laïc, sans particularité physique, solide, tranquille; j'aurais pu le qualifier d'anodin, sans l'intensité remarquable de son regard. Des yeux noirs, brillants d'intelligence, emplis de droiture, adoucis de malice... des yeux propres à décourager la plus petite velléité de dissimulation.

Quand on fait partie des gens connus, on est habitué à une certaine sorte d'indiscrétion qui se manifeste généralement par une inspection, façon inventaire, de la tête aux pieds, par des questions aussi sottes qu'inutiles, ou par des propos vaguement mondains tendant à instaurer une prétendue intimité encore plus superflue. Là, rien de pareil. Un imperceptible temps mort, un geste pour rapprocher le dossier de mon fils, un autre pour me proposer un cendrier et, en quelques minutes, toute gêne envolée, nous parlions librement de la société, des difficultés que risquait de rencontrer la prochaine génération, de l'influence du noyau familial sur le développement physique et intellectuel, d'individualisme, de sens moral, de discipline... Bref, nous établissions une alliance indispensable à ce pour quoi nous étions réunis, l'épanouissement de Nicolas.

Pourquoi lui ai-je parlé de religion? Par crainte d'un éventuel endoctrinement? Ce serait logique, mais n'est-ce pas plutôt les rou-dou-dou et leur cortège d'émotions qui ont provoqué ce besoin de raconter à quelqu'un ce que fut mon premier contact avec l'église?

Sentiments de porcelaine, à dépoussiérer avec précaution.

1940. J'avais douze ans. Terrible période, mais qui en était vraiment conscient? Drôle de guerre qui allait faire basculer ma vie, et plonger dans le chaos des milliers d'êtres humains. Comment saurait-on que l'on vit des moments historiques!... Je le soupçonnais si peu que je n'en ai pas de souvenirs continus, plutôt des flashs... Une pension à Megève, qui s'appelait Les Marmousets, un grand châlet. Nous étions quatre par chambre. Des lits en bois peint, ornés d'edelweiss et de cœurs, portant des édredons roses... la passion du ski, une admiration sans borne pour Émile Allais et mon premier flirt avec Raymond, le fils de la cuisinière. Nous nous retrouvions dans la grange où les petits rangeaient leurs luges, et nous échangions des baisers au goût de profiterolles au chocolat. Le soir, avant d'aller dormir, les grands avaient la permission d'utiliser le gramophone. La main dans la main, nous écoutions *le Boléro* de Ravel, lui pour me faire plaisir, moi pour retarder l'instant d'aller dormir, luttant contre le sommeil mais persuadée que veiller était un privilège de grandes personnes!

Un coup de téléphone et brusquement tout a volé en éclats. Ai-je dit au revoir à Raymond? Pas dans la grange...

Un taxi m'a emmenée à Sallanches. Partir seule était assez excitant. Un voyage dantesque... les trains étaient envahis par les réfugiés fuyant le Nord, à moins que ce ne soit la Belgique. A Lyon, je revois la gare où nous étions bloqués et où nous sommes restés plus de deux heures... il y avait des soldats, des gens affolés partout. Je me rappelle avoir enjambé des brancards pour atteindre la marchande de sandwichs. Comment ne me suis-je pas perdue? quelqu'un a dû m'aider... J'ai dormi dans le filet du porte-bagages et je suis arrivée à Cannes.

Mon père, sa femme, leur fille, leur chien habitaient une petite villa rose, Les Flots Bleus, nichée près du casino du Palm-Beach. La maison était laide, sans rien de comparable avec ce que j'avais connu jusqu'alors, mais, malgré son exiguïté, j'avais une chambre pour moi seule et dans le jardin il y avait un figuier. De toute façon j'étais dans le midi, ce qui était déjà beaucoup. Aiguebelle, la maison de mes grands-parents, était à l'autre bout de la ville. On me prévint que je ne devais pas aller chez eux, sans, au préalable, en demander la permission. Une précaution inutile car je n'ignorais pas que le divorce, puis le suicide de ma mère, dressaient une barrière courtoise mais indestructible entre ces parents meurtris et leur ex-gendre. Je n'avais pas l'esprit de famille et leurs petites histoires me laissaient indifférente. J'étais fermement décidée à n'appartenir à personne, mais par prudence je ne m'en vantais pas.

On ne parlait jamais d'argent à la maison, mais la guerre avait probablement posé des problèmes financiers à mon père, car pour la première fois j'étais débarrassée des nurses anglaises et des gouvernantes françaises qui s'étaient succédé, s'acharnant sans succès à faire de moi une personne bien élevée.

J'étais littéralement grisée par cette liberté toute neuve... J'allais nager quand bon me semblait; à la plage, il y avait des soldats sénégalais avec qui je m'amusais beaucoup; l'un d'eux portait en guise de collier des oreilles coupées à des ennemis, ce qui me paraissait grandiose. On m'avait acheté une bicyclette et, en attendant la rentrée des classes, je pédalais allègrement. Je ne m'écartais guère de cette partie de la ville, nouvelle pour moi; je fuyais instinctivement les endroits où j'allais avec maman, cherchant un impossible oubli... je n'en pouvais plus de la regretter. La souffrance me faisait peur. Mon séjour à la montagne m'avait redonné le goût du rire. Sans essayer de m'expliquer l'attrait que je ressentais pour les distractions faciles, je m'y laissais aller le plus souvent possible.

Octobre mit fin à mon vagabondage. Inscrite au lycée de jeunes filles, je m'y rendais à vélo. Dire que j'abordais mes études avec désinvolture serait un joyeux euphémisme. A mes yeux, cette obligation scolaire s'apparentait à une sorte de service militaire. Puisque les parents s'étaient ennuyés à l'école, il n'y avait aucune raison pour que leurs enfants n'en fassent pas autant. Mais, depuis que je vivais avec eux, j'étais devenue experte dans l'art de ne pas me faire remarquer.

Mon père avait des préoccupations matérielles et politiques, ma belle-mère son égoïsme et moi une relative tranquillité. J'en profitais pour me livrer à l'école buissonnière. Je signais mes bulletins, et je mentais pour expliquer mes absences. Si j'avais réservé mes exploits au domaine scolaire, j'aurais pu m'en tirer sans dommage.

Seulement les restrictions s'annonçaient, et un placard de la cuisine contenait des réserves. Mon erreur fut d'y chiper du chocolat. Je le cachais dans ma chambre et, une fois couchée, j'en suçais des petits carrés, tout en espérant découvrir le coupable avant le commissaire Maigret. Ce premier emprunt au précieux trésor familial étant passé inaperçu, je me risquai à barboter des cigarettes...

On aurait pu me reprocher de fumer à douze ans, et

me punir pour avoir pris ce qui ne m'appartenait pas... Cette grosse bêtise prit les proportions d'un crime. La comédie devint un drame.

– Voleuse... tu n'es qu'une voleuse!

Ma belle-mère était l'accusation et sa voix métallique vibrait de méchanceté. Elle me détestait! c'était évident et j'ai eu peur... Je la savais indifférente à tout ce qui n'était pas elle; je ne pensais pas qu'elle avait de l'aversion pour moi. Où était l'affection qu'en présence de mon père elle feignait de me porter? Je reconnais n'avoir jamais rien fait pour me rendre agréable, mais depuis qu'elle avait eu un bébé, je la regardais différemment. Elle m'épatait un peu et ma demi-sœur était mignonne. Nous aurions pu trouver un terrain d'entente. Jusqu'à ce jour, je m'étais contentée de la trouver trop blonde, trop bleue, trop froide : Comment aurait-elle pu remplacer mon merveilleux amour, maman soleil?... Mais à cet instant, tout ce qui aurait encore pu être s'est brisé en mille morceaux, ébauche d'une impossible alliance jetée à la poubelle. Un torrent de violence m'a entraînée loin de cette étrangère. je l'ai rejetée, refusée, rayée une fois pour toutes.

Savaient-ils ce que leur manque de compréhension allait provoquer chez une adolescente au bord de la puberté et déjà déséquilibrée par le suicide de sa mère? Sûrement pas. Ils ne m'aimaient pas assez pour approfondir mes états d'âme.

On m'ordonna de monter dans ma chambre. Tout avait été fouillé, plus de chocolat, ni de cigarettes... Il ne restait que mes vêtements et mes livres de classe.

Mon père n'eut pas un geste de colère, pas une question à me poser. A ses yeux, j'étais une voleuse, mais il n'eut pas la curiosité de chercher le pourquoi des choses. Un mot de tendresse, un peu de compassion auraient-ils comblé le vide qui allait grandir entre nous? Je n'avais que lui.

Non seulement il ne tenta aucune approche, mais, sans un regard, il quitta la pièce et ferma la porte à clé. Pourquoi a-t-il fait cela? Il savait ma peur, mes cauchemars. Je ne supportais pas d'être enfermée. Emprisonnée, j'étouffais, j'étais dans une boîte, comme maman dans son cercueil... J'allais pourrir, les vers allaient entrer dans mes oreilles, dans ma bouche... Une angoisse de bête malade, qui me fit hurler, sangloter, sans pourtant éveiller leur pitié. Je finis par m'endormir, par terre, comme un chien. En me réveillant, je trouvai la porte entrebâillée. On avait dû me délivrer pour que je puisse me rendre aux toilettes. Trop tard, j'avais fait pipi pendant mon sommeil, ce dont j'eus honte, et je finissais à peine de nettoyer quand ils m'appelèrent.

J'appris qu'ils avaient consulté mes grands-parents, et que ce chaleureux conseil de famille avait décidé de me faire quitter le lycée et entrer au cours Maintenon en qualité d'interne.

Je suppose qu'ils considéraient le fait d'être pensionnaire comme une punition. Ils se trompaient. Murée dans une rancune que mes terreurs nocturnes avaient rendue inébranlable, la perspective de l'exil m'était une délivrance. Nous étions quittes, mutuellement débarrassés les uns des autres.

Une analyse un peu expéditive de nos sentiments d'alors! Des miens, en tout cas, car malgré les années écoulées, je continue à douter de leur capacité à ressentir autre chose que ce qui touche à leur sécurité, à leur confort. Dommage... ce serait reposant de pouvoir rayer d'un trait de stylo ce qui reste d'un passé déplaisant. C'est ridicule, mais cela m'a été pénible de revivre cette atroce soirée. J'entendais hurler la petite fille que j'ai été... comme elle, j'ai tourné comme un fauve en cage, me heurtant aux barreaux des souvenirs, sans réussir à pardonner à ces gens, qui, par une sévérité excessive, m'ont fait basculer dans la névrose.

Déjà, je n'allais pas très bien. Quatre ans s'étaient écoulés depuis la mort de ma mère. Je ne pleurais pas toute la journée! Je me souviens même de moments joyeux, de rires... mais toujours, au plus profond de mon corps, une plaie ouverte, douloureuse, vivante, que rien ne calmait. Claustrophobie, cauchemars, abattement ou gaieté stridente auraient dû alerter soit mon père, soit mes grands-parents, ou au moins la gouvernante préposée à mon éducation!

Le plus cocasse est que, tout en étant incapable d'in-

77

dulgence à l'égard de leur manque total d'amour, lequel m'a laissé une soif inextinguible d'affection, je suis redevable à ce désert de ce que je suis devenue. Sans leur égoïsme, j'aurais risqué l'intégration dans ce milieu pourri, où tout n'est qu'apparence, sauf la cupidité. J'aurais pu leur ressembler, et Bernard ne m'aurait pas aimée...

L'amour, la créativité sont comme les plantes, ils ont besoin d'engrais... Ce fumier qu'est la souffrance de l'âme reste l'un des meilleurs!

J'ai fait la manche pendant dix-huit ans, mendiante de faux-semblants. J'étais affamée d'affection. Je menais une quête égoïste, insatiable, je me nourrissais des autres. Je ne leur offrais rien en échange, toujours persuadée que les liens affectifs ne pouvaient qu'entraîner la souffrance. Rien ne me rassasiait. Je n'étais ni heureuse, ni malheureuse, j'étais seule... et je croyais cet état définitif. J'ignorais que l'amour est un échange, et que pour recevoir, il faut donner.

Et puis j'ai connu Bernard. Grâce à lui, je peux laisser ces sales moments s'engloutir dans l'oubli. Seule séquelle incurable de cette détestable enfance, la claustrophobie. Je ne hurle plus à la mort quand une clé tourne dans une serrure, mais j'ouvre la fenêtre... C'est probablement une des raisons qui m'a fait devancer les troubles inévitables qui auraient rendu ma désintoxication obligatoire. On m'aurait soignée à l'hôpital, or, cet internement m'aurait fait perdre tout contrôle et déchaîné en moi des torrents de violence, de fugue, de haine, de révolte. Loin de m'extirper de mon tonneau, la contrainte m'en aurait fait découvrir un plus profond!

Nous sommes à Paris depuis hier après-midi. J'ai été distraite toute la soirée. Je n'arrivais pas à me débarrasser de mes souvenirs, et j'ai mal dormi. J'étais décidée à écrire ici, mais je suis désorientée. Mon bureau me manque, où je me sens protégée...

C'est curieux comme on peut croire que l'oubli efface

tout. A peine soulève-t-on la poussière du grenier et déjà renaissent les blessures. Comme ils sont loin, pourtant, mes douze ans...

Pas assez pour m'empêcher de revivre ces moments difficiles. La veille de mon départ pour le cours Maintenon, je crevais de trouille. Je ne savais des pensionnats que ce que j'en avais lu dans des romans. Je m'attendais à une prison pour enfants, à un lugubre orphelinat... Je n'ai même pas essayé d'échapper au verdict paternel ; j'ai bien envisagé la possibilité de m'enfuir pour me réfugier à Aiguebelle, mais je ne l'ai pas fait. Mes grands-parents m'auraient rendue à papa et ma situation en aurait été aggravée. J'étais abattue et amorphe.

Le lendemain, quand mon père m'a appelée, je l'ai suivi docilement, sans oser implorer son pardon, sans révolte, en silence. Il y avait un taxi devant la porte, à cause de ma valise trop encombrante pour être fixée sur une bicyclette. Nous n'avons pas parlé dans la voiture. Le cours Maintenon était à l'autre bout de la ville. On est passé devant la gare, puis sur le pont au-dessus du chemin de fer, vers un quartier ancien de Cannes que je ne connaissais pas. Une rue qui montait, une impasse et au fond, une grande maison : l'entrée était là. J'étais étonnée. Ça avait l'air bien. Une surveillante nous attendait, mon père partit aussitôt. Quant à moi, je suivis la dame, le cœur battant, jusqu'au bureau de la directrice. Mme Pallet me plut d'emblée, peut-être parce qu'elle n'avait pas l'air vrai, tant elle différait des gens que j'avais connus jusqu'alors. Avant toute autre chose, elle me fit visiter les lieux. Rien de comparable à ce que j'avais imaginé. Il n'y avait ni dortoirs glacés, ni blouses grises d'uniforme. Nous étions deux par chambre ; la salle à manger comportait une table d'hôte destinée aux plus petites et aux surveillantes, et des guéridons autour desquels s'asseyaient par quatre les élèves du secondaire. Une grande pièce, mi-bibliothèque, mi-salle de jeux, avec un ping-pong, un piano et quelques fauteuils, faisait office de salon. Les classes étaient au rez-de-chaussée. Toutes les fenêtres donnaient sur un joli jardin, prolongé d'un préau.

L'endroit était gai et chaleureux. J'étais stupéfaite. La punition ressemblait à une bouée de sauvetage...

Mme Pallet... Je ne peux l'évoquer sans émotion. A mes yeux de fillette, elle était sans âge. Elle avait probablement largement dépassé la cinquantaine; selon ses humeurs, elle paraissait vieille, ou brusquement son visage reflétait une incroyable jeunesse. Ses cheveux gris étaient relevés en un chignon souple; ses yeux étaient gris eux aussi et exprimaient ses moindres pensées.

J'appris vite à ne pas mésestimer son autorité, et à faire confiance à sa compréhension. J'étais attirée par la curiosité qu'elle avait de nous. Nous l'intéressions. Sans avoir à élever la voix, elle était respectée et obéie. J'avais envie de lui plaire. Elle m'indiqua les règles auxquelles j'aurais à me plier. Au lieu de les présenter comme des contraintes, elle prit la peine de m'expliquer que le bien-être de la communauté exigeait une discipline qui, d'ailleurs se révélait clémente.

Charmante femme... Je n'ai jamais pensé à elle sans qu'aussitôt reviennent en moi les multiples preuves de la chaleureuse bonté qu'elle m'a témoignée si longtemps... Mais, ce jour-là, j'ignorais encore la durée de mon séjour chez elle.

Il ne me fallut que quelques jours pour tout savoir de sa vie privée. Dans un collège, les secrets sont rares, d'ailleurs elle ne cherchait pas à cacher quoi que ce soit. Mme Pallet était veuve, son mari s'était fait tuer en 1917. Les armes du lieutenant, ainsi que ses décorations, étaient accrochées dans le parloir réservé aux visites des parents d'élèves. Elle avait de lui deux fillettes et c'était pour les élever qu'elle avait ouvert l'internat. Une de ses amies, plus âgée, qui se préparait à entrer dans les ordres, avait renoncé à prendre le voile pour l'aider dans son entreprise. Quand j'arrivai au cours Maintenon, Mlle Oudot y vivait, mais ne s'occupait plus que des questions religieuses. C'était une très vieille dame que nous ne voyions que dans des occasions exceptionnelles, comme la distribution des prix, par exemple. Je m'intégrais assez facilement; ce nouveau mode de vie me semblait assez agréable; Mme Pallet m'inspirait confiance. Elle n'avait jamais quitté ses vêtements de deuil depuis la Grande Guerre, mais sa robe noire, qui aurait pu lui conférer une rigueur inquiétante, était toujours poussiéreuse... Son chignon, comme on en voit sur certains tableaux 1900, était souvent un peu de travers. Bref, son apparence avait quelque chose de déglingué qui la rendait infiniment attachante.

Je me souviens du premier incident qui me fit découvrir combien elle était compréhensive.

J'étais interne depuis une dizaine de jours et je m'étais même décidée à travailler. Je me sentais bien entre ces murs paisibles. Seule ombre dans ma nouvelle existence, je partageais la chambre de la première de la classe, une fille laide, rébarbative et pédante. J'hésitais à m'en plaindre et me demandais comment m'y prendre pour cohabiter avec une autre compagne.

Il était dit que je traversais une période de chance. Un événement, qui me fit d'ailleurs une peur terrible, me débarrassa à la fois de mon antipathie et de celle qui la provoquait. La malheureuse enfant était atteinte d'une grave maladie nerveuse. Un soir, assez tard, elle fut prise d'une crise d'épilepsie. Dire ma terreur quand je la vis secouée de convulsions, la bave aux lèvres, sans connaissance sur le sol, est inutile... Affolée, je courus dans les couloirs, appelant au secours. Cette nuit-là, Mme Pallet, après m'avoir serrée dans ses bras et avoir laissé s'apaiser mes sanglots, s'était assise au bord de mon lit et avait attendu que je m'endorme pour me quitter. Une sollicitude que personne ne m'avait témoignée depuis que je n'avais plus de mère...

Dès le lendemain, la jeune malade ayant déménagé pour occuper une pièce contiguë à l'infirmerie, je restai seule quelques jours, jusqu'à l'arrivée d'une nouvelle. Ce fut mon premier coup de foudre. Elle s'appelait Francine.

Elle était brune, nous avions le même âge. Elle riait de tout, débordait d'enthousiasme, aimait les livres et aussi le sport. Elle était gaie, expansive, je la trouvais merveilleuse. Très vite nous fûmes inséparables. Je découvrais l'amitié avec délice. Elle me témoignait une affection spontanée et je me laissai aller à sortir de ma réserve. Je lui faisais confiance. Sauf sur un petit détail. « Maman pense... Maman a dit », elle en parlait sans cesse, ce qui m'assombrissait sans qu'elle en eût conscience.

Sa mère venait d'acheter un mas à Auribeau, petit

village perché sur un piton surplombant la Siagne, à quelques kilomètres de Grasse. Les travaux n'étaient pas terminés, elle devait les surveiller et, habitant l'hôtel, elle avait jugé plus raisonnable de se séparer de sa fille jusqu'à leur installation définitive. L'indifférence de mon père, l'antipathie de sa femme augmentaient mon attachement pour Francine. Au début je me contentai d'appréhender le jour où leur villa, les Micocouliers, serait habitable. Peu à peu cette inquiétude devint une idée fixe. J'allais perdre mon amie, renouer avec une insoutenable solitude... Nous avions le même âge... est-ce pour cela qu'elle a compris ma détresse? Elle venait me rejoindre dans mon lit, me racontait des histoires comme à un bébé qui a peur du noir; elle ne se moquait pas de ma faiblesse...

Parfois, je changeais d'attitude, je me montrais cruelle, cherchant ce qui pourrait la blesser. Dès qu'on se laissait aller à éprouver un sentiment, on se retrouvait nez à nez avec la souffrance. Je devais me ressaisir, me libérer de ce début d'affection... Qu'elle parte avec sa mère, puisqu'elle en avait une, et qu'elle me laisse tranquille. Et je m'obstinais dans la méchanceté pour qu'elle se fâche.

Francine était une jeune personne têtue. Elle tenait à moi. Pour calmer notre quotidien, que mes gambades mentales perturbaient trop à son gré, et aussi pour me rassurer, elle voulut que je connaisse sa mère. Elle avait obtenu la permission de Mme Pallet et organisé un déjeuner pour le jeudi suivant.

Je n'osai pas refuser et dissimulai ma timidité de mon mieux. Elle était toute à la joie d'avoir eu cette bonne idée.

– Tu verras. Nous sommes toujours du même avis. Elle t'aimera autant que je t'aime. Tu viendras à la maison. Ce sera même mieux que maintenant...

Et j'ai connu Lucie.

Lucie, dont je n'ai compris ce qu'elle m'avait donné que bien des années plus tard. Lucie, la généreuse... Elle m'a ramassée comme un chaton que l'on sauve de la noyade; elle m'a reconstruite. Nous savions sans avoir à en parler que cette guérison n'était que superficielle, mais elle m'a fait faire les premiers pas. Elle n'a jamais rien demandé en échange de son infinie patience, et de sa soyeuse tendresse. Quand je suis sortie de sa vie, elle m'a regardée partir sans un reproche...

Dès que je pense à elle, mon cœur prend le galop et je bâcle mon récit pour être plus vite auprès d'elle. Mais sans les événements qui l'on précédée, mon installation dans sa vie ne s'expliquerait pas.

Le premier déjeuner s'était très bien passé et fut suivi par de multiples rencontres. Mon père approuvait mon amitié avec Francine, puisque sa mère était de « notre monde ». C'est ce qu'il croyait! Lucie faisait plutôt partie de celui de ma mère, qu'elle avait très bien connue. Elle n'ignorait rien de sa fin, mais elle savait admirablement dédramatiser les situations, et quand elle parlait de maman, c'était tout naturellement, un peu comme on évoque quelqu'un qui est momentanément absent. Aidée de sa fille, elle s'efforçait de m'apprivoiser et y parvenait fort bien. Je leur racontais beaucoup de mes petits secrets. Je ne mentais que sur mes rapports avec mon père. Je voulais qu'elles m'aiment, mais leur inspirer de la pitié me cabrait d'orgueil. Je prétendais compter pour papa plus que tout. Francine me croyait, mais les silences de Lucie révélaient son scepticisme.

Le samedi et le dimanche, je réintégrais la villa Les Flots. Ma belle-mère était plus aimable. Elle devait être ravie que, grâce à mon amitié pour Francine, je sois moins souvent chez elle. Je ne les voyais, elle et mon père, qu'avant et pendant les repas. Le matin, je jouais un peu avec ma petite sœur. Elle avait deux ans; une poupée, presque trop sage... je lui racontais des histoires qu'elle ne comprenait pas, ce dont je me lassais vite. Je flânais sur la plage, devant la maison et allais faire du vélo. Je rentrais à midi. Mon père avait l'air soucieux et triste; il buvait beaucoup, mais ce n'était pas nouveau, je ne m'en étonnais pas. Je ne l'ai jamais vu ivre. Voilà un talent qu'il m'a légué! Parfois, il posait sur moi un regard interrogateur qui me mettait mal à l'aise, qui m'inquiétait même, assez vaguement car je n'en comprenais pas la raison...

L'après-midi se traînait en longueur. Le soir, dans mon lit, je m'inventais une autre vie, dans laquelle Lucie était ma belle-mère et Francine ma sœur. Pauvre petite folle... Dommage que cette famille inventée n'ait été qu'un beau rêve; l'auteur de mes jours aurait été plus heureux! Mais je doute que ma forte et courageuse Lucie se fût contentée de tant de faiblesse.

Le lundi, je reprenais le chemin du cours Maintenon. Pendant la récréation, les conversations roulaient sur le week-end. Jalouse de ces filles qui avaient des parents unis, des frères et des sœurs, une vie normale, je mentais de plus en plus. Je racontais des dimanches enchanteurs, tout emplis d'amour paternel. Une mythomanie qui, au départ, n'avait été qu'une défense contre la pitié, une humiliation qui me faisait horreur, mais qui peu à peu, devenait autre chose : l'obsession d'être crue par mes compagnes, et aussi l'espoir de croire moi-même, ne fût-ce qu'une heure, que tout cela était vrai. Ai-je eu l'impression que l'on doutait de mes récits? J'exagérais tellement, faisant de mon père mon meilleur ami, le parant de toutes les indulgences, j'allais jusqu'à raconter que nous parlions jusqu'à minuit, qu'il me permettait de fumer... Toujours est-il que pour étayer mes dires de preuves tangibles, j'ai commencé à voler de l'argent à la maison, des petites sommes avec lesquelles j'achetais des babioles. Je prétendais que ces petits présents me venaient de mon père. Jusqu'au jour où, voulant éblouir mes copines par un cadeau plus important, j'ai pris des billets de banque... Oh! j'ai réussi : les filles, épatées par un superbe stylo et un porte-mine assortis, m'enviaient d'avoir un papa aussi généreux et gentil!

Ai-je vraiment espéré que ces larcins passeraient inaperçus? Peut-être. Persuadée que nous étions très riches, je n'étais pas consciente de la gravité de mon acte. Je savais que c'était mal de voler; j'avais peur à l'idée d'être découverte, mais je n'avais pas prévu le drame qui éclata quand, accusée, je reconnus être la coupable. Le chocolat et les cigarettes faisaient figure de plaisanteries comparées à mes récents exploits!

Je n'ai même pas essayé de me défendre. Je serais morte plutôt que d'avouer les motifs de mon crime.

Le lendemain, j'ai regagné le cours Maintenon comme une pestiférée. Pour sauvegarder l'honneur de la famille, ils décidèrent de passer sous silence mon « geste indélicat ». Mais plus question de sortir en fin de semaine. Ils ne voulaient pas de moi chez eux. J'étais en retenue à perpétuité.

Comment ont-ils justifié cette mesure auprès de Mme Pallet? Comment ai-je expliqué cette punition à Francine? Je ne m'en souviens pas. Mais jamais je n'ai dit que j'avais volé, ni pourquoi... Je n'éprouvais aucun remords, seulement la sensation d'être seule au monde. Le père que j'aimais dans la belle histoire que j'avais inventée n'existait pas. Le vrai ne m'aimait pas; personne ne m'aimait, même pas Maman...

C'est fini, c'est loin dans le temps... ça suffit. Du calme. Les bains de boue soignent les rhumatismes, mais pour les alcoolos, ça fait quoi?

Encore une fois à Paris. J'ai établi mon campement dans la cuisine. Les semaines se succèdent sans que cesse la ronde folle des humeurs : des hauts, qui me font espérer la fin de cette dansante déprime, des bas, qui m'épuisent tant je lutte contre le découragement. Si encore je savais ce qui détermine les uns ou les autres... Mais ces changements, qui me font valser d'un excès d'optimisme à une morne convalescence, ne sont déterminés par aucun fait précis. Je ne sais pas, en m'endormant, si je vais me réveiller à l'ombre ou au soleil. L'engrenage est exaspérant, si j'en parle aux médecins, ils vont me prescrire un tranquillisant. Pas question. Quelques heures ouatées d'une fausse béatitude, suivies, si on n'avale pas une autre pilule, par une tristesse encore plus désabusée que la précédente, ne valent pas le risque d'impuissance que provoquent ces saletés. La prudence s'impose. Je dois garder secrètes mes montagnes russes. Bizarre comme l'alcoolisme est mal compris par ceux qui ne le pratiquent pas. Peut-être parce que chaque individu le vit différemment. Beaucoup, paraît-il, craquent quand ils sont déprimés. Je ne suis pas plus particulièrement tentée dans ces moments-là. On nous avait aussi conseillé de supprimer toutes les bouteilles que nous avions à la maison. Une conception primaire de la tentation! Je me demande quelle tête ils feraient s'ils savaient que l'alcool me manque en permanence, dans la tristesse comme dans la gaieté, que je suis persuadée qu'il en sera toujours ainsi et que mon seul combat est de m'habituer à cette certitude, de vivre le mieux possible malgré elle...

Pas facile, surtout quand je me réveille fatiguée. Jackson, le chat, dort sur la table de la cuisine, il a de la chance et je l'envie pour ce sommeil abandonné... J'aime bien cette pièce, je m'y sens mieux pour écrire que dans le salon dont le climat d'oisiveté me déconcentre. Même ici, je me laisse distraire. Mlle Babiole, la chatte, épie les mouvements de mon stylo avec convoitise. Elle est drôle. Va-t-elle risquer un coup de patte? La première fois, elle m'a fait faire une rature et je l'ai grondée, mais elle ne se laisse pas intimider. Son jeu m'amuse, elle est si jolie, vive et gracieuse. Elle me détend, me repose de ma mauvaise nuit. Je dors mal en ville, le bruit, la fenêtre fermée, la nervosité ambiante me sont des agressions. Mon père en a profité pour venir rôder dans cet éveil ensommeillé qu'est l'insomnie...

Par moments, cette analyse que je m'impose m'est presque insoutenable. Encore brumeuse, je lambine, comptant sur le café âcre pour me sortir de cette lenteur de l'esprit qui ressemble à une hésitation. Comme à la plage, quand la mer est froide et que, de l'eau déjà aux genoux, je n'avance ni ne recule...

Je me suis juré de comprendre ce qui m'a jetée dans l'alcoolisme, et aussi ce qui m'y a maintenue. Je dois y arriver. Ne serait-ce que pour m'expliquer avec mon médecin. Pas avec le psychiatre, car les mêmes propos venant de lui n'auraient été à mes yeux qu'une provocation destinée à me faire parler sous l'empire de la colère. Je connais bien leurs ruses et je n'aurais peut-être pas réagi. En revanche, j'avoue que quand G. L. m'a affirmé le plus tranquillement du monde que l'alcoolisme était une fuite, un refus, un refuge, j'ai reçu une « claque dans la gueule ». J'étais même furieuse. Quelle idée folle! Une insulte à notre vie. Bernard m'aime, je l'aime, nous faisons des métiers passionnants... Nous sommes heureux! Pourquoi aurions-nous voulu échapper à quoi que ce soit? Ce type disait n'importe quoi!

Logiquement, j'aurais dû oublier cette théorie que je qualifiais d'idiote, mais les trois mots me trottaient dans la tête. Ils me dérangeaient.

G. L. n'est pas homme à compliquer inutilement les choses. Il est réaliste, habité d'un bon sens à toute épreuve. Un généraliste qui pratique son métier avec énergie, parfois avec affection, mais qui ne répare que le corps, laissant à celui dont c'est le rôle le soin de regarder ce qui le met en route. Avait-il fait exprès de m'irriter pour m'obliger à chercher ce qui me faisait boire? Rien ne prouvait qu'il avait dit cela en pensant à nous. Je n'étais même plus certaine que, lorsqu'il avait donné les trois causes qui provoquaient fréquemment l'alcoolisme, notre conversation n'ait pas été d'ordre général...

Aucune importance. Puisque ses propos avaient pu me mettre en colère, je voulais savoir pourquoi! Et je continue à creuser le passé pour trouver la réponse qui me semble, en effet, essentielle.

Mais, si j'ignore encore en partie ce qui m'a amenée à l'alcool, je ne sais que trop bien ce que je perds en m'en écartant. J'éprouve encore trop souvent une sensation d'étouffement, la pénible impression d'être prise au piège.

Oui, je ne suis plus qu'un fauve, prisonnier d'un cirque, qui doit sauter à travers un cerceau et qui a le vertige... alors je ferme les yeux, pour ne plus voir le dompteur... Oui je me sens diminuée, oui j'ai peur de mon ombre, parce que même s'ils ont raison, ce dont ils sont si sûrs, l'alcoolisme c'est aussi autre chose... Où vais-je trouver la force de vaincre la pudeur, la timidité, la politesse et tant d'autres habitudes qui ne sont que les marques d'un dressage subi dans l'enfance, et que le temps consolide pour en faire les barreaux d'une cage? Y a-t-il une autre planète sur laquelle on apprend le contraire? Ce serait fantastique : un lieu où l'instinct serait maître... on y apprendrait à écouter son corps, à se servir de ses mains pour toucher, pour caresser, de son nez pour reconnaître les fleurs et de ses oreilles pour écouter chanter le vent et la mer, mais aussi pour différencier les oiseaux. On y aurait le droit de hurler quand on a mal, de pleurer sans honte, de rire de bonheur, de claquer une porte, de vivre avec ses sens plus qu'avec des idées...

Quand j'entrais en scène pour chanter, c'était de ce pays-là que j'arrivais. Cet élan, qui me poussait, avec une intensité d'animal en liberté, à me surpasser, à donner des sensations, des sentiments dont je ne savais pas qu'ils étaient en moi, ce goût du bonheur, si violent que j'y croyais et voulais le partager, cette force qui me faisait chasser les soucis, les difficultés à coups de pied, pour que les miens ne trébuchent pas sur la laideur, la méchanceté; oui, tout cela, que je trouvais dans l'alcool, qui me le rendra? Bernard se pose-t-il la même question? Nous avions trente ans quand nous nous sommes connus. Nous étions tous les deux éthyliques. Sait-il pourquoi il buvait? Je ne le lui demanderai pas, ni s'il regrette les effets de l'alcool... Il sourirait de ce sourire un peu triste, une ombre sur le regard.

Bernard a-t-il lui aussi fait le douloureux voyage à travers les blessures du passé? Écorché vif, hurlant sa révolte désespérée à la face du monde, toile après toile, griffées de sa fureur contre la bêtise, la cupidité, la cruauté... Le visage supplicié de la mère du Christ, les folles hagardes, répugnantes de luxure, les damnés brûlant dans les glaces, rendues éternelles par leur mépris de l'amour, les fusillés des horreurs de la guerre, morts comme le Christ, sans pour autant arrêter la grande boucherie humaine... Comment aurait-il eu cette vision des hommes, s'il n'avait pas eu le cœur roué de coups pendant les années tendres qui ne s'effacent jamais?

Là est notre ressemblance, et l'étincelle qui nous a jetés l'un vers l'autre, qui a allumé le grand feu de la passion. Séparés, nous étions presque des vieillards. Nous avons brûlé les années désenchantées, et ensemble, nous avons réinventé l'enfance. Du moins, c'est ce que nous avons cru... Mais l'oubli n'existe pas, il est une illusion, un repos... En réalité, il était là, dans nos enfances terrifiées, dans nos adolescences piétinées, le lien indestructible qui nous fait vivre, respirer, rire, pleurer, aimer d'un même souffle. Notre amour a planté ses racines dans une tourbe faite de la décomposition des cadavres de nos passés.

Ne serait-ce que pour lui, je dois renaître de cette traversée du désert; le corps guéri, lavé de son poison, la tête claire, propre...

Je n'ai pas le droit de me complaire dans une convalescence morose. Amputée d'alcool, je ne suis pas une infirme. En tuant mes fantômes, je supprime les pièges qui m'inciteraient à succomber à la tentation. Une rechute serait fatale. Je n'aurais pas le courage d'un second nettoyage. Je ne peux pas abandonner ce décorticage de moi-même. Pourtant, encore aujourd'hui, les cicatrices mal fermées font couler des larmes à l'intérieur de mes joues.

Comment aurais-je oublié cette journée-là! Il me suffit de fermer les yeux, pour que sur l'écran de mes paupières, elle se projette dans ses moindres détails.

Deux ou trois dimanches avaient passé sans que je reçoive de nouvelles de la villa Les Flots. J'avais passé le premier dans le collège désert, avec la bibliothèque pour moi, seule et sans chagrin, le second avec Mme Pallet, qui m'avait emmenée chez sa fille aînée, à la campagne; le soir j'avais dîné avec Francine et sa mère. Finalement je n'étais punie que de l'interdiction de séjour chez ma belle-mère, ce dont je me moquais.

Nous étions en plein cours de mathématiques quand Mlle Trottin, surveillante générale, me fit quitter la classe. J'étais convoquée par Mme la Directrice; elle m'attendait au parloir. Que se passait-il? Ça devait être sérieux pour qu'on me fasse venir avant la fin du travail.

Je me revois montant l'escalier. Je n'en menais pas large, je faisais l'inventaire de mes dernières bêtises. Laquelle avait été découverte?...

On avait toutes un peu peur quand Mme Pallet se fâchait. Avant d'entrer, je touchai du bois et c'est avec un air d'innocence que je pénétrai dans la pièce.

Mon père était là... sans sa femme. Je fus soulagée de voir qu'elle ne l'avait pas accompagné. Pourquoi était-il venu? M'avait-il pardonné? A moins que je lui aie manqué, pas beaucoup, un petit peu, juste assez pour qu'il vienne me voir! L'espoir me fit lever le nez, ébaucher un sourire.

Il était debout. Je le trouvais beau. Il avait grande allure, mais cette hautaine élégance me paralysait. Je restais figée, je n'osais pas aller vers lui; j'aurais voulu l'embrasser. Je le regardais, muette, guettant de lui un geste d'affection. Il était terriblement pâle, le visage fermé. J'avais froid, un froid qui faisait trembler mes genoux et mes lèvres.

Un interminable silence et une atroce certitude qui me donnait envie de vomir. Il ne m'aime pas... il ne m'aime pas... il ne m'aime pas...

Comment aurais-je pu, du haut de mes presque treize ans, deviner que cet homme, à mes yeux symbole de puissance, de l'autorité dont je dépendais, n'était que faiblesse?

Assise dans son fauteuil, Mme Pallet nous observait. Voyant mon immobilité ou pressentant qu'il se passait en moi quelque chose d'inhabituel, elle me fit signe de venir près d'elle. Elle avait l'air grave et ses yeux affectueux reflétaient son désir de me protéger. Mais de quoi? de qui?

Combien de temps a duré le monologue, égrené goutte à goutte, comme la torture chinoise, pour mieux pénétrer mon cerveau affolé? Combien de minutes faut-il pour perdre son enfance?

Les mots tournoyaient comme des chauves-souris. « Juifs »...« Vie en danger »... « Partir aux États-Unis »... Juif sonnait comme voleuse, comme une insulte.

C'est eux qui partaient. Il voulait sauver sa famille, je n'en faisais pas partie. La famille c'était lui, elle, le bébé, le yorkshire... Sale bête, un faux chien... Moi, elle ne me voulait pas... C'est elle qui paye... Si tu n'avais pas fait... Si tu... J'aurais essayé... Ah! bon... Tu n'as même pas essayé... Tu m'abandonnes. Elle fait de toi ce qu'elle veut... Maman a eu raison de te quitter... Mais vas-y donc, en Amérique... Pars avec ta petite blonde... Sois sage. Elle est riche et elle commande... Oui j'ai entendu... Si je travaille bien, on me fera venir... « Oh », c'est elle! Assez de mensonges... Je n'irai jamais là-bas... elle me ferait traverser à la nage... Juive, faire attention... Juive, ne le dire à personne... est-ce qu'on va m'expliquer? C'est quoi, être juif? c'est mal? c'est défendu? c'est contagieux? Va-t-il se taire?

J'étais incapable de répondre. Je ne pleurais pas. J'attendais, sans savoir quoi. Un tourbillon de questions que je ne me sentais pas capable de poser se bousculaient dans ma tête. J'avais passé la frontière de l'enfance, qui excuse tout. Évanoui, le pays de l'insouciance...

Adulte précoce, j'entrais de plain-pied dans la jungle humaine.

Orpheline de mère, de père inconnu... Appelez-moi Annabel Personne, Annabel Rien, Annabel Poubelle.

Manquait encore l'épilogue. Mme Pallet me demanda de raccompagner mon père et me proposa d'aller avec lui jusqu'au pont du chemin de fer.

J'aurais dû refuser, j'ai obéi.

Nous avons marché en silence. Arrivée à la limite qui m'avait été fixée, je me suis arrêtée. Nous nous sommes regardés. Je lui ai demandé la date de son départ. Il m'a promis de venir me dire au revoir. Il a ajouté :

– C'est hallucinant ce que tu peux ressembler à ta mère!

Il s'est penché pour m'embrasser. Si j'avais pleuré, si j'avais avoué ma peur d'être si terriblement seule... Non! Inutile. Rien n'aurait été différent. Sa fuite était prévue pour le lendemain. Il n'était plus à un mensonge près. J'ignorais en remontant vers le cours Maintenon que je guetterais sa visite en vain. Nous venions de nous dire adieu.

Je me demande ce que j'attendais en espérant qu'il viendrait me dire au revoir. Je n'ai jamais pensé qu'il changerait d'avis. Je crois que c'était l'idée de son départ qui me blessait; l'obligation de renoncer à fabuler autour d'un amour inexistant. Pour construire mon roman, il me fallait sa présence physique. En me laissant, il me contraignait à admettre une vérité que j'avais refusée. J'étais bel et bien abandonnée.

La nature humaine est une remarquable mécanique. Anesthésiée par le choc, je repris ma vie quotidienne, sans enthousiasme mais sans révolte.

Plus rien ne me séparait de Francine et l'on voyait rarement l'une de nous sans que l'autre surgisse.

Les événements s'accéléraient; les difficultés se précisaient. L'armée italienne occupait Cannes; sur le plan politique et raciste, ça n'était pas dangereux; beaucoup de soldats avaient de la famille dans la région; ils ne se montraient guère belliqueux et le règlement était appliqué avec souplesse. Ils défilaient quelquefois rue d'Antibes, et nous nous amusions du toupet de plumes qu'ils arboraient sur leur casque de combat. Cependant, les Alpes-Maritimes ne produisaient que des fleurs et des fruits, et les restrictions alimentaires commençaient à être une préoccupation sérieuse.

Francine et moi commencions à nous intéresser avec passion à la politique. Pendant que nous harcelions notre professeur de français et d'histoire pour qu'il nous explique ce que nous voulions savoir, Mme Pallet et Lucie prenaient mon avenir en main. Les deux femmes se partagèrent les responsabilités. Tout aurait dû les séparer tant elles étaient différentes.

Lucie avait l'âge qu'aurait eu Maman. A trente-trois ans, elle était grande, mince, brune et moderne. Elle était déjà aussi libre dans ses pensées et dans ses actes que les jeunes femmes d'aujourd'hui. Elle voulait m'élever comme sa seconde fille et me donner la vie de famille qui me faisait cruellement défaut.

Mme Pallet, ma tutrice légale depuis le départ précipité de mon père, accorda aussitôt sa confiance à Lucie. Elle n'y mettait qu'une seule condition. Francine et moi devions nous convertir au catholicisme. Ne pas avoir d'actes de baptême aurait été pure folie, quant à en faire des faux, elle était trop profondément croyante pour accepter ce blasphème.

Étonnante Mme Pallet, veuve de guerre, catholique pratiquante, bourgeoise de naissance et d'éducation, mais qui n'a pas hésité un instant à se montrer une farouche ennemie du racisme. Gaulliste de la première heure, elle a pris des risques considérables pour aider, cacher, loger, nourrir tous les proscrits qui l'approchaient.

Le destin est étrange... Je sortais de cinq années de luxe, de facilité matérielle où l'on ne soignait que mon corps, sans songer que j'avais peut-être besoin d'autre chose. J'allais pratiquement sans transition trouver une presque mère, une sœur, une aïeule, toutes trois dorloteuses de cœur, et nous allions ensemble connaître la faim, le froid, les problème et les ruses pour les résoudre. Un apprentissage qui m'a été plus qu'utile lorsque j'ai, par la suite, connu une pauvreté qui n'était pas due à une guerre momentanément perdue...

Je suis persuadée que le caractère d'un individu prend ses traits définitifs entre treize ans, moment où l'on quitte l'enfance et quinze ans, au seuil de l'adolescence. Une période périlleuse où les faits les plus anodins comme les plus graves finissent de modeler la personnalité.

Le choc que je venais de subir m'avait arrachée sans ménagement au monde imaginaire où je me terrais, pour me précipiter dans une réalité dont le moins que l'on puisse dire est qu'elle n'était pas souriante.

Bizarrement, mon appartenance à la race juive m'a sans doute marquée, mais une fois la stupeur dépassée, m'a été bénéfique. Je croyais le racisme réservé aux gens de couleur... j'avais été fascinée par *Autant en emporte le vent* et horrifiée par la manière dont on traitait les noirs. L'amitié qui liait Joséphine Baker à Maman avait aussi joué un rôle inconscient dans ma répugnance pour le trafic d'esclaves et les horreurs qui en résultaient.

Mais cette noblesse d'âme était due à la pitié de quelqu'un qui n'a rien à craindre. Or, ce qui arrive aux autres ne ressemble pas à ce que l'on ressent quand on se trouve dans une situation identique. Et c'était le cas. Les nègres, c'était nous!

On nous accusait de tous les crimes, en commençant comme il se doit par l'assassinat du Christ. On se gardait bien de mentionner qu'il était juif lui-même. Suivaient la lâcheté, la cupidité, la laideur... Persuadée que personne ne m'aimait, j'aurais pu être atteinte de la maladie de la persécution. Ne devrais-je pas dire : « me croire prédestinée à la persécution? » Beaucoup de juifs ont subi les humiliations, les mauvais traitements, la déportation, sans le plus petit mouvement de révolte, comme des victimes résignées, comme si cette abomination était prévue dans les Écritures. Priaient-ils, entassés dans des wagons à bestiaux? Priaient-ils, baignant dans leurs excréments, soudés les uns aux autres, morts et vivants? La foi peut-elle être puissante au point de ne pas faiblir, pendant ces heures terribles?

Dieu, Bouddha, Allah et les autres, faites que les hommes n'oublient jamais ce carnage inutile. Le fanatisme est le meilleur fournisseur d'abattoir du monde! C'est abject, la peur.

Reste la catégorie de juifs à laquelle j'appartenais, comme Lucie et Francine d'ailleurs. Nos parents, nos grands-parents, étaient français de naissance – pour certaines familles, la date de leur installation dans ce pays était plus ancienne encore. Nous étions totalement assimilés. Francine, comme moi, ignorait tout de la religion; ni chez elle, ni chez moi, personne n'était pratiquant; ces générations successives n'avaient subi ni ghetto, ni discrimination : certes, ils en connaissaient l'existence, mais cela entrait dans le domaine de l'histoire, au même titre que le massacre de la Saint-Barthélemy. L'avènement d'Hitler, lequel, en fourbissant ses armes sur les juifs allemands, montrait clairement ses intentions, a semé un début d'inquiétude, sans toutefois réussir à faire douter les juifs français de la victoire de la France en cas de conflit, et encore moins de la sécurité que leur conférait leur nationalité.

Ceci pour expliquer notre stupéfaction à l'idée de n'être plus françaises mais marquées d'une étiquette infâmante de youpines! Pour affronter notre soudaine « négritude », nous avons voulu comprendre ce qui nous différenciait. Dans l'absolu, ce drame, qui pour nous n'en a pas été un grâce au courage de ceux qui nous en ont préservées, mais qui, en dévastant un peuple sans pitié aucune, nous a marquées d'un sceau indélébile, a été le catalyseur de mon goût immodéré pour la connaissance.

J'ai cessé de considérer les livres comme un moyen d'évasion, en découvrant la nécessité d'apprendre. Le besoin de nourrir ma curiosité, la soif de savoir auraient pu n'être qu'une passade; c'est devenu un trait de caractère. Et aussi un vaccin définitif contre l'ennui. Car je mourrai sans avoir eu le temps d'assouvir cet appétit d'ogre. Buffon disait qu'une vie ne suffirait pas à l'étude approfondie d'un mètre carré de son jardin!

Lucie a été, sans aucun doute, à la base de cette évolution. Francine posait les questions, sa mère répondait et j'écoutais. Le charme de ces conversations venait peut-être de ce qu'elles survenaient de manière imprévisible, parfois longues ou simplement faites de quelques phrases, mi-sérieuses, mi-moqueuses, mêlées aux occupations matérielles qui ne manquaient pas pour terminer les Micocouliers. Je n'étais pas encore assez familière avec leur pensée pour participer au dialogue, mais je n'en perdais pas une miette. Le rire de Francine était contagieux.

La campagne antisémite était virulente, mais Lucie dénichait systématiquement la faille qui rendait grotesques des propos faits d'idées préconçues et caricaturales. Son intelligence fut de nous éduquer sans que nous ayons l'impression de l'être. Nous étions fières d'être traitées en adultes. Elle nous a évité ce pathétique complexe de culpabilité qui paralyse tant de juifs. Comment pouvaient-ils continuer à se croire redevables de l'erreur des Docteurs de Jérusalem? Est-ce que les Italiens portaient le poids de la lâche indifférence de Ponce Pilate? Elle nous enseignait les grandeurs du judaïsme, ce que notre race avait de positif, sans jamais oublier son esprit critique. Elle craignait que nous accordions crédit à la légende, fréquente prétention chez certains, d'appartenir à une race supérieure. Comme elle avait raison! J'ai pu constater depuis que la bêtise et la vulgarité ne nous épargnaient pas, peuple élu ou non! Cette éducation, pleine de mesure, me permet aujourd'hui – quand on me pose la question, car je ne vois pas l'utilité de brandir mes origines comme étendard – de répondre: « Je suis juive », exactement comme je dirais je suis Indienne, Chinoise, Bretonne, Corse ou Irlandaise, si c'était le cas. Je ne suis ni fière, ni honteuse de l'être. On ne change pas de sang, ni d'atavisme. Cadeaux ou boulets, il faut faire avec!

Le judaïsme ne resta pas longtemps notre sujet favori. En revanche j'avais pris goût à la conversation ; j'oubliais peu à peu ma timidité. Nous passions de longues soirées, tout près de la cheminée car l'hiver était particulièrement froid, défendant nos opinions respectives quand le débat était intellectuel, échangeant nos idées quand il s'agissait de trouver des trucs pour échapper aux restrictions.

Ce sont ces contingences terre à terre qui, tout en rétrécissant mon estomac, m'ont ouvert l'esprit. Elles m'obligèrent à sortir de mes lectures. La vie quotidienne, avec ses multiples tracasseries matérielles, devint aussi importante, dans sa réalité, que les rêves qui jusqu'alors m'avaient occupée presque exclusivement. Une phrase, dont je ne sais plus si je l'ai lue ou entendue, me plaisait particulièrement et, dès que surgissait un quelconque désagrément, je la répétais comme une prière, ou plutôt comme une formule magique propre à écarter le mauvais sort : « Rien n'est grave dans la vie, hormis la vie... » Oh ! oui, je voulais vivre. Dans la couveuse qu'était les Micocouliers, réchauffée par la tendresse de Lucie et réveillée par l'optimisme de Francine, je m'épanouissais. Respecter la vie, ne pas en gâcher une miette, survivre à cette guerre me semblaient en effet les seules choses graves.

Et si mes projets étaient de devenir une femme qui déchaînerait les passions, ou plus prosaïquement de me gaver d'éclairs au café, il n'en restait pas moins que ces désirs enfantins évoluaient, pour se muer en besoins plus sérieux. Je voulais bâtir mon avenir à ma manière, mais surtout qu'il ne ressemble à rien de ce que j'avais connu. Ma mère s'était suicidée, elle avait quitté cette vie dont je découvrais le prix, je ne devais en aucun cas l'imiter si je refusais de finir comme elle.

Quant à mon père, dont la lâcheté s'aggravait de mon admiration pour de Gaulle, il appartenait à un milieu que j'aurais détruit sans l'ombre d'une hésitation si j'en avais eu la possibilité.

Je pataugeais dans cette recherche d'un idéal. Lucie, un peu au hasard, m'en a donné la clé. Je ne sais bien entendu plus ni comment, ni pourquoi, mais je me souviens que nous étions Francine et moi dans la cuisine, et que nous nous disputions. Je m'amusais à l'exaspérer, calculant à ses dépens les limites de mon pouvoir! Lucie, en faisant irruption, mit fin à ce vacarme. Elle ne nous demandait jamais les raisons de nos chamailleries. La délation était à nos yeux le plus horrible des crimes, ce qui était logique en des temps où ce forfait pouvait causer la mort, et nous ne nous serions pas dénoncées, même dans un mouvement de colère... Je me revois, debout près de la porte, prête à filer au moindre reproche... Une manie que l'affection ne guérissait pas. L'instinct me poussait vers des cachettes où la solitude et le silence apaisaient ma violence. Lucie me regardait pensive, intriguée :

– Tu es une drôle de personne. Un individu à part. Je me demande si tu resteras ce que tu es.

– Je n'ai rien fait de mal! Je défends ma liberté!

– Tu es l'exemple même de l'individualisme!

– Qu'est-ce que c'est?

Une question qui la fit rire. Les dés étaient jetés. Lucie m'expliqua brièvement la signification du mot, et me fit lire des textes simples mais précis, qui allaient plus loin dans l'analyse de ce comportement.

Une fantastique révélation qui changeait la couleur du désert que j'habitais. Je me croyais abandonnée, j'étais simplement solitaire et j'entendais le rester. Le principe selon lequel un être humain est seul face à son devoir, seul responsable de ce qu'il en fera, maître de ses actes sans que nul ne puisse être accusé d'avoir influencé son destin et seul juge habilité à se punir de ses faiblesses, voilà ce que je cherchais inconsciemment et ce en quoi je croyais. Bâtir son existence selon son idéal personnel, établir sa propre morale et lui obéir gratuitement sans attendre de récompense de l'au-delà, oui, c'était ce que je voulais. Un chemin où je serais moi-même la seule déception possible. Je ne souffrirais plus par les autres. L'enthousiasme de la jeunesse masquait les terribles difficultés qui m'attendaient.

Pourtant, cet idéal choisi avec le fanatisme de mes quatorze ans est bel et bien devenu ma loi, la seule à laquelle je me sois pliée. Je ne suis pas au bout de mes peines, mais sans l'avoir totalement maîtrisée, l'obéissance aux règles que je m'étais fixées m'a apporté l'indépendance d'esprit et le respect de moi-même. Unique variante, mais trop importante pour la passer sous silence, je n'ai plus la même conception du mot seul. Si je continue à croire à l'individualisme avec tout ce qu'il implique, y compris l'isolement aride et désolé qui est le lot de chacun devant la souffrance et face à la mort, je sais maintenant que l'amour existe.

Qu'importent mes erreurs de jugement d'alors. Blindée d'égoïsme, animée par une solide ambition, j'étais décidée à gagner le pari que je prenais sur mon avenir. Je n'étais pas motivée uniquement par de belles idées, je tenais à prouver à ceux qui ne m'avaient témoigné que sécheresse de cœur, mépris et incompréhension, que je n'étais pas bonne pour la poubelle. Je réussirais, il le fallait. J'allais devenir quelqu'un, et ce quelqu'un sourirait avec une indifférence amusée des regrets de ces brutes.

Je me lançai dans l'aventure avec la fougue du néophyte. Le plus rude combat fut d'acquérir une auto-discipline. Après des années passées à rouler tous ceux qui m'imposaient une autorité, je me retrouvais à la fois le maître et l'esclave, ce qui m'interdisait tricheries et mensonges. Pendant des mois, je dus me surveiller en permanence, je luttais contre la tentation de vagabonder, secouant ma paresse, m'acharnant à travailler les matières qui m'intéressaient. Quand je me laissais aller à la facilité, je me punissais avec une sévérité que je n'aurais tolérée de personne. Au début, je considérais chaque victoire sur moi-même comme un exploit, puis elles devinrent moins glorieuses parce que plus facilement remportées. Aujourd'hui, cette rigueur dans la discipline est presque un réflexe automatique.

Presque! plus de quarante ans après cet apprentissage, je reste sur mes gardes. On ne prend jamais trop de précautions. Les mauvaises habitudes sont comme les taupes, invincibles. On croit en être débarrassé, elles hibernent. Que la distraction ou un coup de flemme détournent votre attention, elles ressortent de terre au beau milieu du jardin...

En ce qui concerne mon éducation religieuse, elle fut tourmentée de passions et de doutes, puis rapidement abandonnée... J'étais juive et chrétienne, pas catholique. Je cherche encore les réponses à mes questions. Encore un problème à résoudre seule... Seule, seule, seule, toujours la même chanson! oui, on l'est partout, même devant Dieu... L'inévitable Jardin des Oliviers...

Rien n'est plus fragile, au regard de la vérité, qu'un souvenir... Je ne veux en aucun cas rédiger un réquisitoire, ni ménager qui que ce soit au détriment de ma sincérité. J'essaye d'être objective, tout en étant consciente que c'est pratiquement impossible quand on s'obstine à démêler l'écheveau des émotions strictement personnelles. Il faut donc admettre que ce que je raconte n'est vu que sous un angle bien précis, le mien! De toute façon, ce livre n'est pas destiné à servir de référence historique. Ce serait plutôt le manuel de l'alcoolique : « Pourquoi ai-je bu. Je bois. Je ne boirai plus. » Pourquoi insister sur cette mise au point? Parce que chaque fois que je lis les mémoires de mes contemporains, je suis étonnée par ce que j'y trouve et qui ne ressemble que de très loin à ce que j'ai cru vivre en leur compagnie. Les témoignages sont presque toujours sujets à caution. Dans une affaire policière, c'est ennuyeux. Dans un volume de souvenirs, ce n'est que nostalgie de romancier et, dans la mesure où ces fantaisies ne sont pas calomnieuses, qu'importe! De toute façon, le but de ce journal est de m'éviter le divan du psychanalyste, pas de devenir le petit frère du *Bottin Mondain*, encore moins un émule de *France-Dimanche*.

Il y a une rare impolitesse à s'arroger le droit d'étaler la vie privée, fût-ce de ses intimes. D'autant que si c'est pour en dire du bien, cela n'intéresse personne; quant aux règlements de comptes, ils devraient rester ce qu'ils sont dans le Milieu, efficaces et discrets...

Je trouve inutile cette curieuse manie, cette obstination à dévoiler les petitesses quotidiennes des gens célèbres. Les inconnus en ont aussi. Est-ce pour les en consoler? Ce n'est pas son absinthe que j'envie à Baudelaire! Ces ragots sont rarement drôles, souvent racontés méchamment, et toujours au détriment de ce qui a rendu la victime assez connue pour avoir droit à ces indiscrétions.

C'est d'autant plus bizarre que cette pratique soit entrée dans nos mœurs au point de s'appeler maintenant publicité... Vrai que le public ne déteste pas regarder par un trou de serrure, vrai aussi que celui dont on parle est généralement d'accord, mais cela ne m'empêche pas de trouver ce procédé dérangeant. Je refuse catégoriquement de savoir si Stendhal avait les pieds propres, si Mozart sautait à la corde, si Rodin était un bon coup! Je les veux nimbés de leur légende, haut perchés dans mon admiration. J'aborde ce sujet sans rancœur. Bernard et moi avons toujours été épargnés. Personne n'a forcé la porte de notre intimité.

Au fond, ce qui m'exaspère, bien plus que le ragot lui-même, c'est l'incitation à la médiocrité qu'il représente. Déjà, quand mes filles étaient adolescentes, j'étais furieuse lorsque je constatais qu'elles étaient plus épatées par les travers de leur vedette préférée que par son talent. Avec Nicolas, je fais particulièrement attention. J'ai découvert récemment que notre alcoolisme était à ses yeux un titre de gloire! J'étais médusée. Nous étions en train de parler d'un copain que nous n'avions plus vu depuis longtemps, et Bernard riait d'une de nos dernières soirées avec lui. L'intervention de Nicolas, la voix grave, le regard ébloui, m'a laissée muette :

– J'aurais tant voulu avoir votre âge; sortir avec vous, ça devait être formidable.

Nous avons pourtant toujours essayé d'être un bon exemple pour les enfants. Je croyais que Nicolas avait compris que, pour son père, seule la peinture comptait. Que le reste, nos faiblesses en quelque sorte, n'était que la partie réservée aux loisirs. J'avais déjà remarqué, à des petits détails, qu'il était plus épaté par nos défauts que par nos qualités. Comment faire pour qu'il ne se mette pas dans la tête de nous imiter! Lui parler de l'œuvre de Bernard, de l'immense don de soi qu'elle représente? Il est trop jeune pour comprendre et c'est aussi risquer de l'écraser sous la personnalité de cet homme qu'il adore.

La morale ne sert à rien. Il faudrait que je lui raconte les mauvais côtés des plaisirs défendus... Pas facile, je n'en connais pas des masses! J'aimerais tellement être la mère que je n'ai pas eue, bonne, patiente, sage!

La vie est moqueuse. On dirait parfois qu'elle exige une preuve tangible de ce que l'on prétend être. Après l'interrogation écrite, elle m'impose les travaux pratiques.

Hier, je dois reconnaître que j'aurais volontiers flanqué à la poubelle mes belles idées sur l'exemple donné, la patience, et ce qui les accompagne! Heureusement que je ne sais pas conduire! Drôle, comme certains traits de l'adolescence ne s'effacent jamais... j'ai toujours ces brusques flambées de colère, et l'envie, presque irrépressible, de m'enfuir, de me cacher. Un refus physique des autres. Seulement je n'ai plus l'âge d'aller me cacher dans le grenier ou au sommet d'un arbre. Appeler le chauffeur fait office de douche froide!

Je ne sais pas si cette fouille dans le passé me guérira de l'alcool, ni si c'est précisément de ne plus en boire qui me tape sur la tête, mais je me sens changer. Je n'arrive plus à être « mère ». Ça ne m'intéresse pas. Je les aime, mais je ne comprends pas pourquoi je dois, sous prétexte de faire mon devoir, les brimer en permanence! Ce que je retrouve de ma propre adolescence n'est pas fait pour m'inciter à jouer les dompteurs. Avant, j'endossais mon uniforme de C.R.S. sans problème. Les engueuler me semblait tout naturel. Maintenant, je trouve ce rôle de mère noble grotesque, je me trouve ridicule, je joue faux. Mes colères sont complètement disproportionnées aux actes qu'elles veulent sanctionner. Normal, puisque au fond c'est à moi qu'elles s'adressent. Ça ne peut plus continuer! C'est absurde. Ce qui s'est passé pendant la soirée le prouve. Nicolas est descendu un peu avant le dîner, en survêtement, une sorte de sac sans forme ni couleur, et avec des baskets crasseuses. Je le trouve beau, mais pas assez pour que cet accoutrement ne l'enlaidisse pas... Je sais qu'il réserve ses élégances à l'école. Comme certaines bonnes femmes, en bigoudis à domicile et pomponnées pour les copines. Je trouve ça d'une affligeante connerie. Vautré sur une chaise de la cuisine, il me regardait mettre le couvert et préparer le repas, sans ébaucher le plus petit geste pour m'aider. La mauvaise humeur, ça ressemble à des fourmis : on se croit tranquille, allongé dans l'herbe avec un bon livre et elles arrivent. Elles s'attaquaient à ma colonne vertébrale, mais j'aurais encore pu éviter la dispute. Je me contentai de m'ébrouer dans la mauvaise foi. Ces gestes que j'accomplis habituellement avec amour, qui me reposent du travail, ont brusquement perdu leur charme. On me prenait pour la bonne... une honte de me laisser les corvées, des sandwiches devant la sacro-sainte vidéo seraient suffisants! bref, le processus qui consiste à dramatiser des faits anodins pour exploser et se défouler.

Nicolas, au lieu de se méfier d'un mutisme de mauvais augure, s'est lancé dans une explication vaseuse concernant le règlement du collège. Il voulait me convaincre que les transistors et les *walk-man* qui n'étaient pas autorisés d'après le papier que nous avions lu ensemble, n'étaient pas vraiment défendus, puisque plusieurs internes en avaient. Puisqu'on les tolérait aux autres, est-ce que je ne pensais pas qu'il pouvait emporter le sien?

Ce plaidoyer verbeux, cette fausse franchise tendant à faire de moi sa complice, le chien qui m'a bousculée involontairement et m'a fait lâcher dans un fracas, le verre que je tenais à la main, m'ont poussée à bout. Je l'ai traité de lâche : qu'avait-il dans les veines pour ne pas oser désobéir sans ma permission? Quand on se livre sans retenue à la fureur, on est capable du pire. Je ne sais plus ce que je lui ai dit, je l'ai insulté avec une dureté que ne justifiait pas cette histoire idiote. Bernard, attiré par le bruit, n'a fait aucun commentaire. Il m'a aidée à ramasser les débris de verre qui jonchaient la cuisine, ce qui a laissé à Nicolas le temps de sécher ses larmes. Quant à moi, j'ai posé mon gratin sur la table, et sans le léger tremblement de mes mains, j'aurais pu donner l'illusion du calme.

Ce matin, je suis allée réveiller Nicolas. Je déteste ça. C'est horrible d'arracher quelqu'un au sommeil. Je lui ai dit que je regrettais la scène de la veille, que j'étais d'une nervosité excessive et que mes propos avaient dépassé ma pensée. On s'est embrassé un peu trop longtemps. En sortant de sa chambre, pendant quelques secondes, j'ai eu son âge. J'espère qu'il ne s'est pas dégonflé et qu'il a emporté sa satanée machine.

Que se passerait-il si je renonçais à feindre? En ce moment, j'ai besoin d'égoïsme comme on a besoin d'air. Subir une désintoxication est une épreuve fatigante. Au bout de dix-huit mois, le bilan physique est positif, il est plus complexe moralement!

J'ai rarement été en aussi bonne santé. Je devrais être contente; je pèse cinquante-deux kilos, j'ai l'œil clair, la peau fraîche, les cheveux qui poussent... ce qui ne m'empêche pas d'avoir le cerveau comme un meccano démonté. Vais-je réussir à en faire un moteur d'avion ou une bicyclette? Tout le problème est là. Mon erreur semble venir de mes tentatives d'assemblage d'après le modèle précédent. Un manque d'imagination regrettable : la logique veut que j'étale les morceaux sur la table et que je reparte à zéro. Puisqu'il est établi que l'alcoolisme est une fuite, je dois admettre qu'un refus se cachait en moi. Calquer l'avenir sur le passé, sans le secours que m'apportait le scotch, est une opération vouée à l'échec.

Je dois faire un tri, garder ce qui m'est essentiel aujourd'hui, sans un regard en arrière, et bazarder le reste. Tant pis pour les déchets. La pitié et l'indulgence sont des sentiments que je m'imposais. Je n'en ai ni pour Bernard, ni pour moi. Pourquoi devrais-je en accorder aux autres?

La sobriété m'a fait un cadeau dont je n'arrive pas à décider si je dois le garder comme une précieuse récompense, ou le mettre au fond d'un placard dans l'espoir de l'oublier. Seulement, la lucidité ne se laisse pas écarter aussi facilement qu'on le souhaite. Plus les jours passent et plus elle s'incruste. Elle ne prodigue pas sa férocité qu'aux autres!

Se passer au crible est un jeu étrange. Je trouve des choses qui me plaisent. Je m'entends bien avec moi-même, je peux même dire que je m'aime, ce qui est une évidence, car autrement je ne me serais pas donné tout ce mal, je serais restée dans mon tonneau jusqu'à la noyade. Prétendre qu'on se soigne pour quelqu'un d'autre que soi est une vaste blague. A moins d'être assez orgueilleux ou naïf pour se croire indispensable. Personne ne l'est. Aucun amour, aussi grand soit-il, ne peut rendre une présence vitale. Cette illusion-là m'a été épargnée. Ma mère était mon univers. Je me suis crue blessée à mort et j'ai survécu. On n'oublie pas, mais on n'en crève pas non plus.

Curieux comme le simple fait de sortir mes griffes me procure une sensation de bien-être. Je ne crois pas être méchante, je suis trop indifférente pour cela. En revanche, on m'a souvent accusée d'être cruelle. Je sais que je le suis et j'ai compris ce qui me pousse à balayer d'un coup de patte ceux qui me dérangent. C'est la peur. Ça rend dangereux, la peur... la mienne ne m'a jamais quittée. Je ne veux plus souffrir de cette douleur qui s'échappe du cerveau pour envahir le corps, qui déchire au point que l'on ne sait même pas si l'on hait la vie ou la mort, qui vous jette tête baissée vers les murs sans issue d'un délire voisin de la folie.

L'instinct de préservation est plus puissant que tout autre considération. La défense m'est un élan naturel. Dès que je pressens le risque, ne fût-ce que d'une petite traîtrise, la grisaille qui, en salissant légèrement la blancheur de l'affection, annonce une faille, celui ou celle qui a suscité cette méfiance n'est plus pour moi qu'une source de danger, une personne classée spontanément dans les objets à jeter, comme un verre fêlé ou des fleurs fanées. Je ne cherche pas à savoir si j'ai tort ou raison. Ma peur est physique, et, comme un animal, je me fie à mon flair. Ensuite, je suis incapable de faire marche arrière; ce qui est fini l'est définitivement. J'ai ainsi rayé des gens de ma vie, d'un jour à l'autre, sans leur donner d'explication, comme s'ils n'avaient jamais existé. Je ne prétends pas que ce soient des amputations agréables à exécuter, mais il serait malhonnête de dire que cela m'affecte. Un peu d'agacement, le mécontentement de s'être trompé... mais l'erreur est humaine et la souffrance ne l'est pas! Elle est hideuse, avilissante, terrifiante... je la hais!

Ce n'est certainement pas la sobriété qui me fera moins vigilante! Elle aurait plutôt tendance à me rendre, en plus de la lucidité, une férocité que je pensais atténuée par des années de bonheur. Or je la retrouve aussi vivace qu'à l'époque où j'étais encore seule.

J'avais besoin de cette dureté, j'y encageais une vulnérabilité que je considérais comme une tare. L'alcool faisait le reste, il assourdissait ma peur. L'ivresse me rendait lyrique et imaginative. Sans retomber dans la mythomanie de mon enfance, j'avais tendance à décorer mes aventures d'élans fictifs. Je pleurais, je riais, je poétisais. J'étais ravie de faire comme tout le monde, inquiète de me sentir si différente quand j'osais affronter mes vérités, ce qui était rare. Je préférais de beaucoup, un verre à la main, me livrer à ces grandes envolées du corps et de l'esprit, lesquelles, merveille des merveilles, restaient superficielles. Toute possibilité de souffrir soigneusement anesthésiée, j'étais relativement rassurée... jusqu'à ce que Bernard vienne balayer de sa tempête le château de cartes de mes précautions.

Bernard... De lui, je n'ai jamais eu peur. Je n'ai pas réfléchi, ni cherché à comprendre pourquoi, et je lui ai appartenu comme si cette appartenance allait de soi... Il ne m'a d'ailleurs jamais demandé mon avis! Il m'a prise avec la tranquille assurance de quelqu'un qui sait ce qui est à lui. Son regard vert me rendait transparente, lavait mes blessures, gommait les laideurs. La froideur dans laquelle j'hibernais n'a plus été qu'un passé inutile. Je n'étais plus qu'un grand feu de joie où se consumait tout ce qui n'était pas lui. Je n'avais jamais vraiment songé à ce qui avait pu l'attirer vers moi. Je l'aimais, il m'aimait et c'était trop aveuglant pour que je cherche à l'expliquer.

Aujourd'hui, je me demande si ça n'est pas cette face si

soigneusement cachée, ces plaies mal cicatrisées, cette crainte de les voir saigner à nouveau, cette incurable faiblesse dissimulée sous une apparente désinvolture – toute une parenté cachée en quelque sorte – qu'il a reconnues, et qui l'ont déterminé à m'aimer.

Ce serait logique, un écorché vif ému par une petite égratignée... Je ne crois pas qu'il sache plus que moi ce qui nous a liés l'un à l'autre. Ce dont je suis certaine est que si j'avais été ce que je feignais d'être, notre amour aurait été un échec. Jamais je n'aurais pu comprendre ce qu'il est.

Cette immense douleur qu'il porte comme un cilice sans jamais s'en plaindre, comme le prix naturel que le peintre doit payer à Dieu ; cet interminable hurlement qui ne cesse que dans l'atelier, quand il s'enferme pour griffer la toile de ses révoltes ; jour après jour, cet acharnement à dénoncer ce qui le blesse, la bassesse, la médiocrité, la méchanceté : c'est pour chaque tableau, le même combat, dans le vain espoir de sauver les uns de la bêtise meurtrière des autres... un accouchement inlassablement recommencé.

Quand il quitte l'arène pour revenir vers moi, je sais qu'il m'a voulue pour que je lutte avec lui contre l'angoisse, cette garce qui nous guette depuis l'enfance et que nous n'arrivons à vaincre péniblement que depuis que nous sommes deux. Mais elle ne nous aura pas, l'amour nous rend forts, comme la vie, comme le soleil, comme les arbres... comme tout ce que l'angoisse craint. Effacées les zones d'ombre où traîne notre ennemie. Tant que nous serons soudés l'un à l'autre, elle ne gagnera pas.

C'est un sujet que nous n'avons abordé que très rarement. A quoi bon ? Nous avons fait les mêmes voyages au creux de l'anxiété, connu les mêmes cauchemars, les mêmes gouffres. Il a pleuré sa mère comme j'ai pleuré la mienne. La sienne ne l'a pas quitté volontairement, mais face au vertige de l'absence, ça ne fait pas une grande différence. Nous avons traversé la même guerre, vécu la même jeunesse...

Pour lui, j'ai retiré mon armure. J'étais décidée à accepter tout ce qui me viendrait de lui, y compris la souffrance. Promesse facile, tant j'étais persuadée qu'il ne me blesserait pas... et pourtant, j'ai souffert. Je ne savais pas que c'était ça, l'amour! j'ignorais que j'aurais à partager sa souffrance à lui, que je la vivrais comme la mienne, que je serais déchirée par mon impuissance à la soulager... Oui, j'ai souffert avec lui, pour lui, mais jamais à cause de lui! Quand a-t-il deviné ce que je cachais derrière une façade de férocité, d'assurance, de désinvolture? A quel moment a-t-il su que j'étais vulnérable, éternelle convalescente guettée par l'inquiétude chronique de voir saigner les vieilles blessures? Est-il tombé amoureux d'une dangereuse et séduisante panthère ou a-t-il aimé la chatte de gouttière venue lécher ses plaies à l'abri des souvenirs d'enfance? Quand il m'a emportée vers la passion, était-ce pour ma force ou pour ma faiblesse?

Il est ce qui m'est arrivé de plus essentiel. Il a réuni tout ce qui était en moi, dispersé et stérile, pour en faire ce que je suis. Il m'a fait naître une seconde fois, tendre, gaie, offerte. Mais pour lui seulement. Pour les autres, je n'ai pas changé. J'ai gardé mes griffes et ma méfiance. Peut-être suis-je un peu moins indifférente, et encore... je n'oserais pas l'affirmer.

Une révolte sauvage, presque irrépressible, m'habite. Qui est cette emmerdeuse qui parle doctement de l'alcoolisme comme d'une maladie? J'en ai assez de ces belles leçons d'une morale un peu trop récente pour être crédible. Tout est trop sage, trop calme. Est-ce qu'en nettoyant mon corps de fond en comble, ils m'ont offert, en prime, un lavage du cerveau? Eh bien c'est raté.

Je n'avais jamais eu de regrets, même de mes plus énormes conneries; mais là, je me rattrape! Jamais je ne tiendrai le coup dans cette sagesse organisée. Je manque de désordre à en crever. J'étouffe, dans mon couvent laïc. Et je hais cette lucidité, perchée comme un oiseau de mauvais augure sur l'épaule d'une sorcière, qui susurre à mon oreille des jugements sans appel.

Et tout cela pour ne pas vieillir! Comme si c'était possible! A quoi me servent ma minceur reconquise, mon visage dégonflé? De pauvres récompenses, comparées aux torrents d'émotion, à l'intensité de vie que j'ai perdus. Ce quotidien, minuté dans ses moindres détails, la fantaisie supprimée comme un suppôt du diable, cette ligne droite, tracée d'une main trop sûre, qui va jusqu'au mot fin, m'oppressent. Quand je pense aux compliments que l'on m'inflige, pour le courage et la volonté que j'ai montrés afin de me désintoxiquer, je pourrais pleurer.

L'enfer ne serait-il pas un virus individuel? chacun le sien, avec ses pièges bien organisés. La solitude, séductrice au double visage : paradis des jours de bonheur, désert inhumain, en période de doute...

Est-ce que j'aurai le courage de vivre un mensonge jusqu'à la mort? Je me suis distribué un rôle très au-dessus de mes moyens. Ma prétendue volonté n'est que de l'orgueil! Si je n'avais pas un public à satisfaire et, surtout, ce besoin de plaire, ce désir de louanges, qui sont à la fois une marque de vanité et les restes de la peur de n'être pas aimée, j'aurais déjà craqué! La honte de perdre le pari que j'ai fait ouvertement me sert de parapet. Pour le fortifier, je m'enfonce dans un système de vantardise. Je prétends que cela m'est devenu indifférent de ne pas boire, alors que j'y pense au moins une fois par jour! Je veux bien admettre que l'éthylisme est un refuge, mais c'est tellement fantastique de camoufler la laideur, de travestir la vérité, de croire aux fantasmes, d'évoluer dans une brume irisée d'illusions. J'ai quitté la nuit, son carnaval de rêves éveillés, ses ombres indulgentes, pour le jour et la lumière crue qui arrachent les masques, chassent les tricheurs, et me laissent les yeux brûlants d'être grands ouverts, l'âme déchiquetée par le soleil glacé d'un interminable hiver! Mon corps a rajeuni, un bel emballage... Mais dans le paquet-cadeau, il n'y a plus qu'une pauvre bête éteinte, qui regarde immobile un toboggan qui se prénomme : « vieillesse »...

Tout cela est tellement absurde! Je me fiche de la mort. J'en parle, mais je n'y crois pas. Elle est trop abstraite. Et je suis là, collée au mur, terrifiée par la flétrissure qui me guette. Je me soigne pour l'éviter, mais je n'obtiendrai qu'un léger sursis. L'autre moi, celle qui croit bien faire en obéissant aux médecins, aux bien-pensants, l'idiote, toute fière du devoir accompli avec le sourire, la présomptueuse qui s'imagine qu'elle m'a tuée, l'inconsciente qui, forte de ses exploits de pacotille, oublie de me surveiller, sait-elle que je n'ai jamais cessé d'espérer lui insuffler la force d'envoyer promener sa sagesse de nouveau riche? Mais elle n'a pas encore gagné la bataille, on ne se débarrasse pas facilement du plaisir, de la folie, de l'irresponsabilité!

Que pense Bernard de cette nouvelle femme que je suis en train de devenir? Je n'ose pas le lui demander. Lui aussi a changé, mais différemment. Il est moins torturé, moins anxieux. Peut-être n'est-ce qu'une impression? Il sait mieux que quiconque préserver ses secrets. Cela m'aiderait de savoir comment il a vécu sa propre désintoxication. La seconde semble être une réussite totale. Les années passent sans qu'il montre le plus petit regret du passé. De là à affirmer qu'il n'en éprouve jamais!... Pourtant il me semble évident qu'avec ou sans nostalgie, il a accepté l'inévitable sobriété. Il est gai, détendu, il a même l'air plus heureux qu'avant. Plus serein serait le terme exact. En le liant à mes soubresauts, en l'interrogeant sur ce qu'il a lui-même ressenti, je risque de réveiller l'eau qui dort. Le jeter dans la tempête serait un crime.

Je m'essouffle à démêler mes propres contradictions. Je lutte, jour après jour, pour reconstruire ma nouvelle identité. Je veux réussir, je m'efforce d'être honnête, mais je n'arrive pas à me délivrer de la confusion mentale où me plonge le doute. Dédoublée, tiraillée entre ce que j'étais et ce que j'essaie de devenir, j'en arrive à ne plus savoir qui je suis, à m'ennuyer avec celle qui s'acharne à m'empêcher d'avancer. Je ressemble à ces poupées russes qui s'emboîtent les unes dans les autres.

Et lui, m'aimera-t-il encore si je suis une autre? Jusqu'à présent, il n'a jamais laissé quoi que ce soit me changer. Il s'est systématiquement opposé à ce qui aurait pu faire de moi autre chose que la fille que j'étais quand il m'a connue. Il m'a épousée pour qu'on ne me considère pas comme sa « petite amie ». Pour que ceux qui attachent de l'importance aux conventions me respectent. Lui ne s'est jamais comporté en mari.

Il m'a formellement interdit de prendre au sérieux mon rôle d'épouse. J'étais Madame Buffet, avec ce que cela implique de bourgeoise légitimité, pour l'extérieur. Pour lui, j'étais Annabel.

Nous n'avons pas d'autre lien que l'amour. Et l'amour, c'est comme le bonheur, ce n'est pas un état entier et définitif que l'on garde une fois pour toutes. Ce serait plutôt un enchevêtrement de sensations, de pensées, des instants de passion, une complicité instinctive, des passages difficiles, une dépendance voulue, une indépendance réciproque, et la certitude que c'est encore et toujours le bien le plus précieux et le plus fugace... L'amour n'est jamais acquis, il doit naître et renaître. Seule cette reconnaissance quotidienne permet la survie du couple. Confondre la passion et la cohabitation est une erreur à ne pas commettre, car passer d'une liaison à la vie à deux est très différent de ce que l'on croit. Pas pour celles qui, nées avec une mairie dans la tête, mettent toutes leurs forces dans une chasse au mari, considèrent le oui comme une première victoire, l'enfant comme la seconde, et ensuite, comptant sur le sens du devoir de leur époux, casées dans le mariage comme un fonctionnaire sûr de ses droits, prennent en amour une retraite anticipée. J'ai l'air féroce ? Erreur de jugement ! N'en déplaise à Miss MLF, il existe beaucoup de femmes qui sont « au foyer » comme d'autres à l'usine. Les malheureux qui se sont liés à ces boulets trouvent le plaisir ailleurs, mais gardent l'épouse, ligotés par l'existence de l'enfant-otage.

De toute façon, le divorce est au-dessus de leurs moyens. Ils n'ont pas de quoi entretenir un nouveau piège en s'acquittant du précédent par une pension alimentaire ! Sordide, pour ne pas dire répugnant, si l'on songe au gosse élevé dans les plaintes mensongères et les ragots vindicatifs.

Mais je me fous de ces gens-là ! je ne veux penser qu'à ceux qui font de l'amour un idéal, une raison d'être. Pour eux, le mariage est un cadeau, pas un métier !

L'essentiel est de ne pas tricher, ni avec soi, ni avec l'autre. On se lance parfois dans l'aventure qu'est la vie à deux pour fuir la solitude ou par excès d'enthousiasme, sans réfléchir, et puis c'est amusant de devenir Mme X. Le divorce n'est-il pas là pour gommer les erreurs? Il existe et c'est très bien, mais il n'est pas glorieux, il sanctionne un échec. Un mot que je déteste, qui me semble maléfique, qui me livre à la superstition : toucher du bois, croiser les doigts, n'importe quoi, mais pas échouer... L'insuccès porte malheur!

C'est vrai qu'être deux est extraordinaire. On éprouve une sensation de force, qui naît de la certitude d'une protection réciproque, l'équilibre de la sensualité accomplie et, précieuse entre toutes, la tendresse si particulière de l'intimité...

Avant de vivre avec Bernard, j'ai observé ses défauts, sans indulgence. Je n'espérais pas les corriger. Mais si je ne les avais pas trouvés drôles, séduisants ou supportables, j'aurais tourné les talons pendant qu'il en était encore temps. Les qualités, aussi grandes soient-elles, ne suffisent pas à me convaincre qu'il faut avaler sans sourciller les petites exaspérations. D'autant que la perfection me donne un fugitif complexe d'infériorité, vite balayé au profit de l'ennui. Partager l'existence d'un saint, non merci...

Les événements qui exigent un exploit sont rares. Restait l'autre piège, le plaisir sexuel. On dit que l'amour est aveugle, celui des corps manque de clairvoyance. J'avais trente ans, et si j'étais capable de reconnaître le désir, d'en subir la magie, de m'y abandonner sans retenue, je savais aussi qu'on ne vit pas au lit. Oui, j'avais le trac à l'idée de passer des rencontres exceptionnelles au frottement du quotidien. La salle de bains, Apollon en chaussettes, Ève sur le bidet, bref, ces détails auxquels nul n'échappe, qui ne sont jamais ce que l'on imaginait et dont je me demandais ce que nous en ferions : un rêve ou un cauchemar. Nous n'avons eu de concessions à faire ni l'un, ni l'autre. Heureusement! L'abnégation amoureuse tourne trop souvent à la maladie de la persécution. On finit par brandir ses sacrifices comme une déclaration de guerre.

Être deux, c'est s'aimer comme on est, sans grimace ni prouesse... Mon amour, je t'ai reconnu le jour où j'ai compris que je n'avais pas le choix! J'étais totalement incapable d'envisager une vie sans toi. Être ensemble, respirer, penser, rêver au pluriel... Oui, l'amour c'est ça, dire je en pensant à « nous »...

Vivre au pluriel? une belle devise, romantique à souhait! Tiens, voilà la garce qui se réveille... Pas d'ironie, laisse ce vieux truc éculé au fond du placard. Pas de mensonge, non plus... En aucun cas je ne veux laisser planer un doute. Ce n'est pas pour rejoindre Bernard dans la sobriété que j'ai cessé de boire. Je ne représentais pour lui aucun danger, il n'est pas homme à se laisser influencer. D'ailleurs, quand je lui ai dit que j'envisageais de me désintoxiquer, sans me le déconseiller formellement, il a multiplié les mises en garde. Il semblait plus inquiet qu'enthousiaste. A l'époque, je n'en étais qu'à l'excès de poids et à la crainte d'enlaidir. C'était préoccupant, mais tout de même insuffisant pour me décider. Et puis, Bernard avait arrêté deux ans auparavant. Je songeais que l'alcool, en m'aidant à assumer les enfants, la maison et le reste, le préservait de tout ce qui l'embête. Autant lui laisser un temps de repos supplémentaire.

J'avais le foie malade, mais depuis si longtemps... S'il avait été le seul organe atteint, j'en serais probablement encore aux hésitations. L'alerte décisive a été la prise de conscience d'un début de troubles mentaux. Entre le trou de mémoire banal, qui peut être dû à la fatigue, à des soucis, et le vrai passage à blanc, il y a une nuance à ne pas négliger. Or, c'est très exactement ce qui m'arrivait. Des actes précis, récents, totalement oubliés, des heures gommées comme si elles n'avaient jamais existé... Bernard a été le seul à s'en apercevoir. Je suis distraite de nature, et à l'égard des autres c'était encore relativement facile à dissimuler. C'est pour ne pas devenir un déchet, une loque sénile que j'ai pris l'unique décision qui s'imposait.

Vivre au pluriel... la seule responsabilité de Bernard, en l'occurrence, est dans l'exemple. Il avait choisi pour nous. Il aurait opté pour l'autodestruction, nous nous serions noyés dans le même tonneau. Il s'en était sorti, pourquoi pas moi! Un optimisme dû à la méconnaissance de ce à quoi je m'attaquais...

Par moments, quand je me traîne comme un jouet cassé, un objet inutile, quand je suis rongée par l'impression d'être un fardeau, de ne plus dégager que tristesse et monotonie, je me dis que j'ai eu tort, que j'ai présumé de mes forces. Autant crever dans une bouteille! une solution qui reste à ma portée... C'est ce que je ferais si je conjuguais le quotidien au singulier...

Curieux comme on s'installe vite dans le mensonge. Cette comédie, inventée pour rassurer les autres, à moins que ce ne soit pour éviter leur pitié, finit par ressembler à la vérité, tant elle vous colle à la peau.

Par moments, je m'entends rire comme si de rien n'était. Il paraît que je suis l'image du bonheur! Et c'est presque vrai... Presque!... Je suis même complètement heureuse pendant ces parenthèses de gaieté. Pourquoi est-ce que je ne parviens pas à m'installer dans ma nouvelle vie? Pourquoi?

Une inadmissible détresse me ronge; un hurlement de loup séparé de sa horde me déchire la gorge, une plainte que je suis seule à entendre. Mais je n'ai pas le droit de me plaindre d'une solitude que j'ai voulue. Seul Bernard saurait m'aider et je ne peux pas lui demander secours... Il n'en est même pas question! A quoi bon le replonger dans un climat d'anxiété qu'il ne connaît que trop bien.

Comme j'ai peur de cet endormissement intérieur! Je pourrais l'appeler sérénité, mais je sais bien que c'est tout autre chose : une léthargie qui me paralyse... Je voyageais au fil de l'alcool comme un voilier de course; depuis des mois je suis amarrée au quai de carénage. Pourrai-je un jour reprendre la mer, caracoler sur les vagues, jouer dans la tempête, ou suis-je condamnée à me laisser bercer par une eau morte comme une vieille dame dans un fauteuil à bascule?

Je hais cette vieillesse qui s'acharne sur sa proie avec une patience de fourmi laborieuse. J'ai cru gagner la première manche en la chassant de mon corps à grands coups d'eau fraîche. Elle emploie une nouvelle tactique en m'attaquant par le dedans. Elle grignote mon enthousiasme, sape mes révoltes, m'incite à l'indulgence. Je suis coincée dans une impasse par cette sorcière! Elle ne me laisse aucune issue. Puisque j'ai choisi de préserver mon apparence, je dois en payer le prix. Je me débats pour défaire les liens qui m'entravent, je refuse de laisser la rouille gripper les mécanismes de l'esprit, un combat quotidien et opiniâtre, qu'une insidieuse nostalgie me rend parfois plus difficile encore...

Est-ce le fameux manque contre lequel le médecin vous met en garde au début d'une désintoxication? Je n'ai commencé à le ressentir que récemment. Ce n'est pas d'alcool que j'ai soif, mais de désordre, de folie, de défendu... J'étouffe d'être raisonnable sans trouver la force de ne pas l'être. Je sais que l'alcool n'invente rien, qu'il se contente de libérer les déraisons qui dorment en moi. Je devrais savoir les réveiller sans avoir recours à une drogue! Mon psychiatre risque de m'en proposer si je lui explique ces vertiges de détresse qui m'assaillent un peu trop souvent. Je suis décidée à ne plus avaler de tranquillisants d'aucune sorte. Le répit qu'ils procurent ne suffit pas à me faire accepter d'être un zombie, souriant ou pas, et encore moins l'état dépressif dans lequel me précipite l'interruption de l'effet euphorique et le retour à la réalité!

Je sais qu'il existe d'autres pilules, qui sont supposées provoquer un climat proche de celui que j'aimais... Je m'en méfie... Si elles remplacent vraiment l'alcool, elles sont également nocives et, telle que je me connais, j'en abuserai et on finira par me les interdire aussi. Et puis l'idée ne me plaît pas. Ces petites billes de toutes les couleurs, malgré cette coquetterie, sont des médicaments. Jamais elles n'auront la séduction du bel or liquide que l'on verse dans un verre, ni son goût, ni sa brûlure... Que deviendrait la nuit et ses fêtes si l'on remplaçait la farandole des bouteilles par une distribution de cachets! La « fête », le mot magique, l'incantation, qui glisse de mon stylo comme une larme et dilue l'encre de ma lettre de rupture. La fête... qu'est-elle pour que sans cesse je parle d'elle? Est-elle un mirage d'alcoolique dans le désert, l'ennemie implacable de l'explorateur en quête de sagesse, ou la complice, l'amie que je pleure au fond de mon exil? J'ai avec elle des rapports illogiques, passionnels. Selon les jours, je la dénigre, ou, pour la démythifier, je prétends qu'elle n'existe pas, qu'elle est une excuse inventée par un ivrogne pour se vautrer dans la débauche, la bêtise. J'en parle avec mépris, comme si je voulais la blesser pour qu'elle me haïsse, pour qu'elle perde tout espoir de réconciliation. Mais, au fond de moi, la nostalgie lui reste fidèle et me supplie de ne pas rompre avec l'amie de toujours... Tu sais bien, Madame la Fête, que quand je te renie, c'est par jalousie... Comment pourrais-je t'oublier, toi, la mystérieuse, la capricieuse, l'imprévisible? Je n'ai plus le droit de te fréquenter, mais personne n'a su m'expliquer ce que je devais faire pour ne pas te regretter. Je sais où tu es. Pas dans les soirées organisées! Tu refuses systématiquement les invitations... Que t'importe le mal que les gens se donnent pour te faire honneur! Tu te moques de ces préparatifs. On ne peut ni t'acheter, ni te contraindre. Tu marches au coup de cœur! Je sais ne prendre aucun risque en acceptant un dîner, ou une boîte à la mode. Tu ne viendras pas, tu as un autre rendez-vous, avec le hasard, dans un bar, sur un banc, dans la rue, partout où la rôdeuse fantasque que tu es peut exercer ses charmes... Oui, pour te plaire, il ne sert à rien d'être rutilant, tapageur, il suffit d'être disponible, un peu rêveur peut-être, assez pour croire que tu existes, toi et aussi ce que tu inventes. Tu me rappelles certains climats de l'adolescence... l'élève, seul dans la cour de récréation, paumé, qui regarde celui qui règne sur la classe, le plus grand, le plus beau, le moins sage, que tout le monde admire et dont il aimerait tant être l'ami sans avoir jamais osé l'approcher. Et brusquement, le héros s'approche de lui, lui le plus petit, le plus timide, qui se sent soudain transformé d'avoir été choisi. C'est comme cela que tu procèdes, les premières fois...

Tu sais bien que c'est dans ton culte que se forge une sorte de famille de la nuit, une étrange famille, dont les membres ignorent presque tout les uns des autres, sauf ce qui t'appartient. Combien de fois, le soir, vaguement fatiguée, décidée à prendre un dernier verre avant d'aller dormir, je t'ai vue accoudée au comptoir. Tu es une drôle de personne, la Fête! Tu es la reine du déguisement et pourtant je te reconnais. Comment? à un je ne sais quoi qui grimpe le long de ma colonne vertébrale, qui me fait le dos droit, qui assouplit mon corps. C'est la chaleur de tes philtres étranges qui monte et monte encore, et le regard se fait brillant, et jaillit le rire... Toute lassitude envolée, le cerveau roucoule de plaisir, abandonne la logique, galope vers une fantaisie débridée. Tu jettes ma montre à la poubelle, tes voyages ignorent les heures et le temps... Avec toi, la Fête, j'ai vu le soleil se lever sur la mer, à Deauville, j'ai connu les forains qui montaient les tréteaux du marché, et aussi les aubes glacées de l'hiver, le café arrosé et l'appétit vorace qui clôt les nuits blanches. Comment pourrais-je faire confiance aux pastilles, aux cachets? Qui irais-tu chercher dans une pharmacie? Tu me manques... moi non plus je ne sais pas rire dans un hôpital, ni avec des médicaments.

Seulement t'écouter, c'était aussi être atteinte de sénilité précoce. « De mon temps... », chevrotait la vieille poivrote à son jeune fils écœuré... Non, je ne veux pas, c'est trop cher payé... Et puis tu m'agaces. Tu n'es pas indispensable. Personne ne l'est. Je te remplacerai par autre chose, et je serai belle plus longtemps...

Deux jours et demi à Paris sous la pluie battante. Fatiguant, mais amusant. Je me sentais frivole, animale et pas sage du tout... le seul miroir qui ne ment jamais est le regard d'un homme! J'en ai croisé plusieurs dans la rue qui me voyaient belle et c'était fantastiquement bon! Oubliée la peur de vieillir! Tant que je sentirai cette convoitise glisser sur moi comme une caresse, tant que je recevrai comme un cadeau ce désir d'un inconnu, je me sentirai bien dans ma peau. J'aime plaire et si ma tête m'inquiète souvent, mon corps me rassure. Il est vivant, gai, confiant... et il a raison! il est soigné, aimé, que demander de plus! Décidément, je ne comprendrai jamais rien aux nouvelles femmes. Elles crânent, elles se veulent libérées, elles « se font un mec » ou plusieurs et ne se gênent pas pour étaler, détailler, comparer leurs prestations! Moi, je suis une femelle et non seulement je n'en ai pas honte, mais j'avoue que j'ai toujours laissé un peu de tendresse au creux d'une épaule, même quand elle appartenait à un accident de parcours...

De toute façon, dès que je quitte notre tour d'ivoire j'ai l'impression de découvrir une autre planète. Peut-être est-ce cet étonnement devant une société en mutation qui m'a poussée à me croire vieille? Étrangère à ce qui m'entoure, incapable de m'y insérer, je suis en effet d'une autre époque. Mais tout bien réfléchi, si j'en juge par la spontanéité de mes révoltes, je suis jeune. Peut-être, finirons-nous, Bernard et moi, dans un « zoo-réserve » où l'on viendra observer les drôles de bêtes, rescapées d'une autre civilisation, que nous sommes? Je préfère de beaucoup cela à l'existence sinistre que promet le monde moderne. Je ne suis pas la seule à refuser la déshumanisation qui nous guette. En me promenant dans Paris, mis à part mes regards-miroirs gourmands, j'ai croisé bien des visages fermés, des yeux tristes... Les gens dégagent une exaspération contagieuse. Ce serait indécent de ma part d'aborder les soucis financiers. J'en ai eu, pourtant, mais ils ne sont pas comparables à ceux qui ravagent les chômeurs actuels. Moi, j'avais dix-neuf ans, je n'avais la responsabilité de personne, j'étais accoutumée à la faim par l'Occupation, et surtout un âge qui résiste aux privations... cela ne suffit pas à me donner l'expérience nécessaire pour jouer les économistes.

Dire qu'autrefois je prétendais que l'argent n'avait aucune importance... belles idées, belles phrases, une utopie que n'excuse que ma rancune à l'égard de ma famille. Il faut être une gosse de riches pour oser proférer des âneries pareilles! J'ai quand même respecté un de mes principes. Je ne me suis jamais vendue à quiconque. Ni pour des sous, ni pour des passe-droits. En revanche, quand je travaille je me fais payer et j'aime ça. Ne pas avoir de problèmes financiers permet une liberté de pensée et d'action indéniable. On dit que nous sommes tous égaux devant la mort... C'est faux. Mourir dans un dortoir d'hôpital, au milieu de cadavres en puissance, est atroce. Et mourir au calme est un luxe. C'est ignoble, mais c'est vrai...

On ne devrait pas reprocher à quelqu'un sa fortune, simplement l'obliger à la dépenser. L'or qui circule profite toujours à quelqu'un. Le capitaliste avaricieux est condamnable, mais il a la vie dure et je doute que cette caste toute-puissante disparaisse un jour... Je le regrette et en même temps je n'y suis pour rien. Je n'ai ni l'intention, ni le pouvoir de changer le monde. Je suis dépensière, j'ai des goûts de luxe, j'apprécie ma chance à sa juste valeur et je refuse catégoriquement de dissimuler ces mauvais penchants. Je ne prends aucun risque en m'habillant comme bon me semble : depuis quelque temps, l'allure déglinguée est démodée. Je garderai mes blue-jeans pour la campagne. Bernard aime bien mes périodes sophistiquées.

Contrairement à ce que l'on pourrait penser, la disparition de la fausse bohème n'est pas une provocation de la droite, loin de là. C'est Bernard qui m'en a révélé la cause. Au début de notre mariage, je lui reprochais de s'habiller comme un notaire pour sortir. Il m'avait expliqué qu'il trouvait ridicule la « tenue-artiste » et préférait passer pour un homme de loi plutôt que de se déguiser. Il n'avait pas tort et, à l'époque, je m'étais efforcée de l'imiter, mais uniquement quand nous allions à Paris. Habillée par Balenciaga, j'ai été pendant deux ans un modèle d'élégance. Jusqu'au jour où Bernard s'est opposé à cet uniforme de grande bourgeoise, pestant contre mon besoin de jouer les épouses. Il me voulait telle qu'il m'avait connue et désirée. Je suis retournée avec joie à mes habitudes passées. Tout cela ne dit pas pourquoi le socialisme a fait disparaître le délabrement romantique, qui était de rigueur depuis plus de dix ans. Bernard est un manuel et se salit beaucoup en travaillant. Il se change chaque fois qu'il quitte son atelier et chaque fois qu'il y retourne. Je sais que cela l'embête et que ces multiples strip-tease sont un effort supplémentaire. Pourtant, il a raison quand il me fait remarquer qu'un mécano ne se met pas à table maculé de cambouis, ni un boulanger couvert de farine.

– Les gens simples ont de la tenue et du respect pour les choses. Ils n'ont pas les habitudes des snobinards que tu connais. Comme cette connerie de se vautrer par terre dans un salon pour faire décontracté. On voit qu'ils ne foutent rien. S'ils travaillaient, ils apprécieraient le confort d'un canapé.

Déclaration qui m'avait vexée sur le moment (je préfère souvent le tapis à un fauteuil!), mais si vraie qu'il ne m'est pas venu à l'esprit de la contester.

Nos dirigeants se veulent à l'image de ceux qui les ont élus. Je crois qu'il faut travailler durement pour comprendre que s'habiller en dimanche est synonyme de repos! Après des années de cheveux gras, de fringues douteuses et d'odeurs suspectes, on ne peut que se féliciter de ce nettoyage en grand. J'espère que la fantaisie survivra à cette propreté et que les nuques rasées ne sont pas l'annonce d'un goût de l'uniforme. Côté uniforme, discipline, pas de l'oie, merci beaucoup... J'ai déjà donné.

J'ai eu du mal à résister à la folle envie de m'envoler vers Saint-Tropez. Le départ de la course de voile sera donné demain. Les plus beaux voiliers du monde se sont inscrits. Comme le port doit être beau dans sa lumière d'automne, débarrassé des grosses caisses à moteur, hérissé de mâts! Des marins affairés, une atmosphère électrisée par la compétition toute proche et, pour rendre la tentation plus forte, du soleil...

Ici un brouillard dense nous emballe de coton, comme une porcelaine fragile dans son écrin. J'aimerais bien savoir où coller les étiquettes Haut et Bas! J'irai voir les beaux bateaux l'année prochaine. Je m'étais déjà fait cette promesse en septembre dernier. Dire que quand on est petit, on rêve d'être grand pour échapper à la rentrée des classes! Encore une illusion! Les années passent et l'école continue...

Enfin, il y a des limites à l'égoïsme. La désintoxication a bon dos. Je ne peux pas négliger systématiquement les

119

diverses obligations qui m'incombent. Aucune n'est très importante, mais rassemblées, elles font la bonne marche de la maison. En plus, Bernard doit aller à l'imprimerie. Autant il aime bien être seul chez lui, autant il déteste Paris sans moi. Donc, je suis coincée par ma propre rentrée! École de la vie, plus sévère que l'autre... Même si l'on renonce à être le premier de la classe, il faut se battre pour rester dans la bonne moyenne.

Quel motif ai-je de vouloir à tout prix respecter une discipline que je me suis fixée? Pourquoi ne pas me laisser aller à mes instincts? D'où me vient la volonté d'être sage, alors que je suis d'une incommensurable paresse? Pour toute réponse, il y a l'orgueil de gagner mes paris, la force de l'habitude, un désir d'absolu, la peur d'être inutile... N'ai-je pas tout fait pour persuader les miens que je leur suis indispensable? Ils en sont sûrs. Ils me le disent. J'aimerais les croire, mais ma prétention ne va pas jusque-là! Je suis là et ils abusent tout naturellement de la facilité que j'ai à les écouter, à prendre en charge leurs problèmes, à leur en éviter le plus possible, à assumer ce qui les embête.

Personne n'est irremplaçable. Il n'entre aucune fausse modestie dans ces mots. Je sais par expérience que l'on survit à des peines que l'on pense insurmontables. Si je n'existais plus, ils auraient un immense chagrin, je vivrais en eux, embellie, magnifiée par le souvenir et ils se jureraient inconsolables. Mais sans même s'en apercevoir, ils apprendraient à se passer de moi. Heureusement. Nul n'échappe au grand vide, mais celui laissé par les autres reste le plus douloureux. Il est presque inadmissible, tant l'absence d'un être aimé semble une injustice. Encore une raison pour haïr la vieillesse : plus on avance sur la route, plus on manque de compagnons... Ce sont ces trous qui me forcent à prendre conscience de mon âge. Sans eux, je me croirais éternellement jeune. Ces séparations définitives ne provoquent pas une douleur continue, un peu comme les rhumatismes... Oui, c'est cela, un mal incurable, chronique, larvé, dont les crises aiguës vous transpercent de manière imprévisible, comme pour prévenir toute espérance d'oubli...

Comme j'envie ceux qui ont la foi! Quelle qu'elle soit.

Mais à choisir, je préférerais la réincarnation au paradis : un désir de rester sur terre qui manque de spiritualité. Se dire athée est facile, l'être est très différent. L'après-mort vient chatouiller la curiosité des incroyants les plus convaincus. Le néant est aussi abstrait à concevoir que la survie de l'âme. Si seulement j'osais prier, je supplierais le maître de l'univers de me rayer sur la liste des vivants avant Bernard ! Je ne veux pas rester seule, je ne peux pas, j'ai trop peur. Nous y voilà : la lâcheté, l'égoïsme me traînent, pitoyable et suppliante, à la recherche de Dieu. Minable, malhonnête. Je refuse la prière qui ne serait qu'un contrat d'assurance pour l'au-delà, avec, en prime, une diminution de trouille.

Je voudrais croire comme on respire, sans poser de questions, sans preuve, sans doute, sans crainte. Je voudrais Le voir partout, dans les arbres et les fleurs, dans les champs de blé, dans la mer bleue de mon enfance, dans la beauté, dans le bonheur. Je voudrais que mes prières soient de joie, Lui dire merci dans un chant d'allégresse du corps et de l'esprit, et non Lui murmurer des plaintes, quémander des réparations, mendier des faveurs... Je voudrais L'aimer gratuitement, sans récompense, pour l'unique plénitude qu'est l'amour dans l'éblouissante certitude de Son existence.

Autrefois, j'ai frôlé cet état de grâce. Pour que mes papiers soient en règle, on m'avait fait avaler le catéchisme, auquel je n'avais strictement rien compris, puis baptisée et, dans la foulée, je venais de faire ma première communion. J'étais sincère. J'étais fascinée par le calme de l'église, la pénombre, l'odeur de l'encens, le chuchotement des femmes agenouillées, la lumière fragile des cierges, et plus encore par l'orgue, une révélation. La musique sacrée me bouleversait de tendresse et d'émotion. J'ignorais que l'apaisement qui m'envahissait était plus physique que moral, et aurait probablement été jugée coupable par la stricte loi catholique et romaine. J'étais trop jeune pour deviner que des hommes restaient des hommes, et je n'aurais pas osé imaginer que des prêtres, à mes yeux véritables représentants de Dieu, pouvaient interpréter les évangiles à leur guise et décider de la gravité d'une faute de façon arbitraire. Je n'avais retenu de l'enseignement reçu que ce qui atténuait mon inextinguible soif d'amour. J'imaginais le Paradis à la ressemblance du jardin de ma grand-mère, mais plus extraordinaire encore... La Sainte Vierge s'y promenait et Maman, ressuscitée, lui tenait compagnie. C'était certainement elle qui avait souhaité que je sois baptisée, pour qu'une fois instruite, je sache qu'elle ne m'avait pas vraiment abandonnée. C'était merveilleux de sentir qu'elle veillait sur moi. Je priais avec ferveur, espérant qu'elle m'entendait. La blessure au cœur que me laissait sa mort se serait-elle cicatrisée si on m'avait laissé mon rêve? Je ne le saurai jamais...

Pourquoi ai-je dit à l'aumônier, qui me demandait de transmettre ses hommages à ma mère, qu'elle était morte? Probablement gêné d'avoir transformé une simple formule de politesse en gaffe, il voulut se montrer compatissant et connaître la maladie qui m'avait rendue orpheline. Ignorant que c'était défendu, pourquoi aurais-je menti? Je dis qu'elle s'était suicidée.

Toute ma vie je me souviendrai de cet accusateur en soutane noire. Le verdict glacé tomba sans appel de ses lèvres sèches : « péché mortel ». Je le revois, ce justicier, horrifié par un acte qu'il qualifiait de criminel. De quel droit osait-il juger Maman? La haine d'un enfant est d'une exceptionnelle violence, car aucune expérience ne vient la ternir.

Ma mère ne pouvait être aux enfers. D'ailleurs, rien de tout cela n'existait. On m'avait menti... Comment avais-je été assez idiote, à douze ans, pour croire à des contes de fées? Je n'écouterais plus ces sornettes. Maman était morte. J'étais seule.

Je n'ai jamais pardonné la sévérité de cet abbé. Son inutile cruauté, en m'obligeant à renier tout ce à quoi je commençais à croire, a froidement brisé ma foi naissante.

Ce n'est pas ce que j'ai vu pendant la guerre qui pouvait m'inciter à croire en l'amour de Dieu pour Ses créatures! Mais de toute façon, j'avais rayé la religion de ma vie. Je n'y pensais même plus. J'avais trouvé de quoi la remplacer. Notre professeur de latin ne cachait pas son admiration pour les Allemands et se montrait outré par les agissements des résistants qu'il qualifiait de crapuleux et comparait avec horreur à ceux de la bande à Bonnot. C'est grâce à lui que je découvris l'anarchie. Une religion dont Dieu et ses représentants étaient exclus ne pouvait que me séduire. Elle se confondait avec le culte que je vouais à de Gaulle. Certes, je voyais tout cela avec des yeux d'adolescente : le général n'était autre qu'un Robin des Bois réincarné. C'est bien plus tard, ayant approfondi mes connaissances à travers des lectures et d'interminables conversations avec des copains, que je compris la beauté de l'idéal anarchiste et ses terribles exigences. Une utopie si l'on en fait une politique, une superbe et solide règle de vie si on l'applique au quotidien... Elle est difficile à respecter, ce que j'essaie de faire depuis des années, mais enrichissante, belle dans sa rigueur et offrant la solitude comme terrain de jeux.

Dieu ne m'est resté présent que par l'art. Quoi de plus admirable que la *Pietà* d'Avignon, le *Requiem* de Mozart, les églises romanes! Je ne résiste pas au plaisir de pénétrer dans un lieu saint. J'allume des cierges, je me promène et je m'y sens bien, apaisée par la spiritualité qui s'en dégage. Mais je reste plus proche des compagnons qui ont bâti ces chefs-d'œuvre que de Celui à qui ils sont consacrés. Pourtant je n'ose plus m'affirmer athée. L'influence de Bernard joue un rôle certain dans ce retour vers les questions sans réponse, les doutes, et ce quelque chose d'indéfinissable qui m'attire et me rebute. Pour lui, l'existence de Dieu est une évidence. L'Évangile a réponse à tout. Que l'on puisse en douter l'étonne.

En 1958, nous avions été unis par le maire de Ramatuelle. Il y a dix ans, Bernard a souhaité que nous soyons liés par le sacrement du mariage. J'ai été très émue. Je savais l'importance qu'il attachait à cet acte. Il voulait faire de moi sa femme devant Dieu.

Aurais-je accepté si je n'avais cru en rien? Non. S'Il existe, Il m'aidera... Mais n'est-ce pas ce qu'Il a fait en me donnant à Bernard?

Les enfants sont certainement ce qui existe de plus efficace pour chasser les papillons noirs de l'angoisse. L'inépuisable source de tracasseries qu'ils représentent ne laisse de place pour rien d'autre. Je les aime trop. Rien de ce qui leur arrive ne me laisse indifférente. Ils ignorent tout de ma faiblesse à leur égard. Heureusement! ils sont suffisamment encombrants comme ça! Curieux que je ne puisse ressentir que des sentiments excessifs.

J'ai voulu par-dessus tout qu'ils ne connaissent jamais la solitude qui fut la mienne. Je les ai trop préservés et ils manquent de griffes pour se défendre. Alors ils reviennent faire panser leurs bobos. Vexés de ne pas savoir utiliser l'indépendance que je leur laisse, ils cachent sous des dehors agressifs ou légers le gros chagrin de bébé qui les fait rentrer au bercail.

Je suis à la fois émerveillée par la confiance qu'ils ont en moi, inquiète de les voir aussi dépendants et, bien entendu, exaspérée par le sans-gêne avec lequel ils s'emparent de ma vie, de mon temps, sans pitié pour mes propres soucis, ma fatigue. C'est un peu ma faute. Ils ne connaissent que maman; la vulnérabilité et les faiblesses d'Annabel ne les regardent pas. Par moments, ils m'épuisent!

Si au moins ils étaient en crise en même temps! Ce serait trop beau. Je n'ai jamais réussi à les avoir tournant rond tous les trois. En ce moment, c'est ma fille aînée qui déraille. Elle est de loin la plus difficile à comprendre, donc à aider.

Ma propre analyse ne m'autorise pas à dévoiler la vie privée des membres de ma famille. Cependant, j'avoue être agacée quand on donne de nous l'image rose et bleue d'un roman de Delly. Les tracas que me causent les enfants sont fréquemment à l'origine d'une mauvaise humeur coléreuse. Et si j'ai la mauvaise idée de m'en plaindre, on me jette un regard choqué par mes exigences; on m'explique que ce pourrait être bien pire... Suivent les arguments presque toujours identiques :

— Vous ne vous rendez pas compte de la chance que vous avez! Vous êtes trop sévère. Les choses ont évolué. Ce qu'ils font n'est rien! Ils pourraient se droguer... Nous avons des amis dont la fille... et elle a commis des vols pour... et le fils des Untel... et patati et patata...

Je sais tout cela et, contrairement à ce qu'en pensent ces bavards, je suis infiniment reconnaissante à la vie d'avoir évité ce piège à mes enfants. Je suis révoltée de constater que ce drame s'est répandu au point de faire partie des potins. Furieuse d'entendre ces gens-là porter des jugements imbéciles sur les parents des jeunes drogués. Dès qu'il est question de contraception, d'avortement, d'éducation, on constate que les critiques les plus indignées, les plus virulentes, sont proférées par des couples ou des célibataires qui n'ont pas d'enfants. Ils pourraient avoir la décence de se taire. Ces égoïstes au cœur stérile ne savent que pérorer. Je serais étonnée qu'ils trouvent une solution miracle à ce fléau.

En ce qui me concerne, c'est une éventualité qui me panique. Mes filles ont passé sans dommage le cap dangereux. Reste Nicolas... il n'a que treize ans. Ce qui me fait le plus peur est l'incompréhension totale que je ressens devant l'attirance des adolescents pour la drogue. Un phénomène que ma génération n'a connu que de loin. L'opium évoquait la Chine... un vice exotique que ne pratiquaient que quelques écrivains. En aucun cas une tentation. Quant à la marijuana, j'en ai fumé quelquefois. Les musiciens disent qu'elle sensibilise le nerf auditif. J'ai partagé ce plaisir avec quelques-uns d'entre eux, c'était agréable en effet, mais insuffisant pour me faire accepter les crises de foie consécutives.

Ce ne sont pas ces piètres expériences qui me seraient d'un grand secours, si j'étais confrontée à la nécessité de tirer mon fils hors du gouffre. Tout est laideur dans cet envoûtement. J'ai bien des fois essayé d'analyser point par point le processus qui mène un néophyte du premier joint jusqu'aux drogues dures. Je ne me sens pas l'âme policière et je ne cherche pas à connaître les motifs qui poussent l'initiateur à offrir la première cigarette. Toutes sortes de rumeurs circulent sur ce sujet. Je préfère la théorie la plus banale, celle du copain. Sa mauvaise influence est indéniable, mais rien ne prouve qu'il propose ce partage dans l'intention de nuire. A cet âge, on a de l'amitié une idée singulière; ce geste, qui a parfois des conséquences dramatiques, peut n'être que le désir de s'unir par une sensation nouvelle, une manière de lien secret, une alliance, un pacte, que sais-je? Les adolescents n'ont pas changé au point de ne plus avoir le goût du mystère, de l'interdit et du risque. Il n'y a pas de quoi en faire un drame. C'est plutôt un jeu. Le calumet de la paix sera relégué parmi les souvenirs d'enfance par le premier amour.

Alors quels sont ceux qui vont se laisser prendre dans l'engrenage? Pourquoi? Pour qui? Le savent-ils eux-mêmes? Ils ont sûrement un point commun, le seul qui me semble capable de provoquer l'escalade... oui, le même motif que celui qui fait l'alcoolique : le refus de la réalité. La drogue devient le moyen miraculeux d'échapper à ce qui est...

Tant pis si je fais de la propagande pour l'éthylisme. Je lui trouve de multiples avantages. Il est légal. Ce ne sont pas les policiers de la brigade des stupéfiants qui me feraient peur, mais plutôt les messieurs qui font le commerce de la cocaïne, de la morphine et autres articles du même ordre. Ils sont aussi dangereux que leur marchandise. Quel terrible esclavage que celui des redoutables compromissions, des menaces de chantage que feront subir les vendeurs avant de lâcher le poison devenu indispensable. Sans parler des sommes grandissantes qu'il faut réunir pour obtenir les doses nécessaires. L'alcool est beaucoup moins cher. Un coca-cola, un jus de fruit valent plus qu'un ballon de rouge! Et puis on peut boire sans se cacher.

Rien n'est plus chaleureux qu'un comptoir, avec son alignement de bouteilles multicolores... On ne boit pas dans le seul but de se doper. Il entre une part importante de gourmandise dans le choix du poison. D'ailleurs les médecins, tout en prêchant la sobriété, savent bien qu'en France on arrose copieusement les événements gais ou tristes de la vie quotidienne. Refuser de trinquer peut passer pour une insulte... Mais le suprême avantage de l'alcool sur la drogue est qu'il tue lentement. J'ai bu pendant quarante ans. Il ne me reste aucune séquelle de mes débordements. J'ai été admirablement soignée, mais cela ne suffit pas à justifier que je sorte intacte de mon tonneau!

Les pauvres gosses qui se piquent savent-ils ce qui les attend? Ils ne peuvent pas ignorer qu'ils marchent à pas de géant vers la déchéance, vers la mort.

Les médias se sont employés avec énergie et patience à démythifier le romantisme qui parait ces pratiques, à démentir qu'elles sont susceptibles de faire un génie d'un abruti, à détailler les ravages physiques qu'elles provoquent. Peine perdue! Ils sont sans cesse plus nombreux, comme voués à une autodestruction collective. Rien ne les arrête, ils s'obstinent dans une inexorable détérioration, troupeau grandissant de jeunes gens asexués, aux regards hallucinés, crasseux. Ils volent, ils tuent pour quelques secondes de rêve, puis retombent dans une misère physiologique atroce, et la ronde continue, dans un éternel recommencement, jusqu'à ce qu'ils meurent... et d'autres se saisissent de leur seringue comme on se passe un relais.

Et ceux qui essaient d'endiguer cette folie, cette fuite dans le néant, sont eux aussi obligés de tout recommencer, alors qu'ils connaissent d'avance l'issue de leur sauvetage; un pourcentage ridiculement faible, décourageant...

Je suis incapable de me joindre à ces sauveteurs. Je n'en ai pas la force, ni l'abnégation. Ils me font peur, ces forcenés hallucinés, une peur profonde, une peur animale...

Qu'avons-nous fait de notre quotidien pour qu'ils lui préfèrent cette existence négative? Cette plaie béante au cœur même de notre société est-elle la preuve hurlante de notre égoïsme, de notre cupidité, de notre absence d'idéal?

Peut-être ne sommes-nous pas coupables. C'est ce que semblent penser ceux qui ne sont pas contaminés. J'ai essayé d'aborder ce sujet avec eux. A vrai dire, ils se montrent assez indifférents. Selon eux, il est inutile d'en faire un drame. Ce n'est qu'une des facettes de ce qui a toujours existé : la peste, la guerre et aujourd'hui la came... Ce flegme est désarmant. Entre celui qui meurt d'un excès de sensibilité et celui qui a déjà revêtu le beau costume en peau de crocodile du fonctionnaire ambitieux, il doit y avoir quelqu'un d'autre. Pourvu que mon fils aime assez la vie pour ne pas être englué dans cette échappatoire... Pour l'instant, il apprend avec une mauvaise volonté évidente; il ânonne *Oceano Nox* qu'il doit réciter lundi matin. Drôle d'époque, qui fait aller de pair l'informatique et Victor Hugo... Qui gagnera, de l'homme ou de la machine?

HIVER

Nuit interminable ponctuée de cauchemars, entre lesquels s'étalent des flaques d'insomnie dont on ne sait plus si elles sont un refuge contre ses mauvais rêves ou si elles en font partie... Serai-je un jour débarrassée de ces remous qui clapotent dans mon sommeil? Qu'elles sont longues ces heures de veille! Trop englué de fatigue, on se sent incapable d'en faire quelque chose. L'envie de dormir met les nerfs à vif... J'erre du lit à la salle de bains, et je retourne me coucher, la tête lourde, les yeux brûlants. Les chiffres lumineux de la pendule électrique dessinent les minutes et éclairent d'un vert glauque le cendrier qui regorge de mégots.

J'ai dû sombrer sans m'en rendre compte car c'est la sonnerie stridente du réveil qui m'a arrachée au repos enfin accordé.

Il n'est que six heures et je m'étonne moi-même. Je ne me soupçonnais pas capable d'être ponctuelle à un rendez-vous aussi matinal. C'est un horaire qui convient bien à ma nouvelle vie; celle d'après! En revanche, ma paresse reste aussi évidente dans le présent que dans le passé. Sans une inflexible discipline, je ne travaillerais pas assez... Si seulement on avait plusieurs vies! Je mourrai en retard sur tout ce que j'avais envie de faire. Je n'ai pas trouvé d'autre moyen pour lutter contre la tentation de m'éparpiller, que le respect maniaque d'un emploi du temps : de six heures à midi, écriture; ensuite, pose frivole, la joie de me faire belle pour le peintre qui va descendre de l'atelier... Nous avons gardé le rite de l'apéritif, sans alcool bien entendu... et malgré tout agréable. Nous bavardons, puis déjeunons. A deux heures trente, fin de la récréation et retour à ma tanière. Selon les jours, je reprends mon cahier, je fais du courrier ou je donne des coups de téléphone d'ordre professionnel. De cinq à six heures je m'occupe de la tribu : parlottes, menus du lendemain, bref tout ce qui concerne la maison. Réunion obligatoire que le rire et l'affection transforment en moment de détente. Heureusement, car si c'était une corvée j'y aurais renoncé et l'atmosphère qui règne ici en aurait été modifiée. Le soir arrive pour renouer notre tête-à-tête. C'est pour préserver cette intimité, que nous partagions à l'époque avec les enfants, que je me suis lancée dans l'apprentissage de la cuisine et sans prétendre au titre de cordon bleu je me débrouille assez bien. Je fais donc le repas du soir. Pendant les périodes d'écriture, j'avoue que cette besogne manuelle me repose l'esprit et m'aide surtout à reprendre pied en douceur dans la réalité. D'autant que je ne suis pas encore assez experte à manier la casserole pour me permettre la moindre distraction!

Un rythme de vie qui me convient parfaitement, mais que je critique les lendemains d'angoisse nocturne... Vrai aussi que ces matins-là, rien n'aurait grâce à mes yeux. Et les questions, toujours les mêmes, tintinnabulent dans ma tête, agaçantes, défaitistes. Peut-être ai-je présumé de mes forces en entreprenant seule une analyse de ce que je suis? En grattant la couche de vernis dont l'oubli miséricordieux camoufle les blessures, ne suis-je pas en train de libérer des forces mauvaises? Les séquelles de ma nuit blanche me font considérer ce décortiquage comme périlleux...

Femme de peintre exécutant un autoportrait... tout un programme!

Je m'aperçois en effectuant ce voyage à travers ma réticente mémoire qu'il m'est impossible d'établir une chronologie des événements qui ont modelé la femme que je suis. Comme si aucun lien n'existait entre eux, à la manière de certains livres pour enfants où l'on retrouve le même personnage : Annabel au collège, Annabel et les existentialistes, Annabel au music-hall, Le mariage d'Annabel... En bandes dessinées cela ne manquerait pas de sel! mais là n'est pas mon propos...

J'envie ceux qui peuvent raconter leur vie, de la petite enfance à l'âge adulte, sans rencontrer d'obstacle au déroulement des faits. A moins que je ne les plaigne, si cette facilité n'est que le reflet de la monotonie. Je n'aime ni l'immobile, ni le définitif, ce sont des états trop proches de la mort. Je ne parle pas de la mort physique, mais de celle des sentiments, des idées, des sensations. Cette perpétuelle remise en question de tout ce qui m'est essentiel m'a fait une existence mouvementée, ce qui explique mon incapacité à en relier les diverses péripéties. Elle m'a aussi fait commettre des erreurs et des volte-face de tous ordres...

En essayant de revivre les périodes les plus importantes de ce passé, je découvre que j'ai eu une chance hors du commun, une chance presque indécente. Je le savais plus ou moins, mais je n'avais pas mesuré son étendue, ni envisagé ce qui aurait pu m'arriver sans elle.

Nombreux sont ceux qui nient l'existence de la chance. D'autres la rendent responsable de leurs échecs, en l'accusant de n'avoir pas été au rendez-vous. Tout dépend de ce que l'on attend d'elle. Je ne sais rien de l'ésotérisme, ni de la magie, pourtant, j'ai toujours été persuadée que les êtres humains avaient encore beaucoup de mystères à expliquer. Ne serait-ce que la prémonition... Je ne cherche pas à approfondir et encore moins à comprendre des secrets qui impressionnent et dont je pressens qu'en essayant de me les approprier, je risque d'en perdre la protection. En fait je crois aux ondes que dégage tout ce qui vit, bénéfiques ou maléfiques selon qui les reçoit; en ce qui me concerne, j'ai pratiquement toujours été connectée à la bonne source et ce depuis le tout début de mon entrée dans le monde des adultes.

Curieuse génération que la nôtre... Si la guerre nous avait offert une maturité précoce qui nous avait permis de survivre, elle n'avait pas modifié les méthodes éducatives. On nous gavait de grandes idées, mais personne ne songeait à nous enseigner le quoditien.

La sexualité était un sujet tabou et il n'était pas question de l'aborder avec une jeune fille. On se contentait d'insister sur le prix de la virginité, sur la souffrance physique qu'était sa perte, la grossesse hors mariage restant l'épouvantail de service.

J'avais bien glané quelques renseignements dans des livres propres à me rassurer quant à l'existence du plaisir, mais je n'éprouvais aucun désir, et ces connaissances restaient littéraires et non pratiques. J'étais à dix-sept ans d'une invraisemblable naïveté.

Un an plus tard, c'était l'été et je passai quelques jours à Auribeau. Lucie réorganisait sa vie; Francine partait pour Bruxelles, mes copains perdaient à mes yeux tout intérêt, mon adolescence s'éloignait... J'ai tourné la page en perdant gaiement ma virginité.

Comment ai-je atterri dans une soirée au Carlton? Je ne m'en souviens pas. Je l'ai vu presque tout de suite... Il habitait Cannes; je l'avais remarqué le jour de ma première communion, il devait avoir cinq ans de plus que moi et j'avais été frappée par sa beauté de jeune homme... Nous avons dansé, il était intelligent, drôle et séduisant. Quand il m'a entraînée sur la plage, je l'ai suivi sans hésitation. Nous nous sommes d'instinct évité les mensonges. Nous n'avons passé qu'une nuit ensemble. Je me suis abandonnée à sa somptueuse expérience. Ce fut une fête charnelle, une belle entrée au paradis de la volupté, la première manifestation de ma chance, pour cette fameuse première fois! J'ai été émerveillée par l'amour, par la plénitude des sensations reçues, par l'apaisement né de la tempête. Je découvrais une force neuve dans la certitude d'avoir mon corps comme allié, il devenait une source d'équilibre, de joie et le plus sûr moyen pour lutter contre une angoissante solitude.

Je ne m'étais pas trompée. Mon corps ne m'a pas trahie, j'ai joyeusement obéi à ses désirs et même abusé de son appétit. Comme pour l'alcool, ce sont des excès que je ne regrette pas. Le plaisir m'a donné le goût de vivre. En me livrant sans honte à la sensualité j'ai trouvé un solide contrepoids au négativisme vers lequel m'entraînaient le désordre de l'esprit et le vide du cœur.

Suivre un inconnu et s'offrir à lui était à l'époque une

extravagance. Certes, je ne risquais pas le bordel du Moyen-Orient! Mais mon séducteur aurait pu être bavard. En se vantant de ses bonnes fortunes, dont j'étais, il m'aurait classée parmi les putains... Il n'en fit rien. Je partais le lendemain pour Paris et je n'ai revu mon amant d'un soir que deux ans plus tard. Ni l'un ni l'autre n'avons pensé à renouveler notre nuit, mais nous sommes devenus amis. Personne n'a connu notre secret. Nous étions plus romantiques que nous ne souhaitions le paraître et nous voulions préserver par le silence, le charme et la pureté de ces quelques heures.

Personnellement, je n'ai jamais songé à situer le respect dans ma culotte ni dans celle des autres. Faire l'amour me semble naturel comme boire, manger, dormir. Je ne prétends pas qu'il faille coucher à tort et à travers, ni partager un repas avec n'importe qui; je me fie à mon instinct et là encore, j'ai eu de la chance. Les hommes qui m'ont attirée ne m'ont jamais fait de mal, ils m'ont protégée de moi-même et des autres. Indépendante, je m'efforçais de ne pas être une entrave à leur liberté. Tout le monde ne rencontre pas le grand amour à vingt ans. Sans ces amitiés amoureuses qui ont précédé Bernard, j'aurais été malheureuse et déséquilibrée.

Rien n'est comparable à ce qui peut exister entre deux êtres qui s'aiment. Seulement je l'ignorais. Pendant des années, j'ai fait partie du clan des hommes. J'y étais dans mon élément. Ils me traitaient comme un des leurs. J'ai reçu beaucoup d'eux et ne les ai jamais considérés comme des proies, des tyrans, des ennemis. Je n'ai pas non plus rencontré le mépris. Les mygales bourgeoises réunies en état-major pour établir les ruses de la séduction mériteraient de savoir ce que disent d'elles leurs prétendues victimes.

Ce serait d'une cruauté inutile. Ces femmes ont un penchant inné pour les simagrées, les pudeurs feintes, les potins. En vacances, elles peuvent passer des après-midi entiers à comploter, papoter, fourbir leurs griffes. Poussée par la curiosité, j'ai participé une ou deux fois à ces cénacles : j'avais l'impression d'être en pays étranger! Et pour couronner cette confrontation, j'ai été interdite de séjour comme n'étant pas une femme!

Appréciation que je laisse sans commentaire.

Elles ont peut-être raison. Chacun a la vie qu'il se fait. Je reste persuadée que pour s'épanouir, se souder, un couple doit évoluer en pleine lumière. Peu importe l'opinion des autres. Bernard se moquait de ma mauvaise réputation quand il m'a prise par la main pour m'installer près de lui. Quant à moi, bouleversée d'amour, de désir, de passion, ivre d'un bonheur jusqu'à lui inconnu, je ne pensais qu'à l'instant présent, affolée à l'idée de perdre une seule minute de cette joie du corps et de l'âme, enroulée dans le plaisir, lovée dans la confiance, donnée aux yeux verts au risque d'en mourir... L'envie d'être respectée ne m'a pas effleurée. La vie ne respecte rien. Elle est la vie! Il en est de même pour l'amour quand il s'écrit en majuscules.

Nous avions tous les deux trente ans. Il nous est arrivé depuis de regretter le temps perdu, les années d'avant nous... C'est un tort. Je suis persuadée que sans les douze années de folie et de désordre que j'ai vécues avant de renaître pour Bernard, je n'aurais pas su l'aimer, ni même me laisser aimer.

Si on passe le film en accéléré, cela donne un scénario de roman-photo! Une jeune fille naïve, qui se prend pour Cendrillon, quitte le bel appartement de l'avenue Foch pour être libre. Après de multiples tribulations, où, bien entendu, elle a le beau rôle – les méchants sont toujours les autres – elle n'échappe aux bas-fonds que grâce à l'amour d'un beau jeune homme riche! Eh bien, mon apprentissage de l'indépendance et sa mise en pratique n'ont été ni aussi dramatiques, ni aussi romanesques.

Dans le train de nuit qui me ramenait de Cannes à Paris, je pensais à la virginité que je venais de perdre si agréablement. J'étais assez fière de moi, d'être devenue une femme...

Je n'avais pas perdu de temps pendant les mois qui me séparaient du voyage identique qui, l'année précédente, mettait fin à ma vie d'adolescente en m'emmenant rejoindre mon père... un père dont je ne savais pas grand-chose. Nous nous étions mal quittés. Depuis, avait-il oublié ce qui nous avait séparés? Avant l'annonce de son retour et ce départ vers lui, qui déjà me faisait sourire tant je me sentais plus vieille qu'alors, je n'avais eu aucune nouvelle de lui. Je n'en attendais pas. D'une part je nous croyais fâchés, d'autre part la guerre empêchait qu'il m'écrive. Je me demandais parfois s'il avait réussi à partir. Était-il aux États-Unis, ou ailleurs? Je ne l'ai pas cru arrêté ni déporté, pas vraiment. J'ai malgré tout redouté cette éventualité. Ce fut une inquiétude vague, fugitive; elle ne m'était pas dictée par l'amour, seulement il était mon père et je n'avais que lui. J'avais encore besoin de racines.

Après le Débarquement dans le Midi, la Libération de Paris, et l'entrée des troupes alliées en Allemagne, l'horreur était devenue officielle. Beaucoup de mes amis juifs ou résistants, ou les deux, comptaient leurs morts.

Aussi, quand il avait téléphoné, mon premier mouvement avait été de joie. J'apprenais non seulement que mon père, ma tante Colette, et mes grands-parents paternels étaient vivants, mais qu'ils étaient ensemble et m'attendaient. J'étais donc partie vers eux. Oh oui! je me souviens de cette nuit... J'étais partagée entre la curiosité, la timidité, la peur d'être déçue et aussi de décevoir. De la fillette laissée à Cannes sur le pont du chemin de fer, il n'existait plus qu'un prénom.

Et que restait-il de l'homme riche, raffiné, sûr de lui dont je gardais l'image?

C'était le second acte de la tragi-comédie que nous avions commencé à jouer à la mort de ma mère. Un acte important, et il me fallait entrer en scène en improvisant!

Lucie m'avait accompagnée jusqu'au train et m'avait donné un peu d'argent, heureusement. Personne ne m'attendait à la gare de Lyon. Je ne me souvenais pas du tout de la capitale. Je l'avais quittée à onze ans. J'avoue avoir été prise de panique. J'ai attendu un moment sur le quai, espérant que papa avait été retardé. Je savais que ma tante Colette, encore dans l'armée, avait récupéré notre appartement de l'avenue Foch pour ses parents et que c'était là que j'allais habiter. Grâce au viatique de Lucie, je pouvais m'offrir un taxi.

Après une queue que je fis gaiement, distraite de ma déception par une animation à laquelle je n'étais plus accoutumée, je trouvai enfin une voiture.

Quand j'ai sonné, c'est Marie qui m'a ouvert. Elle était entrée au service de mon père quand il était jeune homme et ne l'avait jamais quitté, sauf contrainte par la guerre, qu'elle avait, m'a-t-elle expliqué ensuite, vécu chez des parents. Elle était revenue, fidèle au poste, dès qu'elle avait su mes grands-parents sortis de leur cachette.

Maigre, sèche, les cheveux tirés en chignon, avec une robe noire et un tablier blanc, elle aurait ressemblé à une sorcière si ses yeux et son sourire n'avaient pas reflété une bonté et une affection sans bornes.

Je l'ai embrassée, bien sûr, et elle m'a serrée dans ses bras; très vite elle m'a repoussée :

– Il ne faut pas, Mademoiselle. Ces familiarités convenaient à une enfant. Mon dieu, que vous êtes grande! Vous êtes tout le portrait de cette pauvre Madame! C'est Monsieur qui va être étonné. Mademoiselle Colette a préparé des vêtements pour vous. Des affaires à elle. Elle s'inquiétait pour la taille... Pour une surprise, c'est une surprise! Monsieur Guy et vos grands-parents sont au bureau, ils seront là pour déjeuner. Je vais vous installer!

Je voulais surtout me laver. Marie me conseilla d'utiliser la grande salle de bains, les Allemands ayant cassé le chauffe-eau de la mienne. Je sortais de l'eau quand j'ai entendu qu'on m'appelait. Il n'était que onze heures et croyant que c'était Marie, j'ai fait irruption dans l'entrée enroulée dans une serviette-éponge.

C'était lui. Pour une fois, la curiosité avait pris le pas sur le sens des affaires.

Jamais je n'oublierai son regard... Il ne cherchait pas à cacher son émotion. A peine vieilli, il était identique à celui qui m'avait dit au revoir quelques années auparavant. Flanelle grise, chemise bleue, impeccable de la tête aux pieds, mais terriblement ému. Est-ce son trouble qui m'a intimidée? J'étais statufiée. Il m'a demandé d'une voix rauque si je voulais bien l'embrasser. Si je voulais bien!... Ainsi, c'était par peur des reproches qu'il n'avait pas trouvé le courage d'affronter ma descente du train! J'avais déjà de multiples aperçus de l'esprit revanchard qui régnait depuis la Libération et qui, trop souvent, était le fait d'une majorité jadis plus silencieuse que résistante. Le chagrin, vite refoulé, que m'avait causé son absence sur le quai s'envola devant sa gêne vaguement honteuse. Son regard me faisait belle, nous étions vivants, que demander de plus? Je lui ai souri et, au risque de perdre ma serviette, j'ai été vers lui.

Pourquoi n'avons-nous pas su attraper cette seconde chance d'être un père et une fille unis? Ce bonheur, nous l'avons frôlé, fragile château de cartes, et il s'est écroulé sans grand bruit... Nous avons tout de même partagé quelques mois d'une intimité dont je ne peux nier qu'elle me fut enrichissante. Ce livre n'est pas supposé être des mémoires, mais le journal d'une désintoxication; il se trouve pourtant que mon père a joué un grand rôle dans mon initiation à l'éthylisme, ce qui justifie que je parle de lui. Il ne m'en a pas ouvert la porte : je n'aurais eu besoin de personne pour découvrir cette source d'euphorie; mais mon figuier n'était qu'un timide apprentissage. C'est lui qui m'en a enseigné les subtilités, sans d'ailleurs penser qu'il m'entraînait vers une pratique dangereuse. Il buvait comme on respire et n'y voyait aucun mal...

En cela, je lui ressemble. Pour mieux comprendre le duo que nous avons joué quelques mois, il faut l'entourer du climat de l'après-guerre et ne pas oublier que mon adolescence perturbée faisait de moi une jeune fille très différente de celles d'aujourd'hui. J'étais socialement, politiquement, d'une extrême maturité et particulièrement débrouillarde en ce qui concernait les tracas quotidiens : j'entends par là les diverses combines propres à trouver de la nourriture, des cigarettes et aussi les ruses qui faisaient de vêtements trop petits ou usagés des vêtements presque neufs. En revanche, face au plaisir, j'avais tout à apprendre.

En quelques jours, mon père racheta à une de ses amies des vêtements qu'elle jugeait démodés – c'étaient des robes et des tailleurs de chez Schiaparelli – et me déguisa en femme. Mes cheveux, dont l'indiscipline me donnait, d'après lui, l'air d'être tombée d'une roulotte, furent tirés en un chignon posé bas sur la nuque. Le seul point sur lequel je refusai d'obéir fut le rouge à lèvres. Il souhaitait qu'à l'instar de ma mère, je mette un rouge sombre, mais j'ai toujours éprouvé pour cette pratique une espèce de dégoût et je ne cédai pas. Cela mis à part, le reste m'amusait énormément.

Dans la journée, je ne le voyais pas. Il travaillait avec ses parents à remonter leur affaire immobilière; moi j'allais à l'Académie Jullian, toujours décidée à peindre, ce que mon père semblait avoir accepté. Le soir, nous sortions ensemble. C'est lui qui m'a appris à boire de l'alcool avec élégance et surtout sans atteinte à ma dignité. Il craignait que quelqu'un, m'ayant poussée aux excès, n'abuse de mon ivresse, mais surtout il ne m'avait pas caché la répugnance que lui inspirait une femme soûle. Je ne lui ai jamais parlé de mon apprentissage dans le figuier. Me croyant néophyte, il était fier de voir que je le suivais sans dommages.

En fait, nos rapports étaient ambigus. Nous étions réconciliés, nous faisions connaissance. J'oubliais qu'il était mon père et je commençais à entrevoir entre nous une amitié possible. Sa femme, restée à New York avec leur fille, ne semblait pas pressée de venir le rejoindre. Les choses se présentaient bien...

C'est du moins ce que je croyais en descendant du train après mon séjour cannois. A vrai dire, j'étais préoccupée et n'arrivais pas à me décider : fallait-il dire à mon père que je n'étais plus vierge ou garder cet événement secret? Le cacher était prudent, mais c'était aussi reconnaître que j'avais fait quelque chose de mal. Or, je refusais de salir ma merveilleuse découverte par une honte que je n'éprouvais pas. J'avais la journée pour y réfléchir... Le soir nous nous sommes retrouvés au bar du Ritz. Je voulais, après mûre réflexion, lui dire la vérité... je n'en eus pas l'occasion. A peine le barman nous avait-il apporté nos verres que mon père me dit avoir des nouvelles à m'annoncer. Ma belle-mère revenait à Paris. Il semblait nerveux et je compris vite pourquoi. Elle voulait bien entendu habiter son appartement. Mon père se voyait dans l'obligation d'en chasser ses parents et sa sœur, sans laquelle il ne l'aurait certainement pas récupéré. Comme je m'étonnais qu'il ait accepté de les mettre à la porte, sans toutefois oser lui dire que je trouvais cela choquant, il me dit en avoir discuté avec eux. Mes grands-parents avaient décidé de s'installer deux pièces au bureau, ce qui leur éviterait les déplacements, quant à ma tante Colette, elle partait pour l'Indochine avec un groupe d'infirmières militaires. A son retour, il lui aurait trouvé un domicile. Tout ceci me semblait trop bien présenté pour être tout à fait honnête. Après tout, c'était leur problème et je n'avais pas à m'en mêler.

Notre dîner ne fut pas très drôle. Je n'éprouvais plus la moindre envie de me livrer aux confidences. Lui ne me parlait déjà plus aussi librement qu'il en avait pris l'habitude.

Pendant deux semaines, nous nous sommes occupés à déménager les uns pour installer les autres. Ma demi-sœur et sa mère rentraient en bateau. Mon père, prétextant son travail, me chargea d'aller les accueillir au Havre. J'étais perplexe.

Il ne me fallut que quelques jours pour être séduite par ma petite sœur. Elle avait huit ans et moi dix de plus. Elle était drôle et tendre. Tout en sachant que je n'aimerais jamais sa mère, je décidais de me montrer aimable pour ne pas peiner cette enfant exquise. Une bonne volonté de courte durée... Il y a bien longtemps que j'ai oublié ce qui m'irritait et si je m'en souvenais je n'en parlerais pas davantage. Mon propos n'est pas de régler des comptes avec qui que ce soit, mais de définir ce qui m'a faite ce que je suis. Au fond, si j'ai été incapable de me montrer affectueuse, c'est avant tout par incompatibilité d'humeur. De l'homme que j'avais entrevu pendant nos mois de tête-à-tête et qui me plaisait, en qui j'avais failli avoir confiance, il ne restait qu'un agréable souvenir. Il ressemblait à s'y méprendre au père d'autrefois. Oui, M. et Mme Schwob étaient un couple et je sentais que rien ne me liait à eux. Nous n'avions rien en commun, rien à partager. Pire encore : ce qui était le bien pour eux était le mal pour moi. Ils n'existaient qu'en fonction de l'opinion des autres. J'étais décidée à m'affirmer malgré elle. Un fossé infranchissable nous séparait, je le sais d'autant mieux qu'encore aujourd'hui je ne supporte pas les gens qui leur ressemblent.

Trop jeune pour analyser ma révolte, je me laissais aller à mes instincts. Obsédée par le besoin d'être aimée, je prenais leur sévérité et les contraintes qu'ils m'imposaient pour des marques de rejet. Leurs visages mécontents, leurs incessantes critiques créaient un climat de guerre froide qui augmentait mon irritabilité. Ils me faisaient peur. Quelques mois avec eux ont suffi à refaire de moi ce que j'étais avant Lucie et Francine. Mensonges et dissimulations reprirent de plus belle. Et un jour je suis partie pour ne pas avoir à rentrer. Une fuite dictée par la panique, mal organisée, qui ne pouvait que finir en catastrophe. Trop orgueilleuse pour appeler Lucie au secours, trop méfiante pour demander de l'aide à Mme Pallet et mue par une nostalgie inattendue, je pris le train pour Megève. C'était la morte-saison et je trouvai facilement une chambre. En parfaite idiote, j'allai voir la directrice du home d'enfants qui gardait l'odeur des profiterolles au chocolat et le goût du premier baiser. Comment ai-je pu espérer que cette femme si convenable accepterait de me donner du travail en cachette de mes parents? Elle ne prit pas la peine de me raisonner. Si elle m'avait conseillé de renoncer à mes projets, je ne l'aurais probablement pas fait, mais elle aurai dû essayer. Elle se contenta de me promettre une réponse pour le surlendemain.

Laquelle de nous deux voulait-elle protéger? Toujours est-il que le chauffeur de mon père est venu payer ma note d'hôtel et me récupérer. Il avait fait le voyage en train. Nous devions repartir le soir même...

La gare de Sallanches était sinistre. Il pleuvait. J'avais froid. Nous étions silencieux. Charley m'avait vue naître; il était rieur et plutôt bavard. Il ne cherchait pas à cacher son embarras et son regard triste ne présageait rien de bon. Quant à moi, j'aurais été incapable de dire un mot, amorphe, découragée, piégée, je n'espérais plus rien. Mineure, sans argent, sans amis, je ne voyais aucun moyen de leur échapper. Nous nous sommes installés dans un compartiment occupé par deux personnes. Le coin-fenêtre était libre. La nuit fut interminable. Charley m'a donné ses cigarettes. Je fixais obstinément la fenêtre, un trou noir, parfois déchiré par l'éclat d'un réverbère ou une maison éclairée... Je ne me souviens que des faits, et de ma peur, celle d'un animal qu'on mène à l'abattoir...

J'essaie d'imaginer mes réactions si j'étais la mère de cette fille-là. Une situation inimaginable... les liens qui m'unissent à mes enfants rendent une telle incompréhension mutuelle impossible.

Cette peur maladive, que je ne savais pas expliquer, qui m'enfermait dans un silence têtu, qui m'empêchait de me défendre, qui me murait dans une angoissante solitude, m'apparaît avec le recul comme un trait de caractère reçu de mon père. Je crois même que, plus faible ou plus découragé, il avait encore plus peur que moi. Un cadeau héréditaire dont je me serais volontiers passée. J'ai reçu de lui plus que je n'accepte généralement de l'admettre. Dois-je m'en féliciter? Sur certains plans, sans aucun doute. Pas sur celui-là!...

Sa lâcheté devait lui faire horreur car il la dissimulait sous une armure de froideur. Le bleu de ses yeux était de glace. Grand, il était très beau et d'une extrême élégance. J'étais sensible à son sens de l'esthétique, fière de sa distinction naturelle. Loin de me rassurer, la finesse de ses traits, son allure hautaine, le raffinement de sa mise renforçaient ma certitude : il était inaccessible. Il ressemblait à un oiseau de mer, à un fou de Bassan. Pourtant je savais que le feu avait brûlé en lui... Était-ce pour l'éteindre qu'il laissait son sang se glacer? Il avait aimé ma mère avec passion. S'était-il montré aussi maladroit avec elle qu'avec moi? Elle l'avait quitté; j'essayais d'en faire autant... Aucun rapport entre ces deux départs? Si. Ce qui la séparait de son mari et moi de mon père est trop important pour le passer sous silence : une incompatibilité d'humeur, une profonde divergence d'esprit, une conception de la vie si opposée, un idéal si différent qu'aucun amour n'aurait pu nous éviter d'être des étrangers. Je suppose qu'à ses yeux, ma mère et moi étions folles...

Pauvre Guy-Charles, englué dans les convenances, les bonnes manières... Si tu avais osé bousculer le grand bourgeois que tu t'obstinais à être, j'aurais peut-être réussi à t'arracher à la neurasthénie!... Certes, tes beaux vêtements se seraient froissés au contact du désordre, tu aurais pris le risque de te faire mal, de connaître d'autres échecs, mais tu aurais été vivant!

Tout et n'importe quoi sont préférables au cancer de l'âme qu'est l'ennui...

J'ignorais tout cela en revenant ce matin-là. Une gare à sept heures du matin est lugubre. J'étais abrutie de fatigue, sale, lamentable. C'est sur le quai que Charley s'est enfin décidé, d'une voix hésitante, à m'apprendre le verdict. Le pauvre, on l'avait chargé d'un sale boulot. Il avait l'air gêné, malheureux. J'ai essayé de lui sourire, une manière de grimace. Je lui ai proposé d'aller prendre un café avant de partir. Comme il me jetait un regard inquiet, j'ai compris et promis de ne pas me sauver. Nous avons été à la buvette; j'ai bu un cognac qu'il n'a pas osé me refuser, et acheté des cigarettes. Il a tout payé, en silence, et puis nous avons pris un taxi.

Deux heures plus tard j'entrais dans le bureau de la Mère Supérieure. Un reptile en robe blanche à la tête d'une maison de redressement, privée bien sûr; on lave son linge sale en douce, dans une prison dont les gardiennes étaient des dominicaines... La haine flambait en moi, haute et claire. L'orgueil aussi...

C'est étrange, mais si certains de mes souvenirs me sont presque intolérables, d'autres, comme ce passage au couvent, qui pourtant m'a paru atroce quand je l'ai subi, non seulement ne m'atteignent plus, mais m'amusent par ce que j'y découvre, et surtout par les séquelles que j'en ai gardées. Certaines émaillent encore ma vie.

A la porte des dominicaines, je quittai l'alcool et le tabac pour la première fois. Je ne devais pas encore être intoxiquée car ce n'est pas de cela que j'ai souffert.

L'uniforme, le dortoir, le réfectoire, la salle d'eau m'étaient une insupportable promiscuité... Je serrais les dents. Personne ne me réduirait à demander grâce. Le mépris me rendait exemplaire. Les religieuses ont-elles pris ma sagesse pour la foi? Mon père a-t-il cru cette attitude dictée par les remords, ou en avait-il lui-même?

Ils sont venus me rendre visite. Je les revois dans le parloir, horriblement mal à l'aise. Ils m'ont proposé de rentrer avec eux. Je tenais ma revanche. J'ai refusé. J'ai prétendu être heureuse. Le calme, la prière me convenaient. Je préférais rester chez les sœurs. Ils sont partis consternés. Ont-ils eu peur que j'entre dans les ordres? Cela leur aurait certainement posé des problèmes d'avoir à expliquer ma vocation à leurs amis...

J'ai tenu bon et je suis restée là-bas six mois. La haine que j'avais d'eux m'avait aidée au début, je vivais ce cauchemar comme une vengeance. Peu à peu, elle s'est amenuisée pour se muer en froide indifférence. Certes, je leur avais menti en me disant heureuse, mais moins que je ne l'avais cru. Je préférais ma prison à leur compagnie. Je m'étais organisée pour rendre sinon plaisante, du moins utile ma vie de couventine. Ma feinte piété m'en avait offert la possibilité. Très vite, la chapelle m'était apparue comme l'unique refuge pour échapper aux autres. Il y avait quelques filles sympathiques, mais cette existence communautaire, dont toute solitude physique était bannie, me mettait les nerfs à vif. Lorsque nous demandions la permission d'aller prier, elle nous était toujours accordée, d'où le besoin de recueillement que j'affichais... C'est pendant une de ces méditations, répit qui me permettait de longues rêveries, que j'entendis répéter la chorale. Après l'orgue, le chant grégorien me fut une seconde révélation. Si je doutais de l'existence de Dieu, j'admirais sans réserve ce que les hommes créaient en son nom. J'obtins le droit d'entrer dans le chœur et quelques jours avant de quitter l'établissement, au cours de la prise de voile d'une novice, j'eus l'honneur de chanter en solo.

Ainsi ce séjour, qui se voulait une punition, m'avait fait faire mes premiers pas dans la musique. Il m'avait également habituée à me priver du surplus et, surtout, donné le goût de l'introspection, du silence, qui m'apparaît encore comme essentiel. A part cet acquis bénéfique, je quittai les lieux plus dure, plus méfiante, plus révoltée que je n'y étais entrée. J'étais absolument résolue à me débarrasser de l'autorité paternelle. La majorité légale était fixée à vingt et un ans. Une éternité de patience... Mon père n'en avait pas plus que moi. Restait à trouver le procédé qui lui ferait perdre la sienne le premier. Je devais être prudente. Ne rien inventer d'assez grave pour éveiller sa colère. Être simplement encombrante, chatouiller son égoïsme, l'obliger à supporter la mauvaise humeur de sa femme. Contraint à prendre le parti de l'une ou de l'autre, je connaissais son choix d'avance, il ne pourrait que me laisser partir. Forte de ce dessein, je repris comme si de rien n'était notre vie de famille.

A l'Académie Jullian, on ne me posa aucune question sur ma longue absence. Je m'acharnais à devenir peintre. J'étais parmi les plus jeunes, on m'aimait bien et je travaillais en paix. J'y avais quelques copains; l'atelier était fréquenté par toutes sortes de gens, dont des boursiers étrangers. Ce sont deux d'entre eux, des Américains, qui m'ont entraînée à Saint-Germain-des-Prés pour la première fois. Férus de jazz, ils allaient au Lorientais tous les soirs. Je ne sais pas s'ils m'avaient invitée pour coucher avec moi ou parce qu'étant bilingue, je leur étais utile. Je ne suis sortie qu'une fois avec eux et je les ai perdus au cours de la soirée. Ils ne le sauront jamais, mais quels qu'aient été leurs mobiles, ils m'ont ouvert la porte de la liberté!

Saint-Germain-des-Prés! Difficile d'exprimer ce que cela a pu représenter pour moi tant cette période est riche en émotions, en sensations. Certains se font tatouer pour affirmer leur appartenance; c'est une marque identique que je porte en moi. Quelque chose d'indéfinissable, une manière de penser, une façon d'être, qui devaient être en moi à l'état larvaire et qui, là, ont trouvé leur épanouissement pour ne plus me quitter.

Dire que j'ai été séduite par le quartier serait en deçà de la réalité. Imaginez un chien enfermé dans un chenil à qui on ouvre la porte : il commence par hésiter, il flaire pour s'assurer qu'un piège n'est pas dissimulé, il fait quelques mètres calmement, mais quand il comprend que jusqu'à l'horizon tout est à lui, il bondit, galope, se roule dans l'herbe, ivre d'air, de plaisir, d'espace. Au début j'y allais en fin d'après-midi, je ne rentrais que tard dans la nuit. L'appartement de l'avenue Foch était au rez-de-chaussée et je regagnais ma chambre en passant par la fenêtre.

Merveilleuses nuits... nous vivions en grappes, traînant de cafés en bars, continuant des conversations qui refaisaient le monde à l'image de nos rêves, nouant des amitiés solides, goûtant aux amours éphémères sans que rien ne vienne lasser cet appétit que nous avions les uns des autres... Une meute sans chef, resserrée autour d'un mépris des adultes qui avaient gâché notre adolescence, de la haine de toute forme d'oppression... Mais je trouvais surtout une générosité, une tendresse qui m'éblouissaient. Les quitter me devenait chaque jour plus difficile. Entre mon père et moi, il ne restait rien des quelques mois de tête-à-tête qui avaient précédé le retour de sa femme, nous n'avions que des rapports de politesse. Il est vrai que nous nous rencontrions de moins en moins. Je prétendais travailler tard le soir, ce qu'il feignait de croire. Un deuxième prix de peinture obtenu à l'Académie était venu à point pour justifier mes mensonges. On me laissait relativement tranquille. Je devais me lever pour le petit déjeuner, auquel j'assistais la tête encore pleine de musique et d'alcool, le corps engourdi de sommeil... Guy-Charles installait entre nous l'écran de *La Vie Financière*, ce qui m'évitait de jouer à la jeune fille sage qui a bien dormi. Ma petite sœur n'avait pas le droit de parler à table. Dès que nous avions fini, notre père donnait le signal du départ en pliant son journal. Nous montions dans sa voiture. Après avoir déposé Isabelle devant son école, il prenait la direction de son bureau et me laissait au coin de la rue de Berry qui était sur son chemin. Quand ils avaient des « dîners en ville », je ne rentrais pas non plus, d'autres soirs, je me disais invitée; et si je ne pouvais éviter le repas du soir, je ressortais dès qu'ils allaient se coucher. Un système qui me garantissait un maximum de liberté, payée de fatigue, car je ne dormais presque pas, mais, l'alcool aidant, je m'en portais très bien. Reste à savoir pourquoi j'obéissais à des règles que je jugeais ridicules. Chaque fois que je ne triche pas au jeu de la Vérité, je retrouve ma vieille ennemie : la peur.

Pas une peur précise, ce serait trop simple, mais une obsédante sensation d'insécurité, angoisse lancinante du rejet, d'être abandonnée... et cet orgueil infernal qui me refuse le droit d'appeler au secours! C'est à cause de cela que j'oscillais entre l'avenue Foch, la sécheresse de cœur qui y régnait, le vide et l'ennui de l'avenir que me souhaitaient ses occupants, et Saint-Germain-des-Prés, où tout m'attirait, mais où je n'avais pas la certitude d'être acceptée avec le même enthousiasme si je devenais une charge. Élevée dans un milieu où l'argent était roi, je ne pouvais pas soupçonner qu'il existait des êtres susceptibles de ne tenir aucun compte de cet élément. C'était un sujet fréquemment abordé pendant nos conversations, mais entre les grandes idées et la mise en pratique des principes qu'elles prônent, il y a une marge que le bon sens m'empêchait d'ignorer. Tant que je n'aurais pas trouvé un moyen de gagner ma vie, je préférais ne rien brusquer...

Le hasard en a décidé autrement, aidé par la concierge et un peu par ma belle-mère. La gardienne avait repéré mes escalades cour-fenêtre et n'avait pas résisté au plaisir d'en informer celle qu'elle prenait pour ma mère. Le plus cocasse est que je me sois fait surprendre précisément une des rares fois où j'avais utilisé ma clef. C'est pourtant logique : le bruit de la porte avait dû la réveiller. J'étais dans ma chambre et j'allais fermer la fenêtre quand ils ont fait irruption. J'avais bu et l'alcool aidant, non seulement je leur fis face, mais je ne cédai pas. Je les trouvais grotesques. Le pyjama sied mal à un père noble. Quant à elle...

J'ai passé le reste de la nuit à faire mes bagages. Je n'ai pas assisté au petit déjeuner. Dans l'entrée, j'ai trouvé une lettre qui me prévenait sèchement. Si je partais, comme je l'avais annoncé, il ne me reverrait jamais. C'était à moi de choisir. Ce que je fis sans la moindre hésitation. Je possédais de quoi payer une semaine d'hôtel : j'ai laissé mes valises et je suis partie à la recherche d'un endroit où m'installer. Le soir même, ayant récupéré mes baluchons, j'étais chez moi... Chez moi! Comme on brûle ses cahiers d'écolier à la veille des vacances, j'ai jeté au panier ma famille et son nom. Annabel était née grâce à l'alcool. Sans lui, je serais restée piégée par la peur. J'aurais hésité à braver mon père, son autorité légale. J'aurais redouté qu'il ne me mette dans une autre maison de correction plus sévère que la précédente. Mais surtout, si je n'étais pas partie de l'avenue Foch, si je n'avais pas décidé d'être Annabel et personne d'autre, je n'aurais rien compris à

Saint-Germain-des-Prés que je venais de découvrir, et auquel il fallait se donner sans partage pour lui apparte-nir.

J'allais, à partir de ce moment-là, boire davantage. Mais si l'alcool est devenu mon pain quotidien, mon état d'esprit a changé. En effet, je ne me souviens plus d'avoir bu en solitaire. Je suis passée du rite secret au par-tage...

Fouiller la mémoire de fond en comble, trier cette accumulation de minuscules instants qui vont du déses-poir au bonheur, nuancés selon toute la gamme de couleurs que prennent les émotions les plus diverses, devient un jeu captivant. Le cerveau est une fascinante machine, à la fois cruel quand on croit le dominer, plein de délicatesse quand on lui laisse la bride sur le cou. Il possède le plus apaisant des baumes, l'oubli... Prendre le risque de dépoussiérer ces souvenirs enfouis me paraît téméraire quand j'approche, sur la pointe des pieds, des plus douloureux. Mais quand ils sont heureux, je m'y prélasse...

Ces premiers mois à Saint-Germain-des-Prés sont de ceux-là. Ils conservent une fraîcheur, une gaieté, un enthousiasme que l'éloignement dans le temps n'a pas entamés. Nous mettions tout en commun, nos ambitions, nos sous, nos fringues, nos excès, nos faiblesses. Une somptueuse fête de la vie, pure et sensuelle, qui a duré presque deux ans... Saint-Germain-des-Prés a été dissé-qué, trituré, étalé depuis des années; des études, des mémoires lui ont été consacrés... Je ne peux en donner que ma version intime, au risque de faire un faux témoignage, tant il est vrai qu'il n'y a pas de vérité unique. Pour moi tout y était nouveau. Quand j'ai com-mencé à y habiter, des groupes s'étaient formés, par affinité je suppose, et ne s'interpénétraient pas. J'aurais dû logiquement entrer dans celui des peintres et des sculpteurs, il n'en fut rien. Le nôtre était formé de futurs écrivains, d'acteurs, de musiciens, et de quelques fous dont la seule ambition était de vivre. Je m'y sentais merveilleusement bien. J'étais émerveillée par l'am-biance chaleureuse qui régnait au quartier, je me grisais d'avoir des amis, je m'enivrais d'idées folles et j'avais par moments l'impression de rêver, tant je me sentais aimée, protégée, entourée. Une meute, avec ses chefs de file, mais pas de maîtres-chiens... Je me lavais à ce contact des dernières traces de mon éducation bourgeoise.

Je compris vite que j'avais été accueillie pour ma beauté plus que pour mes autres talents. Il est vrai qu'à l'époque j'écoutais plus que je ne parlais. J'étais terriblement impressionnée par l'aisance intellectuelle de mon entourage et je dissimulais de mon mieux ma timidité par une attitude lointaine et mystérieuse.

Pâle et intéressante... un bon truc, que j'ai d'ailleurs gardé, et dont je me sers, non plus par manque d'assurance, mais pour cacher mon ennui quand je dois assister à des dîners ou des réceptions obligatoires.

Si je m'étais débarrassée facilement de l'influence morale du milieu dont j'étais issue, il n'en allait pas de même pour le goût du raffinement qui me collait à la peau. C'est, je crois, ce qui m'a aidée à trouver mon style vestimentaire. Il m'est devenu une sorte d'image de marque, et, tout en subissant vaguement l'influence des modes successives, je l'ai gardé depuis.

Je m'étais fait couper les cheveux très courts. Je dessinais le contour de mes yeux au crayon noir, ce que faisaient d'ailleurs les autres filles. C'était un maquillage connu des danseuses classiques, mais dans la rue il surprenait... J'avais déjà un jean, donné à Cannes par un pilote américain. Gréco m'a donné mon premier pantalon noir. Elle avait un ami dont les parents faisaient de la confection pour hommes. Quant à nos pulls à col roulé qui sont devenus légendaires, nous les avions trouvés dans un magasin de la place Saint-Sulpice réservé au clergé. Les prêtres les portaient sous leur soutane, en hiver... J'avais un prénom, un physique, un moral d'acier, des amants charmants, des amis exceptionnels, il me restait à résoudre les problèmes matériels qui devenaient d'autant plus sérieux que j'y étais confrontée pour la première fois. La guerre m'avait habituée à avoir faim, mais c'était malgré tout plus désagréable en temps de paix, d'autant que les vitrines des charcutiers recommençaient à être appétissantes. Je changeais de trottoir et me consolais de ce creux dans l'estomac en me félicitant de ce que cette diète contribuait à ma « pâleur intéressante »... C'eût été plus ennuyeux d'avoir soif, ce que la générosité des patrons de caves et cafés nous évitait. Le pire était de payer l'hôtel... j'en ai tellement changé que je ne sais plus dans lequel on accédait par un large couloir sur lequel donnait le comptoir du concierge. Je gardais ma clef dans la poche et je passais à quatre pattes pour échapper à la note brandie avec véhémence...

Après un échange de lettres, presque officielles tant les termes en étaient dépourvus de sentiments, mon père avait accepté de m'émanciper. Ce fut un soulagement énorme; ma situation d'indépendance étant légalisée, je pouvais chercher du travail. J'étais également seule responsable de mes dettes. Je devais gagner de quoi vivre, mais comment? Rien ne m'y avait préparée, dans cette dramatique éducation que recevaient les jeunes filles de bonne famille! On ne nous enseignait que l'inutile. Servir le thé avec des gestes gracieux, participer à une conversation avec modestie, ne pas confondre Athalie avec Othello, composer un menu, pianoter ne sont pas des connaissances idéales pour trouver du travail. Heureusement, j'étais bilingue. J'ai fait quelques traductions pour l'Unesco en échange d'un maigre salaire. Cependant, j'allais encore à l'Académie Jullian. Je savais que je n'avais pas l'étoffe d'un grand peintre, mais continuais par habitude et parce que mes boursiers américains me donnaient des cigarettes.

Je me laissais aller au plaisir de nager dans l'imprévu, sans trop m'inquiéter d'un avenir dont je ne savais pas encore ce que j'en espérais. J'ai bien fait d'en profiter : Saint-Germain-des-Prés évoluait, comme nous, et son adolescence touchait à sa fin. Il entrait dans son âge d'or. J'ai continué à y habiter, jusqu'à ma rencontre avec Bernard, en lui trouvant d'autres charmes, mais plus l'intensité qui m'avait envoûtée. Était-ce moi qui vieillissais?...

Avant de monter me coucher j'ai relu ce que j'avais écrit ce matin. Ai-je embelli mes souvenirs? Saint-Germain-des-Prés ressemblait-il à la description que j'en ai faite? C'est celui-là que j'ai aimé et même s'il n'a existé que dans mon imagination, c'est ainsi que je veux le garder, soigneusement rangé dans ma mémoire, parmi les souvenirs heureux.

Pourquoi m'en suis-je détournée? Je ne suis d'ailleurs pas certaine de l'avoir véritablement quitté. J'ai continué à habiter le quartier pendant des années. Plutôt qu'un départ, disons que j'ai pris mes distances. Je ne peux nier que j'avais retiré mes œillères. L'atmosphère était-elle différente ou avais-je changé d'optique? Un peu des deux probablement... Même en étant indulgente, et comment ne pas l'être à l'égard de la meute de jeunes loups qui m'avait recueillie, je ne peux nier que quelque chose s'est bel et bien détérioré entre nous.

Ces quelques rues avec leurs cafés, leurs hôtels et leurs caves, étaient une pépinière. La guerre et ses horreurs sont un engrais reconnu – ce qui est d'ailleurs abominable mais est un autre sujet. Les multiples talents qui ont germé au Flore, rue Saint-Benoît, au Tabou, à la Rose Rouge, confirment mes dires. Cette gratuité dans nos rapports, que j'ai tant aimée, ne pouvait pas survivre aux premières atteintes de la célébrité, pas plus que ne s'éternisent les moments d'exception. Les adultes nous avaient volé notre adolescence; en rompant avec eux, en restant en marge de leur société, nous avons réussi à la vivre quand même... Il aurait été utopique d'espérer perpétuer une existence que le secret mettait entre parenthèses. Les journalistes ont, assez vite, hanté nos caves. Des photos commençaient à paraître, les « existentialistes » étaient lancés. Cela nous amusait. Je me souviens d'avoir posé à côté du réverbère de la place Furstenberg et j'avoue que je connaissais mieux la peinture de Delacroix et son atelier, dont j'apercevais les fenêtres, que la philosophie de Sartre. Les feux de l'actualité, en nous sortant de l'ombre si propice aux jeux de la jeunesse que nous avions volés aux décombres de la guerre, nous contraignaient à affronter la lumière! Certains d'entre nous ont opté aussitôt pour le camp des grandes personnes : ils parlaient carrière, contrats, bref ils prenaient la vie professionnelle au sérieux. D'autres, mes tendres vieux gamins, peut-être plus vulnérables, plus blessés par un passé que nous cherchions à oublier ensemble, n'ont pas su ou pas voulu profiter des possibilités qui s'offraient à eux, dès lors qu'elles s'accompagnaient d'une quelconque entrave à leur mode d'existence.

La fêlure était là... J'ai commencé à trier mes amis. Aimer pour aimer, aimer en aveugle, attention danger... L'ambition est un moteur bénéfique, l'arrivisme et la cupidité, eux, aiguisent les dents... J'appartenais au bataillon des célébrités locales. J'avoue que cela me plaisait. Je cherchais toujours la voie dans laquelle j'allais m'engager.

J'étais moins pressée que les autres, plus résistante à l'attrait de l'argent. Née riche, je connaissais l'envers du décor. J'étais décidée à retrouver la désinvolture qu'apporte l'aisance matérielle, mais pas à n'importe quel prix. Je n'avais pas quitté mon père pour me vendre à quelqu'un d'autre. Alors je me suis laissé porter par le hasard. Devenue mannequin vedette, je gagnais de quoi habiter un hôtel convenable, payer mes taxis, fumer des cigarettes anglaises; la plupart de mes vêtements m'étaient offerts en échange de quelques séances de photos. J'avais cessé d'aller à l'atelier et étais de plus en plus attirée par le théâtre, sans savoir comment faire pour y accéder. L'idée de m'inscrire dans un cours d'art dramatique ne m'enchantait pas. Saint-Germain était la plaque tournante de toutes les gloires de passage à Paris. Orson Welles, pris de passion pour le quartier, y passait ses nuits. Un matin, nous marchions dans l'aube grise, vers la Reine Blanche pour y prendre le petit déjeuner. Une légère ivresse m'a poussée aux confidences. Il m'a conseillé de faire du cabaret, la meilleure école à ses yeux. Je l'ai quitté pour aller chez Jacques Heim, couturier dont je présentais la collection. Je détestais ce métier, mais il offrait des avantages que je ne pouvais négliger. Virevoltant dans des robes que j'aurais refusé de porter ailleurs, j'ai oublié la conversation du petit matin... Le soir même, Orson Welles est revenu. Il m'avait fait engager dans une boîte de la rive droite, le Carrol's. Je débutais la semaine suivante. En cinq jours j'ai appris cinq poèmes. Christian Marquand me faisait répéter. Il fallait une sacrée dose d'inconscience pour se lancer dans cette folle aventure... une bonne dose de scotch, aussi, pour aller déclamer du Max Jacob à une heure du matin devant des noceurs désabusés... Je l'ai fait... Un mois plus tard, j'abandonnais la haute couture et ses falbalas; j'étais artiste de cabaret. Ce furent des années heureuses. Ce métier de noctambule me convenait. Au début, je le faisais avec légèreté, plutôt comme un apprentissage qui me permettrait de jouer dans une pièce. Quand Francis Claude m'a demandé de faire partie du spectacle avec lequel il allait ouvrir Milord l'Arsouille, j'ai accepté avec joie. C'est lui qui a voulu que je chante : j'intercalais *Le Plombier Zingueur* de Prévert, et *Actualités* de Stéphane Goldman entre mes poèmes. Dès cet instant, j'ai su que j'étais prise par la chanson et je me suis mise à travailler sérieusement. Il semble que je ne sais pas procéder autrement. Je m'astreignais à des leçons de chant, je faisais scrupuleusement mes vocalises. quotidiennes, je prenais surtout un grand soin de mon répertoire. Je répétais beaucoup. J'admirais l'aisance que montrent les Américains sur scène et j'aurais voulu, comme eux, donner l'impression que tout m'était facile. C'était passionnant et pourtant, malgré l'attrait que ce métier exerçait sur moi et le plaisir que j'en retirais, j'étais trop fantasque, trop bohème et je manquais d'ambition. Je n'ai pas su me plier aux lois qui font les grandes vedettes.

Il existe une parenté entre l'amour et le métier, quand ce dernier est artistique. Disons que j'étais amoureuse de la chanson mais pas au point de l'épouser. Elle subvenait à mes besoins sans pour autant m'obliger à renoncer à ma façon de vivre. Je ne dépendais ni n'appartenais à personne en particulier : le rêve...

Oui, de belles années... Je n'ai d'ailleurs jamais cherché à nier combien j'ai été marquée par cette époque.

Pendant douze ans, je me suis intégrée dans un monde d'hommes. Même ceux qui me faisaient l'amour me traitaient comme un des leurs. Des amitiés trop solides pour être oubliées... Disons que si mon corps se conjugue au féminin – femelle je suis, femelle je reste – mon âme est masculine! Une curieuse et irréversible mutation, qui n'est certainement pas étrangère à l'amour que me porte

Bernard... Je me souviens d'une conversation sur la fidélité; nous étions plusieurs, chacun donnant son opinion. Il nous a dit que c'était le temps qu'il fallait perdre pour avoir des aventures, dîner, danser, faire la cour, qui l'en empêchait : il préférait peindre. Cette boutade me fit rire la première. Je ne fais pas de complexes et je sais que je ne suis pas seulement pratique! Sa déclaration n'a pas suffi non plus à me persuader qu'il n'aurait jamais envie de perdre du temps... Je me suis simplement félicitée d'avoir suivi l'homme qui me plaisait, sans ruses ni complications. Il me voulait et aurait peut-être accepté quelques caprices. Pas longtemps... Il y a dans le comportement féminin un fatras d'états d'âme, d'hésitations, de petites histoires, de susceptibilités, qui m'exaspère autant que lui et que je lui ai épargné, sans mérite d'ailleurs car ces manifestations me sont étrangères. Ce fut ma chance car il serait reparti vers l'autre, celle qui a tous les droits, qui exige d'être l'éternelle favorite, celle qui règne en maîtresse, la Peinture.

Je ne suis pas jalouse de cette redoutable rivale. Sans elle, Bernard serait un autre et je ne l'aimerais pas différent. Je suis étonnée quand quelqu'un prétend dissocier l'artiste et son œuvre. C'est une réaction pourtant fréquente, une phrase que tout le monde entend :

– C'est un homme charmant...

Suivent diverses appréciations flatteuses sur l'individu.

– Mais ce qu'il peint, quelle horreur!

Une absurdité! L'œuvre d'un artiste est un autoportrait, on ne peut aimer l'un sans l'autre... Cela expliquerait assez bien que les artistes m'attirent : avec eux, on sait où l'on va! Ils sont tout, que ce soit en bien ou en mal, mais ils ne savent pas tricher.

Demain nous allons à Paris. Tant mieux. J'ai besoin d'air. L'atmosphère monastique, l'absence totale de fantaisie dans le déroulement immuable d'un quotidien que Bernard a réglé à sa convenance, me semblent étouffantes. Je reconnais que ce sont des horaires propices au travail et que le calme qui règne ici favorise la concentration, mais je ne suis pas encore mûre pour le couvent. Bernard vit ainsi depuis des années et ne semble jamais aussi heureux que lorsqu'il s'enferme dans sa tour d'ivoire. Sans moi, il n'en sortirait plus. Je n'envisage pas de vivre sans écrire, mais en comparaison de sa passion dévorante pour la peinture, je ne suis qu'un écrivain du dimanche, un amateur.

Après des heures de travail intense, je pense récréation. Bernard ne m'enferme pas! Il m'encourage à me distraire, préférant mes départs à l'obligation de me suivre. Depuis quelque temps, je n'utilise plus cette liberté offerte. Au temps de l'alcool je n'avais pas ces hésitations; je prenais joyeusement mes bains de désordre. Maintenant, je suis intimidée par ceux qui m'ont connue un verre à la main, comme si la sobriété m'excluait du clan. La sagesse vue comme une infirmité... Oh! je n'invente rien et je ne suis pas atteinte par la maladie de la persécution. Autant j'attache de l'importance à ce que pensent mes vrais amis, autant je me moque de l'opinion des prétendus copains. J'ai beau trouver cela stupide car je devrais n'y voir qu'une preuve de sottise j'ai eu de la peine l'autre jour quand l'un des copains en question m'a dit qu'on me plaignait, que le bruit courait que ce n'était pas drôle de sortir avec moi, bref que je passais pour ennuyeuse depuis que je ne buvais plus. Ça n'a pas été un gros chagrin; assez pour me rendre un peu triste et me prouver à quel point cette désintoxication m'a laissée fragile. C'est ridicule! je n'ai rien d'une comique et si je ne fais plus rire ceux-là j'en distrairai d'autres. La carapace de désinvolture que m'apportait l'éthylisme me fait cruellement défaut. Je suis en exil; un exil volontaire qui s'assimile à celui que j'ai connu quand j'ai renoncé à chanter... Heureusement que j'ai choisi d'abandonner les variétés avant de me priver d'alcool! Je serais incapable d'entrer en scène avec, pour seul dopant, un quart Vichy.

Deux renoncements successifs et pas des moindres: j'espère n'avoir à revivre ni l'un, ni l'autre. Des combats que j'ai dû livrer seule, surtout le premier, et dont la difficulté s'aggravait de soucis plus graves encore... Plus j'avance dans cette recherche de moi-même et plus je doute de l'affirmation de mes médecins : « l'alcoolisme est une fuite ». Pour moi il a été le nerf de la guerre; celle que je mène contre la neurasthénie. J'ai fui en effet, j'ai fui éperdument pour que la peur de vivre ne me rattrape pas. La peur de vivre ne serait-elle pas tout simplement la peur des autres? L'alcool me donnait du courage et, les années passant, je me suis forgé un personnage conforme à ce que j'aurais voulu être : forte, intrépide... Un rôle que j'ai bien joué puisque je suis, paraît-il, intimidante! J'aurais dû faire du théâtre. Je suis indiscutablement douée pour le déguisement. Ce double que je me suis fabriqué sur mesure a fini par me coller à la peau et n'est peut-être plus tout à fait mensonger. Sans lui j'aurais été incapable de surmonter ce qui m'est arrivé ces dernières années.

La célébrité a ses lois. La plus agaçante est certainement la manie de classer les individus qui bénéficient de la notoriété en fonction de la légende qu'on leur a tissée. Chacun doit rester dans le casier où il a été rangé. Toute désobéissance mérite une sévère punition. Ça n'a pas que des inconvénients et c'est ce qui explique que personne n'échappe à ce piège. Le principal avantage reste la protection de la vie privée. Je préfère de beaucoup conserver une intimité qui m'est précieuse, même si je dois pour cela me plier au rôle qui m'a été distribué. J'avoue que j'ai eu par moments beaucoup de mal à ressembler à Annabel!

Il me faut remonter loin pour m'en expliquer; jusqu'à janvier 1968.

Nous avions quarante ans et déjà dix ans d'amour, de bonheur. Nous vivions l'un et l'autre une passion grandissante, tentaculaire. Pour travailler, nous nous partagions entre la Provence et la Bretagne où Bernard se plaisait davantage. Les horaires étaient comme aujourd'hui réglés avec rigueur. Seule différence, nous étions farouchement noctambules, lui pour peindre, moi pour écrire. Nos petites filles en bénéficiaient, car quelle que fût l'heure à laquelle nous nous couchions, nous déjeunions avec elles. L'après-midi leur était consacrée.

Je revois un gigantesque cerf-volant, et eux trois courant sur la plage rendue déserte par l'hiver. C'était à marée basse, j'avais froid, je voyais ses yeux du même vert que la mer. J'étais heureuse; Bernard, en m'aimant, m'avait entièrement transformée. J'avais, grâce à lui, gommé de ma mémoire ce qui m'avait fait souffrir. C'était un peu comme si, ayant quitté ma mère la veille, j'avais suivi celui qui, en me prenant par la main, me rendait l'amour, la tendresse, la confiance, les rires de l'enfance, que j'avais crus éteints par la mort de ma bien-aimée.

Blottie dans la joie, j'étais assez folle pour croire notre bonheur immobilisé dans le temps, hors d'atteinte en quelque sorte...

Quelques jours plus tard, nous partions pour Paris comme chaque année en février, mois de son exposition annuelle. Le thème était la corrida... Les toiles géantes l'avaient enfermé des semaines dans la solitude de son atelier. Un travail de titan, une concentration exacerbée, et les tableaux étaient nés... Il avait besoin de se distraire et nous étions décidés à nous lancer dans une gigantesque fête. Il me semble que c'est chez Castel que nous avons rencontré Guy Béart. Il produisait à l'époque une émission de télévision : *Bienvenue*, que nous trouvions très bien faite. Il souhaitait en consacrer une à Bernard, qui, influencé par la gaieté ambiante, accepta. J'eus beau renâcler, ils décidèrent que je devais chanter. J'avais quitté ce métier, sans d'ailleurs savoir si ce départ était définitif ou passager, avant de connaître Bernard. Je rentrais d'une tournée au Brésil. J'avais trois sous d'avance, du temps et surtout le désir d'écrire. Je travaillais sur mon premier roman quand nous nous sommes aimés et il ne m'avait donc jamais vue au cabaret, mais insistait tant que je n'eus pas d'autre choix que de me remettre au boulot.

Le destin manque de logique... théoriquement, ce retour aux variétés aurait dû en rester là. Le tournage avait beaucoup amusé Bernard, l'atmosphère du plateau était particulière. Guy Job, le réalisateur, avait l'intelligence de tourner sans interruption, ce qui était très nouveau. Cette méthode permettait d'oublier les caméras; le public était là pour participer et ne s'en privait

156

pas, si bien que l'interview ressemblait à une conversation générale.

Cet ensemble de choses fit que Bernard, gagné par l'ambiance chaleureuse, sortit de sa réserve habituelle. Ce silencieux se décida à parler. C'est probablement ce qui provoqua l'impact de l'émission quand elle fut diffusée. On y découvrait un homme très différent de l'image mondaine et snobinarde qu'on lui supposait. Toujours est-il que nous ne pouvions plus faire un pas sans que quelqu'un le complimente pour sa prestation. La fascination qu'exerce le petit écran n'est un secret pour personne. Y apparaître est supposé être une manière de consécration. Quelqu'un d'autre aurait été enchanté de ce succès. Lui, pas du tout : il était furieux. Comment pouvait-on le féliciter pour ce qui n'avait été qu'un jeu? Pire encore, attacher plus d'importance à son physique et à ses élucubrations qu'à son œuvre? Ce sont ses propres termes. Il avait tort... Les prétendues élucubrations étaient intelligentes, pleines de bon sens, d'humour, et courageuses pour les questions graves comme l'objection de conscience. Mais il n'est pas de ceux qui changent d'avis. Tout ce qu'il avait à dire était dans sa peinture et depuis il s'est toujours refusé à faire de la télévision, hormis quelques brèves apparitions laconiques au Journal, à l'occasion d'une exposition.

Pour moi, les suites de ce *Bienvenue* furent très différentes. J'avais eu ma part de succès à ses côtés et Bernard aimait ma façon de chanter. Eddie Barclay me proposa un contrat en insistant vivement. J'aurais dû être plus modeste et surtout plus clairvoyante. Eddie aime tellement la publicité qu'il serait prêt à proposer un disque à une vache, si elle obtenait le Premier prix au Concours agricole! J'ai demandé deux jours pour réfléchir. Je connaissais les exigences de ce métier; mes filles n'avaient que cinq et six ans; je n'avais jamais quitté mon mari plus d'une heure. Je me méfiais des retombées que ce retour à la chanson pourrait avoir sur ma vie privée. Seulement, l'euphorie ambiante, les vacances qui bondissaient de fête en fête, les encouragements des copains, l'insistance de Bernard eurent raison de ma tentative de sagesse et je signai. En quittant Paris, nous avons regagné

157

la Provence. Replongée dans ma vraie vie, je trouvai un peu stupide ce projet de disque. Il n'avait rien d'urgent et je le remis à plus tard. D'autant que j'avais beaucoup de travail. Le service des Dramatiques de l'O.R.T.F. finançait un film tiré de mon dernier roman, *Les Vieux Gamins*. Je devais en écrire les dialogues. Bernard assumait les décors des scènes d'intérieur, les extérieurs étant tournés en décors naturels. Le metteur en scène qui devait diriger les opérations préféra un film en Italie. Guy Job prit sa place. Un travail passionnant que Mai 68 mit en péril, mais finalement, le mois d'août nous regroupa à Saint-Tropez pour le premier tour de manivelle. Ensuite, ce furent les séquences en Bretagne, puis le studio à Paris. Cette aventure terminée, j'avais oublié la chanson...

Pour nous reposer de ce tohu-bohu, nous nous étions installés à Saint-Cast. Bernard n'aimait plus la Provence et la maison était vendue. Une décision que je n'avais pas discutée : il pensait pour nous et je suivais. Je l'aimais follement, mais je ne crois pas qu'à l'époque, je savais à quel point cet amour était vital. Il me fascinait et je n'avais qu'une seule peur, celle de lui déplaire. Nous vivions dans la passion. Notre quotidien avait quelque chose d'irréel, un univers d'adolescents qui auraient les privilèges des grands sans en avoir les responsabilités. Bernard était nerveux, passant de la colère au rire; je mettais ses sautes d'humeur au compte de Madame La Peinture. Le tournage du film m'avait redonné le goût des autres, et j'attendais, sans oser le réclamer, le prochain séjour à Paris. Bernard relisait Céline. Moi je piaffais d'impatience, tant j'avais envie de bouger, de faire la fête. Sans être franchement désagréable, j'étais de mauvaise humeur, je buvais en silence... Bernard pouvait bien s'accorder quelques jours de vacances! Il lui était impossible d'ignorer mon envie d'une récréation puisque, loin de la dissimuler, je faisais au contraire tout pour qu'il la remarque. Il se moqua de mes ruses pour attirer son attention, admit que nous étions restés trop longtemps dans notre ermitage et donna le signal du départ.

Depuis que nous habitions en Bretagne les petites allaient en classe. Elles avaient voulu faire comme les autres et surtout elles étaient fascinées par les cartables et les trousses qui s'étalaient dans la vitrine de la papeterie. La communale était tout près de la maison; elles y découvraient le monde extérieur et, tout heureuses d'avoir des camarades, elles préféraient rester là plutôt que de venir avec nous. Avec elles, nous faisions le voyage en train, nous emportions un pique-nique, elles pouvaient jouer dans le couloir et le temps leur semblait moins long.

Puisque nous laissions les petites à l'école, nous pouvions prendre la route. J'étais ravie. C'est le mode de transport qui, avec le bateau, m'amuse le plus. Sans doute par la sensation d'indépendance que provoque la suppression d'horaire, l'absence de promiscuité et le plaisir sans cesse renouvelé des paysages.

J'avais téléphoné à Pierre Lazareff pour lui dire que nous venions à Paris pour une semaine. Nous passions par Louveciennes où il avait sa maison et il m'avait proposé de nous y arrêter pour déjeuner. J'avais accepté avec joie car j'avais pour lui une profonde affection. Le dimanche, sa femme et lui réunissaient traditionnellement amis et relations, ce qui faisait des repas étonnants; mais en semaine, nous ne serions que tous les quatre et je me réjouissais de cette intimité.

Nous avions quitté Saint-Cast aux aurores après avoir travaillé presque toute la nuit. J'avais somnolé dans la voiture mais malgré ce peu de sommeil, je me sentais bien. L'excitation de ces vacances effaçait ma fatigue, et quand je suis descendue de la voiture je n'y pensais plus.

Hélène avait fait allumer un grand feu dans la cheminée. L'automne était assez froid et c'était merveilleux d'arriver dans cette grande pièce chaleureuse. Blottie dans un canapé moelleux je ronronnais en sirotant mon scotch. Bernard et Pierre bavardaient. Quel homme fascinant. Il avait une voix très particulière, un débit rapide, les mots trébuchaient les uns sur les autres, comme accélérés par une pensée dont la vitesse était supérieure au moyen de l'exprimer. Il sautait d'un sujet sérieux à une histoire drôle, sans lien apparent, et ce m'était un jeu que d'essayer de trouver une explication à ces gambades de l'esprit. Hélène était charmante et gaie, heureuse comme moi de nous voir réunis en dehors de toute mondanité. Nous parlions de la mode, je crois, quand je fus intriguée par le timbre soudain autoritaire de Pierre. Il bafouillait comme chaque fois qu'il s'énervait :

– C'est ridicule! La migraine, une douleur peuvent être un début de grippe ou tout autre chose. Incroyables, les gens sont incroyables! Ils font réviser leur voiture pour un oui pour un non et ne s'occupent jamais de leur corps. Si vous étiez à ma place, vous sauriez le prix de la santé. Je connais un type épatant. Venez dans mon bureau, nous allons lui demander un rendez-vous.

On ne résistait pas à Pierre quand il avait pris une décision. Je les regardais quitter la pièce sans faire le moindre commentaire. J'étais simplement étonnée que Bernard ne m'ait parlé de rien. Sans doute était-il fatigué, ce qui était naturel après des semaines de travail. Je n'avais aucune raison de m'inquiéter, Pierre prenait toujours les problèmes de ses amis trop au sérieux. Je n'allais pas lui reprocher un excès de zèle dû à la tendresse.

Quand ils vinrent nous rejoindre, Bernard était gai et détendu. Nous devions aller chez ce médecin le lendemain après-midi. Pierre me donna un papier sur lequel il avait noté son nom et son adresse.

Plus personne ne pensa à cet intermède que, pour ma part, je prenais pour une précaution probablement inutile, mais conseillée par l'amitié, donc à respecter.

Nous fîmes un déjeuner charmant. Je promis à Pierre que nous viendrions le dimanche suivant.

Arrivée à Paris, je n'eus plus qu'à me changer. Nous devions retrouver des amis pour dîner. La soirée fut tumultueuse. Comme chaque fois que nous abandonnions notre rigueur quotidienne, nous nous jetions dans la fête avec un enthousiasme inépuisable. C'est un des charmes indéniables des courtes vacances que de donner un air neuf à des plaisirs qui, à longue échéance, n'auraient plus d'intérêt... Aucun pressentiment ne vint ternir ma folle gaieté. J'avais même complètement oublié cette histoire de médecin.

Le lendemain, c'est moi qui me sentais malade! J'avais

une solide gueule de bois. Je me demande pourquoi nous n'avons pas décommandé le rendez-vous. Probablement pour ne pas contrarier Pierre.

Un immeuble cossu. Un cabinet médical, ni salon, ni bureau : inutile de le décrire, ils se ressemblent tous... Nous étions assis face au médecin. L'examen avait été long, minutieux et m'avait paru interminable. Sur le bureau, il n'y avait pas de cendrier. J'avais vraiment envie d'une cigarette que je n'osais pas allumer. C'est drôle comme dans certaines circonstances je me laisse gagner par la timidité, je suis incapable d'agir avec naturel. J'affichais une sagesse hypocrite identique à celle que j'aurais eue chez un directeur d'école. Pourtant cet homme avait notre âge. Il avait un regard énergique, une belle voix et s'exprimait avec des mots simples, nets, précis.

Si les médecins bénéficient du droit au secret professionnel, ce n'est pas par hasard et je n'ai pas à le transgresser. Ce n'est pas le diagnostic qui a de l'intérêt, mais ce qui en résultait. Or, Bernard était très sérieusement malade. Il devait, avant toute autre chose, s'arrêter de boire et de fumer. C'était à cette condition seulement qu'on le soignerait. Libre à lui de consulter ailleurs s'il se refusait à accepter ce sacrifice. Le médecin préférait que nous y réfléchissions tranquillement, car il voulait une réponse calmement mûrie. Il jugeait préférable que Bernard entre en clinique et, selon nos intentions, il nous attendrait le lendemain à la même heure. Il se dégageait de toute sa personne une fermeté douce mais inflexible.

Nous nous sommes séparés le plus courtoisement du monde et nous sommes rentrés.

L'être humain possède des ressources incroyables. Que ce soit ce que l'on nomme l'état de grâce ou l'instinct du fauve qui défend les siens, ou l'amour majuscule, toujours est-il qu'en quelques secondes je suis devenue une autre. Je ne prétends pas avoir mesuré l'étendue du changement que nous allions vivre, mais avec une acuité dont je ne me savais pas capable, j'ai pressenti que ce qui arrivait était grave.

Pendant dix ans, Bernard m'avait voulue protégée, faible, dépendante. L'heure n'était plus à cela...

Je suppose qu'il est inutile de dire qu'en arrivant à l'appartement nous étions abasourdis. Rien ne nous préparait au verdict qui venait de nous tomber sur la tête. Ce fut une fin de journée difficile... des moments presque incompréhensibles pour ceux qui n'ont jamais failli à la sobriété ou pour qui boire n'est qu'accidentel, comme à l'occasion des beuveries qui accompagnent le départ au service militaire, ou des bonnes cuites qui célèbrent les noces d'un copain.

Je n'essaierai pas de faire croire que nous étions naïfs au point d'ignorer que nous buvions plus que la moyenne, ce serait un mensonge absurde. Toutefois je peux affirmer que cela nous semblait naturel. Nous n'y attachions pas une importance particulière. Nous nous servions un verre comme on se fait une tartine quand on a faim. Au fond, nous buvions comme on dort, comme on travaille, sans y penser. En toute honnêteté, nous nous trouvions normaux. Nous étions même assez fiers de nos santés respectives.

Le choc qu'avait provoqué le médecin venait d'un refus plus ou moins conscient d'assimiler à une maladie ou à un vice une pratique qui ne nous semblait pas coupable.

Je ne sais plus qui de nous a parlé de prohibition le premier, mais cela nous a fait rire. Nous ne ressemblions pas à des héros de cinéma dans la même situation! Nous n'étions ni ivres, ni titubants. Nous ne savions rien, ni l'un, ni l'autre, des réactions qu'amènerait la suppression de l'alcool, mais nous sentions confusément qu'il devait y en avoir de sérieuses.

Bernard a décidé de faire confiance à ce médecin. Comme ils sont longs, ces silences qui bruissent des mots que la pudeur interdit! J'aurais voulu lui dire que j'admirais ce choix. L'avait-il fait par amour de la peinture, par amour de moi? Il allait gagner, j'en étais sûre...

Rien d'étonnant dans ces cauchemars qui me ramènent à l'hôpital américain... Je le connais dans ses moindres détours. J'y ai été si souvent! Virginie, Danielle et Nicolas impliquent à eux seuls une multiplication par trois des opérations classiques que sont les végétations, les amygdales, les appendicites...

Virginie y a eu son bébé. C'est là-bas aussi que j'ai dit au revoir à Pierre Lazareff avant qu'il ne parte...

J'y ai donc de bons et de mauvais souvenirs, le meilleur étant bien entendu d'en être, jusqu'à présent, sortie. J'avoue qu'à cette époque, j'ignorais encore que je finirais par le considérer comme une résidence secondaire.

Bernard ne ressemble à personne et ne fait rien comme tout le monde. Son comportement peut paraître insolite à qui ne le connaît pas. Il a trouvé le moyen de me faire rire aux éclats le soir même de son admission. En arrivant dans la chambre, à la stupéfaction de son médecin et de l'infirmière d'étage, il a posé sur sa table de nuit une bouteille de Johnny Walker et une cartouche de Gitanes. Personne n'osait les retirer, ni faire le moindre commentaire. Le contraste entre leur perplexité et le flegme de Bernard était d'une irrésistible drôlerie.

Ils sont sortis aussi dignement que possible et, de toute évidence, consternés. Tout en luttant pour garder mon sérieux, je les ai rejoints dans le couloir. J'ai entrepris de les rassurer. Ils ont accepté de me croire, sans pour autant parvenir à dissimuler un doute.

Ils avaient tort de s'affoler. Bien entendu, il n'y a pas touché et nous les avons laissées intactes en partant quelques jours plus tard. Bernard les avait apportées pour établir qu'en ce lieu comme ailleurs il restait le seul maître.

Le soir j'avais demandé la permission de dormir là. On me l'avait refusée. Si j'avais tellement insisté pour ne pas le quitter c'était par égoïsme. Je n'étais pas inquiète pour lui, mais bel et bien pour moi. Nous n'avions jamais été séparés. J'avais oublié ce qu'est un lit vide, trop grand... J'avais froid. J'étais seule comme je n'avais plus le courage de l'être. J'ai fini par m'endormir d'un sommeil agité qui me renvoyait à mes peurs d'enfant.

Le lendemain, j'avais une mine épouvantable en arrivant. Bernard obtint pour moi l'autorisation de partager sa chambre. Nous pouvions rester ensemble, tout allait bien.

Tout cela me paraît bien loin. Je n'ai aucune raison de

m'éterniser sur cette période qui appartient à la vie privée de Bernard... D'ailleurs je n'ai rien à en dire. Les problèmes de santé sont toujours une aventure solitaire que chacun vit et ressent selon son tempérament.

Je n'aurais certainement pas fait allusion aux ennuis de Bernard, si cet incident n'avait pas joué un rôle dans ma propre évolution. En fait, il n'a rien changé entre nous; il aurait plutôt influencé mon regard sur ma propre existence. Je ne l'ai pas transformée en deux jours... les choses ne sont pas aussi simples au moment où elles arrivent que lorsqu'on les raconte. En fait, je suis certaine que cet accident de parcours n'est pas responsable du mode de vie que j'ai adopté par la suite. Disons que cette secousse m'a fait descendre de mon nuage rose et prendre conscience de ma légèreté. J'ai eu un peu honte de me complaire dans un personnage de femme choyée au point d'être irresponsable. J'éprouvais le besoin de m'affirmer. Je devais considérer l'avenir autrement. Je ne voulais plus me laisser porter par la facilité.

Une position difficile que je choisissais en toute connaissance de cause. Je m'y suis engagée sur la pointe des pieds... Il ne fallait à aucun prix que la conquête d'une autonomie professionnelle nuise à l'amour quotidien. Je me suis efforcée de respecter la ligne de conduite que je m'étais fixée. J'ai lutté contre le doute, le découragement, j'ai aussi freiné les enthousiasmes excessifs. J'ai frôlé l'échec et j'ai usé pour tenir bon de tout ce qui se présentait... y compris l'alcool.

Mais je connais aujourd'hui une plénitude dans le bonheur qui m'émerveille. Je ne suis certainement pas au bout de mes peines. Les embûches sont inhérentes à la vie, je ne cherche plus à nier leur existence. Le destin continuera à placer ses traquenards au hasard du chemin, mais j'ai un talisman qui m'aidera à leur échapper. Quelques mots, une certitude : « Être un animal heureux et le savoir. »

A Paris, la chaudière était en panne et après avoir grelotté pendant deux jours, c'est avec délice que j'ai retrouvé la maison chauffée, les chiens exigeants et le calme de ma tanière. Même la pluie, qui est pourtant une des manifestations de la nature que je déteste le plus, n'atténue pas ma bonne humeur. Comme j'aimerais que cette gaieté matinale garde l'habitude de m'attendre au pied de mon lit! Pourquoi est-ce que je n'arrive pas à me laisser aller au plaisir de me sentir bien dans ma peau? J'essaie de raisonner cette méfiance instinctive, de la minimiser par des moqueries, de m'en défaire comme d'une sotte superstition... Malgré ces efforts que je ne déploie, évidemment, que les bons jours, je n'ose pas me fier pleinement à la joie de vivre qui s'empare de moi. Je reste habitée par l'inquiétude de la voir s'enfuir une nouvelle fois. Le rythme des hauts et des bas n'a plus la violence qu'il avait au début, mais il existe toujours et que les crises soient moins rapprochées ne m'empêche pas de les appréhender. C'est déjà un début de sagesse que d'admettre ce petit ballet des humeurs. Je suppose que tout le monde connaît plus ou moins ces montagnes russes qui vous bringuebalent d'un optimisme parfois excessif à un pessimisme tout aussi exagéré. Je ne vois pas en quoi le fait d'être plusieurs à en souffrir est consolant. Je ne sais qu'une chose, c'est que depuis mes quinze ans j'avais un truc pour m'en débarrasser, que je ne l'ai plus et que je n'en ai pas encore trouvé un autre.

Et pourtant, aujourd'hui, le moindre geste m'est un plaisir; je me sens légère, rieuse, gaie... Est-ce aussi difficile de conserver cet équilibre que de le reconquérir?

La paix intérieure ressemble à l'amour : elle n'est jamais acquise. Dès qu'on cesse d'en prendre soin, elle se détériore. Il semble que tous les grands sentiments ont besoin de mouvement. L'immobilité, l'hibernation sont synonymes de mort lente. J'accuse ma sobriété de toutes mes difficultés d'être; une rancune facile!

Je sais que je mens. Les oiseaux noirs nichaient dans ma tête avant, l'alcool les endormait, mais il ne les a pas tués pour autant. Admettons qu'en augmentant les doses, j'aie cédé à la tentation de fuir... Mais c'était moi que je fuyais, pas la vie, pas le présent. Au contraire, si je me dopais c'était pour faire face à tout ce qui pouvait nuire à mon bonheur, un bonheur auquel j'avais presque fini de croire tant je l'avais attendu, et qui m'a inondé le cœur, le corps et l'âme : trente ans ou presque de solitude lui donnaient sa juste valeur. Quand j'ai craint de le voir en péril, quand j'ai redouté ma propre faiblesse devant le vertige qui déferlait sur moi, j'aurais fait n'importe quoi pour trouver la force de le sauvegarder. Être heureux est un état qui se mérite. Je devais sortir l'homme que j'aimais du désespoir qui le guettait, élever mes enfants avec le sourire, lutter pied à pied contre l'emprise de la neurasthénie, dangereuse pour nous tous par le climat morbide qu'elle dégage. Oh! j'y suis arrivée, à grand renfort de dopants, et finalement plus aisément que je ne l'aurais imaginé. Les mots écrits ont tendance à dramatiser. Je n'ai pas eu à faire des efforts à jet continu. Pourtant, pour réussir à nous remettre sur les rails, j'ai pris des risques physiques en présumant de ma résistance et des risques moraux en me croyant capable de jongler avec deux modes de vie. Je me suis laissé happer par le piège qu'était le retour à la chanson, j'ai frôlé le désastre, et pourtant je ne le regrette pas.

Je peux même affirmer que si c'était à refaire, je recommencerais tout, sans rien y changer. Je sais très exactement pourquoi je me suis laissé séduire une seconde fois par ce métier. J'y trouvais une sorte de décompression, comme les plongeurs qui remontent par paliers du silence des profondeurs marines. Chez moi, tout respirait le calme et la rigueur, tout était peint en bleu et en rose, pas de soucis, pas de contrariétés, je camouflais à tour de bras... Pour Bernard, qui s'installait dans la sobriété, c'était parfait, mais moi j'avais le besoin vital d'un exutoire. Le tohu-bohu inhérent au monde du spectacle me l'apportait... Il m'a fait danser au bord du précipice; j'ai été griffée par les ronces de la déception, baladée au gré de la mode des ondes et même roulée par des escrocs minables. Mais j'ai reçu plus de joie et d'amitié que je n'ai perdu d'illusions...

Étrange... Dans presque toutes les religions, le mal, ou

plus précisément la tentation, porte un masque de laideur. C'est d'une évidente bêtise; où serait le mérite de résister à ce qui est repoussant? On dit que Lucifer était le plus beau des anges et, comme lui, ses manigances se parent de séduction. En tout cas il s'est montré sous son plus beau jour quand il m'a entraînée vers le paradis de pacotille que sont les variétés. Une aventure que j'ai vécue comme une liaison amoureuse plus que comme une véritable profession. L'amour propre, qui devrait d'ailleurs s'appeler l'amour-con, est un sentiment méprisable, pétri de vanité et de sottise. Je le refuse et j'avoue, sans honte, que j'en ai carrément bavé quand j'ai dû rompre avec ce métier. Pour certains, je n'étais qu'une femme du monde velléitaire; pour d'autres, plus proches, je sacrifiais ma carrière à ma famille. Les deux versions sont erronées. Je n'ai accompli aucun travail, aussi modeste soit-il, à la légère. Je suis incapable de bâcler. Par contre, il me semble que le comble de l'art est d'avoir l'air inné. L'effort visible alourdit... Quant à avoir tout quitté pour les miens, ce serait prétendre à un piédestal que je ne mérite pas. Je n'ai rien d'une sainte et si tout avait marché comme je le voulais, j'aurais persévéré sans réfléchir aux conséquences de mon ambition, lesquelles auraient certainement déclenché des catastrophes, pour moi autant que pour ceux que j'aime. Madame La Chance s'est déguisée en échec pour me sortir des sables mouvants. L'expérience fut désagréable, presque triste, et tout compte fait bénéfique.

Quelle folie, quand j'y pense!... Comment ai-je pu espérer mener une double vie et la mener à bien? Quand tout cela a commencé, la situation n'avait pas la netteté que je lui vois aujourd'hui... J'ai l'impression de me comporter à l'égard de cette Annabel-là comme ces bons conseillers qui disent bêtement :

– A ta place...

Oui, mais on n'est à la place de personne. On est seul, et même seul, on est différent selon son âge.

J'ignore ce que cette mutation dans notre couple a représenté pour Bernard, je ne sais même pas s'il en a été conscient. J'ai malgré tout eu bien des maladresses, ce que je n'ai vraiment compris que très récemment en faisant ma propre cure. A ce propos, il y a eu un phénomène assez comique et dont je m'étais félicitée à l'époque, dans le comportement des médecins à mon égard. Ces messieurs, qui n'étaient pas ceux qui me soignent actuellement, étaient tellement centrés sur le grand homme qu'est Bernard, qu'ils m'ont oubliée. Tout, dans leur attitude, me donnait le Bon Dieu sans confession. Ont-ils vraiment cru que j'étais d'une sagesse exemplaire? à moins qu'ils n'aient jamais pu imaginer que je buvais autant que Bernard... C'est possible, d'autant que l'éthylisme est paraît-il plus nocif au sexe féminin. Or, d'après leurs statistiques et selon les doses d'alcool absorbées (je leur avais données les miennes et non celles de leur vrai patient), j'aurais dû être à l'agonie.

Nous habitions Paris. Bernard préférait rester en ville, ne se sentant pas assez fort pour affronter la solitude de la campagne. Cela tombait bien, le contrat de disque que j'avais signé arrivait à échéance; or il stipulait que je devais enregistrer ou payer un dédit. Frédéric Botton m'avait écrit des chansons qui me plaisaient. Je me suis lancée dans l'aventure.

Je partageais mon temps entre le studio et la maison. Deux climats totalement différents mais qui, à ce moment-là, ne s'opposaient pas.

Bernard ne pouvait d'ailleurs se sentir lésé, tant je manquais d'enthousiasme après les premières séances!... Avant de quitter ce métier, que je pratiquais surtout en public, je n'avais fait qu'un disque sous la direction de Sacha Distel. Les textes étaient de Françoise Sagan, la musique de Michel Magne. Des chansons qui étaient déjà dans mon répertoire, un petit studio, une ambiance intime : cette expérience ne m'avait pas préparée à ce que je devais soudain affronter. L'arrangeur m'était antipathique, et c'était réciproque. Je devais chanter sur la bande orchestre, pré-enregistrée, ce que je ne savais pas faire. Bref, j'étais intimidée, maladroite, presque malheureuse d'avoir accepté de venir. Heureusement, mon tortionnaire n'avait travaillé que sur deux titres. Les autres avaient été confiés à François Raubert, l'inséparable pianiste et ami de Jacques Brel. Lui prit le temps de m'apprivoiser, de me connaître. Il était chaleureux, plein d'humour et de tendresse. Je retrouvais avec lui le plaisir de chanter. En rentrant, fatiguée mais gaie, je racontais ma journée à Bernard. Il m'écoutait distraitement, sans animosité, trop absorbé par lui-même pour s'intéresser à mes histoires de chansonnettes. Je suppose qu'il les considérait comme une distraction. Il avait peur que je m'ennuie dans notre nouvelle existence et semblait soulagé que j'aie trouvé un moyen de m'amuser. Lui passait des heures dans son atelier...

Un fait reste certain : si je me force à fouiner dans les recoins de mon subconscient pour déterrer les diverses raisons qui m'ont jetée dans l'éthylisme, c'est un effort que Bernard peut s'épargner une fois pour toutes. C'est aussi l'avis de ceux qui l'ont soigné. Ils ont pourtant été jusqu'à l'interroger sous subnarcose, une espèce de sérum de vérité... Ils n'ont trouvé à sa vie qu'une seule motivation, toujours la même, vivante, lancinante, dévorante : peindre, se dépasser, aller plus loin, plus profond, ignorer la fatigue, les nerfs à vif, le cœur au bout des doigts, donner sa vie... mais peindre!

Alors en vivant la secousse tellurique qu'est la suppression de l'alcool, pour le corps et surtout pour la tête, je ne peux qu'admirer la ténacité que Bernard a montrée face à la tentation de s'abîmer dans la folie en nous laissant ramper au milieu de nos sermons étriqués sur la santé, le raisonnable, des mots qui pour lui n'ont aucun sens... Pauvres petits conseils de sagesse proférés par des fonctionnaires du quotidien...

Je ne vole pas aux mêmes altitudes... mais l'importance de l'œuvre créée n'a aucune incidence sur la détresse provoquée par l'impuissance, déchirante obsession, fossé que l'on croit infranchissable, et que pourtant on s'acharne à sauter... Sur l'autre versant, les pages ne seront plus blanches. Sans ce besoin forcené de retrouver le goût d'écrire, de me rebâtir pour pouvoir travailler, aurais-je continué le voyage? J'en doute... Se lancer dans cette galère qui mène à la sobriété nécessite une longue réflexion. C'est une aventure trop rude pour être envisagée avec légèreté. Je ne saurais pas en parler autrement qu'en employant les mots crus qui lui ressemblent : on crève de trouille; on gerbe sa solitude, le foie vrillé par le mal; on pue de désespoir; on gît sur un matelas de fakir, cloué par les nerfs malades; on hait ce corps transpercé par d'invisibles aiguilles, distendu par de grotesques crampes... Mais la douleur physique est une vaste rigolade à côté de la panique de l'esprit, farandole de cauchemars qui vous laisse dans une totale solitude devant la peur, le dégoût, le doute... On n'en a plus rien à foutre des autres; d'abord c'est qui, les autres? ceux qui se prélassent au paradis perdu où les meubles sont des comptoirs de zinc, les baignoires des tonneaux, les miroirs au fond ambré des verres?... A moins que ce ne soit ceux qui guettent l'instant de vous empoigner pour vous boucler dans leur purgatoire d'ennui, de monotonie... Existe-t-il un ailleurs, un coin sans vieux gamins dissolus, sans grandes personnes chiantes?... On est pire qu'un chien galeux, lamentable, paumé, presque méchant, avec des nuits suantes d'insomnies et des jours hébétés de tranquillisants... Et ça dure des mois... Alors, pour accepter ce tunnel de merde, pour avoir le souffle de nager dans cet égout dont on vous promet, sans preuves à l'appui, qu'il vous emmène vers la mer, le soleil, la renaissance, il faut un mobile gigantesque, une vraie cause, un idéal en quelque sorte...

Qu'on laisse les mondains, les fêtards, les paresseux, les inutiles boire tranquilles. Ça ne fait de mal à personne, ça fait vivre les bistrots, les viticulteurs et les fossoyeurs... Qu'on leur foute la paix; leur interdire le volant suffit... Les médecins ont trop de travail pour perdre leur temps, et ce serait un éternel recommencement que d'essayer de supprimer l'alcool à quelqu'un qui n'aurait pas, au départ, la rage de vaincre. C'est elle qui m'a fait défaut quand je me suis laissé entraîner vers la chansonnette. Une bataille perdue, une grosse déception, un prétexte de plus pour me réfugier dans l'ivresse, c'est tout ce que j'ai à reprocher à ce métier. Ce séjour de quelques années au pays des variétés m'a finalement donné plus qu'il ne m'a refusé, ne serait-ce qu'en démythifiant l'idée que j'en avais...

Une aventure que je n'ai pas envie de raconter dans le détail, ce qui serait fastidieux, mais plutôt en m'attardant sur les émotions que je ressentais, mes heures heureuses et aussi les autres. J'ai besoin de m'expliquer pourquoi ce qui n'était dû qu'au hasard a pris tant d'importance pour, finalement, après une ultime pirouette, disparaître à nouveau.

Je crois sincèrement pouvoir glisser sur les premiers mois. Le premier album, celui dont F. Botton avait composé les chansons, fut un grand succès. D'un jour à l'autre, je suis devenue le gadget à la mode. Télévision et radio, on m'entendait partout. Curieusement c'est la période que j'ai le moins aimée. Certes j'étais flattée, une satisfaction de vanité qui restait superficielle. La santé de Bernard restait mon inquiétude permanente. Je m'appliquais sagement à suivre le programme de promotion que l'on m'avait établi, mais j'étais désorientée par les procédés techniques auxquels je devais me plier. Faire semblant de chanter devant la caméra m'ennuyait... En revanche, rencontrer d'anciens copains, retrouver dans les coulisses de la radio les musiciens et les journalistes, le brouhaha dont j'avais perdu l'habitude m'amusait. Sans oser me l'avouer, je redoutais l'instant où Bernard et moi devrions reprendre une vie normale. Une convalescence difficile et cahotique l'avait beaucoup changé. La vérité crève les yeux : j'ai eu peur. Parfaitement consciente de l'effort que j'aurais à fournir pour accepter une vie calme et ordonnée, obsédée par le désir de ne pas le décevoir, hantée par la terreur de perdre son amour, je me suis cramponnée à tout ce qui me permettait de garder un peu de quotidien en marge. Quand Bernard buvait encore, il tempérait les rigueurs d'une vie monastique par des explosions de désordre qui me le rendaient proche, voire accessible. La sobriété, en lui retirant ce besoin de vacances folles, exaltait le mysticisme qui est la base même de son caractère. Il s'installait dans le silence, semblait flotter au-dessus de nous... Seule existait son œuvre ; le reste glissait sur lui sans l'atteindre. Il n'avait plus ces terribles colères que je redoutais tout en les souhaitant, tant elles me fascinaient. Il se montrait d'humeur égale, presque indulgent, habité par une évidente sérénité. Je ne me sentais pas capable de le suivre sur ces hauteurs spirituelles. C'était déjà suffisamment difficile de le préserver de tout ce qui aurait pu troubler cette paix qui était devenue son oxygène. Pour y parvenir, je devais me défouler ailleurs. La comparaison peut paraître exagérée, et pourtant elle correspond à ce que je ressentais : plutôt que d'entrer au couvent, j'ai choisi d'entrer en scène... Cette excitation que le disque ne m'avait pas apportée, cette drogue, je l'ai retrouvée devant le public.

Dès cet instant, je me suis laissé intoxiquer par la chanson sans y prendre garde. Après avoir tant hésité à quitter mon stylo pour reprendre mes fringues de saltimbanque, je ne songeais plus à les retirer. Je ne vais pas rétablir une chronologie des faits qui serait fastidieuse. Essayer de recréer le climat dans lequel nous vivions me semble suffisant. Après un mois à la Tête de l'Art, pendant lequel ma fille aînée avait été opérée de l'appendicite, j'avais accepté une tournée d'été et l'Olympia en vedette américaine pour la rentrée. J'avais un mois de vacances avant d'attaquer cette série de galas et nous sommes partis en Grèce. Un superbe voyage auquel je participais pleinement quand nous étions en mer, mais, dès que nous accostions, je me mettais en quête d'un téléphone et j'appelais Charley Marouani, mon imprésario. Je n'avais que le spectacle en tête! Ai-je pris conscience de cette fêlure qui me séparait des miens? Je revois Arcachon, première étape de mes contrats. En fait j'avais chanté à Andernos; le succès, le souper joyeux avec mes musiciens et cette chambre d'hôtel, ce grand lit vide... un désert! Douze ans dans les bras d'un homme et j'étais là, seule, à hurler... Je n'ai pas osé hurler, j'ai pleuré. J'ai failli téléphoner à Bernard, lui dire que je rentrais, que je laissais tout tomber. Et puis j'ai eu honte. Je n'avais pas le droit d'être lâche. Je devais aller au bout de l'expérience. C'est ce que j'ai fait et je m'y suis très bien habituée. Plus les mois passaient et plus ma vie se dédoublait. Après l'Olympia, j'avais loué un appartement de deux pièces pour y répéter et recevoir sans que le bruit et les allers et retours inévitables dans ce métier ne dérangent Bernard. Il n'y avait ni meuble, ni lit, une table faisait office de bar, le piano trônait au milieu des baffles, magnétophones, porte-musique et quelques poufs pour la pause. J'y passais de longues heures de tohu-bohu et le soir je retrouvais avec plaisir le calme qui régnait chez Bernard. La plupart du temps, quand je rentrais il avait fermé l'atelier et jouait avec ses filles. J'avais tout de l'homme qui revient du bureau. Lui me remplaçait auprès des enfants. A l'époque, j'en riais! Quand, plus tard, j'ai eu la désagréable impression de les déranger, de troubler leur intimité, j'ai trouvé cela moins drôle. Mais j'étais prise dans un engrenage dont je ne savais pas m'extirper...

Bernard, entièrement rétabli, voulait quitter Paris. Pendant que je préparais un tour de chant pour la Villa d'Este, il visitait des maisons. Il eut tôt fait d'en trouver une fort belle près de Thoiry. Elle devint la maison-mère. L'appartement de Paris vendu, c'est tout naturellement que mon studio de répétition devint ma tanière de célibataire. Autour de moi, tout bougeait, évoluait à toute vitesse. Je n'avais plus la même équipe. Il semble que dans le métier on me l'ait reproché, ce dont, d'ailleurs, je me moque. Sincèrement, je dois avouer que j'étais plus attachée à l'atmosphère dans laquelle je vivais qu'à ma carrière de chanteuse. Bien entendu, je ne m'en vantais pas, mais je savais déjà jusqu'où j'aurais dû aller pour accéder au vedettariat et j'étais décidée à ne pas faire les sacrifices que cela impliquait. Pour être et rester une tête d'affiche, pour remplir des salles, j'aurais dû renoncer à tout le reste, me consacrer totalement au spectacle, ne vivre que pour chanter. Ma passion pour ce métier n'était pas assez forte pour que j'en accepte l'esclavage. Je savais surtout que cette existence me ferait perdre Bernard. A la seule idée de ne plus être aimée de lui, j'étais prise de panique. Même quand je me croyais éloignée de lui, il était en moi, partout. Je continuais à penser au pluriel... J'étais tiraillée entre deux désirs, l'un plus fort que l'autre, mais je traînais dans la facilité, répugnant à trancher des liens récents et encore séduisants.

A la maison, j'étais heureuse. Je m'étais remise à écrire. Si on m'engageait moins souvent à la télévision, je gardais malgré tout mon prestige. Jacques Paoli venait de créer *Carré Bleu* sur Europe 1 et m'avait demandé d'y participer. Bernard se refusait à sortir de ses terres. Je venais toujours seule à Paris, ce qui rendait encore plus flagrante ma double vie. J'étais vraiment deux personnes; enfin, je le croyais... Aujourd'hui j'en suis moins sûre. Je suppose que l'alcool favorise ces élucubrations et même provoque des dédoublements de la personnalité.

Il ne suffit pas de quelques mots tracés sur une feuille pour effacer des faits. Or, fictives ou réelles, ces deux femmes ennemies ont existé. Comme il a été long à détruire, ce bal masqué de l'âme où je me complaisais... La tanière et ses habitués n'étaient qu'une reconstitution de ce que j'avais quitté pour suivre Bernard, une illusion où je croyais revivre Saint-Germain-des-Prés... Reste à comprendre les raisons de cette auto-mystification.

Était-ce le refus de vieillir qui m'incitait à feindre la jeunesse? Un brusque accès d'indépendance qui me lançait vers une prétendue liberté que l'amour de Bernard, mon lancinant besoin de lui, me rendaient inaccessible? Je m'étourdissais de travail et d'alcool pour ne pas penser au lendemain. D'alcool surtout... Je crois que j'ai battu tous les records d'absorption à cette époque. Je vivais à deux cents à l'heure grâce à ces excès de carburant! Personne ne s'en apercevait. Cette fuite en avant ne pouvait pas durer éternellement. Elle s'est malgré tout prolongée plus que je ne le croyais possible.

Aujourd'hui, j'ai l'étrange sensation de raconter la vie de quelqu'un d'autre. De quelqu'un que j'ai tendance à juger sévèrement. Non pour ses excès de tous ordres, mais simplement parce que cette agitation, ces ruades, ressemblent à un reniement. Ai-je vraiment été un Judas écervelé?

L'odeur des pommes de terre sautées... On ne pleure pas pour une odeur; c'est ce que prétendraient les gens raisonnables, ces gens-là ne pleurent que pour les comptes en banques qui sautent. On pleure pour ce que l'on peut. Au fond, les larmes n'ont d'autre utilité que de calmer des nerfs douloureux. Où est mon bel humour?... L'aurais-je laissé au fond d'une bouteille? Tout m'irrite en ce moment. De là à dramatiser mon rendez-vous quotidien avec les casseroles, il y a un pas que je ne devrais pas franchir. Je suis tout simplement fatiguée. Comble d'ironie, on ne cesse de me complimenter sur ma bonne mine. Un semblant de réconfort d'apprendre que je ne traîne pas une sale gueule. Je me sens paumée... Autrefois j'ignorais l'incertitude, je réagissais avec violence sans me préoccuper du bien-fondé de mes décisions. L'analyse de mes moindres pensées deviendrait-elle une manie? Je me sens mal dans ma peau et je n'ai plus la naïveté d'espérer qu'en changeant de lieu j'échapperai au désenchantement.

Cette cure de désintoxication a rogné mes défenses. La moindre contrariété me déséquilibre, ce qui est absurde. Je ne sais plus qui je suis. Ni d'ailleurs ce que je vais devenir... Une crise que traversent les adolescents mais qui n'est pas de mon âge. Est-ce l'obligation de me reconstruire, je devrais dire restaurer, qui m'épuise à ce point? Possible. Finalement, s'accepter soi-même est plus difficile que de s'habituer aux autres. En ce moment je ne m'aime pas; je me trouve ennuyeuse, dolente, et lâche. Il serait temps de me secouer si je ne veux pas être vieille avant même d'avoir prouvé que j'étais capable de me conduire en adulte!

Ce qui m'inquiète est de ne pas savoir si cette claustrophobie morale dans laquelle j'étouffe est momentanée ou définitive. En clair, suis-je encore convalescente ou cette absence de force, cette mollesse de l'âme sont-elles des séquelles inamovibles? Terrain dangereux qui mène droit au raisonnement spécieux : à quoi bon guérir si c'est pour vivre en infirme?... La tentation est comme la rouille : si on ne la surveille pas, elle détruit tout sur son passage. Si je rebois un jour ce ne sera pas une rechute, due à un instant de faiblesse, mais un choix déterminé. Dans l'immédiat, il ne saurait en être question. J'ai fait un pari que je veux gagner et ce ne sont pas ces périodes cycliques de dépression qui me contraindront à me déclarer vaincue. Je n'ai pas le goût de la facilité.

Si je ne peux attendre d'aide de quiconque pour mettre

de l'ordre dans ma tête, je devrais au moins me défendre contre le surcroît de responsabilités que je me laisse coller sur le dos. Le monde est peuplé de héros en puissance qui guettent l'instant d'exception leur permettant de vous sauver la vie, de vous sortir d'une situation grave, de montrer leur valeur! Seulement dans l'attente de ce grand jour, ils se reposent, laissant à d'autres les petites difficultés quotidiennes, indignes d'eux. Je vais pendant quelque temps m'inscrire au club des surhommes. Un bain d'égoïsme me servira de vacances... propos dictés par la mauvaise humeur, et qui, bien entendu, resteront sans suite; le pli est pris depuis trop longtemps. Dire que je me suis donné tant de mal pour apprendre à faire la cuisine; j'aurais mieux fait... non, c'est faux, j'allais tricher. Je sais à peu près tout du travail dans une maison et j'aime cela. Certes je préfère qu'on le fasse à ma place, mais je me refuse à être dépendante de qui que ce soit pour des raisons matérielles. Dans ce domaine, Bernard me fait concurrence. Couture, vaisselle, ménage lui sont familiers et quand il trouve le temps de préparer un repas, il m'est nettement supérieur. Nous élevons Nicolas selon les mêmes principes. Trop de garçons se marient pour avoir une femme de ménage! Conception sinistre du couple...

En plus ça peut devenir carrément utile d'avoir des aptitudes domestiques. Sait-on jamais, les gens sont tellement alarmistes... Nous, si nous sommes ruinés, nous pourrons toujours imiter les Russes blancs. Le couple idéal pour tenir une maison... dire que c'est mon rêve serait exagéré, mais ça ne serait pas dramatique. J'aime l'argent, je suis même émerveillée d'en avoir. Ça permet tellement de libertés... et puis je suis fière de sa provenance. Je m'en méfie quand même. J'ai vu trop d'êtres se salir pour en posséder. L'obsession de la richesse, l'âpreté au gain et le manque de scrupules qui en découlent, abaissent ceux qui en sont atteints. Moi, en tout cas, je ne supporterais pas d'avoir honte pour de l'argent, comme je me refuse à avoir honte d'en avoir. Oui c'est bizarre, l'argent! C'est à la fois formidable par tout ce que cela permet de libertés, de générosités et bien sûr de fantaisies, et dangereux par l'envie, la cupidité, la haine que la fortune déchaîne! Décidément, je ne vois que la laideur des choses. Une journée de dégoût... Je ferais mieux d'aller me coucher. Demain ça ira mieux, avec ou sans pommes de terre...

Nuit sans rêve, la sonnerie aigrelette du réveil, la première cigarette avant de sortir du lit, la fête des chiennes, la pluie, l'odeur du café... la routine qui, selon les jours, est délicieuse ou odieuse. Ma sœur la Déprime n'a pas dû réussir à sortir du placard où je l'ai enfermée. Tant mieux. Comme chaque fois que je parviens à lui échapper, je me sens de taille à la cadenasser définitivement. Vantardise entretenue par un espoir tenace.

Corentin est venu passer deux jours avec nous. Il est tellement intégré dans notre existence que j'ai l'impression de l'avoir toujours connu. Travailleur acharné, il a apporté son cartable. Il a beau s'en cacher pudiquement, il dégage une enfance qui m'empêche d'appeler sa serviette bourrée de documents autrement qu'en termes scolaires. Nous avons partagé ce dimanche en faisant nos devoirs respectifs, avec des récrés prolongées, pleines de rires, d'échanges d'idées et de silences. Rien n'est plus agréable à vivre que les gens qui ne s'ennuient jamais : Bernard, Corentin, Nicolas, différents par l'âge, par l'aspect et pourtant étonnamment semblables. J'ai été frappée par l'évolution de Nicolas qui participe à nos conversations avec un plaisir évident. Pour le dîner, j'ai fait une omelette gigantesque qu'ils ont dévorée. J'aime les hommes gourmands. Il me semble que c'est une preuve de virilité. La sensualité me rassure; comme si les joies du corps formaient un édredon assez souple et profond pour y plonger et oublier dans ce nid duveteux le labyrinthe de l'esprit. Je ne parle pas des jeux de l'amour. Le sexe c'est encore autre chose puisqu'il est rare que l'on n'y mêle pas des sentiments. Je veux dire les multiples sensations, les plus anodines, celles que reçoit

177

le corps quand la tête est vide de tout ce qui n'est pas le plaisir d'être.

Caresser un chien qui rentre du jardin humide de rosée, respirer son pelage qui sent l'herbe fraîchement coupée; laisser la pluie ruisseler sur son visage, se laver dans cette eau pure sans autre geste à faire que de regarder le ciel; sentir sa peau dorer au grand soleil de l'été en écoutant le clapotis de la mer proche et en s'y jetant dès que la brûlure est trop forte; lécher le sel marin qui picote les lèvres; marcher à travers champs en luttant contre le vent pour lui arracher une chevelure qu'il a déjà nouée; regarder la goutte de sang qui perle de vermillon la main qui voulait cueillir une rose... Ce sont des moments parfois trop brefs que je reçois comme des cadeaux sans prix.

Je ne peux éprouver d'attachement que pour des êtres avec qui je peux partager ces petits bonheurs physiques, sans des paroles qui gâcheraient tout. Ce sont des échanges d'émotions qui se situent au niveau de l'instinct. C'est extraordinaire ce que l'on reste marqué par les toutes premières années de sa vie! L'importance que j'attache à l'odorat, au toucher, me vient indiscutablement de ma mère. Elle devait elle-même y être particulièrement sensible, ce qui m'expliquerait le luxe raffiné qui régnait chez elle. Cela dépassait de loin le désir d'élégance. C'était certainement pour elle seule et non pour les autres qu'elle prenait un tel soin dans le choix de ce qui l'entourait. Je me souviens principalement de son lit. Elle dormait dans des draps de soie d'un rose thé et n'avait pour couverture que des fourrures. Je me glissais contre elle, jouant à trouver ce qui était le plus doux, de sa peau ou du tissu qui l'effleurait. Son parfum, mêlé à celui des pelages de bêtes, m'enveloppait de tendresse. Je revois ses gestes quand elle s'emparait des objets les plus usuels; elle semblait les caresser avant de les saisir. Et les fleurs... elle faisait d'admirables bouquets, à dominante blanche : arums, lilas, lys, tubéreuses s'enlaçaient dans de grands vases posés à même le sol. Sa chambre m'était un paradis...

J'en ai parlé avec mon père... Il m'a dit que je mentais! Qu'en aucun cas je ne pouvais me souvenir de cette pièce qui, d'après mes descriptions, datait de l'année suivant leur divorce. Je n'avais que trois ans. On avait dû me raconter tant de choses que je croyais les avoir vécues. A quoi bon me montrer insolente! Je n'ai pas insisté, mais je sais que je n'ai pas rêvé ce lit, ni l'amour éperdu que je ressentais pour cette femme hors du commun. Elle appartient à un monde révolu. Je possède des dessins et un tableau qu'elle a peints à dix-huit ans. Influencée par Derain, elle montrait un talent certain. Elle était plus attirée par les lettres et a traduit de l'anglais et de l'italien quelques livres, dans un français pur, solide, usant à merveille de la clarté de notre langue. En avance sur son époque, elle en a certainement souffert. Que serait-elle devenue si elle était née à ma place, ou après la guerre? Aurait-elle appartenu à ce que j'ose appeler la nouvelle race féminine?

S'il y a un comportement qui m'est absolument étranger, c'est bien celui des jeunes personnes actuelles. Elles sont si différentes de ce que j'étais à leur âge que je suis sans référence pour trouver la clef qui m'ouvrirait la porte de leur monde.

Avons-nous causé un étonnement semblable à nos aînées? Se sentaient-elles éloignées de nous autant que je le suis des jeunes femmes d'aujourd'hui? J'en doute... Montparnasse a ouvert le chemin à Saint-Germain-des-Prés. Ces deux pôles d'après-guerre étaient fréquentés par des artistes, des étudiants; la communication n'avait pas atteint l'ampleur qu'elle a acquise depuis et nos débordements restaient l'apanage d'un groupuscule.

Sans mes filles et la curiosité née du désir de les mieux comprendre, j'aurais abandonné toute tentative d'approche. Mais je suis trop concernée par elles pour ne pas m'obstiner, et je fais un effort pour être la plus objective possible. J'arrive tant bien que mal à dominer la colère qui s'empare de moi devant les jugements aberrants qu'elles portent sur les hommes, l'argent, bref sur la vie de tous les jours... Le seul argument qui me fait perdre mon calme est la continuelle utilisation de la bannière des femmes libérées! Liberté, un mot sacré, qui a peut-être un sens différent pour chacun de nous mais que l'on n'a en aucun cas et sous aucun prétexte le droit de galvauder.

Trop de gens consacrent leur vie à la défendre, à la protéger pour que d'autres en fassent un slogan publicitaire ou pire encore, un paravent derrière lequel ils cachent leur incapacité à en être digne!

Ma liberté, celle que j'aime par-dessus tout, celle qui me sert de sens moral, celle qui dicte le moindre de mes actes est bien différente de celle que brandissent ces jeunes personnes. Elle est aussi beaucoup plus difficile à vivre. Pourquoi? Parce que la liberté n'est pas une chose que l'on prend. C'est une disposition d'esprit qui veut que, pour jouir pleinement d'elle, on apprenne à la respecter, à la partager, à la donner, et plus ardu encore, à ne jamais enfreindre celle des autres. C'est un principe superbe, un idéal solide, relativement facile à prescrire et particulièrement rude à mettre en pratique...

Or il apparaît que dans ces jolies têtes, il y a tout autre chose. Mais laissons mes filles. Elles ne sont pas mes seuls modèles... Et si leur vie privée ne me paraît pas enviable, elles sont avec nous infiniment tendres et prévenantes. Nous nous aimons et l'amour est indulgence. Ce qui ne m'empêche pas d'être lucide. Faire un parallèle entre les réactions des parents de ma génération et notre comportement à l'égard de nos enfants implique, en premier lieu, d'admettre que nous sommes forcément responsables, pour une grande part, de cette évolution.

A quinze ans, elles commencent à frétiller et au moindre reproche, on voit s'allumer les néons de leurs yeux. Les mots : « majorité, dix-huit ans, autonomie » s'inscrivent en lettres étincelantes dans ces regards de défi. Il n'y a pas de quoi en faire un drame; cela me semble même une preuve de santé. Ce qui l'est moins, c'est la manière qu'elles ont d'envisager et ensuite de pratiquer cette belle indépendance.

Pour la plupart, elles sont entretenues par les parents, ce qu'elles considèrent comme un dû. Elles n'ont pas entièrement tort puisque la loi les autorise à voter, à conduire, à se marier, mais la famille doit jusqu'à ce qu'elles aient vingt et un ans payer leurs dettes! Ne pas oser dire merde et claquer la porte parce qu'il faudra l'ouvrir pour revenir chercher de quoi vivre ressemble à une contrainte. Admettons que l'argent est à tout le monde et qu'attacher de l'importance à la propriété est avilissant. Oublions la dépendance matérielle pour aborder ce qui est leur but suprême, la liberté des mœurs. Un sujet qui a déjà fait couler des flots d'encre. Ce n'est en aucun cas l'aspect religieux qui m'intéresse. A chacun sa conscience, à chacun son Dieu, si toutefois l'au-delà dépend de nos fesses... Je connais des prudes qui l'offensent plus gravement par une irrémédiable sécheresse de cœur que par quelques cabrioles gourmandes.

Je considère la sensualité comme le plus fantastique des cadeaux. Et le désir, quelle merveille! une porte ouverte sur un jardin inconnu. Pourquoi y a-t-on accroché la notion du péché?... Je respecte mon corps; j'aime le sentir vivant et désirable. Je sais que je reste esthète jusque dans l'approche de la sexualité, j'éprouve un profond plaisir à préparer mon esprit à recevoir ce mystère qu'est la jouissance partagée. J'aime attendre l'instant du rendez-vous, me faire belle pour celui qui va provoquer cet élan irrésistible.

Faire l'amour est un art, un rite aussi. J'espère avoir su épargner à mes enfants les inhibitions; j'ai essayé de leur expliquer l'accouplement sans laideur ni pudibonderie, d'en faire une fête... Ont-ils compris ce que je voulais dire? Mes filles ont eu la permission légale d'acheter la pilule avant d'avoir à me la demander. Elles ne se sont pas pour autant jetées dans le lit d'un garçon. C'est une superbe invention! Quand je repense aux sornettes que l'on racontait aux jeunes filles d'autrefois, je retrouve intact le sentiment de révolte que m'inspirait cette conception de la valeur féminine. La virginité et une dot étaient les conditions essentielles pour se marier. A la rigueur, si la dot était conséquente, il restait un petit espoir de caser la malheureuse qui avait eu l'imprudence de fauter. On soldait la fiancée en quelque sorte! Quelle horreur... Comment nos aïeules ont-elles toléré d'être jaugées à l'égal d'une pouliche? Faire l'amour au grand jour n'est pas seulement une victoire sur la peur, l'hypocrisie, la bêtise; c'est pour les femmes le droit d'être maîtresses de leur corps, de le donner comme de le reprendre. C'est le droit au plaisir que la notion du péché, renforcé par la terreur d'une grossesse, interdisait trop souvent. Les enfants souhaités, attendus par deux êtres qui s'aiment doivent naître heureux. Je m'étonne que l'on mêle cette nouvelle indépendance de la femme dans sa vie privée à l'autre combat visant à établir l'égalité des sexes dans le travail. Cela n'est en rien comparable. L'amour est un besoin vital pour les hommes comme pour les femmes et je ne pense pas que l'on puisse le régir ou l'améliorer par des lois...

Et si la libération, l'égalité étaient tout simplement dans un amour accepté, avec ce que cela implique de dépendance et de suprématie; un partage total, choisi, voulu? Les faiblesses mises en commun se muent en force. Allons petites, n'écoutez pas les âneries qu'on vous prêche et n'embrouillez pas tout. Gardez les slogans pour vos luttes professionnelles et ne confondez pas carrière et intimité. A quoi rime cette obsession de dominer ce mâle à qui vous donnez votre corps! Auriez-vous peur d'aimer le plaisir qu'il vous offre? Savez-vous que les lois de la nature veulent qu'il protège sa femelle et qu'en le frustrant de ses responsabilités innées vous sapez sa virilité? S'il vous aime!... Méfiez-vous mes toutes belles, ils ont changé eux aussi, mais pas au point de douter de leur supériorité. Ils profiteront de la vie facile que vous leur proposez avec gourmandise. Ils joueront au gigolo, riront entre eux de vos prétentions... Vos esclaves, eux? Jamais! Une confortable feinte qui cessera le jour où une jeune femme qui a peur du noir, qui grimpe sur une chaise à la vue d'une souris, qui se montrera fragile, vulnérable, ce qui ne signifie pas qu'elle sera plus tendre que vous, toujours est-il que cette créature d'autrefois miaulera sa dépendance, ronronnera son admiration et vous volera votre bel étalon. Mais n'était-il que cela? Vous pleurerez des larmes de sang en voyant ce phénix renaître des cendres d'une guerre que vous pensiez gagnée, et faire des prouesses professionnelles pour combler cette poupée de porcelaine féminine et aimée.

L'expérience n'est pas transmissible et je griffonne mes colères en pure perte. Qu'importe que ce soit inutile. Il suffit que ce me soit une occasion de plus de dire combien j'aime les hommes. Je peux tout leur pardonner pour l'enfance qu'ils préservent en eux et dont je ne peux me passer. C'est la même passion depuis Saint-Germain-de-Prés, mes premiers amants, et la tendresse... On buvait, on était bien, on se moquait pas mal de l'égalité des sexes. Nos amours avaient le goût des amitiés d'enfance, celles qu'on n'oublie pas... Je me demande si un lien caché ne relie pas mon retour à la chanson à ce lointain passé. Le climat qui régnait dans ma tanière de l'avenue Montaigne n'était pas sans parenté avec celui de la rue Saint-Benoît... Cela expliquerait l'obstination que je mettais à poursuivre une carrière qui compromettait l'équilibre de notre couple, m'épuisait par la double vie que je m'imposais, tout en sachant que je n'avais plus l'âge de m'adapter à un métier qui avait changé du tout au tout...

J'ai éprouvé de grandes joies en scène, des sensations fortes qui m'attiraient comme une drogue mais qui me laissaient tendue, déjà anxieuse du lendemain. Quelques années d'une incessante inquiétude que justifiaient d'ailleurs des soucis qui n'avaient rien de fictif.

Chaque fois que s'écaille le vernis qui me sert d'armure je suis face à ma seule ennemie : la peur. Est-elle incurable ? je ne veux pas l'admettre. Je finirai par venir à bout de cette maladie tenace. Oui, c'est pour lui échapper que je me cramponnais à la chanteuse que je prétendais être. Un merveilleux alibi pour revivre l'illusion d'une inaltérable jeunesse; pas celle du corps, je n'avais encore aucune inquiétude quant à mon aspect, ce que je cherchais sans oser me l'avouer, était l'oubli de Bernard... Je voulais pendant quelques heures renouer avec l'époque où ignorant l'amour je ne connaissais que le désir, où n'aimant pas je me contentais de prendre sans donner, où une tranquille cruauté évitait les atteintes à mon plaisir. Pour ne pas avoir honte d'être la sœur de Judas, je buvais. L'alcool est un bon engrais pour la mauvaise foi... Ma conscience flottant dans mon verre, je déguisais mon reniement :

– Puisque personne ne souffre, je ne fais rien de mal!

D'ailleurs si j'ai pu être gaie, optimiste, ce qui a aidé Bernard, c'est bien parce que je retrouvais des forces en m'amusant à chanter. J'ai besoin de désordre. En y vivant sans lui, je lui épargne les tentations!

Comme on est ingénieux quand on refuse d'avoir tort! Mais j'avais beau me démener, mes mensonges ne parvenaient pas à me rendre mon passé. Bernard vivait en moi et la peur, aux aguets, ricanait. Je ne courrais jamais plus vite que la souffrance. Je ne pouvais pas tout avoir; puisque j'avais voulu un amour absolu, je devais en payer le prix. Mes vacances étaient terminées... La lucidité fut un juge plus cruel que la morale : comment comparer la bohème de luxe de l'avenue Montaigne aux divers campements de Saint-Germain? Mes musiciens n'étaient pas indifférents à mes moyens financiers et à l'absence de soucis matériels. Pourquoi l'auraient-ils été? Je m'étais acheté un décor, cette expérience coûteuse mais utile m'évitait les regrets, elle m'ouvrait les yeux : un seul être existait et je lui appartenais. Le perdre équivalait à joindre d'un trait d'union les mots bonheur et fin.

Comme la première fois, j'ai laissé la fêlure faire son travail et je suis partie sur la pointe des pieds. Pas tout à fait seule : deux garçons se détachaient par leurs qualités de cœur, une intelligence créatrice, une fidélité absolue à leurs idées... J'ai gardé l'amitié de Jean, qui non seulement a survécu à mon abandon de la chanson mais s'est renforcée au cours des années, et celle de l'insaisissable Roda, moins présente, moins solide, mais réelle.

Sur le plan professionnel, la liquidation a été simple. J'avais cessé d'être le beau vélo rouge que se disputaient les médias. Quand on me proposait des émissions, c'était à condition que mon mari m'accompagne. Je ne le lui ai jamais demandé. Je méprise le chantage. Inutile d'entrer dans des détails sordides; on ne crache pas dans l'assiette où l'on a mangé...

Aucune maison de disques ne voulait de moi. Je me suis butée. Avant de me taire, je tenais à enregistrer une dernière fois. J'aimais la musique de Jean et la façon de chanter qu'il m'avait apprise. Bernard m'encouragea dans ce sens. Nous avons sorti un double album qui est passé sur les ondes, puis j'ai fait une mini-tournée d'hiver pour roder le spectacle. Ensuite, dix jours au Théâtre Hébertot... la générale a eu lieu le dernier jour. Une salle comble et beaucoup de succès... Une fête à l'Élysée Matignon couronnait l'événement. Tout le monde était gai, on me félicitait pour ce retour! J'avais bien gardé mon secret. J'étais la seule à savoir que je venais de faire une sortie.

Le surlendemain, je m'envolais avec mon mari pour le Japon; un chapitre de huit ans était clos. Je n'ai plus chanté depuis. L'ai-je regretté? Je n'en ai pas eu le temps. J'aurais préféré quitter une carrière brillante. L'amour propre, cet enfant taré de l'orgueil, m'a chatouillée... c'est tout. Plus aucune zone d'ombre ne me séparait de Bernard et c'était l'essentiel.

Colère étouffée, optimisme à la poubelle, sourire de carnaval, mauvaise nuit, nerfs à vif, somnifère, insomnie tenace, promenade dans le couloir, sueur froide, cigarette, nausée, tout le train-train de la crise d'angoisse... J'ai pavoisé trop vite. Prétention grotesque... Le doute est là, cette saloperie visqueuse qui vous colle à l'âme comme un chewing-gum à la semelle, avec sa sœur la mauvaise foi, la voix moqueuse qui trouve les arguments subtils, qui les répète inlassablement et contre laquelle on se sent trop minable pour lutter. On s'invente des drames comme pour excuser un désespoir injustifié : la bouteille de scotch qui fait du charme, les larmes dans les chiottes... l'aube qui se refuse... les autres qui dorment... le souffle régulier d'un sommeil paisible que l'on voudrait contagieux et qui ne fait qu'exaspérer les écorchures de la fatigue... on finit dans une somnolence tardive qui arrive quand, moulue, au bord du vertige, on ne l'espérait plus et qu'il faut secouer parce qu'il est l'heure de se lever.

Une lente remise en route... l'inévitable sale gueule que vous renvoie le miroir de la salle de bains; la bouche pâteuse d'avoir trop fumé; une envie de pleurer que l'on se refuse sans même savoir pourquoi... Le café âcre est bu sans gourmandise et, timidement, un retour au bon sens s'amorce, un calme insolite après la tempête... La stupeur domine. Une escarmouche avec un membre de la tribu, une tentative de fermeté, le désagrément d'avoir à formuler des reproches, une réponse frisant l'insolence, l'obligation d'y mettre fin n'auraient dû être qu'un incident déplaisant à oublier...

Autrefois je me serais laissée aller gaiement à la colère. Hier cette dérisoire querelle m'a livrée pantelante à l'anxiété. C'était trop disproportionné pour que je ne reste pas sur mes gardes. A trois heures du matin, quand je suis descendue voir les chiens, espérant que leur chaleur animale me calmerait, j'ai pris une bouteille... je l'ai gardée dans mes mains, je l'ai même débouchée... Un reste de sagesse a voulu que je la repose à sa place. Mais si quelque chose de plus grave survenait? L'idée de retourner chez le médecin déballer mes âneries me révulse. Ce couloir de l'hôpital américain que j'emprunte machinalement quand tout va bien, en habituée des lieux quand il s'agit de soigner l'un des miens, devient un chemin de croix, avec ses stations d'horribles souvenirs, dès que je suis en crise... La dernière semble terminée et va me laisser un peu de répit. Ma décision peut attendre, d'autant qu'il vaut mieux la prendre à froid. Comment une contrariété banale a-t-elle pu provoquer une pareille turbulence mentale? Serai-je délivrée un jour de ma peau d'écorchée? Suis-je atteinte d'une incurable neurasthénie? Est-elle héréditaire ou séquelle de quarante années d'éthylisme?

Reste à déterminer si l'on boit pour échapper à une névrose, ou à l'inverse si ce sont les abus d'alcool qui la provoquent. Cette fois-ci, j'ai frôlé la rechute, de très près. Je n'ai pas bu, c'est l'essentiel... j'ai seulement failli, ce qui suffit à me troubler. Je ne suis pas une sainte et ma prétendue volonté a un aspect de porcelaine qui m'inquiète. Le plus dur reste cette tentation qu'il me faut taire! Je dois fermer ma gueule, ravaler les appels au secours, et continuer à jouer la comédie à Bernard...

Je ne cesse de lui répéter que l'alcool est inutile, que nous avons exagéré ses bienfaits, surestimé son pouvoir. Je sais qu'il ne me croit pas; il se contente de feindre le bien-être pour m'aider à garder ce qu'il considère comme des illusions. Seul le résultat compte... A force de nous jeter notre optimisme à la tête, moi j'arrive à le vivre et lui sort peu à peu de la léthargie qui le protégeait des regrets. Si je ne veux pas qu'il recommence le jeu sinistre du vieillard convalescent, je n'ai d'autre choix que de me montrer aussi forte et enthousiaste que je l'étais avant la prohibition-maison. Peut-être devrais-je me confier à mon psychiatre? Je préférerais me sortir seule de cette galère... Si seulement j'étais certaine d'avoir dramatisé un instant de faiblesse. Si j'étais capable de le mettre au compte des accidents de parcours. Si j'étais sûre de surmonter la prochaine crise... si, si, si! C'est avec des « si » que l'on met Paris dans une bouteille et moi dans mon tonneau!

On ne devrait pas recevoir des amis à la maison en période de travail intense, même des intimes! Les autres, quels qu'ils soient, provoquent des interférences. Ils apportent avec eux les ondes tumultueuses de l'extérieur et troublent l'atmosphère particulière de la bulle dans laquelle je vis quand j'écris...

Je ne recule devant rien ni personne pour protéger le calme absolu que Bernard exige, mais dès qu'il s'agit de ma propre tranquillité, je n'ose jamais invoquer l'écriture pour justifier mes refus. Une timidité stupide qui me coince dans des situations que j'accepte à contrecœur et qui se terminent inévitablement par un accès de mauvaise humeur déplaisante pour ceux que justement je ne voulais pas vexer. C'est ce qui s'est passé hier soir. Après des heures de courtoisie et de patience, un dîner agréable tant par la table que par l'humour, j'ai été rongée par l'obsession de l'heure... Invitée, j'aurais trouvé un prétexte pour partir sans impolitesse; mais j'étais chez moi. A force de compter les minutes de sommeil qui se perdaient, j'ai eu un mouvement de colère et, à minuit, j'ai quitté le salon sans prendre la peine de dire bonsoir. Une grossièreté inutile. Tant pis. La prochaine fois, j'essaierai de me comporter en adulte. Si je ne me comparais pas à Bernard, je n'aurais pas ces accès de modestie qui me nuisent et encouragent certaines personnes à me considérer comme un amateur plus que comme un écrivain.

L'anxiété est toujours là, qui me surveille; elle épie, à

l'affût de la défaillance qui lui rendrait son pouvoir. Moins virulente, feu mal éteint, dangereuse... elle me frôle, visible pour moi seule, et sa présence dessine mon système nerveux. Les mêmes mots servent aux drogués et aux alcooliques. Jusqu'à présent mon corps avait souffert de la suppression de carburant. Cette crise de manque, strictement psychique, est nouvelle et me laisse perplexe. Le docteur L. m'avait précisé que deux ans étaient nécessaires pour que l'organisme soit lavé de son poison. J'ai commencé ce nettoyage en janvier 1983 ; restent deux mois et treize jours pour fermer la boucle. Avant, j'aurais prévu une fête pour célébrer l'événement! Une nostalgie déplacée, en l'occurrence... J'ai tendance à glisser vers l'amertume. Ce qui m'arrive n'est peut-être que le soubresaut de révolte d'un désordre qui ne veut pas mourir.

J'en ai marre d'être assise entre deux chaises. Je suis fatiguée de cette interminable métamorphose, lasse d'être tiraillée entre un présent, que j'ai voulu et un passé qui ne cesse de dénigrer cette difficile conquête. Si au moins je savais ce que j'ai la sensation de regretter! Les autres sont-ils comme moi habités de questions sans réponses? Pendant près de quarante ans, j'ai bu comme on dort, comme on mange, comme on respire! En fait cela m'était naturel au point que je n'aurais jamais considéré cet état comme étant l'alcoolisme, si Bernard n'avait pas été malade. Et même à ce moment-là, je n'avais pas conscience d'être véritablement intoxiquée. J'ai déjà dit qu'à sa demande, j'avais dû faire au corps médical un compte rendu détaillé de ce qu'absorbait Bernard et comment j'avais triché, espérant minimiser les reproches de ces doctes grandes personnes...

Nous avons vécu un mois à l'hôpital. Ces médecins me voyaient, me parlaient tous les jours. Or non seulement ils ne m'ont pas soupçonnée d'être une alcoolique, mais ils m'ont fait confiance au point de me laisser habiter avec mon mari et le soigner... Quel est l'instant qui sépare l'emploi de l'alcool considéré comme une gourmandise de l'éthylisme? Est-on malade dès que l'ivresse est visible? Je suppose que pour la plupart des gens, il en est ainsi, il leur faut des ivrognes à la Zola... Il y a aussi des

tuberculeux plus discrets que la Dame aux Camélias...
Ceci pour en arriver à une évidence : je ne peux pas avoir
de remords, quant à mes abus, sans renier mon passé en
bloc! J'accepte la théorie selon laquelle on boit pour fuir.
Si la fuite est rarement glorieuse, elle peut être construc-
tive. En ce qui me concerne, l'alcool a été bénéfique.
L'obligation de m'en priver met l'accent sur ce qu'il
m'apportait.

Les progrès de la chimiothérapie sont spectaculaires.
Après quelques tâtonnements j'ai, grâce au docteur
J-P. M., une pilule à absorber chaque matin qui me donne
l'énergie souhaitée. Ça manque de poésie... il ne faut pas
trop en demander à la science... L'effet dopant est obtenu.
Échapper au désarroi et à la prostration est une victoire
qui aide à se contenter de cette méthode... Le miracle
s'arrête là.

L'alcool savait allier la capacité d'ignorer la fatigue au
camouflage du quotidien. Cette faculté d'embellir la
réalité pour la rendre acceptable est un charme auquel il
faut renoncer. Un choix difficile que celui-là, car la
pilule-force s'oppose bien entendu à la pilule-bonheur...
Oh! la seconde marche aussi bien que la première,
seulement s'adonner aux tranquillisants c'est accepter de
devenir un pré-retraité de la vie!

Je ne supporte pas cet état d'ectoplasme bêtifiant!
J'aime la colère, la passion, la violence des sentiments,
des idées, des sensations... J'ai flanqué à la poubelle les
potions susceptibles de me transformer en zombie. Survivre ne me suffit pas, je me suis froidement condamnée à
la lucidité à perpétuité. Reste à savoir si je tiendrai le
coup... j'aurais dû prévoir à quel point ce serait pénible.
J'ai vu Bernard trébucher pour finir par sauter les
mêmes obstacles, et à deux reprises, mais ce qui arrive
aux autres, fût-ce à celui qu'on aime, n'a pas le même
impact... Peut-être me suis-je crue plus solide que lui,
moins sensible serait plus exact. Pourtant, j'ai vécu
ses souffrances... un état de grâce veut que l'oubli
estompe les souvenirs trop douloureux et les erreurs
commises.

A la suite de sa première désintoxication, Bernard a
observé l'abstinence d'alcool et de tabac pendant sept ans.

Il avait grossi, portait une longue barbe et s'installait dans un personnage de vieil ermite serein et détaché du monde. Comme je l'ai déjà dit, c'est cette époque-là que j'ai traversée en compensant par la chanson mes répugnances à devenir couventine. Entre l'auréole et les faux-cils, je n'avais pas hésité... Pendant que je faisais la roue, mon sage faux vieillard s'adonnait à la gastronomie avec un enthousiasme que je ne songeais pas à lui reprocher. Mais nous n'avions prévu ni l'un ni l'autre que ce plaisir-là lui serait également interdit...

Tout a commencé par des vertiges et d'intolérables migraines... Panique, examen approfondi... les yeux n'ont rien. Le soulagement nous fit accueillir l'annonce de cholestérol comme une bonne nouvelle. Un régime draconien était prescrit.

Il y a des limites à l'ascétisme. Bernard se pliait sans rechigner à cette nouvelle privation, mais sa fragile gaieté s'était envolée. Je l'aidais de mon mieux; heureusement je chantais déjà moins et je pouvais rester près de lui. Jean venait souvent à la maison; nous préparions un disque assez nonchalamment, car, simultanément, je travaillais à un roman. Malgré nos efforts, Bernard glissait vers la dépression. Il maigrissait à vue d'œil, rajeunissait, mais j'avais l'impression que quelque chose s'était brisé. Sa tristesse me bouleversait. Les crises d'angoisse revinrent, se firent de plus en plus fréquentes. Après des années d'une vie exemplaire, ce qui lui arrivait me semblait d'une injustice totale, d'autant plus inacceptable qu'en dépit de mes abus j'étais en parfaite santé!... Bernard avait-il été trop crédule? La mode était déjà à l'anti-alcoolisme. Une consultation, qu'elle concerne une ablation de l'appendice ou le plâtrage d'une jambe cassée, s'ouvrait par la question classique : « Combien de verres, combien de cigarettes? »

Je pensais vraiment que les médecins avaient exagéré son état... A la neurasthénie je ne connaissais qu'un remède. C'est moi qui l'ai poussé à boire. L'alcool pouvait être dangereux, le champagne, le vin de Bordeaux ne seraient pas un grand risque. Il suffirait d'aller régulièrement chez l'ophtalmo pour surveiller les incidences de ces petits écarts sur son nerf optique...

Inutile de dire que je n'eus aucun mal à le convaincre du bien-fondé de mon raisonnement.

Très vite, ce fut le bonheur retrouvé... plus intense, plus profond. Cinq ans plus tard, j'ai découvert la gravité de la décision que j'avais prise. Au risque de passer pour un monstre, j'avoue que je n'ai pas éprouvé le moindre remords.

C'était en 1976. Bernard était à nouveau l'homme que j'avais suivi, subjuguée, sans un regard sur ce que je laissais. Je vivais au rythme de ses colères, de ses rires. Étonnant caractère en dents de scie! Ses sautes d'humeur aussi fascinantes qu'incompréhensibles continuent de me séduire. Je ne prétends pas que ce soit facile à vivre. Je n'ai pas le goût de la facilité et je suis heureuse d'être pour toujours à l'abri de la monotonie.

Je n'étais pas la seule bénéficiaire de cette renaissance. Bernard était pris d'une fièvre créatrice hors du commun. Au Moyen Age, on disait de ceux qui semblaient différents, les marginaux de l'époque, qu'ils étaient « possédés ». Le diable était accusé de cette possession. Si, en ce qui concerne Bernard, Lucifer n'est responsable de rien, je ne trouve pas d'autres termes pour expliquer ce qui le transforme quand il est habité par la peinture. Certes cette possession n'est pas quotidienne, mais quand elle s'empare de lui, elle indique souvent le besoin de traiter un grand sujet. Je le vois changer sans même qu'il en ait conscience. Plus rien d'autre n'existe, ni l'heure, ni la faim, ni le sommeil... Quand il se décide à sortir de son antre, il s'efforce à un comportement naturel. Les enfants ne remarquent pas qu'il est absent. Moi je sais qu'il est ailleurs; il ne nous voit pas. Il n'entend même pas ce que nous disons. Il est bien trop loin pour que je cherche à le rejoindre...

C'était l'été, je le savais pris par une grande idée et je connaissais le thème qu'il avait choisi de peindre pour l'exprimer. Il me restait à attendre qu'il m'invite à voir le premier tableau. L'enfer de Dante... une fois de plus, il avait opté pour la difficulté. D'où lui vient cette force qui le pousse à se remettre en question, à se dépasser, à aller plus haut, plus loin? Je ne le sais toujours pas. Pas plus que je ne me suis habituée à ces étranges périodes de gestation qui me font partager la vie d'un inconnu, d'un homme qui me fascine, dont j'ai un peu peur... Je sais que si, par maladresse, je compromettais le travail qu'il a entrepris, si ma présence devenait la cause du départ de cet autre qui s'est emparé de lui, si, pour quelque raison involontaire, je l'empêchais d'aller au bout de sa création, il me rejetterait, sans méchanceté, mais sans recours. Une radiation instinctive et impitoyable. Curieusement, c'est une attitude que j'approuve. Bernard a une conception de son état qui m'émeut... Je crois qu'il se considère comme le dépositaire d'un don, un cadeau infiniment précieux que Dieu lui aurait confié, dont il a la responsabilité, et qu'il devra restituer au soir de sa vie sans avoir manqué un seul jour aux égards qu'il lui doit. Une belle idée, qui explique qu'il soit parfaitement heureux de ce qu'il a peint mais sans en tirer d'orgueil.

J'attendais donc la petite phrase anodine qui signale le retour du calme en même temps que la permission de voir ce qui est né de la tempête...

Dix-neuf ans de ce rite ne m'avaient pas préparée au choc que j'ai reçu ce jour-là.

– Tu peux aller chez moi si ça t'amuse. J'ai laissé allumé.

J'étais dans l'atelier, intellectuellement et physiquement bouleversée... J'aurais été incapable de parler, comme d'analyser l'ouragan d'émotion qui s'était emparé de moi... Je suis restée longtemps face à la barque de Dante voguant sur le Styx... Oui, c'est ce jour-là que j'ai compris que ma quête menée depuis l'enfance était comblée. La soif d'un amour absolu n'était pas une utopie. L'homme que j'aimais en était la raison d'être. Je savais enfin pourquoi j'étais née, vers quoi je devais tendre. J'avais une identité, une appartenance. J'ai oublié ma peur de souffrir pour ne plus penser qu'à la sienne. Pour l'amour de lui, pour embellir sa vie, pour soulager ses déchirures, pour tout ce qu'il me demanderait, pour panser ses plaies, pour partager et apaiser cette douleur de l'âme que ces damnés hurlaient, je serai là, toujours, aussi longtemps qu'il voudrait de moi.

On ne demande rien à un génie. On se donne. Je ne me

suis jamais sentie aussi libre qu'à l'instant où j'ai choisi l'esclavage.

Je ne lui ai jamais parlé de tout ceci. Il jugerait mon admiration excessive et en serait gêné. Après l'avoir aimé égoïstement si longtemps, j'ai appris le plaisir infini de s'offrir, et c'est une joie qui ne m'a plus quittée. Peu à peu nous avons dépassé le stade du couple; nous sommes un tout, un animal à deux têtes... Avoir trouvé son maître ne signifie pas qu'il faille renoncer à sa personnalité. Une osmose veut que je pense, je ris, je pleure, je respire, je rêve au pluriel.

Triste à dire à ceux qui n'ont que le mot raisonnable sur les lèvres, mais je reste persuadée que nos folies ont été bénéfiques. D'où mon absence de remords. Nous ne sommes pas des fonctionnaires; nous avons nos propres lois, ce qui est notre droit. Nous ne nuisons pas à autrui en brûlant notre vie à notre guise.

Quand nous avons envoyé paître le corps médical et désobéi allègrement à ses diktats, nous avons pris un risque considérable. Nous avons failli le payer au prix fort. Oui, mais failli seulement! Nous n'étions pas prêts pour la sagesse. Le sommes-nous aujourd'hui? Plus, sans doute... Notre discipline a sauvé le plus précieux : l'enthousiasme dans le travail et le goût du bonheur.

Besoin de laisser ma tête vivre au présent. A force de fouiller le passé pour y chiner des souvenirs, de me préoccuper de l'avenir dans l'espoir d'en déjouer les pièges, je gâche l'immédiat sans prendre le temps de jouir de ce qu'il m'offre. Déclarer que je suis égoïste ne suffit pas. Le suis-je d'ailleurs? Probablement... comme tout le monde. Alors pourquoi ne pas le montrer! Je ne sais pas d'où me vient cette stupide tendance à exagérer mes responsabilités... C'est un perfectionnisme qui peut se justifier pour moi, mais que je n'ai pas le droit d'imposer aux autres. Mes exigences frôlent la tyrannie. Il y a de la prétention dans cette attitude et une sorte de malhonnêteté, car je favorise un comportement d'assisté qui n'est déjà que trop répandu. Si au moins les problèmes qu'on me donne à résoudre étaient intéressants! Je suis fatiguée d'être la Madame Soleil des uns et la S.P.A. des autres! J'ai perdu mon estomac d'autruche et j'avale les soucis de travers; je ne peux plus tout assumer... C'est un peu vexant à admettre, mais je suis presque certaine que les secousses de ces derniers jours étaient plus ou moins provoquées par des petits emmerdements de cet ordre. Autrefois, j'aurais réglé ces histoires un peu de l'extérieur, sans en être affectée... Quand on a été en béton pendant des années, on s'étonne de se découvrir fragile. J'ai d'abord essayé de refuser cette faiblesse qui m'humiliait. On ne nie pas une évidence. Avoir un système nerveux délicat n'a rien de dramatique. J'ai cru que c'était une séquelle due à l'alcoolisme. C'est idiot. Plutôt une de ses causes. Être vulnérable ne signifie pas que l'on manque de force, mais demande simplement une dépense d'énergie supplémentaire. La lucidité m'épuise. J'ai eu raison de la noyer aussi longtemps que j'ai pu. Elle me suit partout, éclairant d'une lumière crue les êtres et les choses, sans pitié. Le soleil laisse des ombres, pas elle. Aucune tendresse n'éteint son projecteur. Finalement, tout est simple. Je suis arrivée à un carrefour. A gauche, une route qui descend, bordée de fleurs, attrayante, pleine de rires et de fêtes, mais courte... elle mène à un village sinistre, composé d'un hôpital, d'un asile d'aliénés et d'un cimetière. A droite, un chemin qui monte par paliers, plein de ronces, de chardons et d'aubépines. On s'y déchire les pieds sur les cailloux, mais il sent bon... On s'essouffle en grimpant?... les mûres y sont juteuses et si l'on coupe les orties, l'herbe verte est épaisse pour s'y reposer! Il paraît que si l'on arrive au sommet, l'air a la pureté de la liberté et l'âme est devenue si ferme que l'on peut regarder le soleil les yeux grands ouverts... Bernard a choisi ce sentier qui serpente vers les cimes. Je vais prendre mon courage à deux mains, laisser mon passé à la consigne et m'attaquer au raidillon.

Tranquillement, sans rien bousculer... Je manque d'entraînement pour ce genre d'exploit. C'est stimulant un commencement! Un pied de nez à la vieillesse. « Non, pas encore Madame, vous faites erreur. La personne que vous cherchez est partie sans laisser d'adresse? Je lui ressemble? Oui, exact, c'est ma sœur aînée. Je vous en prie, vous ne m'avez pas dérangée du tout. Au revoir!... Pas avant quelques années! Merci Madame... » Et le tour est joué... Enfin presque.

Reste à savoir ce qui m'indiquera que j'ai réussi mon insertion dans un monde prétendu sain. Sur quel critère se base-t-on pour décider qu'on est normal? Être étiqueté comme fou est plus facile. Il suffit d'être différent pour être suspect. De toute façon, chaque fois que j'ai essayé de me fondre dans une masse, j'ai été rejetée. Déjà au collège, professeurs et élèves me traitaient comme une étrangère, non parce que j'étais juive, ce que la plupart ignoraient; ils m'accusaient simplement de ne pas être comme eux. Un jugement sans méchanceté... une sorte de méfiance et même, chez certaines de mes compagnes, d'envie.

Je suppose que je suis asociale; un état qui me plaît pour la raison qu'il m'offre la solitude qui me convient. Ce qui m'intrigue, c'est plutôt ce qui incite les gens à me distinguer de la masse. Maintenant c'est naturel, en classe ça ne l'était pas. Je n'ai jamais rien fait pour cela. Surtout pendant la guerre! je ne cherchais qu'à passer inaperçue au contraire. Plus tard, quand j'ai commencé à avoir un métier public, il a fallu que je m'habitue à être remarquée. Dans ce cas précis, je réagis différemment. La rue et son verdict restent pour un artiste le sondage le plus précis sur sa cote de popularité. C'est drôle, d'ailleurs, mais j'ai souvent remarqué que selon les jours, on ressemble plus ou moins à l'image que les gens ont de vous. Il m'arrive d'être reconnue, abordée, interrogée, de signer des autographes tout au long d'une journée, alors que la veille j'aurais pu me croire oubliée...

Ce qui m'étonne et surtout m'amuse, c'est le goût de la frime qui me semble de plus en plus répandu. Incroyable ce que les gens inventent pour attirer l'attention! Dans les restaurants, ça me fascine. J'avoue que quelquefois je suis épatée quand je vois les extravagances vestimentaires de certains clients. Même si on me payait, je n'oserais pas faire trois pas déguisée de la sorte! Eux font non seulement une entrée remarquée, mais ensuite, tous les prétextes leur sont bons pour se faire admirer. Ils vont aux toilettes, retournent à leur table, se lèvent pour aller au téléphone, s'arrêtent en passant pour parler à quelqu'un, bref un vrai numéro de cirque. Ce manège a toujours existé. Je me souviens d'une jeune personne, à Cannes, pendant le festival... Elle attendait que la terrasse du Carlton soit pleine de gens importants et puis, elle surgissait, affolée, au bord des larmes : elle avait perdu son chien, il allait se sauver sur la Croisette, se faire écraser! Bien entendu elle était ravissante et ne manquait pas de messieurs pour l'aider à retrouver le fugitif. La première fois, j'ai marché, comme tout le monde. Son erreur a été de ne pas compter avec les alcooliques, qui, fréquentant le bar plus assidument que les autres, ont eu droit à plusieurs représentations. Celui qui méritait les applaudissements, c'était le teckel! Parfaitement dressé pour son rôle, il restait caché sous une table assez longtemps pour que sa maîtresse se fasse admirer, puis humble, repentant, en sortait la queue basse pour finir blotti sur les jolis seins de la menteuse et bourré de sucre par ses prétendants!

Maintenant, les méthodes ont changé. La laideur est à la mode. On n'est plus différent, on est marginal. Le ridicule n'arrête personne. Ils sont plus grotesques que dangereux...

Je n'ai jamais rien fait de particulier pour qu'on se retourne sur mon passage. Enfant ça m'intimidait, adolescente ça me faisait peur, adulte j'en ai fait un métier... Si je ne suis pas comme les autres, c'est de naissance. La sobriété me laissera encore plus loin d'eux que je ne l'étais. Sans camouflage, je suis incapable de feindre le plus petit intérêt pour ce qui m'ennuie... Tant pis.

Aimer, être aimée : le sang, l'oxygène d'une vie. L'essentiel. L'unique raison de lutter, de travailler, de peaufiner l'âme et le corps. Et pourtant ni l'amour triomphant, ni l'amitié solide ne nous empêchent d'être condamnés à la solitude. Nous avons tous des zones d'ombre, des pensées inavouables... Tentations, découragements, haines, dégoûts, révoltes, farandoles d'interdits qui fomentent un combat intime qu'on doit affronter sans aide. Certains appellent Dieu au secours. Quelle naïveté! Au Jardin des Oliviers, au Golgotha, pantelant sur sa croix, le Christ était seul. Pourquoi ce Père tout-puissant nous accorderait-Il ce qu'il a refusé à Son fils? Avoir la certitude qu'Il existe, espérer qu'Il n'a pas oublié notre existence, serait déjà un soulagement... La vie est un grand jeu, difficile, passionnant, parfois périlleux, dont Il nous a donné les règles. A nous de nous débrouiller avec le mode d'emploi. J'avoue que j'envie ceux qui prient spontanément!

Après deux jours à Paris, où j'ai réussi une performance d'actrice de haut vol, je suis rentrée épuisée.

Vu de l'extérieur, nous avons fait un séjour idéal. En arrivant en ville, shopping avec mon mari ce qui est un événement rare! Magasin pour hommes (il voulait des chaussettes), atmosphère feutrée, vendeur élégant et aimable : Bernard s'amuse. Il repère un duffle-coat en cuir et me le fait essayer. Superbe manteau, version luxueuse de ceux en grosse laine beige que portaient les marins britanniques et que nous achetions dans les surplus... Bernard veut que je le garde. Je suis ravie de mon cadeau; j'essaie d'oublier les flots d'alcool sur lesquels je naviguais à l'époque où je possédais le même, enfin celui de l'armée...

Puis passage à la galerie où nous allons chercher Maurice. Il prépare un livre considérable sur l'œuvre de Bernard et veut nous présenter celui qui doit écrire le texte. Nous déjeunons ensemble. Yann Le Pichon nous plaît. Intelligent, dynamique, une culture étendue, intellectuel mais pas hermétique, avec la curiosité qui fait les grands journalistes. Il s'étonne de nous voir boire de l'eau. Stupéfaite, j'entends Bernard lui expliquer que c'est moins dramatique qu'il ne paraît, qu'un peu de volonté suffit. Notre invité ne semble pas convaincu. Il cite Marguerite Duras qui a dit, lors d'une prestation télévisuelle avec Bernard Pivot, que la privation d'alcool pouvait être atroce. On me demande mon avis, que je donne en riant, confirmant celui de Bernard. Un mensonge proféré avec assurance qui déclenche un flot de compliments sur notre courage, notre persévérance... j'ai droit en prime aux louanges sur ma beauté, ma jeunesse, ma ligne. Je me réfugie dans le silence. Eux parlent de Gauguin, de Van Gogh. Et moi, qui devrais les écouter, moi je hurle à la mort... prendre le masque de la femme heureuse, sereine, équilibrée, cacher ce qui monte en moi, des larmes à l'intérieur des joues, une colère froide que je maîtrise difficilement, la tentation de faire voler en éclats leur belle tranquillité en posant méchamment sur la table mes doutes, mes regrets, mes impuissances. Le sommelier se trompe et me verse du vin blanc. Le verre se nimbe de buée, l'or pâle et glacé qui le remplit me fascine. Briser l'hypnotisme, poser mes yeux ailleurs... dans le regard vert de Bernard, vert comme la mer en Bretagne, les yeux que j'aime. Je fume trop. La conversation est sérieuse, rapide. Je suis supposée y participer. Je ne peux pas. L'impression d'être devenue idiote. Pour cacher ce désarroi, je prends l'air grave et attentif. « Pâle et intéressante », ça marche toujours. Quand je me risque à une réflexion, la nervosité rend ma voix agressive.

Ils prennent cela pour de l'humour. Le café me remet d'aplomb et nous nous quittons dans les meilleurs termes.

Le simple fait d'être avec Bernard, de n'avoir personne d'autre à qui mentir, me détend. Pour lui, la comédie n'est plus de la duplicité mais un acte d'amour. L'obsession de ne pas le peiner, de ne lui créer aucun souci, me prive de son aide. Il est le seul qui pourrait mettre de l'ordre dans mes contradictions. Facilité à oublier... Du restaurant jusqu'à l'appartement, il n'a cessé de parler. Le livre s'annonce bien, ce qui le rend heureux. Il est appelé à revoir plusieurs fois Yann Le Pichon qui de toute évidence l'a séduit. C'est rassurant car ce sauvage se plie rarement au dialogue. Je l'écoute commenter le déjeuner, accumuler les projets, frappée par son intuition, amusée par son humour mi-tendre, mi-féroce, et surtout encouragée par l'équilibre qui se dégage de lui. Dès que sa peinture est en cause, il est d'une justesse de raisonnement saisissante. Au plus grave de la maladie, il en était de même. Maintenant, l'acuité de son jugement s'étend sur tous les sujets. J'aime sa force... elle compense celle que je n'ai plus. Si lui l'a retrouvée, j'y arriverai aussi!

Je n'ai pas osé lui demander s'il était sincère en se montrant aussi désinvolte dans ses propos sur l'alcool. Il me connaît trop bien pour ne pas trouver louche mon insistance. Depuis une semaine, j'ai réussi à dissimuler le manque qui me perturbe, mais il suffirait d'un rien pour qu'il devine que je triche!

J'ai donc continué mon numéro. Pendant quarante-huit heures je suis restée dédoublée.

Toute une partie de moi s'amusait à être futile, se réchauffait au plaisir des louanges, au charme de l'amitié. L'autre, l'isolée, la lépreuse, ricanait en me persécutant de sarcasmes :

— Pauvre idiote, arrête ton cirque. Allez, vas-y, dis-leur que tu mens, que tu crèves d'envie de boire! Tu te dégonfles? Tu as peur de tout depuis que tu es sobre! Tu ne te ressembles plus. Tu étais plus drôle avant! Tu vas encore nous coucher? Sale menteuse! Tu n'as pas sommeil, tu fais semblant pour ne pas voir ceux qui partent vers la fête.

Oui, on est seule, atrocement seule. Le mot est faible pour exprimer le froid glacial de ce désert...

Alors quand brusquement l'ennemi dépose les armes, quand la voix destructrice se tait, on reste abasourdi... on attend un peu avant de se redresser, on garde la méfiance du chien battu qui hésite à prendre le sucre qu'on lui offre!

Je me suis offert une nuit sans rêve, assommée par un somnifère, et me suis réveillée prudemment, ne bougeant que le corps, laissant l'esprit en sommeil. Rien de difficile, il suffit de n'accomplir que les actes habituels, se laisser guider par l'automatisme, fête des chiens, coup de brosse aux cheveux, puis aux dents, sans un regard vers le miroir; café, cigarette, un autre café, ne pas oublier la sacro-sainte pilule et, enfin, laisser le cerveau se remettre en marche sans le brusquer.

Pendant mon absence, on a fait le ménage dans mon bureau. Un quart d'heure pour réorganiser mon désordre. La tempête s'est calmée; j'ai des courbatures à l'âme...

Ce matin, je commence à peine à m'ébrouer... plutôt

contente de moi! De ces heures déplaisantes à vivre reste la fierté d'avoir tenu bon pendant la bourrasque sans tirer les fusées d'alarme.

L'orgueil est un allié précieux; il m'évite de me précipiter chez le psychiatre à tout bout de champ. Un homme que j'estime, et que je vois avec plaisir ailleurs que dans son bureau. J'ai connu plusieurs de ses confrères dont j'aurai la courtoisie de ne pas parler... Il est le seul en qui j'ai totalement confiance. Je sais que je peux aller le voir à tout moment. Il n'aurait même pas besoin d'explication, ne me ferait pas la morale, ce que précisément je refuse. Si je devais, pour respecter ma décision d'être sobre, dépendre de quelconques béquilles, l'horreur de cet esclavage, la honte de ma lâcheté suffiraient à me précipiter dans un alcoolisme irréversible. Chacun vit la liberté selon l'idée qu'il se fait d'elle. Pour moi, elle est le droit de choisir ce à quoi on obéit. Je n'entre dans une cage qu'avec la clé de la porte dans ma poche! Mais je ne crois pas que la cure que je subis soit une fin, une sorte de mise à la retraite. Tout au contraire, je veux qu'elle débouche sur un recommencement. Je trébuche encore, je piétine, je m'impatiente; je sais pourtant que bientôt je passerai la ligne marquée : départ...

Le goût de vivre : une saveur particulière, une insatiable gourmandise qui me donne une sensation de légèreté dans tout le corps, un besoin de mouvement... Une singulière volupté, nourrie de la lumière du jour, du parfum des plantes, de la chaleur des bêtes... Dès le réveil, le plaisir d'être, les envies qui se bousculent, les heures trop courtes... Si je n'avais pas frôlé l'abîme de la neurasthénie, prise de vertige, aimantée par le désordre, fascinée par l'auto-destruction, révulsée de peur et engluée de tentation, si je ne savais pas que ce typhon, parti vers une autre victime, peut revenir; oui, si ces sinistres crises n'étaient pas chroniques, je pourrais croire que ces jours d'angoisse sont le fruit de mon imagination. Ai-je inventé ces troubles par romantisme, ou par fatigue, pour attirer l'attention, pour qu'on me plaigne? Malheureusement non... Mais de là à paniquer! Je devrais rencontrer Madame l'Angoisse de plus en plus rarement. D'ailleurs elle est à mes côtés depuis tant d'années que je n'ai aucune raison de dramatiser sa présence. Simplement, il s'agit d'apprendre à la chasser autrement qu'à coups de bouteille.

Dans deux mois et demi, j'aurai cliniquement terminé le parcours de la désintoxication. Deux ans... long pour une pénitence, bref pour s'installer confortablement dans un mode de vie flambant neuf... Il semble que j'aie presque gagné mon pari. L'erreur est de comparer sans cesse ce qui était à ce qui sera. La nostalgie, qui volète de temps à autre, n'est pas sans charme, dans la mesure où on ne lui accorde pas une importance excessive. D'autres éprouvent la même à l'égard de leur jeunesse, d'un amour de vacances, voire d'un passé qu'ils n'ont pas connu... Il y a bien des cinglés qui regrettent le service militaire. Et pourquoi pas la guerre, qui légalise le meurtre!

Nous sommes tous semblables, prêts à idéaliser ce que nous n'avons plus...

Si l'on cesse de faire de la fausse poésie et qu'on accepte de classer l'éthylisme parmi les vices, on le considère sous un angle très différent. Il est indéniable qu'un étrange snobisme entoure les excès quand ils sont pratiqués par des gens célèbres. Ils perdent le côté sordide qui choque chez le poivrot dont on s'écarte dans la rue. D'où vient cette fascination pour nos turpitudes? L'artiste maudit fait recette! On admire nos efforts pour nous extirper de la dive bouteille. On guette nos rechutes souvent spectaculaires. Si la mort s'amuse à sanctionner nos abus, accident de voiture, suicide, les uns s'attendrissent sur la malchance, les autres brandissent leur bonne conscience et se félicitent de ne pas s'être aventurés vers les plaisirs défendus... D'où vient cette indulgence qui pare nos excès au point d'en faire des exploits? Les arts sont émaillés d'alcooliques glorieux. L'odeur de soufre, les passions sublimées, les artistes maudits font rêver! L'approche est différente s'il s'agit du commun des mortels. Personne ne plaint l'ivrogne qui boit sa paye, bat sa femme, terrorise ses enfants. Celui-là c'est un salaud. Et le poivrot crasseux, puant le rouge, titubant dans la rue, la pocharde répugnante, braillarde, que les braves gens regardent en ricanant grimper dans le panier à salade... Le génie excuse tout. C'est indéniable. Mais ils sont peu nombreux. Pour tous les autres, la maladie est identique et rien ne justifie qu'on l'excuse ou qu'on la condamne selon le milieu social de celui qui en est atteint. Et si ces messieurs de la Faculté ne se trompent pas, si l'alcool est véritablement un refuge, une fuite devant les réalités, les pauvres mériteraient les égards que les riches s'achètent. Autant prêcher dans le désert... Au lieu de donner des leçons de morale, je ferais mieux de surveiller ma tendance personnelle à embellir ce qui ne le mérite pas. Démythifier le paradis perdu, ne plus rêver des jeux de l'esprit et du corps débridés par le poison, mais se voir à quatre pattes, lamentable, gerbant de la bile dans les chiottes... Quelle horreur, ces lendemains trempés de mauvaise sueur, la tête cerclée d'acier... On est une bête malade jusqu'à ce que d'une main tremblante on se serve la dose qui permettra de faire face. Avec ou sans fric, les débordements finissent toujours dans la laideur.

Autre détail : avec ou sans talent, écrivain ou blanchisseuse, on a de bonnes chances d'entrer un jour dans la cinquantaine. Un chiffre qui ressemble à un signal d'alarme. L'âge des premières lunettes, des soins de beauté plus assidus. On dort moins, on s'essouffle plus vite et quant à boire, on a le choix entre l'eau ou la lente glissade vers la décrépitude. Pour tout le monde, l'âge a pris une importance prédominante.

La vieillesse est une menace qui me fait horreur. J'en ai peur comme d'une maladie aussi inévitable qu'incurable. La science en a reculé l'échéance; elle n'a pas encore réussi à vaincre les diverses érosions qui accompagnent la fin du voyage. Quant à la société, espérant sans doute bien faire, elle a baptisé cette déplaisante étape le troisième âge... Les clubs du troisième âge, les résidences du troisième âge, les voyages, les loisirs, les spectacles pour le troisième âge, le ghetto du troisième âge! Un parc d'attractions pour les inutiles, les séniles, les superflus!

Une ségrégation déguisée en bonne action. Je refuse de me laisser jeter dans cette poubelle d'indésirables...

Pour les artistes, la retraite n'existe pas. Ce privilège écarte les mobiles de la mise au rebut. Si au moins on se sentait vieux! mais seul l'emballage se dégrade. Que ressentent les autres? Je l'ignore, ce sont des sensations trop intimes pour les mettre au pluriel. Moi j'ai la trouille... Un terme qui manque d'élégance, mais je n'en trouve pas de plus proche de la réalité. Une trouille physique, bien lâche, bien moche, qui ne mérite pas qu'on en fasse de la littérature.

Mes amis ont de vingt à soixante-quinze ans et je ne me sens ni la fille des uns, ni la mère des autres. Que je sois l'aînée ou la plus jeune n'interfère pas dans nos rapports. Mon affolement est strictement personnel. Un problème d'esthétique que je ne parviens pas à surmonter.

Si j'étais laide, aurais-je les mêmes réactions? C'est drôle, mais la perspective d'être une vieille dame ne me dérange pas vraiment. J'en connais des fantastiques, gaies, actives, avec l'humour insolent de ceux qui n'ont plus l'obligation de préserver quoi que ce soit d'autre que leur bon plaisir. Certes, pour avoir ce comportement il faut être en bonne santé, ce qui n'est pas exclusivement une question de chance! C'est même une des causes qui m'ont poussée à renoncer à l'alcool.

Je joue parfois à imaginer ce que je pourrais devenir : Plus d'enfants à élever, mais des petits-enfants à qui je n'apprendrais à faire que des bêtises... J'aimerais avoir une canne sur laquelle je feindrais de m'appuyer pour soulager mes rhumatismes, mais qui servirait à taper sur les empêcheurs de rire; et un fauteuil à bascule cerné de piles de livres – lesquels s'amoncellent déjà. Pour reposer mes yeux, j'écouterais de la musique en grignotant des bonbons, sans redouter le verdict de la balance! Et tant d'autres projets... Si je devais être centenaire, ce que je ne souhaite pas, je mourrais sans avoir accompli le quart de ce que je voudrais faire, connaître, apprendre...

Ce programme d'un futur de plus en plus proche est plutôt séduisant. Reste à franchir la zone qui sépare demain d'aujourd'hui! Un pont qu'il faut que je traverse la tête haute, pour aller de la rive où je suis encore belle vers l'autre, le mauvais côté, celui du renoncement. Je devrai me dépouiller des attraits du plaisir. Oubliés le bronzage, la nudité tranquille!... la peau flasque, le cheveu terne ont besoin d'ombre. Il me faudra penser à mon corps comme à un objet utilitaire; le ménager, ne pouvant le jeter pour en acheter un autre; m'aventurer sur cette passerelle encore épanouie, forte du pouvoir que confère l'habitude de séduire et la quitter fanée, ridée, vieille... Combien de temps durera cette phase?

Je l'ignore, mais je sais qu'elle me fait horreur! Je n'arrive pas à vieillir de l'intérieur. J'aime plaire. Ne plus oser me regarder dans le merveilleux miroir qu'est le regard d'un homme, ne plus me sentir désirable m'apparaissent comme une infirmité. La vie exige que le corps s'effrite avant l'esprit. Habiter son cadavre... L'apprentissage de la mort...

Puisque je redoute tellement ces années-là, pourquoi me soigner? Pourquoi m'acharner à poursuivre le voyage?... Et sobre, en plus!

Tout simplement parce que j'ai beau savoir que la vieillesse est inévitable, elle me semble lointaine. J'en parle, je l'imagine, sereine ou sinistre selon les jours, je la dramatise parfois, et en fait elle reste une abstraction. Un peu comme l'enfant qui dit : « Quand je serai grand... » J'espère que le temps me semblera aussi long... Pour l'instant, l'arrêt de l'alcool a lissé mon visage, assoupli ma peau et par-là même fait reculer une échéance pour laquelle je suis loin d'être prête.

L'illusion de vaincre l'invincible me donne sans aucun doute ce bonheur d'être que je ne connaissais plus... Qu'importe cette tricherie enfantine. L'excès en tout est néfaste, et cumuler les efforts même s'ils tendent vers le bien serait inutile.

Bref séjour sur l'autre planète qu'est le collège de Nicolas... J'étais convoquée par le chef de division, ce qui ne présageait rien de bon! J'étais là, en apparence sérieuse et attentive. J'entendais la voix qui me parlait, sans vraiment écouter les mots... Je commence à connaître par cœur les appréciations que l'on a de mon fils! Ça a commencé au lycée de la Feuillie, assez proche de la maison pour qu'il soit externe... puis au collège de Vernon, où j'avais espéré qu'il s'appliquerait... et maintenant à Saint-Jean-Baptiste où les commentaires restent les mêmes. Moi, par contre, je suis différente. Je ne sais si c'est la proximité de l'épicerie et des bocaux de bonbons qui m'avaient émue à mes premières visites, ou le lieu lui-même, les portemanteaux dans le couloir, l'odeur de l'encre, mais je n'arrive pas à penser en grande personne...

Derrière la mère exemplaire, assise bien droite sur sa chaise, se tient l'adolescente que j'ai été. J'ai un mal fou à ne pas rire... De qui parle-t-il, Monsieur le chef de division, de mon fils ou de moi à son âge? Quand je suis de bonne humeur, j'ai mauvais esprit... Ils commencent tous par les compliments : un peu solitaire mais sociable, d'une politesse devenue rare, un charme indiscutable, intelligent; plus une petite phrase élogieuse pour me féliciter de ce que rien dans son comportement ne révèle un gosse de riche... Encore heureux... Je souris pour le remercier, et j'attends la suite, que je pourrais lui réciter comme une leçon bien rabâchée : Dommage qu'un garçon aussi brillant soit sur le plan scolaire un véritable désastre! Paresseux, superficiel, distrait. Les leçons ne sont pas apprises, les devoirs bâclés. Nous devons prendre des dispositions d'une stricte sévérité... Nous? qui est-ce, nous? Lui et moi?... Il a certainement raison ce professeur mais qu'il ne compte pas trop sur moi... Je promets de l'aider, de me montrer ferme, je ne lui dis pas que je suis persuadée que tout cela ne sert à rien, ni que les petites guerres qui pourrissent le samedi et le dimanche me sont insupportables, ni que si je lutte contre le fou rire depuis que je suis arrivée, c'est parce qu'au fond de moi il y a une joie tout à fait amorale, mais exquise, à constater à quel point Nicolas me ressemble... Que ferait-il si je lui avouais que moi aussi j'opposais aux mathématiques une force d'inertie invincible? Que je ne sortais de mes rêves qu'en classe de français et d'histoire; que, de surcroît, ni Bernard ni moi n'avons notre baccalauréat... Il y a des plaisirs qu'il faut se refuser! Drapée d'hypocrisie, j'ai joué mon rôle de parent d'élève jusqu'au bout. Après tout, si les diplômes ne servent pas forcément à quelque chose, il faut en revanche que ce gamin apprenne à contrôler ses instincts. Je suis assez contente qu'il refuse d'appartenir au troupeau, qu'il se révolte devant les contraintes, c'est une preuve de personnalité, mais qu'alors il sache s'imposer une discipline personnelle!

Bref, j'ai quitté le bureau plus agacée par la perte de temps qu'impliquent ces conversations inutiles que fâchée contre Nicolas. J'étais décidée malgré tout à l'engueuler pour le principe. Ne serait-ce que pour les petits emmerdements dans lesquels m'entraîne sa désinvolture. Il me restait un quart d'heure d'attente jusqu'à la sonnerie de midi.

J'aurais pu aller prendre un café, mais je n'avais repéré aucun bistrot aux alentours. Je n'avais pas le temps de partir à l'aventure. J'ai donc arpenté la cour. Il faisait froid et humide, ce qui a suffi à modifier mon regard. Cet endroit n'avait plus rien de poétique, il était triste. Je n'irais pas dévaster les bocaux de l'épicerie; les bonbons n'ont sûrement pas le goût d'autrefois. La prochaine fois, je ne viendrai pas; j'enverrai une lettre pour dire que je suis grippée. C'est d'ailleurs ce qui va m'arriver si cette cloche ne sonne pas. Est-ce qu'on peut fumer au moins?... Aucune pancarte ne l'interdisait. Je n'osais pas m'y risquer. Grotesque, cette peur de désobéir; au pire on me dirait d'éteindre ma cigarette mais je ne risquais pas de retenue... Je décidai de guetter les autres parents. Si personne ne fumait, j'en serais quitte pour m'abstenir...

Dès que je suis dans un lieu public, je suis gagnée par une timidité dont je n'ai jamais pu me débarrasser. Il paraît que c'est de la prétention de s'imaginer que l'on vous regarde! Jugement hâtif et qui m'énerve : je sais non seulement qu'on me regarde mais aussi qu'on me dévisage. J'en ai même la preuve quand on me reconnaît, car j'ai droit aux commentaires. S'ils sont aimables, c'est délicieux. Les autres, style « je la croyais plus jeune »; « ... à se demander ce qu'on lui trouve... »; « ... elle est bizarre pour une femme... », énoncés à haute voix, sans le moindre ménagement, sont cruels... Ça ne me fait pas pleurer, il m'est arrivé d'en rire, mais dans l'ensemble je m'en passerais volontiers.

Le préau se remplissait d'inconnus. Tout en tripotant nerveusement mon briquet inutile, j'observais ces gens qui venaient chercher leurs rejetons. J'étais sur la défensive, en milieu étranger. Quelques femmes bavardaient; d'autres, silencieuses, se jaugeaient sans indulgence. Aucune ne me plaisait. Il y avait quelques hommes, sans doute veufs ou divorcés, pas attirants non plus. Ils se tenaient à l'écart. Deux clans séparés par le sexe, comme autrefois dans les églises... Je les détestais tous, en bloc, sans raison, par une réaction instinctive. Ils me paraissaient des êtres guindés, étriqués, bouclés dans un système sans fantaisie et sans pitié.

Les pères étaient tous pareils, costume cravate, genre cadre moyen ou supérieur. Les mères étaient sans âge, bon chic, bon genre. Tous avaient l'uniforme de la bourgeoisie bien-pensante.

Mon antipathie montait, m'envahissait au point de m'étouffer. Une vraie crise de claustrophobie! Si quelqu'un m'avait parlé, j'aurais été capable de déclencher un scandale, en hurlant ou en me sauvant comme au contact d'un serpent.

Elles me faisaient penser aux femmes de Mauriac; elles me faisaient peur, et la peur rend méchant!

Je les imaginais sans masque. Quelles turpitudes cachaient-elles sous leurs armures? Est-ce que, hantées par la peur de vieillir, elles rognaient sur l'argent du marché pour acheter des crèmes antirides? Trompaient-elles leurs maris? Je me laissais griser par une méchanceté gratuite. Fellini et Bunuel prenaient le relais. Est-ce qu'elles se prostituaient? Un terrible ballet de pochardes à l'agonie, d'obsédées sexuelles, de frigides, de lesbiennes, de rapaces, se formait devant moi. Et il en venait d'autres, des droguées crasseuses, des épaves paresseuses et veules, des démentes lubriques qui faisaient de la cour de récréation l'antichambre de l'enfer.

La sonnerie électrique, stridente, m'a arrachée à ce phantasme cauchemardesque.

Quand Nicolas est arrivé, je m'étais ressaisie. J'étais vidée de mes rancunes, au point que j'en ai oublié que j'étais supposée lui faire des reproches. Sans son regard en coulisse, teinté d'inquiétude, je n'y aurais plus pensé du tout. L'engueuler était au-dessus de mes forces. J'ai opté pour le silence.

L'après-midi, ne voulant pas qu'il croie que je prenais son parti contre l'avis des professeurs, je lui ai fait réciter ses leçons. Il les avait apprises, ne s'en souvenait déjà plus, et ânonnait avec une évidente mauvaise volonté.

Ceux qui n'ont pas d'enfants ne peuvent pas me comprendre... Malgré tout l'amour que j'ai pour lui, un amour total, profond, il y a des moments où je ne peux plus le supporter, où je flambe de colère!

La pluie est revenue, fine, régulière, obstinée... Le chauffage ne suffit pas à empêcher l'humidité de se faufiler à travers la maison. Le ciel est si bas qu'il semble posé sur nous comme un couvercle de fer blanc. Je déteste ce rideau mouillé qui fait les matins maussades, sème des microbes et nous laisse pataugeant dans la boue, reniflant et toussant dans une poisseuse morosité. La nature elle-même boude. Le vert acide des feuilles neuves semble demander grâce de ce lavage intempestif, les premières fleurs sont tachées de rouille... Plus d'un an que cela dure : un été médiocre poursuivi par les giboulées de mars décidées à ne pas prendre de vacances, un automne trop vite déshabillé de ses dorures, un hiver sans neige ni vrai froid, et le printemps qui s'annonce renoue avec celui de l'année dernière. Douze mois d'un ciel en larmes...

J'ai tellement lutté contre les obsessions de Bernard, qui nous menaient de déménagement en déménagement, fuyant une demeure en espérant naïvement y laisser l'angoisse, que je n'ose pas me plaindre de ce climat normand. Il serait capable de vouloir me faire plaisir et je préfère pour l'instant ignorer qu'il existe des caisses et des camions. Il n'est pas interdit de rêver. La Provence, le mistral, le soleil d'hiver, les flèches noires des cyprès dressées vers un ciel d'un bleu intense, les oliviers aux reflets argentés, les troupeaux de moutons et les chèvres qui les accompagnent... comme il me manque, ce pays! Bernard est heureux ici; il aime la campagne verte, la terre fertile, les vaches. Nicolas aussi est attaché à la maison, et les chiens sont irlandais. Mieux vaut ranger ma nostalgie et taire mes désirs. Je n'aime l'eau que quand elle est mer, océan, à la rigueur torrent ou cascade. En pluie et en bouteilles, elle m'ennuie... Pas au point de réveiller mon envie d'alcool qui s'est gentiment endormie : je commence à me sentir plus sûre de moi. J'aurai certainement de nouvelles crises de découragement et de tentation, mais je crois que je suis capable d'y faire face. L'orgueil et une indépendance chronique me sont de précieux alliés.

Être dépendante de l'alcool m'humilie. Ne pas être capable de me plier à une discipline que j'ai librement déterminée serait plus lamentable encore. Peu m'importe ce que mon entourage penserait d'une rechute. Même leur mépris ne suffirait pas à l'empêcher. Et puis je les connais! ils pareraient cet échec de l'éclat de l'insolence, ils y ajouteraient une pointe de romantisme, saupoudre-raient le tout d'autodestruction, de goût du danger... Je ne veux pas être déguisée par une fausse légende, ni entrer dans la galerie des artistes délabrés. C'est une affaire entre moi et moi. Ces excuses romanesques ne m'empê-cheraient pas de me savoir lâche. Je suis incapable d'aimer ce que je mésestime. Si j'en arrivais à me dégoûter moi-même, à ne plus m'aimer, je n'aurais d'autre recours que de me condamner à mort. Ce qui serait ignoble : j'ai trop gravement souffert du suicide des autres pour imposer le mien à mes enfants. Même si je leur signais une décharge, ils garderaient un doute sur leur éventuelle culpabilité... Ils sont un indispensable garde-fou, l'amour d'eux m'aide à ne pas céder à la séduction de mon ennemi. L'alcool est un poison char-meur, subtil, moqueur, il est comme le chat tendre, soyeux, ronronnant, qui se révèle brusquement d'une cruauté raffinée avec l'oiseau ou la souris qui croyaient à ses mensonges... Je sais depuis longtemps que l'éthylisme me berçait d'illusions et je maintiens que ce camouflage de la vérité était infiniment agréable et apaisant. La campagne menée contre l'alcool et le tabac s'appuie sur des fausses promesses. On m'avait promis le bien-être dans la sagesse : quelle blague! Je ne suis pas plus heureuse sobre. Je suis en bonne santé, ce qui n'est pas forcément la même chose. Étourdie aussi, étonnée par ce que je suis devenue... Je ne sais pas encore, de l'ancienne ou de la présente, avec quelle Annabel je préfère vivre. Je suis plus lucide, moins légère, et fatiguée... oui, terriblement fatiguée.

Mes chiens! Ils enchantent mes matins... Depuis peu, ils semblent vouloir se rendre utiles en me forçant à travailler. Sans eux, le décalage horaire entre ma vie à Saint-Crespin et celle que nous menons à Paris aurait eu raison de moi.

Aujourd'hui, j'avais encore tellement sommeil! j'étais bien, blottie sous les couvertures, mon oreiller était si moelleux... J'ai cloué le bec au réveil, maugréé quelques insultes à mon emploi du temps et, persuadée d'être une victime, j'ai décidé de me rendormir. J'ai même dû somnoler quelques minutes et j'ai failli m'offrir une grasse matinée... C'était compter sans la meute! A cinq heures et demie, la nuit était noire, cela me semblait inhumain de sortir du lit et sans les gémissements tendres et impatients des chiennes qui me réclamaient, je ne me serais pas levée. Ces turbulentes gagnent à chaque fois. Elles m'évitent ainsi d'être désagréable toute la journée, furieuse de n'avoir pas assez travaillé et prête à coller la responsabilité de ma paresse à n'importe qui!... En plus, elles sont si drôles, elles-mêmes à peine sorties du sommeil, encore chiffonnées, déjà joueuses, encombrantes, dégingandées et bondissantes, que je me laisse bousculer, lécher, jusqu'à ce que, certaines que je n'irai pas me recoucher, elles se ruent vers la cuisine, et que je les suive, heureuse de les avoir pour partager mon petit déjeuner, contente d'être debout et déjà distraite par mon cahier qui m'attend.

J'ai toujours eu des chiens, Bernard aussi. Ils ont une

grande place dans notre vie. J'ai remarqué la lueur narquoise qu'éveille souvent notre façon de parler d'eux. On doit nous trouver un peu gâteux. Cela m'est complètement égal. On peut se moquer de nous autant qu'on veut et en toute sécurité. Je ne peux pas être désagréable au point d'expliquer aux railleurs pourquoi je préfère dévoiler mon intimité à Benêt, Rachel et Roanne plutôt qu'à eux. Je doute qu'ils sachent m'offrir la confiance inconditionnelle, l'amour absolu que je lis dans les yeux de mes chiens.

Toujours est-il que ce matin, j'ai surmonté ma paresse grâce à mes demoiselles à quatre pattes.

Catastrophe prévue, on a profité de mon absence pour faire le ménage dans mon bureau. J'ai donc continué à gâcher du temps pour remettre mes fourbis à leur place... Sans trop de mal! Le désordre s'installe chez moi avec une aisance qui pourrait faire croire que je l'ai inventé. A vrai dire, c'est plutôt le besoin de marquer mon territoire; une vieille habitude qui me reste du temps où j'allais d'hôtel en hôtel. Plus tard, les tournées ont fortifié ce rite de nomade. Maintenant encore, je ne peux pas m'empêcher d'installer mon campement partout où je me trouve. Des photos, des vêtements qui traînent, l'odeur de mes cigarettes, des bricoles qui sont mes gris-gris, et je suis chez moi...

Je me suis beaucoup amusée pendant ces deux jours à Paris. J'ai retrouvé la sensation d'être un peu flottante qui ressemble à celle des lendemains de fête d'autrefois, sans la migraine... Une nouvelle gueule de bois, agréable, avec le même flou, des restes de rire, et des moments à revivre.

Un accès de colère de Bernard! Superbe tempête. On allait de la galerie au restaurant *Tong Yen* en bavardant, ce qui nous a fait traverser l'avenue Matignon alors que le feu était au vert. Une dame a dû freiner pour ne pas nous écraser et s'est mise à nous insulter... Bernard, rieur, allait s'excuser, quand cette furie lui a dit de retourner à l'école apprendre à reconnaître les couleurs! Fou de rage, il l'a traitée de tous les noms dans un langage qui, à propos d'école, prouvait qu'il avait fait les Beaux-Arts... J'adore le voir sortir de sa réserve pour exploser au contact de la bêtise. Ça nous a mis de bonne humeur et le déjeuner avec Maurice et sa femme a été joyeux. Des instants particulièrement chaleureux. Muriel est une des rares filles que j'aime pour de vrai : elle a un cœur en porcelaine, tout en elle est droiture. Je serais capable d'être féroce envers quiconque oserait la blesser. C'est son côté fragile qui m'émeut en elle. Elle est un peu farouche, mais quand elle se sent aimée, elle se montre pleine d'humour... Une personne exquise. Il n'y a pas longtemps qu'ils sont mariés. Maurice nous avait caché son amour pour elle. Il avait tort. Sa présence a fait avancer notre amitié vers des liens moins professionnels, plus spontanés.

Je suis presque désorientée ce matin par la gaieté qui est en moi. Peut-être parce qu'elle n'est pas excessive comme celle qui succède aux déprimes des montagnes russes. Aujourd'hui, j'éprouve un vrai bien-être, calme, naturel. Mon état d'esprit actuel semble confirmer les dires du corps médical, mais superstition ou prudence, j'attendrai avant de proclamer que j'ai gagné mon pari. Ensuite il me restera à oublier ce voyage en solitaire. Enfin, pas complètement, le garder en toile de fond pour n'avoir pas à le recommencer... Quelle horreur! Est-ce que je vais savoir m'installer dans la vie saine, accepter l'existence telle qu'elle est, les gens et les choses tels qu'ils sont? Et moi, vais-je m'aimer sereine, tranquille? Même quand je me sens bien physiquement et moralement, comme en ce moment, le chemin qui me reste à faire pour atteindre la sérénité me semble ardu...

Pour naviguer d'un océan d'alcool jusqu'à la source d'eau fraîche que l'on convoite, il y a une traversée que je ne souhaite à personne. Je crois que j'irais jusqu'à la déconseiller à ceux que je soupçonnerais capables de faire demi-tour... Non, qu'ils ne s'embarquent pas. Un peu comme pour le mariage : j'aurais dit non si le oui que j'ai prononcé avait été accompagné d'une bouée de sauvetage appelée divorce. L'union d'un alcoolique avec la sobriété débute par un sinistre voyage de noces sur une galère dont on est le seul rameur. Rien à voir avec une gondole à Venise... Si l'on quitte le bateau, c'est une rechute ou un divorce.

La désintoxication présente deux visages... celui des douleurs physiques et celui des tortures de l'esprit.

Je savais que mon corps se révolterait contre la suppression de son poison favori. On m'avait prévenue et d'ailleurs, dans ce domaine, on peut compter sur le secours extérieur. J'en ai bavé... la punition est sévère mais acceptable... Enfin c'est ce que j'en pense maintenant. Sur le moment quelles saloperies, les crampes! Ça vous arrache au sommeil, et on est là, comme un con, les orteils retroussés en éventail, le mollet tendu comme une corde de violon, les larmes aux yeux tellement ça fait mal. On m'avait dit que l'eau glacée soulage... Encore faut-il, pour vérifier le remède, pouvoir aller jusqu'à la salle de bains. En plus de la douleur, je me sentais ridicule. Je clopinais jusqu'à la baignoire, espérant que Bernard ne m'avait pas entendue, furieuse qu'il puisse me voir boiter en pleurnichant vers la douche...

Et ceci n'est rien. Si l'on pousse le luxe jusqu'à s'offrir une névrite, on regrette la belle époque des crampes! Se transformer en pelote d'épingles électrifiées est un vrai cauchemar. Au moins, ce sont des maux précis. Le médecin peut les expliquer, prescrire un médicament qui les atténue et promettre leur disparition sans mentir.

La déchirure mentale que provoque le manque est une autre histoire. Les sables mouvants de la confusion, le vertige des trous de mémoire, une remise en question de la pensée. La mécanique se démonte, le château de sable s'écroule et tout à l'entour il y a l'horrible prédateur, l'invincible termite qu'est le doute... La solitude, que je croyais connaître, la certitude d'être seule à laquelle j'étais habituée n'était pas celle-là. J'étais dans un désert, même au milieu des miens. Mes appels à l'aide, mes hurlements ne perçaient pas le bâillon qui me séparait des autres. C'était sans relâche la terreur d'être irrémédiablement cassée, le regret affolé de « l'avant » qui se nourrissait du vide du présent.

Bien entendu on vous brandit « l'après », carotte destinée à faire avancer l'âne pantelant que l'on est devenu. J'ai poliment feint d'y croire, pour faire plaisir, pour rassurer et aussi pour qu'on me laisse tranquille, persuadée d'être et de rester incomprise.

De là à se demander pourquoi on s'est lancé dans cette cure qui ne mène que vers une existence de pantin inutile il n'y a qu'un pas... que je n'ai pas franchi. Ni par courage, ni pour une cause qui mérite des éloges : par instinct. Un besoin de santé renaissait chaque fois qu'un répit survenait. Très vite, j'ai eu des récompenses. J'ai perdu du poids, gommé le jaune strié de rouge de mes yeux ; mes cheveux brillaient comme le pelage d'une bête saine, mes ongles poussaient... Des satisfactions qui me reposaient avant de reprendre le Jeu de l'Oie auquel je m'acharnais, oubliant ses règles. Chaque fois que l'on frôle l'arrivée, les dés en décident autrement. Trois tours en prison, deux au fond du puits, quand ça n'est pas carrément le retour à la case départ...

Les jours et les semaines s'enchaînent au rythme chaotique des hauts et des bas, implacable cheminement, euphorie ou désenchantement sans cesse recommencés. Quel maléfice met le Haut hors d'atteinte et vous pousse vers le Bas ? On y patauge à la recherche de l'unique bouée de sauvetage, l'idée fixe à laquelle on se cramponne pour s'extirper de ces sables mouvants : regrimper vers la lumière. On s'essouffle, on approche, on y est presque : c'est la pause, le sursis mérité. On s'y repose mieux et plus longuement que lors de l'étape précédente, on a même la naïveté de croire que ce bien-être va durer ! Un rien, une contrariété, une bêtise qui n'est qu'un mauvais prétexte pour flancher et hop, c'est reparti. Montagnes russes aux creux variés, aux bosses épuisantes, aux virages dangereux... Insomnies et tentations recommencent à vous grignoter les nerfs.

Un supplice qui finit par cesser, sans raison. A la sortie du tunnel, on est éberlué, encore un peu chiffonné, égaré en quelque sorte, comme on l'est parfois en sortant d'un train, très tôt le matin, sur un quai inconnu. Car si le cauchemar est bien fini, il reste à apprendre une autre manière de vivre, à jouir des plaisirs que la sobriété nous offre sans s'attarder sur ceux qu'elle interdit.

Les ombres se font plus rares ; je les reconnais vite, elles me font moins peur. Mais je reste vigilante. La tentation ne meurt jamais ! N'était-elle pas encore sur mes talons la semaine dernière ? N'a-t-il pas suffi, et cela s'est produit plusieurs fois, d'une contrariété, irritante sur le moment, mais dont je pouvais supposer que le lendemain elle serait anodine, pour que je me berce de nostalgie? Cette nuit, relativement récente, dans la cuisine, où j'ai pris cette bouteille, et l'ai même débouchée!... Oh oui! je dois faire attention! J'ai trouvé un bon truc. Je regarde plus souvent mon miroir, je souris au visage dégonflé, aux cheveux brillants, aux yeux clairs qui me font face, et l'autre, la garce, s'enfuit avec ses mauvais conseils. La coquetterie a ses avantages.

PRINTEMPS

Pâques approche et Nicolas arrive ce soir. Quinze jours de vacances pour le reposer de n'avoir rien fait! Quel luxe... Dire que j'étais si malheureuse quand il nous a quittés pour l'internat. Sa paresse m'exaspère. J'espérais qu'en vieillissant, je gagnerais en indulgence. Encore une illusion perdue! Je ne m'habituerai jamais à ce défaut-là. Il est une insulte à la vie. Bernard affirme que la puberté est seule responsable du comportement actuel de cet enfant. Brin d'espoir auquel je me cramponne, ne serait-ce que pour calmer mes nerfs...

J'ai aimé Pâques quand les enfants étaient petits. Cacher les œufs dans le jardin et les voir courir en tous sens, riant aux éclats dès qu'ils en avaient déniché un m'était une joie... Seulement ils ne croient plus aux cloches rentrant de Rome et moi j'ai une espèce de réticence à l'égard des réjouissances obligatoires. A Noël déjà j'ai été trop lâche pour avouer que le réveillon m'ennuyait. J'ai été seule pour accrocher boules et guirlandes. J'ai décoré le sapin pour Bernard. Il reste émerveillé par le scintillement des lumières dans l'arbre et montre une joie réelle en déballant son cadeau. Il semble qu'il restera éternellement inassouvi d'amour. Le moindre geste tendre lui est précieux... Pour lui j'ai acheté un gros poisson noué d'un ruban et pour Nicolas un lapin. Ils sont si gourmands! Je n'ai rien à leur envier quand il s'agit de chocolats... seulement j'avale par la même occasion la corvée des préparatifs. Préparer le repas pascal n'est pas dramatique surtout pour eux.

Nicolas joue les blasés pour paraître adulte mais il serait désolé que je le prenne au mot. J'ai beau prétendre qu'il m'agace, je suis tellement contente quand il est là ! Je l'aime trop pour museler l'irrésistible tendresse qui s'empare de moi quand je pense à lui. Bernard et Nicolas, mes hommes... Ils sont la limite que mon égoïsme ne doit pas atteindre. La pluie continuelle, l'absence d'hiver ne sont pas étrangères à ma mauvaise volonté. Le climat normand ne me réussit pas. Et c'est carrément dur de se lever alors que la nuit est encore noire. Personne ne m'y oblige. Je l'ai voulu.

Au moins, je ronchonne, je suis même maussade, mais je suis en progrès. Je le reconnais et ne cherche pas systématiquement ce qui provoque mes humeurs dans l'obligation d'être sobre. D'ailleurs, je grognais tout autant quand je buvais. Plus méchamment, peut-être... les crises de foie rendent terriblement hargneux. Dire que je suis à mon bureau, que je commence ma journée à l'heure où je me couchais autrefois ! La radio ronronne une émission destinées aux boulangers. Cela me fait penser à celui de Saint-Tropez... l'odeur du pain chaud et des croissants monte jusqu'à ma chambre sous les toits... Bientôt je serai là-bas. Dès que le peintre aura terminé le tableau qu'il a en train, nous partirons. Bernard me l'a promis. C'est le mois le plus froid ; les grands mistrals balayent le golfe, déchaînent la mer qui, oubliant qu'elle est supposée ressembler à un lac, se dresse et danse en vagues bleu marine couronnées d'écume blanche ; les mouettes narguent le soleil et jouent, ivres de liberté, grisées par le vent fou qui les entraîne vers le large. Aucun nuage ne résiste au souffle puissant de ce nettoyeur du ciel. La lumière est exceptionnelle... au loin la chaîne des Alpes, dont les crêtes enneigées ferment le paysage. Les rues sont presque désertes, si belles dans leur nudité, lavées des souillures de l'été. Les gens du pays, frileusement à l'abri, évitent de sortir. Les chats se blotissent sur les rebords des fenêtres ; les chiens longent les murs, se méfiant de la bourrasque. Il me suffit de fermer les yeux, de mettre en route le magnétoscope du cœur, pour avoir la tête pleine de cette vidéo-bonheur.

217

Il y a des années que Bernard n'est pas venu avec moi là-bas. Je m'étais habituée à son absence. Oh! il me manque toujours, et pourtant, je ne détestais pas ces séparations... Je prenais du recul pour mieux penser à nous, je me reposais. Il me prête une perfection que je suis bien loin de posséder; j'avoue que descendre de mon perchoir, me laisser aller à la paresse, flâner au gré de mes fantaisies sans horaires de repas, sans me soucier de mon apparence, dire n'importe quoi était assez agréable.

Je lui écrivais de longues lettres; il y a tant de choses, graves ou légères, que la pudeur empêche d'énoncer en tête-à-tête et que je veux qu'il sache. C'est fou ce que c'est vivant un amour, ce que ça bouge... le silence lui fait du mal, l'immobilise en quelque sorte... Oui, j'aimais ce dialogue au ralenti, je guettais le facteur, impatiente de lire ses réponses. Nous nous téléphonions plusieurs fois par jour. Très vite, je n'en pouvais plus d'être si loin et je rentrais, repue de solitude, assoiffée de sa présence.

Oui, je le quittais facilement... jusqu'aux heures atroces de 1981... C'était à la fin octobre, aux abords de la Toussaint.

On parle de la mort. On écrit sur la mort. On vit à son ombre... Mais la nuit où elle est entrée dans ma maison avec l'intention de l'emmener lui... quand j'ai vu qu'il la trouvait belle, quand j'ai cru qu'il allait la suivre, j'ai été envahie par une terreur que seule la haine de cette rivale m'a permis de dominer.

Je me suis battue jusqu'à l'aube pour lui arracher sa proie. A travers les vitres de l'ambulance, je la voyais voleter autour de la voiture.

Puisqu'elle ne voulait pas que je sois du voyage, il ne partirait pas non plus. D'ailleurs, elle se trompait. Elle ne pouvait pas nous séparer puisque je n'existais pas. J'étais un morceau de lui, une greffe...

Pendant cinq jours et cinq nuits, j'ai agi comme un robot. J'étais entre parenthèses, vide de tout ce qui n'était pas ce combat contre cette garce. Cent vingt heures avant de savoir qu'elle avait renoncé.

Elle reviendra. J'espère qu'elle est rancunière, qu'elle n'oubliera pas que j'ai contrecarré ses plans, et qu'elle me détestera assez pour m'embarquer la première. Il n'entre ni héroïsme, ni générosité, ni esprit de sacrifice dans ce vœu, mais une immense lâcheté, presque une panique, une indescriptible angoisse. J'ai mis des années à guérir de l'absence de ma mère. J'ai déjà donné. Sans Bernard, je serais une plaie ouverte... Mon Dieu, je vous en supplie, donnez des ordres à votre pourvoyeuse d'âmes, faites que cela me soit épargné!

Aujourd'hui encore, j'évoque avec difficulté ces moments. Je savais que depuis quelque temps Bernard n'allait pas bien. Il peignait ses autoportraits, des hurlements de douleur jaillissaient de ces images de lui-même... C'est si difficile de faire la part de la création. J'aurais dû sentir qu'il était malade, ne pas me laisser berner par son air tranquille. Et puis il y a eu cette nuit interminable. Je ne savais plus si je devenais folle, si c'était lui qui l'était, ni ce que je devais faire. Enfin, le matin est arrivé. J'ai appelé l'ambulance. J'entends encore sa voix monocorde :

– Trop tard... je n'arriverai pas là-bas... trop tard...

J'avais envie de vomir. La peur me rendait muette... Il m'en reste un frisson de dégoût, une inquiétude latente... Ce charnier effleuré, évité d'extrême justesse, s'est révélé être un engrais.

Trois jours plus tard, j'ai su qu'il était sauvé. Est-ce en arpentant les couloirs de l'Hôpital Américain ou plus tard (je serais incapable de le préciser) que j'ai pris conscience de cette présence qui était née sans que j'y prête attention, qui grandissait, qui m'envahissait, encombrant mon corps, ma tête?... Cette chose, à la fois animale et spirituelle, devait dormir en moi depuis l'enfance. De cette hibernation à laquelle je l'avais condamnée, elle sortait armée d'une force que je ne lui supposais pas. Elle voulait toute la place; elle ne tolérait aucune gêne et jetait allègrement tout ce qui, en moi, empêchait son plein épanouissement.

Elle ne me laissait plus de répit. Elle ne m'a plus quittée. Elle est partout, envahissante, chaude, parfumée, magicienne puissante... Elle est ce qu'un être possède de plus précieux; un bien que l'on peut vous envier, mais qui ne se vole pas, ne s'achète pas : il faut apprendre à la reconnaître, accepter de croire en elle; il faut en prendre soin, la réchauffer aux feux de la passion, la rafraîchir au calme de la tendresse, la nourrir aux partages de la réussite, l'abreuver de rire et d'inutile, l'arroser des larmes de la joie comme de la compassion. Elle a besoin d'absolu. Elle étouffe au contact de la médiocrité. Elle veut tout et a un nom. Elle s'appelle Amour... Amour et Liberté. L'un ne va pas sans l'autre.

Madame la Mort, en m'arrachant brutalement mes œillères, m'a donné une superbe leçon... Mais il m'aura fallu deux ans de plus pour suivre la route qu'elle m'avait montrée, pour admettre que je m'agitais vainement, comme ces oiseaux qui s'engouffrent dans une maison au début de l'hiver, attirés par la tiédeur et, malgré la fenêtre ouverte, virevoltent, affolés, se cognant aux murs, oubliant de se réchauffer tant ils sont terrifiés à l'idée de ne plus pouvoir sortir.

Il avait raison, mon médecin. L'alcoolisme est une fuite... je sais ce que je voulais fuir.

Comment ai-je pu croire que j'atteindrais à la plénitude du corps et de l'esprit sans accepter l'inévitable contre-partie! La peur de souffrir a faussé mon existence et sans Bernard, cet écorché vif, sans sa lucidité à mon égard, sans sa tranquille patience, ma lâcheté l'aurait emporté. J'aurais perdu son amour et me serais perdue irrémédiablement dans cet échec.

Vus sous cet angle, bien des faits s'éclairent et me donnent la clé de certains comportements que j'ai eus et que je ne m'expliquais pas! C'est relativement facile de s'inventer de bonnes raisons pour justifier des actes dont on est plus ou moins fière. Je ne m'en suis pas privée. Dans certains cas, les prétextes que j'invoquais pour calmer les sursauts de ma conscience sont devenus de justes causes. Rien n'est jamais tout à fait noir, ni blanc! Je m'aperçois enfin que je l'ai échappé belle...

Bernard m'aime comme je suis. Il se nourrit de ma vitalité, s'amuse du désordre que je sème dans son existence. S'il profite gaiement de mon sens de l'organisation, apprécie que je me charge de ce qui l'ennuie, il ne m'a jamais caché qu'il me préfère fantasque, futile,

220

indomptée. Il me veut frivole en apparence et n'accepte le reste que parce qu'il est secret.

Un jeu amusant mais dangereux... J'ai cru longtemps que l'essentiel était de rester moi-même. Je ne voulais pas me laisser avaler par la forte personnalité de Bernard. Je continue à penser que rien n'est jamais définitivement acquis. Surtout en amour! Je conçois que l'on soit désespéré par une rupture; je n'admets pas pour autant qu'il faille devenir un déchet à la charge de l'infidèle, une mère sinistre pour ses enfants, une aigrie ou une pleureuse pour ses amis. J'ai donc essayé de rester autonome sur le plan matériel, et aussi de préserver les traits de caractère qui me permettraient de faire face le cas échéant. De cela je suis fière. J'avais d'autres motifs pour garder mes goûts, mes loisirs, mon travail et mes copains. Je suis persuadée que les concessions, même faites de plein gré, se muent tôt ou tard en reproches, voire en regrets... Je tiens à cette forme d'indépendance et je n'ai pas l'intention d'y renoncer. Bernard n'a d'ailleurs jamais songé à me le demander.

Ces belles intentions, baignées dans l'alcool, me semblaient pures. L'eau les rend moins limpides! Je prétendais me forger une armure de dignité. Je mentais. J'essayais tout simplement de sauver celle que j'étais avant Bernard, celle qui savait ne pas aimer, celle qui faisait semblant... Je prenais le plus possible, en ce temps-là, mais je ne donnais que mon corps. Histoires d'amour? Non. Romans-photos de pacotille, larmes de crocodile et blessures d'amour-propre? Oui...

Bernard, en m'arrachant à ce désert sentimental, m'a emportée dans un tourbillon de passion. Je croyais sincèrement que je l'aimais plus que tout. Pendant les quelques jours où j'ai frôlé le gouffre de ce que je serais sans lui, j'ai su que j'étais égoïste, avare. Je l'avais aimé pour moi, je m'étais préférée. Que m'importait de souffrir si c'était par lui, pour lui?... J'aurais accepté d'être une plaie béante pour que plus rien ne le blesse. Il aura fallu un quart de siècle pour que je lui donne enfin ma peur acceptée, en cadeau discret. Il n'a aucune raison de l'avoir remarqué. L'amour est aveugle et je le soupçonne de me croire d'un courage que rien n'effraie!

Comme de la poule et de l'œuf, je ne sais si la mauvaise humeur naît des emmerdements ou, au contraire, les provoque! Ce qui est indéniable, c'est que ces emmerdements existent. Ils m'agressent et bien entendu, je réagis mal à leurs attaques. Tout cela est banal et jusque-là logique : je ne vois pas pourquoi je devrais battre des mains quand les soucis me tombent sur le dos...

Les problèmes que j'ai à résoudre sont, pour la plupart d'ordre affectif, enfants, amis, copains, et si des questions d'argent y sont parfois mêlées, elles n'en sont pas la part essentielle. Tout ce qui est strictement matériel, affaires professionnelles et privées, est entre les mains de Maurice Garnier.

C'est justement parce que mes emmerdements ne sont pas d'ordre matériel, que je m'étonne de la manière dont je les reçois depuis que je ne peux plus les rétrécir en les lavant au scotch.

Autrefois j'étais émue ou fâchée, ou inquiète, bref, je me sentais concernée. Mes ennuis et ceux des autres passaient par le cœur. Était-ce l'alcool qui me rendait sentimentale? En tout cas j'étais tout à fait sincère dans mes émotions.

Maintenant, les emmerdements restent à fleur de peau, agaçants tels des piqûres de moustique; et si je continue à penser au scotch et à ses effets, c'est plutôt de ne plus l'avoir pour désinfecter ces morsures d'insectes que je regrette, et non pour la compréhension et la gentillesse qu'il me permettait.

Installée dans ma tanière avec Bernard et Nicolas, les chiens montant la garde, je me découvre d'une indifférence qui frôle la cruauté envers tous ceux qui prétendraient, sciemment ou non, troubler le calme de mon jardin secret...

Chaque fois que je peux rendre ma sobriété responsable de ce qui me déplaît, je saute sur l'occasion. Cette vengeance me défoule. Prenant ma dureté pour une attitude nouvelle, j'étais déjà prête à l'en accuser. Or, au hasard d'une conversation, j'ai appris que Maurice faisait de nous un portrait plus sévère encore et ce bien avant que je n'aie commencé à me désintoxiquer. D'après lui, nous usons les gens comme les maisons et nous n'hésitons pas plus à changer d'entourage que de domicile. Une affirmation que je n'ai pas songé à nier, tant j'ai reconnu qu'elle ressemblait à une vérité. D'ailleurs, si Maurice ne pratique pas la flatterie, il évite également d'être inutilement blessant. Je sais qu'il a ramassé dans la poubelle des gens que j'y avais jetés... A ses risques et périls!

Si je n'ai pas eu à réfléchir, pour reconnaître que son jugement était mérité, je maintiens qu'il fait erreur dans l'énoncé. Nous ne jetons pas après usure, nous gommons ce qui abîme le dessin. Parfois nous prenons une feuille blanche, ce qui est plus rapide que d'effacer et permet surtout de recommencer sans que des traces importunes ne viennent troubler le nouveau paysage.

Que ce soit bien ou mal d'agir de la sorte, je dois avouer que je m'en moque. Les faux remords sont pires que l'acte qui les inspire. D'autant que si je pratiquais l'amputation alors que l'alcool me rendait indulgente, il y a peu de chances que j'y renonce maintenant! C'est un procédé efficace, car je serais incapable de rédiger l'inventaire des radiés.

Je me demande souvent comment les gens font pour écrire leurs mémoires! L'éléphant rose que j'étais n'en a aucune. En m'obligeant à mettre de l'ordre dans le fatras qui meuble ma tête, je retrouve une espèce de guirlande de lampions, celle qui orne les bals... des lanternes de papier, une émotion, un choc, un flash dirait-on aujourd'hui, puis un morceau de cordon ombilical non coupé qui sert de passage à mon cœur funambule jusqu'à la lumière suivante. Le tout est si emmêlé que je ne réussis pas à sortir selon la chronologie les souvenirs éteints et endormis au fond de cette vieille malle qu'est le passé. Il faudrait si peu de choses pour que le fil qui me rattache à eux casse. La peur me faisait espérer cette amnésie comme une délivrance...

D'où me vient cette obstination à fouiller le grenier? Théoriquement, c'est pour retrouver les incidents qui m'auraient incité à boire – un prétexte un peu léger en regard de la difficulté qu'il y a à déterrer ces vieux os si savamment enfouis!

Je pencherais volontiers pour une autre version. Je

n'étais pas naïve au point d'imaginer qu'en cessant de boire, il ne se passerait rien d'autre qu'un nettoyage corporel... Je ne supposais pas que le traumatisme cérébral serait aussi important.

Connaître les causes de mon alcoolisme ne suffirait pas à m'empêcher de replonger si j'en éprouvais le désir. Finalement, ce qui me dérange le plus est cette confuse sensation d'une métamorphose qui me scinde en deux personnes distinctes dont je ne sais plus laquelle j'aimerais être. C'est pour réinsérer ces babas russes l'une dans l'autre que je suis partie à la recherche des fondations sur lesquelles la vie m'a construite.

Je dois y parvenir si je ne veux pas être condamnée à une prison fermée par l'avant et l'après.

Trois jours sans écrire une ligne, trois jours de soleil, les terrasses de café pleines de monde. Paris superbe, les marronniers en fleurs comme pour une fête. Une fête que j'ai aussitôt épousée : il y a si longtemps que je ne la rencontrais plus! Elle avait un autre visage mais elle était là, imprévue, au coin de la rue. Elle m'attendait et nous ne nous sommes pas quittées. Grâce aux vacances, Nicolas était avec nous.

J'ai été d'une activité de tous les instants. Je me sentais bien dans ma peau, avec des envies de rire, d'aimer, de vivre qui me faisaient belle; et c'est formidablement bon de marcher comme on danse, de trouver les courses légères, de cueillir des bonheurs quotidiens à chaque pas...

La chance était avec moi. Jean est arrivé de l'Ardèche où il vit et nous avons décidé de dîner ensemble. Depuis que je ne chante plus, il écrit surtout pour le cinéma. Il était trop intransigeant pour nager dans les eaux troubles du show-business. L'après-midi, il avait signé un contrat pour une musique de film. Comme je l'aime quand il a l'œil gai, l'air heureux pour de vrai! Il n'a pas choisi la facilité en choisissant d'imiter l'incorruptible! Je ne suis pas étonnée qu'on soit aller chercher ce Robespierre dans ses montagnes, je crois à son talent. J'ai promis d'aller au studio dès qu'il commencera à enregistrer.

Nous allions partir pour le *Tong Yen*, notre port d'attache, quand Corentin a téléphoné. Il est venu nous rejoindre. Bernard, Jean, Corentin, des hommes selon mon cœur, et le jeune Nicolas qui ne cache pas l'espoir de leur ressembler... Ils sont en apparence si différents! Bernard, ses yeux verts attentifs ou narquois, sa courte barbe blonde et argentée qui, selon les heures, adoucit son visage affûté par la tension intérieure, ou comme ce soir, encadre un sourire tendre. Ses mains fines et puissantes, mains de seigneur par leur structure, mais d'ouvrier par les ongles noirs de peinture. Ses épaules solides, le dos voûté par les années passées devant son chevalet... Il était en face de moi, et nonchalamment appuyé sur un coude, écoutait...

Corentin, lui, n'est que minceur... ses cheveux sont mi-longs, bruns comme ses yeux qui brillent d'intelligence sous la frange qui bouge... Il est vulnérable sûrement, mais certainement pas fragile... Ses vêtements de dandy, que lui impose un poste important chez Cartier, font un contraste surprenant avec ceux de Jean qui ne quitte ses jeans et ses pulls que pour son smoking de chef d'orchestre. Jean! il rit aux éclats de la gazette pleine d'humour que Corentin nous fait de sa journée. Il est le plus grand des trois, avec des douleurs chroniques de la colonne vertébrale, qui lui donnent une allure un peu dégingandée de poulain grandi trop vite. Quand je l'ai connu, il me rappelait le portrait que le baron Gros a fait de Bonaparte au pont d'Arcole. Depuis, il a coupé ses longues mèches, et abîmé ses mains de flûtiste en faisant du béton pour reconstruire les ruines de ce qui est aujourd'hui sa tour d'ivoire ardéchoise. Au début, des copains l'aidaient, ensuite il a continué seul. Plomberie, chauffage, menuiserie, peinture, il a tout fait dans sa maison...

Nicolas, au bout de la table, suivait la conversation, admiratif et s'efforçant d'être à la hauteur. J'aime me taire quand je suis avec eux. Ils parlaient de livres. Ils ont le même langage... Ni l'âge, ni le métier ne les destinaient à se rencontrer, alors qu'ils sont faits pour être amis, ce qu'ils sont...

Et moi, je me laisse bercer par leur présence, je me

réchauffe l'âme, éblouie d'être aimée par des hommes exceptionnels. Ils sont de la même race, avec un même idéal, une même idée de ce que doit être une vie. Fous et sages, passionnés par ce qu'ils font, intègres dans leurs actes comme dans leurs pensées, sans doute plus faibles face aux exigences du corps... des hommes que j'aime.

Cette soirée aurait suffi à marquer mes retrouvailles avec la fête nouvelle formule et à remplir de bonheur ces quelques jours à Paris. Il était dit que ce séjour serait celui des surprises, car le lendemain fut, non pas plus heureux car en aucun cas comparable, mais pourtant plus marquant, plus émouvant.

Au départ nous devions aller chez Luc, non pour le plaisir, mais pour visionner des photos. Maurice Garnier souhaitait joindre au livre qu'il prépare sur Bernard une biographie, il avait besoin de documents.

Nous étions donc installés autour de la visionneuse. Vingt-six années défilaient en images, entraînant une cascade de souvenirs. Luc n'ayant rien classé, notre vie gambadait dans le désordre. Maisons, enfants, chiens, se succédaient; nous d'hier et d'avant-hier, avec ou sans barbe, brune ou blonde, cheveux longs ou courts...

Dans ce torrent de mouvements, une seule scène, éternellement recommencée, comme immobile dans le temps... Elle me bouleversait. Quel que fût le lieu, l'année, les événements qui lui servaient d'écrin, ce moment revenait comme un cœur qui bat, rythmant notre existence étalée...

Un atelier, un homme qui peint, et près de lui ou dans un coin, une femme qui le regarde, qui lit, qui écrit ou qui rêve.

Des images d'une telle intimité, d'une si grande intensité de sentiments que j'étais gênée, presque choquée qu'elles aient des témoins, comme si nous faisions l'amour en public...

Nicolas et sa sœur Danielle, qui, en bonne assistante s'occupait du projecteur, babillaient... Propos fraternels, gentils et totalement superficiels. Ma pudeur n'avait rien à craindre d'eux... Comprendront-ils un jour que leur père n'est pas seulement généreux, indulgent et complice? Chercheront-ils à savoir ce qu'il est et comment il l'est devenu? Je l'espère.

Quant à moi, ce reflet de nous m'habite. Il est le fil d'Ariane qui m'a extirpée du labyrinthe où je m'étais engouffrée ce jour de ma petite enfance... A huit ans et quelques heures d'existence, la peur me prenait déjà par la main. Je voulais fuir un monde qui avait blessé ma mère au point de lui faire préférer la mort!

Échapper à la souffrance, une obsession qui m'enfermait dans ce dédale dont je ne pouvais plus sortir mais où elle ne saurait pas entrer...

Je croyais être guérie de cette idée fixe depuis que Bernard m'avait appris à aimer. C'était présomptueux. J'ai en effet suivi mon guide jusqu'à la porte, mais je n'en ai franchi le seuil que récemment.

Je n'ai pas joué la comédie du bonheur pendant un quart de siècle. Je me disais heureuse en toute sincérité et je l'étais en comparaison de ce qui précédait.

Aujourd'hui, je sais que je muselais mes sentiments comme le chien qui, même épuisé, ne dort que d'un œil. La peur s'était atténuée; par moment je l'oubliais, jamais complètement. Elle somnolait au plus profond de moi. Elle n'a pas été une ennemie. Au contraire. La crainte de souffrir m'a rendue vigilante. Pour ne pas perdre l'amour que j'avais enfin trouvé, j'en ai pris un soin quotidien. Après des années assoiffées dans mon désert, je ne prenais aucun risque. L'oasis ne devait pas se changer en mirage. J'ai provoqué l'envie en me pavanant, auréolée par la réussite de notre couple. Une faiblesse de nouveau-riche qui est devenue une légende lourde à porter. Peu importe, je préfère inspirer n'importe quoi, même une méchanceté tenace, que de la pitié. Est-ce pour cela que je n'ai pas avoué cette zone d'ombre, peuplée de méfiance, de vulnérabilité, de larmes ravalées? Non, ce n'est ni par manque de confiance, ni par manque d'humilité que j'ai gardé secret cet aspect de moi-même. Plutôt par honte, et aussi pour conjurer le mauvais sort. La mort de mon père me faisait redouter le suicide comme une maladie héréditaire. Jamais deux sans trois... une pensée désagréable sur laquelle je butais de temps à autre en essayant d'en rire.

L'alcool camouflait ce qui me déplaisait, gommait ce qui m'effrayait, m'aidait à voguer en évitant les récifs.

J'étais persuadée de connaître le bonheur. Je n'en vivais que l'approche. C'était une erreur, pas un mensonge. Rien n'a changé dans les faits. Seule ma façon de les voir s'est modifiée.

La sobriété a dénoué le bandeau que j'avais sur les yeux. Les fusils de la douleur humaine sont toujours braqués sur moi. Je les regarde la tête haute, sans provocation, ni révolte; et si, parfois, j'ai encore un léger tremblement dans les mains et dans les genoux, j'accepte l'inévitable.

Oui, j'ose regarder le peloton calmement. Il est formé de ceux que j'aime, les seuls susceptibles de me blesser comme ils ont été les seuls à panser les anciennes cicatrices. Quelqu'un appuiera sur la gâchette le premier; un autre suivra, conformément aux ordres du destin. J'ai gardé le tissu qui me rendait aveugle. Il me servira de mouchoir parce que, plus jamais, je n'aurai honte de pleurer.

La lucidité, que je refusais obstinément, m'est imposée. Elle a déchiré sans hésiter le voile qui me séparait de la vérité des autres. Elle a arraché l'égoïsme qui m'entravait le cœur, brisé en mille morceaux ma tour d'ivoire. Elle m'a interdit la nuit et ses illusions pour me jeter sur une plage de lumière.

Et je suis là, seule... J'ai déjà choisi entre la vie et la mort. Ça n'était pas suffisant. Je savais que je devrais rester là, sans chercher à me cacher, à fuir. Seule avec ma conscience... Que voulait-elle me faire admettre que je niais encore? J'ai regardé les déguisements dont elle m'avait dépouillée, qui gisaient à portée de ma main.

J'étais libre de les remettre... J'ai hésité, longtemps. Et puis j'ai ôté le peu qu'elle m'avait laissé, un reste de révolte, un refus instinctif des chagrins, ultime voile de crainte qui me protégeait encore. Nue, prête à renaître pour vivre sans faiblesse les joies et les douleurs à venir, j'ai souri au soleil et j'ai été noyer ma peur dans la mer. L'eau était glacée, j'avais froid, mais je l'ai maintenue, cette garce de peur! elle se cramponnait à moi, je n'ai pas cédé; je l'ai étouffée dans l'eau profonde. Cette bête ignoble ne savait pas nager; elle a eu quelques soubresauts et puis elle a coulé et les courants l'ont entraînée au large. J'étais épuisée et me suis reposée sur le sable...

Je sais que je suis délivrée. Je ne regrette pas ma tour. J'habite sur ma plage, au grand jour. Je me lave le cœur et le corps dans les vaguelettes qui déroulent souplement leurs boucles transparentes. Je m'étire comme un chat ronronnant dans la chaleur de l'amour. Et puis, peu à peu, sans rien brusquer, je me suis risquée à rêver à un lointain passé...

Je voyais une cheminée, les beaux cheveux roux des flammes remplaçaient l'écume de la mer; une moquette noire recouvrait la blondeur du sable. J'étais à plat-ventre, et j'étais petite. Allongée près de moi, une femme très belle, une panthère bleu marine dont les yeux d'or brillaient de tendresse. Nous regardions les braises et, de sa voix grave, elle me racontait des paysages fantastiques...

Quand elle s'est levée pour s'enfoncer d'un pas tranquille dans le feu, je l'ai regardée partir.

Pour la première fois, je n'ai pas fermé les yeux. Je t'ai laissée m'abandonner sans t'accuser. J'ai laissé couler des larmes de tendresse qui caressaient mes joues comme tes cils autrefois. Tu te souviens, tu disais que c'étaient des baisers de papillon! Tu es mon inoubliable. Tu as bien fait de me quitter. Qu'aurais-tu fait, mon pauvre amour – toi qui n'as pas pu supporter les laideurs humaines en temps de paix – dans ce monde abject du temps de la guerre?...

Tu es née trop tôt dans ce siècle. J'ai tout ce que tu aurais souhaité de la vie. Mon père disait que j'étais presque ton double. L'as-tu rencontré dans le pays où tu es? Est-ce vers toi qu'il allait quand il s'est pendu? Avait-il souffert autant que moi de ton départ? Il n'était déjà plus ton mari, mais je ne serais pas étonnée s'il te disait qu'il s'est senti coupable de ne pas avoir su t'aimer. Il a fait tant d'erreurs avec moi. Il ne s'aimait pas lui-même.

Je suis votre fille. Un enfant ne juge pas ses parents. Je ne le ferai plus. Vous m'avez posée sur la terre et je vous en remercie. Vous m'avez faite belle, ce qui est aussi un cadeau. Vous m'aviez légué votre peur de vivre, mais à cela je n'ai pas obéi. Je vous ai vengés. J'ai **gagné**. Elle vous a tués, mais elle m'a ratée. Je suis là. Je voudrais hurler de joie, crier ce goût de bonheur qu'a ma vie. Un indicible bien-être bouscule mes idées, mes sentiments, mes sensations. J'en ai fini avec le passé et l'avenir est toujours une pochette-surprise. C'est maintenant qui est l'essentiel. Je ne veux pas perdre une miette du quotidien. Jouir jusqu'à l'épuisement d'un regard, d'un rire, d'une odeur. Les grands événements sont rares... les petits riens sont l'engrais de l'amour. Et si c'est la jungle et ses dangers qui m'attendent, je taillerai des griffes et des dents le reste du voyage.

Allons ma belle, tout doux, on se calme... Superbe exaltation, mais assez galopé, remets-toi au pas. Éternelle dualité entre l'inné et l'acquis. Lequel de mes géniteurs m'a-t-il légué cette sensibilité exacerbée, cette soif de passion, cette aisance dans l'excès? J'ai cru longtemps que cela ne pouvait être qu'un cadeau maternel. Comme cette part de moi-même qui m'a faite artiste. Je laissais à mon père l'enseignement d'une certaine rigueur. Je ne lui reprochais pas une sévérité qui m'a finalement inculqué une discipline, qui m'a permis de dominer mes instincts et sans laquelle je serais une autre. Pourtant j'ai un peu honte d'attribuer à Maman les traits de caractère qui me plaisent pour laisser les autres, utiles et ennuyeux à ce pauvre Guy-Charles. Il me semble que je l'ai mal jugé et surtout mal compris. C'est banal, car il y a entre parents et enfants des sentiments qui faussent le jugement. Je maintiens que j'aurais préféré être élevée autrement. Ce n'est pas à l'auteur de mes jours que j'éprouve le besoin de rendre justice mais à l'homme tel que je l'ai connu et compris, après mon mariage. Ne dépendant plus de lui d'aucune façon, je l'ai vu sous un tout autre jour.

On croit pouvoir se défaire des liens qui vous ont meurtri. J'étais certaine d'y être arrivée. Je me pavanais dans l'insensibilité; et brusquement, alors que je me croyais débarrassée du passé, il m'a fait un pied de nez en me remettant en présence de mon père. C'est à cette période que je l'ai aimé pour ce qu'il était.

Nous étions à Venise, lui, Bernard et moi. Sa femme

devait être au casino car nous étions tous les trois au bar de l'hôtel Cipriani. Nous buvions des *pink-gins*. Il s'est mis à parler de maman. Il s'adressait à Bernard et la lui racontait en amoureux, décrivant ses robes, ses bijoux avec une telle minutie que l'on aurait pu croire qu'il venait de la quitter à l'instant. Comme il avait dû l'adorer pour l'évoquer ainsi!... Jamais nous n'avons été plus proches qu'en cette minute. Je n'osais bouger tant je souhaitais que ce miracle qui me rendait ma mère vivante ne s'efface pas trop vite... Il est resté silencieux quelques secondes, comme perdu et il a dit, sans nous regarder :

— Vous êtes ce que j'aurais voulu être avec Liliane. C'est bien.

J'ai posé ma main sur la sienne; il se dégageait de toute sa personne une pathétique solitude. Plus tard dans la nuit, je me suis trouvée seule à ses côtés. Nous marchions, ou plutôt nous flânions, dans une ruelle qui nous ramenait du théâtre la Fenice vers la Piazza San Marco. J'ai passé mon bras sous le sien :

— Moi non plus je ne suis pas guérie d'elle...

— Personne ne pouvait l'aider... Tu te souviens de l'époque où je passais te voir en rentrant du bureau? Tu étais trop petite pour t'étonner de ces visites quotidiennes auxquelles je ne t'avais pas habituée. Tu ne pensais qu'à jouer et tu nous laissais... Maintenant, je peux te l'avouer : J'étais ravi de t'embrasser mais je venais pour elle. Ton beau-père ne se méfiait pas de moi. Il devait trouver naturelle une présence que tu justifiais. Comment ai-je pu être assez naïf pour espérer que l'échec ne laisserait pas de traces, que l'amour renaîtrait? Sa fuite a laissé en moi un poison lent. C'est ce qui me repose à Venise. Je lui ressemble : une superbe façade et derrière, la gangrène du cœur...

C'est le chemin parcouru par le dandy à l'Hispano que j'aimerais connaître. Qu'a-t-il vraiment été pour moi? Qu'ai-je été pour lui? Lequel d'entre nous a quitté l'autre le premier? Oui, j'ai désespérément besoin de savoir parce que, depuis ce séjour italien, je sais confusément que je suis sa fille bien plus que je n'ai jamais voulu l'admettre. Je dois comprendre ce qui a désenchanté ce grand bourgeois, car je refuse sa version de l'amour déçu.

Le romantisme morbide des confidences au bord de la lagune lui seyait : il avait pour ma mère une passion magnifiée par la mort, elle était la beauté épargnée par le temps... Mais c'est pour se débarrasser de lui-même qu'il s'est suicidé et non pour la rejoindre. Qu'aurait-elle fait, l'immortelle de vingt-huit ans, de ce grand seigneur vieilli et désabusé !

Le raconter, c'est aussi accepter de revivre une fois encore l'horrible journée. C'était un samedi.

Comme toutes les semaines, quand nous étions à Paris, ma nurse me faisait traverser l'avenue du Bois et, depuis le récent anniversaire de mes huit ans, me laissait aller seule chez mes grands-parents paternels qui habitaient avenue Malakoff. Ils étaient totalement différents de mes grands-parents maternels, quoique très riches eux aussi. Je n'en étais bien entendu pas consciente, n'ayant jamais vu autre chose que le luxe.

A Paris, lieu qui ne me plaisait guère, c'était chez mon grand-père que je préférais aller, que ce soit au bureau, où il travaillait avec sa femme et mon père, ou chez lui. Il est vrai que j'y avais tous les droits ainsi que mon chien, un scotch-terrier qui se prénommait Ketty... En ce temps-là, la pauvre bête venait de mourir de vieillesse ; en réalité il avait fallu la piquer, elle était paralysée et malgré mes sanglots Maman avait fait venir le vétérinaire. Grand-père m'avait promis que j'aurais bientôt un autre chien, tout à fait semblable, ce qui m'avait consolée. Ce matin-là je me hâtais, espérant avoir des nouvelles de mon futur compagnon.

Les Schwob devaient leur aisance à un sens des affaires qui touchait au génie chez mon grand-père et à une vive intelligence chez ma grand-mère. Ils travaillaient tous les deux avec plaisir et acharnement dans le cabinet de gérance immobilière qu'ils avaient fondé ensemble et qui leur appartenait. Ils étaient extraordinairement vivants, curieux de tout, d'une grande culture, ce dont je n'avais aucunement conscience ; mais déjà j'admirais cette grand-mère-là, indépendante, sur un plan d'égalité avec son mari, élégante, moderne plus que l'autre, poupée raffinée et fragile, vivant à l'ombre de celui qui la chérissait comme une porcelaine précieuse et surannée.

Ni les Schwob, ni les Roditi ne pratiquaient la religion juive. Ces derniers, sefardim de pure race, se montraient méprisants envers ces juifs venus on ne sait d'où, en parlaient comme de nouveaux riches et n'hésitaient pas à reprocher à leur fille d'avoir fait une mésalliance. Je n'étais qu'une enfant et si je comprenais mal le sens de leurs propos, j'en ressentais le dédain. Je n'étais pas de leur avis. Élevée par une femme d'un extrême raffinement et d'un goût très sûr, autant j'aimais le jardin d'Aiguebelle, autant j'étais sensible à la beauté des meubles, des objets et des tableaux, qui faisaient du gigantesque appartement des parents de mon père un véritable musée. Leur fille, ma tante Colette, y vivait avec eux dans deux pièces qu'elle avait aménagées et où elle recevait ses amis, tous membres de la jeunesse dorée. Elle était belle, blonde, à la fois garçon manqué et d'une capricieuse féminité, sportive, fantasque, enfant gâtée, snob, adorable et adorée de ses parents, de son frère et de moi. Elle dépensait gaiement des sommes assez considérables, ce qui enchantait ses parents, ravis de voir leur fille vivre une existence qu'ils n'avaient pas eue alors que leur fils s'obstinait, comme eux, à faire fructifier une affaire plus que conséquente. Ils le trouvaient trop sérieux.

Papa n'était pas venu ce jour-là. Il venait de se remarier. C'est dans la joyeuse bande de sa sœur qu'il avait connu la jeune fille qu'il venait d'épouser. Colette, très liée avec Maman, ne cachait pas le manque d'enthousiasme que lui inspiraient ces secondes noces. Le silence prudent de mes grands-parents me fait supposer qu'ils partageaient son opinion. Les moindres détails de ce samedi sont restés intacts dans ma mémoire. Colette venait de recevoir une Bugatti blanche, superbe. Elle m'avait emmenée chez Tunmer acheter un short rouille et une chemise bleue, car nous devions partir au Pilat, près d'Arcachon. Je détestais les robes. Maman, probablement influencée par la coiffure de Joséphine Baker qu'elle aimait beaucoup, m'avait fait couper les cheveux et j'étais ravie, dans cette nouvelle tenue, d'avoir l'air d'un petit garçon. Quand la vendeuse, l'essayage terminé, avait voulu que je retire mes vêtements, profitant de l'absence de ma sévère *Nanny*, Miss Pat, j'avais fait une violente colère et Colette avait cédé...

Grand-mère m'annonça qu'elle allait m'emmener voir le dernier film de Shirley Temple, ce qui était un événement. Je n'allais que très rarement au cinéma. Quant à mon grand-père, il me fit part de ses recherches pour me dénicher un chiot et affirma que je l'aurais très bientôt. J'étais folle de joie. J'eus toutes les peines du monde à me taire, mais la discipline sur ce point était stricte. Un enfant bien élevé ne parlait qu'au dessert. Heureusement il y avait de la purée d'artichauts, piquée de petits croûtons dorés et tout croquants, et du poulet rôti, mon menu favori. La nappe brodée, la porcelaine chinoise, l'argenterie étincelante étaient mises qu'il y ait ou non des invités.

On me surveillait discrètement, non par crainte de me voir faire des bêtises, car je m'amusais à singer les grandes personnes et me tenais fort bien, mais pour s'assurer que je mangeais, car je n'avais jamais faim et j'aurais volontiers laissé les deux tiers de mon assiette.

Un samedi merveilleusement commencé, que j'essaie vainement de tracer au ralenti, pour en retarder la suite, comme pour éloigner l'inévitable... Mais la journée se déroule, inexorablement, sans qu'aucun artifice ne puisse en atténuer l'horreur. Je me cramponne à ces heures d'insouciance, essayant comme la fillette d'alors de ne penser qu'au cinéma Napoléon qui projetait *Capitaine Courage*. Je sautillais à côté de grand-mère qui avait décidé que nous irions avenue de la Grande-Armée, et que ma façon de marcher agaçait, mais mon jeu était d'aller d'un carré du trottoir à l'autre, sans toucher aux lignes – une gigantesque marelle en quelque sorte. Pour que je cesse ces gambades, elle me promit un esquimau Gervais, suprême raffinement d'un programme déjà exceptionnel.

Je dois aller au bout de ce récit. Il y a quarante-huit ans de cela et l'angoisse s'approche, plus terrible encore puisque j'en connais la cause. J'ai froid et pourtant j'ai les mains moites. Ce jour-là aussi j'ai eu froid et peur et mal partout... une incompréhensible panique que rien en apparence ne justifiait. La séance venait de commencer et

Shirley Temple faisait un concours de crachats avec un vieux loup de mer. Je claquais des dents, j'étais glacée d'effroi. Je pleurais. Je n'étais pas une enfant capricieuse. Je ne comprenais pas ce qui m'arrivait et pourtant c'était plus fort que moi, je voulais Maman, tout de suite. J'étais là, debout, tremblante de la tête aux pieds, au bord de la crise de nerfs; grand-mère avait pris une loge, mais malgré cela, mes pleurs attiraient l'attention. Comprenant que seule Maman aurait le pouvoir de me calmer, elle s'est levée et nous sommes sorties de la salle. Une fois dans la rue, mon désespoir a laissé place au besoin forcené de rentrer. Je courais presque. J'étais certaine que Maman était à la maison. Grand-mère était très fâchée; son silence était plus menaçant que des reproches. J'habitais tout près. Elle a sonné. Le valet de chambre est venu ouvrir. Non, Madame n'était pas là, ni Monsieur, ni la nurse qui avait congé jusqu'à l'heure du dîner, mais lui restait, je ne risquais rien, oui, oui, il me surveillerait.

L'hôtel particulier était petit, mais à mes yeux d'enfant il semblait grand. L'entrée était dallée de marbre noir et blanc et, aux quatre coins, des nègres porteurs de flambeaux montaient la garde. Un escalier menait au salon et à la chambre de Maman. La mienne, ainsi que celle de ma nurse et ma salle de jeux étaient au second. Une fois ma grand-mère partie, je refusai de quitter le hall. Je m'assis sur la première marche et commençai à attendre...

Combien d'heures suis-je restée là à la guetter? Longtemps, je crois... Peu à peu, l'inexplicable affolement qui m'avait fait perdre la tête s'est apaisé. Je ne comprenais pas ce qui m'avait bouleversé, mais j'aurais pu jurer que Maman m'avait parlé, qu'elle pleurait et que c'était pour être près d'elle que j'étais rentrée. Les yeux sur la porte, fatiguée, je m'ennuyais : on avait dû m'oublier. Pourtant je ne bougeais pas...

C'est mon père qui est venu me chercher. Il avait l'air bizarre. Il m'a dit que je devais venir avec lui chez ma grand-mère, que j'allais dormir chez elle.

Bien des années plus tard, j'ai su que maman était morte à l'heure où je hurlais dans le cinéma. Ce jour-là, je l'ignorais. Mais alors, pourquoi ai-je suivi papa sans poser de questions? Pourquoi ai-je accepté qu'on me lave, qu'on me couche, sans essayer de savoir ce qui se passait? Pourquoi n'ai-je pas été étonnée par les yeux rougis de mon entourage? Pourquoi suis-je restée sagement allongée dans le lit de jeune homme de mon père, les yeux grands ouverts, sans une larme, dans le noir? Pourquoi n'ai-je pas hurlé à la mort? Étrange prémonition, télépathie, instinct animal, qu'importe le nom que l'on peut donner à ce mystère : je savais, j'avais deviné. Elle m'avait appelée, mais j'étais trop petite pour la suivre...

J'ai donc vécu les premières semaines qui ont succédé au départ de ma mère chez mes grands-parents, à Paris, puis toujours avec eux à Lugano. L'été touchait à sa fin et nous allions rentrer en France. Je ne posais aucune question concernant mon avenir. Je feignais la gaieté; j'étais obéissante, un peu trop peut-être... En ce temps-là, la psychanalyse n'était pas encore à la mode et il ne serait venu à l'idée de personne qu'un enfant comprenait, souffrait, pensait. J'avais huit ans; j'étais trop petite pour que l'on suppose l'intensité du chagrin que je ressentais, à plus forte raison pour que l'on devine que, noyée dans une inextricable solitude, terrifiée par mes cauchemars, murée dans ma peur et dans le manque de confiance en ceux que j'accusais d'avoir assassiné maman, je me réfugiais dans une dissimulation farouche...

Si j'étais soi-disant si indifférente à mon avenir, c'est tout simplement parce que j'étais devenue habile dans l'art d'écouter aux portes. Indiscrétion qui m'a fait entendre des propos que mon inexpérience déformait, ce qui augmentait la haine que j'avais pour ces gens-là. Ils disaient que mon beau-père était un maquereau, qu'il était la cause des dettes de sa femme... Bizarre! je l'aurais vu en ours plus qu'en poisson. C'était quoi, des dettes? Ils avaient vendu ma maison; n'avaient-ils pas assez d'argent pour en prêter à Paul? Et pourquoi ne fallait-il pas que je le voie trop souvent? Il m'aimait, lui, au moins... Miss Pat était expédiée en Angleterre. Ça, c'était une bonne nouvelle. Ma belle-mère voulait bien me prendre. Puisque mon beau-père n'avait aucun droit sur moi, pourquoi en avait-elle? Sûrement parce que papa était vivant. J'aurais préféré être seule avec lui, avenue Rodin... Enfin, ils habitaient avenue Foch, à cinq cents mètres de mon ancienne maison. C'était déjà ça!...

C'est dans cet état d'esprit que je suis arrivée chez eux. L'appartement était au rez-de-chaussée et ma chambre donnait sur une vaste cour où se trouvaient encore des écuries. J'avais une nouvelle gouvernante, Mlle Jacques, une Française. Ma belle-mère avait fait venir une couturière et on avait renouvelé ma garde-robe : des jupes en flanelle grise, des pull-overs bleu marine, des cols blancs ronds. Mes cheveux avaient repoussé, j'avais une raie sur le côté et une barrette de l'autre. Il paraît que ça s'appelait le bon ton... J'ai retrouvé des photos. Je ne me reconnais pas. De ces premiers mois, je n'ai que peu de souvenirs : une visite à Paul... son barbier le rasait avec un coupe-choux. Il m'avait ébouriffée, serrée dans ses bras et avait ri de son énorme voix; on avait mangé du caviar et du chocolat. Le soir j'ai été malade, ça a fait tout un drame. Je vomissais de chagrin et j'avais raison. Je ne l'ai plus revu en tête-à-tête... En attendant la rentrée des classes, je passais des heures à regarder par la fenêtre. Et puis j'attendais que papa revienne du bureau. Le salon était gris, les meubles d'époque Louis XVI, sauf un canapé et deux fauteuils recouverts de damas corail et dans un vase des glaïeuls de même couleur. Jamais d'autres fleurs que ces horribles plantes raides, froides et oranges.

Je me demande encore aujourd'hui ce que j'espérais du retour de mon père. Il m'embrassait distraitement, me demandait si j'allais bien et, après un regard à sa montre, me conseillait gentiment et fermement d'aller me coucher, promettant qu'il viendrait me dire bonsoir...

Je n'en avais jamais pris conscience, mais je saisis brusquement que nous n'avions aucun contact physique. Je sortais à peine des bras de ma mère, de son odeur, de sa peau chaude et soyeuse, de son grand lit où je me blottissais contre elle, sous les draps en crêpe de Chine, de sa baignoire où nous jouions ensemble, de cette tendresse animale qui m'était essentielle. Comment n'aurais-je pas été glacée par ces bêtes à sang froid? Nous appartenions à une même famille et étions à peu près aussi différents qu'un requin d'une panthère.

Guy Schwob de Lure était l'image même de la réussite... Je ne l'entendais jamais rire ; nous n'étions proches l'un de l'autre que rarement. Quand il s'habillait, je parvenais parfois à me glisser dans son vestiaire. Il cirait toujours ses chaussures lui-même, avec un soin extrême, et ce geste caressant qui polissait le cuir est sans doute la seule trace extérieure de sensualité que j'ai remarquée. Comme lui, j'interdis à quiconque d'entretenir mes bottes et mes souliers...

Parfois, je l'aidais à choisir sa cravate. Quand il mettait celle que j'avais désignée, j'étais ravie... Les années s'écoulaient moroses, anodines. Un yorkshire, prénommé Paul, s'était ajouté à notre trio. Cette sale bête se cachait dans l'entrée et, dès que je rentrais de l'école, me mordait les mollets de ses minuscules crocs acérés... Rien de spécial à raconter sur cette période où, l'âme en sommeil, enrégimentée par ces étrangers, j'essayais de séduire mon père pour être aimée de quelqu'un plus que par amour pour lui. Le soleil était mort en même temps que Maman. Ma vie était grise... Les seules éclaircies me sont venues de la mère de ma belle-mère... Elle s'appelait Madelaine. Aussi grande, brune, chaleureuse, spontanée et rieuse, que sa fille était petite, blonde, réservée et sèche. Elle habitait l'immeuble d'à côté. Un grand piano trônait dans le salon. Elle m'apprenait à chanter. J'adorais aller chez elle, car elle était la seule à me parler de Maman avec naturel.

Grâce à Madelaine, les choses auraient pu s'arranger. Quand ma petite sœur est née, j'ai même failli aimer ma belle-mère. Papa m'a installé une chambre de grande. La mienne devint la nurserie. Mlle Jacques a été remplacée par une Suissesse spécialisée dans les nouveau-nés. On m'interdisait de toucher au bébé ; je risquais de lui transmettre des microbes. Malou ne jouait pas avec son bébé comme maman avec moi. J'ai cessé de la considérer comme une mère... Je n'avais pas à être jalouse : mon père ne s'intéressait pas plus à Isabelle qu'à moi quand j'étais petite. Il n'aimait pas les enfants. C'est lui qui me l'a dit. Il fumait sa pipe en buvant un dry-martini. C'était joli, cette olive verte dans ce verre givré. Comme je lui en faisais la remarque, il m'a tendu le verre pour que j'y trempe mes lèvres. C'était brûlant et délicieux. Il a souri malicieusement :

– J'ai hâte de te voir grandir. Les enfants m'ennuient, mais je crois que dans quelques années...

Pour que je ne l'ennuie plus, il aura fallu quelques années, en effet... C'est en 1959, j'étais mariée depuis un an. L'insistance de ma tante Colette, qui tenait à nous réconcilier, et la curiosité de Bernard, que la rencontre amusait, ont eu raison d'une si longue séparation...

J'étais persuadée que seule la gloire de Bernard me valait la clémence paternelle, aussi n'étais-je pas enthousiasmée à l'idée de lui rendre visite. Enfin, puisque je m'y étais engagée, autant m'y résigner.

Douze ans d'éloignement me préparaient à l'idée de le trouver changé. Mais je ne m'attendais pas à ce qu'il ait vieilli à ce point. Il avait cinquante-six ans et en paraissait bien davantage. Était-ce l'émotion? Il était très pâle et contrôlait difficilement le tremblement de ses mains.

Il nous avait reçu au cabinet de gérance, redevenu par ses soins une affaire conséquente. Il en était le maître. Sa sœur y travaillait également, mais je crois que c'était plus par esprit de famille que pour son efficacité qu'il lui confiait quelques clients. Quand j'étais arrivée, il m'avait embrassée... je me sentais nerveuse, agacée d'avoir cédé aux pressions, mécontente de me trouver là. Nous étions lui et moi parfaitement mal à l'aise. Seul Bernard était détendu. J'aurais volontiers bu un verre. J'aurais pu jurer qu'un bar était dissimulé quelque part.

Je m'installai dans un fauteuil. Mon père s'assit à son bureau... Il avait été celui de mes grands-parents qui, avant de mourir, y avaient travaillé face à face, jour après jour tout au long de leurs vies... Il paraissait trop grand pour cet homme seul. Bernard, resté debout, promenait un regard fasciné sur ce décor assez surprenant. Des meubles anciens et même rares y côtoyaient les indispensables classeurs; de lourds rideaux de velours habillaient les fenêtres; des lampes en porcelaine de Chine diffusaient une lumière tamisée; seuls les papiers posés devant mon père recevaient, grâce à un bras articulé prolongé d'un spot, un éclairage cru. Un amoncellement d'objets hétéroclites, des plantes vertes, une poussière de bon ton donnaient à l'ensemble une atmosphère balzacienne.

Nous échangions des propos oiseux; mon père, après

nous avoir félicités d'un mariage qui le comblait, eut une phrase pompeuse, la première de ce genre que je l'entendais prononcer, sur l'honneur que c'était pour lui d'avoir un gendre d'un si grand talent...

Bernard se fit glacé et je cherchais déjà un moyen pour abréger cette visite sans être inutilement impolie, quand quelque chose bougea sur le siège de ma grand-mère. La chose se déplia lentement, une boule de poils qui avaient dû être noirs et que la vieillesse striait de blanc. Une chienne sans race, sans forme, chiffonnée, qui s'étira, bâilla, posa son museau sur la table, et, totalement indifférente à notre présence, posa sur mon père des yeux enamourés. Il y avait eu entre eux un dialogue muet, d'une infinie tendresse. Mon père lui souriait. Enfin un sentiment sincère venait secouer ce mausolée. Sans ce charmant animal, je serais partie et rien ni personne n'aurait pu me convaincre qu'un lien existait entre ce fantôme et moi.

— C'était la chienne de ma mère. A sa mort, personne n'en voulait, ma femme n'aime que les yorkshires... Elle vit ici avec moi...

— Et le soir?

— Elle n'est pas seule... tu te souviens de Charley?

Charley était entré comme chauffeur chez mon père quand ils avaient tous deux dix-huit ans. Ils s'étaient mariés à une semaine d'intervalle... lui n'avait pas divorcé. Il avait une fille de mon âge. Bien entendu, je ne l'avais pas oublié. C'était lui qui m'avait escortée jusqu'au couvent après ma fugue à Megève.

Alors mon père nous avoua qu'il avait recueilli un autre bâtard, dénommé Arthur, que Charley était en train de promener. Les deux animaux étaient les rois du lieu. Ma belle-mère n'y venait jamais et sans que leur présence soit à proprement parler un secret, elle semblait malgré tout illégale. Il y avait dans cette histoire une preuve évidente de la faiblesse qui avait creusé le fossé qui nous séparait. Le bonheur m'avait changée. Au lieu d'allumer en moi une flambée de colère, cette lâcheté éveilla une émotion généreuse et j'eus sincèrement le désir d'égayer la solitude qui faisait de ce faux vieillard un être brisé.

Nous prîmes rendez-vous pour le lendemain, au bar du

Ritz, comme de bien entendu... je crois qu'il ne songeait même pas à la possibilité de boire ailleurs! Dans la voiture, tout en riant des commentaires de Bernard qui était à la fois séduit par la classe du personnage et instinctivement méfiant, comme chaque fois que quelqu'un risque de me blesser, j'ai eu un fugitif mouvement de jalousie... Si j'avais été un chien...

Il avait été convenu entre ma tante et moi que, si je reprenais contact avec mon père c'était avec lui et lui seulement. Une restriction à laquelle j'aurais dû rester fidèle. Était-ce le fait d'être mariée qui me rendait brusquement respectueuse des convenances bourgeoises, ou ma confiance en Bernard était-elle si forte que je ne redoutais plus aucun maléfice? A moins que ce ne soit pour éviter que mon père, égal à lui-même, tiraillé entre deux affections, ne trouve pas, une fois de plus, la force d'imposer sa volonté. Un peu de tout cela, sans doute. Toujours est-il que lorsque, feignant de tout ignorer de mon arrangement avec sa sœur, il nous dit le plaisir que sa femme aurait à me revoir et à faire la connaissance de Bernard, j'ai décidé que mon ostracisme était un enfantillage qui avait assez duré et accepté l'invitation à dîner chez eux.

Je ne dirais pas que la perspective de renouer avec ma belle-mère m'était une joie, mais j'étais de bonne foi. J'étais trop heureuse pour attacher de l'importance à un antagonisme qui me semblait appartenir à un lointain passé. Mon père l'aimait et puisqu'elle n'avait plus aucun pouvoir sur moi, pourquoi ne pas avoir avec elle des rapports agréables? Et puis j'étais impatiente de rencontrer ma jeune sœur. J'étais son aînée de dix ans; comment était cette jeune personne que j'avais quittée fillette? J'étais très attachée à elle quand j'avais abandonné le domicile paternel. Je savais bien entendu quelle école elle fréquentait et si j'avais repoussé la tentation d'aller l'attendre à la sortie, c'était uniquement pour ne pas troubler son cœur d'enfant. Puisqu'elle avait la chance d'avoir une mère, il eut été criminel de semer le doute dans son esprit; or comment aurais-je pu lui expliquer mon départ sans mettre ses parents en cause? Et Bernard, que pensait-il de tout cela? Il avait une certaine sympathie pour mon père. Je crois surtout que ce milieu l'amusait par sa nouveauté. Il connaissait déjà la grande bourgeoisie catholique, imbue de ses privilèges, attentive à conserver son patrimoine, et scrupuleuse quant à l'apparence d'une morale irréprochable. Les juifs ont été de tous temps de grands amateurs d'art et plusieurs d'entre eux collectionnaient ses toiles, mais il n'avait pas partagé leur intimité. Je ne lui avais rien caché de l'existence tumultueuse que j'avais menée, et mes dissipations, tant celles commises à l'époque de l'avenue Foch que celles qui leur avaient succédé, lui étaient familières. Il n'était pas un saint non plus et loin d'être choqué par mes mœurs dissolues, il en riait. Il était ravi de voir cet appartement qui avait abrité ma jeunesse.

Ce premier dîner, qui fut suivi de plusieurs autres, faillit tourner à la catastrophe. J'ai même rarement entendu autant de gaffes en aussi peu de temps. Si Bernard avait conservé quelques doutes, ce que je ne crois pas, quant à la véracité de ce que je lui avais raconté de ma belle-mère, cette charmante soirée aurait suffi à les balayer. J'étais étonnée de l'indifférence que je ressentais. Je n'éprouvais ni chagrin, ni révolte, mais j'eus le plus grand mal à réprimer une folle envie de rire. Mon père avait ce visage vieilli et fatigué qui m'avait choquée lors de nos retrouvailles et qui avait disparu à chacune de nos libations au Ritz.

C'est facile quand on a déjà vu le film, de prétendre qu'on a deviné la fin! Je n'irai pas jusque-là, même pas à mi-chemin... pourtant j'ai forcément eu un pressentiment indéfinissable... L'instinct me poussait à l'aider, je sentais qu'il s'enfonçait, comme aspiré par des sables mouvants, dans une peur grandissante dont j'ignorais tout. Elle lui faisait horreur et, sans en percevoir la cause, j'avais la sensation diffuse que lorsque nous n'étions que tous les trois, il s'en libérait momentanément... Pourquoi ai-je écrit que j'en avais forcément le pressentiment? Parce que c'est la seule explication sensée de la patience que j'ai su trouver à l'égard de ma belle-mère et de ma sœur.

Quelle étrange période de notre vie! Si avec ma belle-mère une définitive incompatibilité d'humeur s'était révélée, certitude que je dissimulais sans trop d'efforts sous une souriante politesse, il en allait tout autrement avec la jeune Isabelle qui m'avait plu dès le premier regard. C'était d'ailleurs réciproque. Elle était ravissante, fine, distinguée, aussi blonde que j'étais brune... Elle aussi voulait être peintre. Dire son admiration pour Bernard est superflu. Très vite, elle devint notre inséparable. A Paris elle était de toutes nos fêtes. Quand nous repartions en Provence, elle venait nous rejoindre et passait de longs séjours à la maison. Elle avait l'apparence de la parfaite jeune fille de bonne famille, bon chic, bon genre, et n'était pas sage du tout, ce qui m'amusait beaucoup. Je n'ignorais pas qu'elle avait essayé de se glisser dans le lit de mon mari, mais il ne s'était pas laissé prendre à ses charmes ce qui me permettait d'en rire. Elle choisissait ses amants parmi nos amis et notre vie était harmonieuse. Dans ce cas où était le problème? Pourquoi suis-je étonnée d'avoir vécu presque deux ans une prétendue entente avec eux?

Commençons par les deux femmes. Ma belle-mère, en déclarant un soir qu'il était regrettable que Bernard n'ait pas épousé Isabelle à ma place, s'était fait de lui un ennemi. Quant à ma sœur, je n'avais pour elle que des sentiments superficiels. Elle m'était une jeune amie joyeuse, un jouet de charmante compagnie, mais rien de profond ne nous unissait. Pour être franche, je commençais à me lasser de sa continuelle présence, mais elle était si contente de ne plus habiter chez ses parents que je n'osais l'y renvoyer.

Je n'ai jamais été d'une patience exemplaire et je suppose que nos rapports se seraient tôt ou tard envenimés, si mon père, ayant décidé de déménager pour s'installer à Garches ne nous avait pas cédé son appartement de l'avenue Foch.

J'étais enchantée par cet arrangement. Quelle revanche d'occuper en maîtresse ce lieu où je m'étais toujours sentie en trop! Bernard était ravi d'avoir un pied-à-terre parisien qui nous évitait l'hôtel. Ma sœur, qui avait renoncé à l'art pour entrer à *Jours de France*, y avait sa chambre, ce qui lui faisait enfin un domicile autonome car nous étions rarement là. Une séparation de quelques semaines me rendait le goût de la retrouver et nous évitait les disputes aussi désagréables qu'inutiles que nous avions lorsque nous étions sans cesse ensemble.

Quant à mon père, j'avais fait une surprenante découverte, je l'aimais... Pas en temps que père, rôle dans lequel il était aussi lamentable avec Isabelle qu'avec moi. C'est à l'homme, à l'ami que je m'étais attachée. Bernard, en m'apprenant le bonheur, m'avait délié le cœur. Petite fille, je n'avais vu en lui que l'ultime chance de n'être qu'à demi orpheline. Je m'étais cramponnée au mot Père comme à une bouée, mais n'importe qui aurait fait l'affaire.

Adolescente, il était un mythe... C'est curieux, quand on sait le mal que certains se donnent pour se faire remarquer, mais je me souviens très bien que je détestais être différente des autres. Francine aussi, d'ailleurs. Je cachais le suicide de ma mère comme une maladie honteuse et m'inventais un père idéal, aimant, attentif, que seul le patriotisme avait éloigné de moi!

Jeune fille, je ne pensais qu'à moi. Je voulais qu'il m'aime, ce qui est normal, mais ne lui donnais rien. Je lui prenais le plus possible.

Bernard a littéralement transformé mon regard sur les êtres, et surtout ma conception du mot aimer. On m'a souvent demandé la recette qui fait de nous le couple que nous sommes. Il n'y a pas de trucs, mais il me semble que ce qui a fait de notre amour une passion vivante, en perpétuelle évolution, changeante comme le temps, essentielle, et non une chose établie, cimentée par l'habitude, les enfants, le mariage bourgeois type, c'est que nous sommes tombés follement amoureux, l'un comme l'autre, de nos défauts. J'ai l'air de plaisanter, mais je suis on ne peut plus sérieuse.

L'auréole en plastique de la fausse sainte est un chapeau lourd à porter! Je ne me suis pas risquée à feindre ce que je n'étais pas. Bernard, en m'aimant ainsi, m'a appris l'indulgence. Devenue moins intransigeante, j'ai constaté que ce qui avait été à reprocher à un père changeait de couleur dès lors qu'il était un ami.

Quand je pense à lui, ce qui m'arrive assez souvent au

hasard d'un passage dans une de mes lectures dont nous aurions ri ensemble, devant un objet qui lui aurait fait envie, ou tout simplement quand avec un perfectionnisme semblable au sien je perds du temps à chercher la chemise dont le bleu sera le mieux assorti à mes jeans, je le retrouve à la fin de sa vie, je lui parle bien plus librement que je n'ai pu le faire... Je dialogue facilement avec ceux que l'on dit morts, ce qui m'est si abstrait que je les ai placés en quelque sorte en orbite pour un imaginaire et interminable voyage.

Au même titre que dans un musée, quand il n'est pas avec moi, j'entends la voix de Bernard me raconter les peintres, quand je me promène à pied dans Paris, Guy-Charles est avec moi. Il tenait à cette ville comme à une maîtresse. Il contait sa petite histoire avec poésie et infiniment de drôlerie. Son métier lui avait mis entre les mains des dossiers dont certains sur de très anciens immeubles. Il y avait dans les actes d'achat, de vente, la véritable autopsie d'une maison et des générations successives qui l'avaient habitée...

Oui, j'aimais cet homme fin et lettré, ce qui ne lui a strictement servi à rien... En Amérique, il s'était fait psychanalyser, ce qui indiquerait qu'il se sentait malade. Ce qui me fascine est qu'il ait, de tout temps, subi la vie en se pliant à des règles conventionnelles, sans jamais se révolter contre l'ennui, les convenances. Au fond, il a toujours fait exactement le contraire de ce qu'il aurait souhaité. C'est d'une absurdité qui frôle la folie. J'ai toutes sortes de petits exemples de cette vocation du malheur. Il avait rêvé d'être antiquaire et même de créer des meubles. Mon grand-père, avant la guerre, avait une fortune plus que confortable; il était collectionneur et aurait sans nul doute possible financé son fils. Guy-Charles ne lui a jamais confié ses ambitions. Il ne cessait de nous dire à Bernard et à moi que dès qu'il quittait Paris, il était rongé de nostalgie. Sa grande ambition était de meubler une chambre au Ritz et d'y vivre... et il a déménagé pour aller à Garches. Nous nous sommes brouillés peu de temps après. A cause de ma sœur, pour des bêtises sans intérêt dont je ne me souviens même pas et que j'ai laissé s'aggraver avec une évidente indifférence. J'étais lasse de cette famille, que je n'aimais pas comme telle, et surtout irritée de constater que ces liens, qui n'étaient à mes yeux que courtoisie, devenaient aux leurs une obligation.

J'ai déclenché un déménagement éclair de l'avenue Foch sans penser que cette histoire irait jusqu'à une véritable rupture. Trou de mémoire ou naïveté excessive? Une querelle avec ma belle-mère pour la possession d'un fauteuil; des mots aigres... Tout cela n'était que faux-semblants. La vérité reste que nous n'étions pas faits pour aller ensemble.

On prend toujours un risque en se croyant tout permis. Il est dangereux de laisser celui dont on se croit aimé s'apercevoir qu'on ne lui manque pas. C'est très exactement ce que j'ai ressenti. Certes, j'aimais beaucoup Guy-Charles, mais j'étais habituée à son absence et elle ne créait pas un vide suffisant pour que je fasse l'effort de supporter sa femme. Je ne les ai plus vus...

Un matin, on m'a téléphoné. J'étais en Bretagne. Bernard avait travaillé toute la nuit et dormait. Mes filles allaient à l'école maternelle de Saint-Cast et je venais de les y accompagner. J'étais seule; j'ai décroché le combiné à la première sonnerie, étonnée qu'on nous appelle si tôt. Isabelle m'a annoncé sans le plus petit ménagement que notre père s'était pendu au-dessus de la baignoire.

Je n'ai jamais cherché à savoir pourquoi. Je n'ai posé aucune question. J'étais bouleversée jusqu'au plus profond de moi-même. Seul Bernard l'a su. Enfouie, terrée dans mon subconscient, la peur tenace et sournoise de l'hérédité s'installait...

L'ai-je vraiment noyée? Reviendra-t-elle saper mon courage trop neuf? Comme la chèvre de M. Seguin, je lutterai et je ne céderai plus...

Qui a décidé que la vie se rythmerait au gré des douches écossaises? Invention diabolique ou confirmation du péché originel?...

J'ai passé une nuit horrible et la fatigue me met les nerfs à vif. J'étais dans la cuisine, une grande tasse pleine à ras bord dans une main, une cigarette allumée dans l'autre et une des chiennes m'a bousculée. J'ai eu peur de l'avoir brûlée et, comme une idiote, j'ai lâché cette saleté de tasse. Le fracas de la porcelaine a déclenché les abois de Roanne et de Rachel. Un vacarme peu souhaitable, à six heures, alors que tout le monde dort. Il y avait des débris partout, flottant dans le liquide répandu. J'ai donc remis la cafetière en marche et entrepris de nettoyer ce gâchis. En rinçant la serpillière je me suis coupée, superficiellement, mais c'était à la main droite et cela ne s'arrêtait pas de saigner. Gênant pour tenir mon stylo. J'ai fini par dénicher les pansements adhésifs qui avaient quitté la pharmacie pour se cacher dans la boîte à outils. Vu sous un certain angle, c'est logique, mais je n'étais pas d'humeur à jouer les Sherlock Holmes au saut du lit. Un des avantages de ma solitude matinale est que je peux me laisser aller aux insultes grossières sans témoins. Ce flot d'injures m'ayant rendu un semblant de calme, j'ai terminé mon petit déjeuner. En arrivant dans mon bureau, Roanne sur mes talons, je croyais en avoir fini avec les avatars d'ordre matériel. Comme j'appuyais sur l'interrupteur, j'ai entendu un petit bruit et la lumière s'est éteinte. Redescente du petit escalier, relativement périlleuse dans le noir, recherche à tâtons du placard d'électricité, remise en place des boutons du disjoncteur, remplacement des ampoules grillées... bref une heure de perdue. Bête, sans aucun intérêt et parfaitement exaspérant! Les nuits blanches, quand elles ne sont pas consacrées à la fête, sont néfastes à l'humour; comme à tout le reste, d'ailleurs...

J'ai eu des crampes dans une jambe comme au plus fort de la désintoxication. Le grand jeu : muscles durcis, douleur aiguë, orteils en éventail. J'ai clopiné jusqu'à la salle de bains, mis des compresses glacées, somnolé une heure... A la nouvelle offensive, j'ai changé de procédé et essayé un massage au baume du tigre... Pourquoi ces crises se déclenchent-elles toujours la nuit? L'insomnie aidant, Madame la Gamberge s'en mêle... Le plus démoralisant reste l'injustice de ces élongations qu'une sagesse exemplaire devrait m'épargner! Deux années de sobriété ne les ont pas fait disparaître. J'aimerais trouver seule la cause de leur persistance. Pas question d'en parler au docteur G. L. Ce serait prendre le risque de l'entendre, sautant sur l'occasion, m'interdire le tabac! Là, je ne marche plus! La révolte des Sioux qui va grandissant dès lors qu'on prétendrait enterrer le calumet de la Paix. Il n'y a pas de sainte Annabel dans le calendrier et je ne serai pas la première.

Théoriquement, je suis guérie. C'est très joli leurs histoires de « santé à tout prix », mais c'est catastrophique sur le plan du travail. Pour l'instant, j'ai le trac et les doutes ne sont pas constructifs. Le manque de confiance en moi me paralyse. Rien de comparable avec l'impuissance qui me clouait devant des pages blanches ou me faisait griffonner n'importe quoi, quand j'aurais presque été prête à faire de la copie, simplement pour voir des mots s'inscrire dans ce vide. Feuilles jetées au panier, pauvre simulacre... oh! je n'en étais pas dupe, mais je m'y cramponnais pour meubler l'interminable attente d'un réveil mental...

Non, ce que je ressens n'est pas dû seulement à l'absence d'alcool. Certes, boire atténuait cette anxiété; plus exactement, m'aidait à surmonter une sorte de timidité. Il me semble que cette nouvelle inquiétude est stimulante, en ce sens qu'elle naît d'une exigence, celle de faire du bel ouvrage. Une fois dépassée, elle est une victoire sur moi-même, au même titre que la panique qui précédait mon entrée en scène et disparaissait dès les premières mesures d'une chanson. Je me croyais pudique, je dois être exhibitionniste! J'aurais pu tenir un journal intime et me défouler en secret, mais je n'y ai même pas songé... Pas plus que je ne chantais sous la douche! Dans les deux cas j'ai voulu un public...

Décider que l'on est un écrivain quand on nourrit une admiration indestructible pour Stendhal, Balzac, Maupassant, quand personne n'est là pour vous encourager, quand on n'est qu'une chanteuse de bastringue à la réputation tapageuse, n'est pas une démarche évidente.

Je venais d'avoir trente ans quand je me suis lancée dans l'aventure. J'arrivai juste à temps pour fêter mon anniversaire à Paris, après un contrat d'un mois dans une boîte de nuit brésilienne. Le changement de décennie me perturbait... Comme à chaque fois que je ne tourne pas rond, je suis partie me réfugier à Saint-Tropez. J'habitais à l'Hôtel de la Ponche, la chambre numéro huit que je partageais avec Antoine, une chienne setter tendre et rousse. Le matin, nous allions nager. J'avais des problèmes d'argent, ce qui là-bas ne m'inquiétait guère. Félix et Hélène, propriétaires de l'Escale, m'offraient mes déjeuners. L'après-midi, je rentrais travailler à mon roman. Je n'en avais parlé à personne. Une période studieuse et tranquille qui, commencée en mai, se prolongea jusqu'à la mi-juin. Des nuits tumultueuses et alcoolisées, des journées sages où je doutais de moi et des autres. Je n'étais pas malheureuse, j'étais désenchantée, en proie à une tristesse latente. Le calme avant la tempête...

Luc est arrivé... Il venait tous les ans pour ce reportage quasi traditionnel dans *Jours de France*. Poser pour lui m'amusait et renflouait les finances.

Il travaillait en équipe avec Jean-François Bergery, qui faisait le texte. Leur duo était plein d'humour; intelligents, ne se prenant au sérieux ni l'un, ni l'autre, ils transformaient ce qui aurait pu être une corvée en jeu.

La lumière, trop forte en début d'après-midi, me permettait d'écrire jusqu'à l'heure de notre rendez-vous. Ils m'attendaient sur la terrasse de l'hôtel où je descendais les rejoindre vers cinq heures et demie. Ce jour-là, je les retrouvai avec Jean-Paul Faure, agent littéraire, Michou Simon, photographe à *Paris-Match*, et deux personnes que je ne connaissais pas. L'une d'elles était Bernard Buffet. Une très vieille dame, aux cheveux blancs en chignon, pâle et ridée, nous épiait le regard méchant, derrière les carreaux de sa fenêtre...

Luc nous demanda à Bernard et moi si nous accepterions de nous asseoir côte à côte, en nous tenant la main, pour qu'il puisse faire une photo de la vilaine chouette par contraste avec la génération que nous représentions.

Nous avons commencé à bavarder... une conversation qui ne devait plus s'interrompre.

Nous avions le même âge. Il avait sa vie et moi la mienne. Nos amis n'étaient pas les mêmes. Nous nous sommes revus, toujours en cachette, pendant un mois. Bernard me faisait la cour comme à une très jeune fille. Et puis un jour, il m'a téléphoné et m'a demandé si je voulais venir avec lui pour toujours. Il exigeait que je quitte tout, ce qui signifiait aussi tout le monde. Il m'attendait à Marseille. Une demi-heure après je suis partie vers lui. J'étais vêtue d'un jean, d'un T-shirt et d'un tricot vert olive qu'il m'avait offert. Je ne laissais aucun message ni moyen de me joindre. J'emportais mon cahier et ma chienne. Antoine n'était jamais en laisse et, n'en ayant pas, je me souviens que j'avais glissé une ficelle dans son collier.

Nous ne nous sommes plus quittés... De multiples tribulations, dues à notre désir d'échapper à nos passés respectifs et à la presse qui risquait de les lancer sur nos traces, nous avaient menés d'un bateau à voile au château de Grignan pour finir en Camargue. Nous étions las de cette existence de nomades. Surtout Bernard, car cette instabilité l'empêchait de peindre. C'est moi qui ai eu l'idée de chercher refuge là où personne ne supposerait que l'on puisse se cacher, à Saint-Tropez même...

Une jolie maison rose, blottie dans les vignes... nous n'en bougions pas... Suzanne Pelet, qui nous l'avait louée, ne nous a pas trahis. Elle nous ravitaillait en alcool, cigarettes, journaux. La gardienne, une Bretonne, faisait le marché, le ménage et la cuisine; elle s'appelait Françoise et préparait une salade de pommes de terre à l'ail comme je n'en ai plus jamais mangé depuis... Nous étions fous, amoureux, heureux... Bernard avait transformé le garage en atelier, dans un coin il m'avait installé une table, un fauteuil et décidé que c'était mon bureau. Pendant qu'il peignait de gigantesques paysages de New York pour son exposition de février, je terminais mon livre. Quand il a été fini, Bernard l'a empaqueté et je l'ai envoyé à René Julliard; une semaine après il me téléphonait pour m'annoncer qu'il le publiait. Mon contrat était déjà posté.

Mon manuscrit avait été accepté quand je n'étais

qu'Annabel. Sa publication était prévue pour le mois de janvier 1959. Nous nous sommes mariés le 12 décembre 1958 à Ramatuelle.

J'étais contente d'avoir été reçue à mon examen de passage et d'être ainsi entrée aux Éditions Julliard grâce à mes seuls mérites. Je suppose que René fut enchanté de la publicité inattendue que lui offraient nos noces!

Après des mois de solitude à deux, la sortie de mon livre, le vernissage de « New York », le remue-ménage suscité par ces deux événements et aussi par notre mariage, nous étions épuisés.

N'ayant plus à nous cacher nous avions quitté la maisonnette de nos amours clandestines pour vivre à Château l'Arc, la propriété que Bernard possédait près d'Aix-en-Provence.

Quelques jours après notre rencontre à Saint-Tropez, Bernard y avait fêté ses trente ans et je connaissais le domaine en tant qu'invitée. C'était tout autre chose d'y être devenue maîtresse de maison.

J'avais oublié le luxe de ma petite enfance et je consacrai les premières semaines à mon apprentissage. J'avais été désorientée par l'excès de bruit que suscitait ma nouvelle position et je commençais seulement à m'y habituer. Au fond c'était assez naturel. Ma vie avait changé du tout au tout. De chanteuse de boîtes de nuit à femme de lettres, de célibataire endurcie à jeune mariée, j'avais fait deux sauts dans l'inconnu et pas des moindres!

L'amour prenait toute la place. La carapace d'indifférence dans laquelle je m'étais réfugiée, et que je prenais pour une seconde peau, s'était écaillée sans que j'y prête attention. En m'ouvrant au bonheur j'étais devenue vulnérable... J'ai été blessée par la haine que mon mariage déchaînait chez mes anciens complices. Ils me reprochaient d'être heureuse. Une curieuse conception de l'amitié. Leur méchanceté m'a rendu service. Désormais, tout ce qui ne serait pas « nous » deviendrait « les autres ». Je voulais qu'on nous aime ou qu'on nous déteste ensemble. Cela m'a évité d'attacher de l'importance à des opinions trop souvent partisanes. Que ce soit dans ma vie privée ou professionnelle, je suis restée mon seul juge et, n'étant pas indulgente, je peux jurer que ce choix n'a pas été celui de la facilité.

Grâce à Bernard, j'ai connu des hommes exceptionnels. La première fois que nous avons pris la voiture pour aller à Manosque, où Jean Giono nous attendait à déjeuner, j'étais terriblement intimidée. Je le revois toujours comme je l'ai regardé cette première fois. De multiples rencontres ont suivi celle-là sans jamais effacer une séduction que j'ai ressentie avec force. L'œil d'un bleu inoubliable dans le visage d'un doge et la tranquillité que donne la certitude de plaire. Je l'écoutais, fascinée et je reste persuadée qu'il aurait pu me faire croire les plus énormes mensonges. Un conditionnel bien inutile, car il ne s'en privait pas. Sa vérité, pour irréelle qu'elle fut, était trop belle pour qu'on la réfute. Elle a fait de Manosque un paradis provençal! La maison, que je dirais modeste pour ne pas user du mot quelconque, devenait un palais par la seule présence de ce grand seigneur.

Sa femme, exquise, discrète, émouvante de simplicité, y était souveraine. La gloire n'avait pas entamé un mode de vie ancestral, le calme était partout. La prétention n'était pas admise dans cette demeure.

Bien plus tard, venu déjeuner à Château l'Arc, et sirotant avec délice un Campari contre l'avis de son médecin, il avait brusquement cessé de contempler la belle couleur de son verre pour me demander où j'en étais de mon travail. Comme je me plaignais des difficultés et des doutes qui m'habitaient, il s'était presque fâché :

— Rien n'est plus facile que d'écrire un roman. Laisse-toi aller. Tu décris une route; un homme marche le long du fossé...

— Oui, et après?

— Tu le suis et tu racontes!

Recette simple, qu'il a admirablement maîtrisée et que j'aimerais savoir imiter.

Le destin a voulu que je sois, depuis l'enfance, entourée

de grands hommes. Les premiers étaient les amis de ma mère; ensuite, dans la pépinière que fut Saint-Germain-des-Prés, les miens. Et enfin, ceux de Bernard.

Il en est un pourtant qui a eu une trop grande influence sur moi pour que je passe sous silence nos rapports. C'est Georges Simenon qui a fait de moi un écrivain, et ce bien avant que je ne le connaisse. Je devais avoir douze ans. Mon père, considérant probablement que j'avais avalé suffisamment d'Alexandre Dumas, me donna *Les Inconnus dans la maison*. Mon premier livre d'adulte. Ce fut un choc, une révélation. Je découvrais, comme ensuite dans l'alcool, la possibilité d'échapper au quotidien en m'évadant dans la lecture. La clarté de son écriture, le génie du détail, la sensation d'entrer dans son histoire, de connaître les gens qu'il dépeint, de sentir les odeurs, m'émerveillaient. Plus fascinant encore, à l'approche de l'adolescence, j'apprenais ces choses de la vie que l'on dissimule aux enfants; j'évoluais dans des milieux divers, dont certains m'auraient été résolument interdits; je ne comprenais pas toujours le comportement des personnages, d'autant qu'à l'époque, nous étions tenus à l'écart des questions sexuelles; manquant d'expérience, évidemment, mais de références aussi, je laissais faire l'imagination. Je n'étais pas choquée, fût-ce des pires turpitudes; par contre j'étais intriguée. Il me semblait extraordinaire que le corps puisse exercer une si grande influence sur l'esprit. J'avais pour Simenon une admiration sans borne, à laquelle je suis restée fidèle. J'ai lu, et je relis toutes ses œuvres...

En ce temps-là, je voulais être peintre et ma gourmandise de lecture ne me détournait pas de cet objectif. Je voyais en Simenon une fenêtre ouverte sur le monde des grandes personnes, sans pour autant éprouver le désir d'être écrivain. Je n'imaginais pas qu'un jour j'aurais avec lui de longues conversations; à plus forte raison, et même en rêve, je ne songeais pas à une amitié entre nous.

J'avoue que pendant que je rédigeais mon premier roman, je pensais souvent aux siens. Non pour les imiter, mais dans la volonté de rester accessible à tous en surveillant la netteté du langage.

Un an après, j'étais mariée; mon livre publié, je travaillais sur le suivant. Un mois de mai radieux.. Mon anniversaire était une excellente excuse pour une gigantesque fête. Nous nous étions accordés une semaine de vacances et avions décidé d'aller à Cannes où le Festival attirait plusieurs de nos amis.

Simenon présidait le jury. Je savais que Bernard avait exécuté un décor pour un ballet de Roland Petit dont l'argument était de Georges, mais j'ignorais que cette association fugace avait créé entre eux un lien profond.

Je l'ai aimé d'emblée. Comment n'aurais-je pas été attirée par l'auteur d'une œuvre qui m'avait initiée aux joies de la lecture? Non seulement nous ne sommes plus quittés pendant huit jours, mais une fois les prix décernés, Denise et Georges sont venus nous rejoindre à Château l'Arc. Un marathon de nuits blanches, des flots d'alcool, un dialogue fou ou sage selon les heures, avaient créé entre nous une intimité accélérée, une amitié que rien n'est venu ternir.

Après les soirées turbulentes de Cannes, nous étions heureux de retrouver le calme de la campagne aixoise. Nous buvions autant mais les conversations étaient différentes. Stendhal, Balzac, Maupassant et Zola semblaient présents tant nous débattions à leur sujet. Georges prenait mon travail au sérieux. Il m'a beaucoup appris.

Notre dernière rencontre est vieille de douze ou treize ans. Je chantais à Genève et je lui ai téléphoné. Il n'avait pas encore divorcé; Denise n'était pas avec lui. On la soignait ailleurs. Il s'est montré heureux de me savoir proche et je n'ai pas résisté au plaisir d'aller le voir. J'ai retardé mon départ jusqu'au lendemain. Il m'a envoyé sa voiture. Sortant d'une superbe Rolls, un chauffeur en livrée m'a ouvert la porte de son carrosse en dissimulant mal la réprobation que lui inspiraient mes jeans et mon blouson de cuir. Nous roulions vers Lausanne avec une lenteur helvétique; tout en craignant d'être en retard pour le dîner, je me demandais comment j'allais trouver Georges et aussi quels étaient les autres invités. Il habitait la grande maison d'Epalinges où nous n'étions jamais venus.

Il m'attendait sur le pas de la porte, seul. Notre unique

tête-à-tête. Il m'a entraînée dans son bureau. Comme Bernard, il ne buvait plus, mais il avait préparé pour moi un plateau avec du scotch, un seau de glace et un verre. Nous avons parlé, oubliant l'heure et le temps. Il analysait notre couple, le mettant en parallèle avec le sien. Il insistait sur la difficulté qu'il y avait à partager le quotidien d'un génie. Il voulait que je préserve ma propre créativité; il me reprochait les doutes qui freinaient mes élans, me conseillait de donner plus que je ne l'avais fait. Il m'interdisait formellement un complexe d'infériorité qui ne serait qu'un faux prétexte pour abandonner. Je n'étais pas faite pour l'ombre. Sur ce point précis, j'étais de son avis. Mais quand il se comparait à Bernard et me mettait en garde contre la destruction involontaire qu'ils semaient autour d'eux, je ne l'étais plus. Je n'ai pas osé lui dire qu'à génie égal, ils étaient affectivement très différents... Ni que j'étais plus solide que Denise.

Il m'a fait visiter les lieux dans les moindres détails, puis nous avons traversé le jardin pour voir la piscine olympique où il nageait tous les matins...

L'image de cet homme supérieurement intelligent, d'une bonté rare, avec l'apparence de la tranquillité, mais que je devinais déchiré d'une atroce solitude, rongé de remords immérités, m'a bouleversée.

Je l'ai quitté vers deux heures du matin, le laissant dans le désert de cette immense demeure. Je ne l'ai pas revu. Nous nous écrivons de temps à autre. A un certain degré d'amitié, l'éloignement n'a plus la moindre importance.

Les vacances scolaires ont pris fin comme elles avaient commencé, mal! J'ai poussé un soupir de soulagement quand Nicolas est parti. C'est la première fois que nous nous séparions avec plaisir.

Dire que tant de mauvais ménages subsistent grâce aux enfants! A l'inverse, nous leur devons nos rares disputes. L'harmonie malgré eux!

Je suis la plus déplorable éducatrice qui soit. Une lacune qui n'a rien de mystérieux : Pour être convaincante, il faudrait que je croie à ce que je prône... Pendant le dîner, j'ai fait une tentative de conversation, espérant qu'elle deviendrait générale. Je reconnais que je n'étais pas aimable. J'avais des excuses à cette mauvaise humeur. Depuis dix jours, Nicolas fait systématiquement le contraire de ce que je lui demande, quand il ne se contente pas de ne rien faire du tout. Il ment et désobéit le plus tranquillement du monde. Je n'ai pas les nerfs assez solides pour sourire de cette contestation aussi nonchalante qu'obstinée. Bernard a interrompu cet échange aigre-doux en posant sa serviette sur la table comme on jette l'éponge dans le ring. Il n'était pas en colère mais il avait l'air fatigué.

— Votre petite guerre est ennuyeuse, inutile... Laissez-moi me reposer dans le calme!

Phrase anodine qui mettait fin à une dispute d'enfants! Pendant qu'il y était, il aurait dû nous envoyer jouer ailleurs! J'étais furieuse qu'il me traite comme une gamine. Nicolas avait l'œil rieur. Évidemment! Il prend l'attitude de son père pour une tacite complicité. J'étais vraiment fâchée; lasse aussi d'avoir le mauvais rôle.

Dans ces moments-là, j'aimerais savoir bouder. J'essaie. Une catastrophe. Je suis trop distraite. Une idée me passe par la tête et oubliant que, drapée dans ma dignité, je suis supposée faire la gueule, je jacasse gaiement, ce qui flanque ma stratégie par terre.

Aujourd'hui, si je suis calmée, je reste perplexe. Parce qu'il a raison, Bernard... Mes tentatives de sévérité sont totalement inutiles; à l'inverse, le climat que crée cet antagonisme est détestable. Quelle mouche me pique brusquement pour que je revête la tenue de combat? Est-ce qu'on se bat pour défendre une cause à laquelle on ne croit pas? Chaque fois que j'esquisse un pas vers ce qu'il est convenu d'appeler la morale bourgeoise, je dérape. Mon numéro de mère noble assumant ses responsabilités me va comme des bretelles à un canard.

Il me semble que depuis que je ne bois plus, ces crises,

genre femme de devoir, sont plus fréquentes. Est-ce que je serais en train de punir mes mômes de ce que leur existence m'oblige à me soigner? Ça serait dégueulasse... J'exagère! je m'accuse à tort et à travers. Il est possible que je sois plus chiante qu'avant et trop sage, mais la vengeance n'est pour rien dans mon désir de secouer mon gamin. En fait, si ce grand dadais n'obtient pas la moyenne suffisante pour passer en quatrième, il sera dirigé vers une école technique. Je n'ai rien contre le travail manuel. Je ne connais pas de plombier au chômage et j'attends le menuisier depuis deux mois, pour ne citer que ceux-là. Ni Bernard ni moi n'avons le moindre diplôme. Si nous n'étions pas célèbres, je serais même enchantée de le voir confronté à une vie plus réelle que la nôtre. Autant c'est pratique d'avoir un nom quand on veut réserver une table dans un restaurant, une place d'avion, autant c'est difficile d'être le fils de Bernard Buffet! La politique, qui s'infiltre partout, fausse même les rapports des gosses. Quelle serait la position de Nicolas au milieu de gamins dont les pères sont ouvriers, quand ils ne sont pas sans travail!

Ceci pour justifier mes exigences... La loi m'interdit de le garder à la maison. Si je demandais conseil à une bouteille de scotch, j'enfreindrais sans hésiter cet ukase.

Le pire est que je sais que j'aurais raison. Là-bas il apprend l'ennui. Il côtoie la médiocrité et rien n'est plus contagieux. Il parlait un beau français; il a pris l'habitude de le parsemer de ces mots à la mode que l'on entend partout. Même ses gestes n'ont plus cette élégance innée que j'aime tant. C'est vrai qu'il est à l'âge où l'on veut se noyer dans la masse, être comme les autres. Comme si c'était possible dans son cas! En me retirant ma potion magique, on m'a coupé les ailes... Vais-je m'engluer dans le conventionnel? Où est cette force qui me faisait braver l'ordre établi, qui me rendait indomptable?

J'ai voulu que mon fils soit interne et je ne suis pas très fière de cette décision. Je commence même à la regretter. On ne lui enseigne rien de ce que j'aime. Littérature, histoire de France, histoire de l'art, connaissent pas... Aucun intérêt. Mais les mathématiques, l'informatique, c'est parfait pour former les robots de l'an 2000. Quelle horreur... Je hais cette vision du futur.

J'aurais dû revendiquer le droit à la différence. Ne pas céder au troupeau des « grandes personnes », refuser ce qu'ils affirment raisonnable et qui, à mes yeux, est absurde. Il faut réinventer les Peaux-Rouges d'avant les réserves et défendre un mode de vie qui est le nôtre. Nicolas se veut libre; c'est une qualité, je la partage. Libre les uns des autres... mais libre ensemble. Unis par la tendresse et seulement par elle. Et qu'on ne vienne pas me dire que je choisis la facilité! N'obéir qu'à soi-même, assumer la terrible solitude d'un face-à-face avec sa conscience, n'est pas précisément une partie de plaisir!

Pourquoi est-ce que je me contente d'aboyer mes rancunes? Qui me rendra le courage d'obéir à mes instincts? Si je n'étais pas si lasse... Comment vaincre la fatigue dans laquelle je m'enlise au point d'oublier que je suis un Indien? Je ne veux pas entrer dans le rang, je ne veux pas appartenir à la meute des matérialistes, assoiffée de pouvoir, aveugle à la beauté, sourde à tout ce qui n'est pas à vendre ou à acheter. Je vais essayer, mon Nicolas, pour toi, pour nous... L'injustice qu'il y a à t'avoir enfermé fouette ma colère, m'ouvre les yeux sur la faiblesse dans laquelle je m'englue. L'impuissance et le découragement reviendront, mais je vais me battre. Il ne sera pas dit que je suis incapable de garder la tête haute avec un verre d'eau à la main!

J'aime la nuit... Il me semble qu'aussi loin qu'il me soit possible de remonter le cours de ma vie, j'y retrouve cette fascination. Déjà toute petite, aller me coucher m'était une frustration. Je croyais qu'on me privait de moments extraordinaires. La nuit rejoignait les abus de chocolat, sortir seule dans la rue, ne plus avoir de nurse, toutes ces grandes ambitions qui s'accompagnaient de la phrase rituelle :

— Quand tu seras grande, tu feras ce que tu voudras.

Je n'ai non plus jamais eu peur du noir. J'évitais seulement de désobéir à maman : quand elle était fâchée, elle ne venait pas me dire bonsoir et je n'imaginais pas qu'il puisse exister une punition pire que son absence. Après sa mort, ce goût pour l'activité nocturne s'est développé et même organisé. Dormir, c'était risquer le cauchemar. J'avais, cachés dans ma chambre, une lampe électrique, des bonbons, des gâteaux secs, des livres et, dès que l'heure d'éteindre arrivait, je faisais semblant d'obtempérer. Puis, mes pieds sur l'oreiller (au cas où quelqu'un viendrait vérifier, il fallait qu'en entrouvrant ma porte il y ait l'ombre et le poids de quelque chose à cet endroit), j'installais mon campement sous les draps. Je lisais, je me racontais des histoires, je passais des heures exquises... Les années passant, la nuit m'est devenue indispensable. Je ne parle pas de celle des cabarets ou cafés; non, c'est la nuit en tant que telle qui m'est si précieuse. La lune me fascine, et puis les bruits, mystérieux au début, que l'on apprend à reconnaître et qui finissent par identifier les lieux auxquels ils appartiennent : A Saint-Tropez, le cri des mouettes, les paons de la Citadelle qui, dès que le vent d'est s'approche appellent un Léon qui ne vient jamais... le grondement de la mer, ou son glissement lent et soyeux, selon qu'elle est furieuse ou tendre. A Saint-Crespin, la forêt la remplace, aussi vivante, avec le bruissement du vent dans les arbres, le ululement d'une chouette, les cris des oiseaux, tous différents, et d'autres animaux que je ne connais pas mais dont le bavardage m'est familier... A Paris rien de tout cela, un inlassable bruit de moteurs m'oblige à fermer les fenêtres.

En cessant de boire j'ai perdu la possibilité de veiller. La vie saine me jette au lit, épuisée. Et puis, peu à peu, j'ai récupéré sur le matin ce que je perdais le soir. Je me lève de plus en plus tôt, et je retrouve ce qui m'enchantait autrefois, dans ces nuits que je prolongeais jusqu'à la limite de mes forces. Le même calme, une intimité exquise, cette fausse solitude, puisque je sais que je suis entourée de mes dormeurs, mais solitude quand même...

Des heures dont l'essentiel est consacré à l'écriture,

aussi à la rêverie et, quand j'en éprouve le besoin, à faire le point. En fait, quand j'ai une vraie décision à prendre, c'est dans ces moments-là qu'elle se concrétise.

Ce matin je suis à Paris et pour une fois je m'y sens plutôt bien. Bernard doit aller à l'imprimerie mettre au point sa dernière lithographie, ce qui fait entrer ce séjour parisien dans le cycle travail. J'ai donc apporté mes cahiers. Bernard est extraordinaire... nous ne nous quittons pour ainsi dire jamais; parfois j'ai l'impression de tout connaître de lui, et pourtant il reste secret. C'est un tueur d'ennui. L'inattendu coule dans ses veines. Il ne cherche pas à surprendre. Il est surprenant sans même en avoir conscience.

Hier soir, par exemple...

Je jouais avec les chats, espérant faire galoper les minutes, qui s'y refusaient. Les fins d'après-midi, ces frontières entre le jour et la nuit, ces zones grises qui séparent le responsable du funambule : je les ai toujours redoutées, et maintenant je les déteste, elles sont sans hésitation possible les moments où boire me manque le plus. Même quand tout va bien, quand je suis contente de mon travail, quand la soirée qui s'annonce est agréable, bref quand rien ne devrait m'assombrir, dès que cet instant (qui porte si bien son nom, « entre chien et loup ») s'amorce, j'ai envie d'alcool. Ce n'est pas un désir fugitif; j'ai soif de scotch comme on peut avoir faim. Donc, pour doubler ce cap, je m'amusais avec mes fauves miniatures...

Bernard lisait, absorbé, presque en voyage, et j'ai sursauté en l'entendant brusquement me parler. Il s'agissait de Nicolas... les enfants entrent dans notre dialogue et en sortent tout naturellement. Nous sommes si étroitement liés tous les cinq que nous ne pensons que les uns par rapport aux autres. Cette fois-ci, le ton était très différent. Je suis accoutumée à l'indulgent, au distrait, à celui qui « sait jouer super-bien » (comme disent les enfant), ou à l'homme fatigué qui se met en colère et qu'un sourire, un geste tendre fait fondre. Et puis, j'ai gardé, de l'époque où Bernard était trop fragile pour subir les multiples soucis qui incombent à un chef de famille, le rôle déplaisant de punisseur. Or, malgré tout ce que j'ai passé sous silence, j'ai découvert qu'il savait fort bien à qui il avait affaire. Hier j'ai fait connaissance avec quelqu'un que je ne soupçonnais pas, un père.

Je suis soulagée à un point que je ne saurais dire. Élever un petit garçon n'était pas un problème; cela me semblait même plus facile qu'avec ses sœurs. Depuis qu'il aborde la puberté, qu'il devient un jeune mâle, il a besoin d'un homme pour l'aider...

Bernard est décidé à prendre son fils en main, et par-là même, me délivre d'une tâche qui débouchait sur un échec. J'ai été impressionnée par la justesse de son analyse, et surtout intéressée par le parallèle qu'il a tracé entre l'éveil de la sexualité chez un garçon et celui des jeunes filles. Il semble qu'il est plus violent, plus bouleversant à vivre pour eux que le nôtre. Je le crois volontiers. Premier point important, la femelle à âge égal, a une plus grande maturité. J'ai déjà dit ce que je pensais de notre incapacité à préserver notre enfance et combien je trouvais cela désolant. Si j'en fais état, ça n'est en aucun cas par vantardise. C'est d'ailleurs un fait reconnu par la loi, puisqu'il nous suffit d'avoir quinze ans et trois mois pour nous marier alors qu'un garçon doit attendre dix-huit ans pour avoir ce droit.

D'autre part, notre approche strictement physique de la sexualité n'est en rien comparable. En ce qui me concerne, si à treize ans j'aimais déjà plaire, si je faisais d'instinct l'apprentissage de la séduction, je n'ai pas le souvenir d'avoir éprouvé un vrai désir. Francine non plus, elle me l'aurait dit. Certes la guerre nous privait d'hommes jeunes. Ils étaient soit au travail obligatoire, soit prisonniers, soit dans le maquis. A moins qu'ils ne soient cachés pour échapper à ces trois possibilités. Situation qui aurait pu expliquer notre froideur. Quand mes filles ont eu cet âge, je chantais encore et, entre mes compositeurs et mes musiciens elles ne manquaient pas d'éventuelles victimes, or je n'ai pas remarqué le moindre trouble dans leur comportement. Je crois que nous sommes plus marquées par les inconvénients physiques inhérants à la mutation qui nous fait femmes que préoccupées par les avantages qu'elle nous promet. Où nous sommes nettement privilégiées c'est, si j'ose dire, dans la mise en circulation de ce sexe tout neuf. Dès qu'une jeune personne décide, soit par curiosité, soit par sensualité véritable, soit pour faire comme les copines, ce dernier motif étant à mes yeux lamentable, mais il existe, bref, lorsque notre néophyte choisit de perdre sa virginité, elle trouve aisément un professeur de plaisir. Surtout depuis l'avènement de la pilule! Autre avantage et qui n'est pas négligeable, on ne nous demande rien d'autre que de nous laisser faire. Notre ignorance en la matière n'est-elle pas la preuve de notre pureté?

Pour un adolescent, il en va tout autrement. Première difficulté : la timidité. Crâner avec les copains, jouer les durs à la maison n'enlève rien à la paralysie qui s'empare de ces terreurs quand ils doivent aborder une représentante du sexe opposé. Comment doit-on s'y prendre? Ne vont-ils pas être ridicules? Certes, ils ont lu quelques journaux spécialisés; certains ont vu des films pornos sur la vidéo des parents. Ce n'est pas un bagage énorme pour se lancer dans l'aventure!

Si la dame est de petite vertu, ils ont tout aussi peur. Obsédé par le sexe, le gamin se désintéresse de tout le reste. Sottise de demander à un jeune mâle en rut d'être raisonnable. Il se moque bien de ses études, de son avenir! Il n'est plus qu'un corps affamé...

Oui, Bernard avait raison. J'étais maladroite avec Nicolas. Je n'avais vu que sa paresse sans chercher à en comprendre l'origine. Il devient trop grand pour accepter une autorité féminine. Je vais laisser mes hommes agir à leur guise. Tant pis si le plus jeune prend ma subite indulgence pour de la faiblesse. S'il n'a pas la virilité bête, il devinera que mon changement d'attitude est dû à la compréhension. Je me demande comment était Bernard face aux mêmes tourments de la chair? Son visage et celui de son fils se superposent dans mon imagination. L'un comme l'autre sont gourmands de plaisir. L'aîné s'est forgé une cuirasse de discipline; le plus jeune saura-t-il juguler un appétit qui promet d'être vorace?

La force de notre trio est la tendresse. Si nous ne brisons pas le cercle magique, si nous restons blottis dans la bulle de cristal qu'est la confiance, tout ira bien. Nous ne sommes pas faits pour respecter des conventions dictées par une société basée sur l'hypocrisie, le pouvoir et la cupidité. L'école, la morale bourgeoise, l'armée ne manquent pas de clients. Ils peuvent en perdre un! Moi, je veux que mon fils soit heureux. Je ne lui demande que de respecter la liberté des autres. Le reste est son problème. On bâtit sa vie tout seul... Seul, qui ne l'est pas! Ce qui me semble important est ailleurs. Je revendique le droit au désordre, au mouvement, au déraisonnable... Je pleure sur un passé qui faisait de moi un chat sauvage, un Indien sur un cheval non sellé, libres tous deux de galoper vers l'horizon; l'adolescente qui continue à habiter ma cinquantaine me reproche d'être trop sage, trop responsable... J'ai assez dit mon penchant inné pour la solitude; en y ajoutant l'introspection j'ai aggravé mon cas. Je suis depuis quelques mois totalement en marge, comme si cette fouille dans le passé, jointe aux précautions naturelles que je dois prendre pour éviter une rechute, et à l'effort que représente un nouveau départ dans une vie différente, m'avaient isolée sur une autre planète. Les voyages dans l'espace ne font pas peur aux enfants. Nicolas n'hésite pas à débarquer sans prévenir sur ma lointaine planète. En grandissant il prend de l'assurance. Son rire, ses enthousiasmes, son attirance pour l'inconnu, pour le plaisir sont-ils contagieux? Il piaffe d'impatience et me fait du charme pour que je vienne partager ses jeux. Il veut que je lui apprenne les règles des miens. Ne m'a-t-il pas dit récemment, la voix teintée d'admiration : « J'aurais voulu avoir votre âge pour faire la fête avec vous! » Sans lui, est-ce que j'accepterais de quitter un isolement qui ressemble de plus en plus à un ermitage? Bien enveloppée de coton, sourde à tout ce qui n'est pas moi, protégée par cette indifférence, je me complais dans un état qui me sécurise dans l'immédiat, mais qui, à courte échéance, peut devenir une sclérose. Ce jeu de « triche-mémoire », qui me sert d'analyse et m'évite le divan du psychiatre, est aussi un livre. Seulement il ne comptera qu'un seul volume. De quoi vais-je parler? sur qui vais-je écrire si je m'obstine à rester séquestrée dans un égoïsme qui était utile pour reprendre pied, mais qui sera stérile dès que je me voudrai romancière! Je ne suis qu'une éponge et si je n'absorbe pas ce qui m'entoure, si je persiste à me couper de l'extérieur, je ne saurai pas inventer. La seule création dont je suis capable réside dans le regard que je pose sur les gens, dans la façon dont je les entends. Faut-il encore que ces gens existent. C'est là où Nicolas intervient. Plus que ses sœur au même âge, il exige mon avis sur toutes sortes de choses et par-là même m'oblige à sortir de ma réserve. Il me force à vivre avec lui, à écouter ses disques, à discuter de ce qui l'intrigue, le choque ou l'attire. Oui, sans le savoir, il me rend un immense service. Il m'insuffle sa jeunesse. Ma fureur contre son collège n'est rien d'autre qu'une révolte partagée. Je n'ai pas de soucis à me faire sur l'influence qu'il risque de subir. Il ne sera sûrement pas un robot. Indiens nous sommes, Indiens nous resterons. Forte de cette constatation, je vais m'obliger à secouer ma quiétude plus souvent. Une opération que j'ai déjà tentée depuis quelque temps et qui n'est pas de tout repos; qui peut même être terriblement irritante...

Rencontrer des gens que je ne connaissais pas avant ne me pose aucun problème. Ce sont les autres qui arrivent facilement à me mettre hors de moi! J'ai la sensation qu'on cherche à me récupérer à des fins publicitaires. Quelle absurdité! J'entends des propos aberrants. Tout juste si on ne m'invente pas des mobiles pour glorifier cette sobriété, alors que je ne suis même pas certaine d'en connaître moi-même la véritable cause. Un prêchi-prêcha indécent de sottise, que seuls mes médecins ne se sont pas autorisé. Je ne me laisserai pas capturer par ces chevaliers d'une fausse morale. Ils seraient capables de faire de moi une mascotte de la lutte contre l'alcoolisme! Qu'on laisse cette méthode de bourrage de crâne aux Américains. Je ne marche pas. Aucune manipulation ne me forcera à prêcher le contraire de ce que je pense. Foutez-moi la paix. Non je ne regrette pas d'avoir bu. Mon unique regret est de ne plus boire!

Si j'avais la possibilité de recommencer ma vie, je retournerais fouiller les placards de Lucie à la recherche d'une potion magique à siroter dans mon arbre.

Je n'ai aucune aptitude pour le remords. D'ailleurs, dans l'éventualité de cette utopique récession d'une vie revue et corrigée, je ne gommerais ni l'éthylisme, ni mes autres excès! Je sais que j'ai commis des actes plus ou moins avouables auxquels s'ajoute un nombre confortable de conneries. Et après! Ces expériences, les bonnes comme les mauvaises, m'ont faite ce que je suis. Or, je m'aime bien. Je ne m'ennuie jamais. L'ennui, la pire des maladies, je le fuis dès que je l'aperçois. Dans quelques dîners, il a essayé de se faire présenter par mes voisins de table; j'ai refusé depuis toutes les invitations qui risquaient de me remettre en présence de l'ennui. L'ennui n'a pas insisté longtemps. Il a dû sentir qu'il n'avait pas l'ombre d'une chance d'entrer dans mon intimité.

Je plaisante sur l'ennui, mais cette légèreté un peu narquoise n'est qu'une attitude. Elle masque une réelle répulsion. Entrevoir l'ennui suffit à me rendre agressive, tant je suis persuadée que ce cancer de l'esprit est contagieux. Mes redresseurs de torts en sont drapés comme d'une toge. Laissez-moi donc tranquille. Est-ce que je me mêle de vos petits bobos? Non? vous voyez bien. Chacun fait ce qu'il croit devoir faire et c'est parfait comme ça. On meurt tôt ou tard d'éthylisme ou de soif. On peut même se promener tranquillement dans la rue et recevoir un pot de fleurs sur la tête.

J'ai du mal à ne pas voir un désir de revanche dans cette obstination à me compter parmi les chantres de la sobriété. Ils ressemblent à ces gens qui, sous prétexte qu'ils ont accompli leur service militaire, trouvent inadmissible que leurs enfants y échappent. Ils ont des gueules de frustrés de l'aventure. Ah! s'ils avaient osé se soûler! des fantasmes promènent devant leurs yeux avides tout ce qu'un puritanisme imbécile leur a interdit : les belles filles à la croupe appétissante qu'ils n'ont jamais assises sur leurs genoux, les fous-rires, les soirées entre copains, ce gigantesque appétit de vivre que déchaîne le courage de se laisser aller aux excès!

Leur existence se chuchote, la mienne se chante à tue-tête sur un air de Brassens. Je n'y suis pour rien s'ils se sentent pauvres, ces avares d'eux-mêmes! Me demander d'abjurer l'alcool c'est exiger le reniement de tout ce que je suis. Je ne veux pas être différente et c'est même ce qui est le plus difficile, ce pour quoi je lutte depuis des mois!

Je m'échine à rester la même, à récupérer l'enthousiasme, l'optimisme, la joie, la générosité que l'alcool exaltait!

J'en ai ras-le-bol de patauger dans l'eau claire. Je suis là à fouiller le passé, le présent, pour cerner les causes qui m'ont incitée à me désintoxiquer. Cette recherche peut m'aider à éviter une rechute; quant à déterminer ce qui m'a fait entreprendre cette cure, c'est on ne peut plus simple, je n'avais pas le choix! A moins qu'on ne considère que l'autodestruction en est un. Moi je n'y crois pas, en tout cas de cette façon. Vouloir, en toute connaissance des faits devenir un déchet humain est, à mon avis, du ressort de la maladie mentale. Or la folie que je prône parfois n'est que l'imagination débridée, pas celle qui mène à l'asile d'aliénés...

A force de démonter le meccano qui me sert de tête, dans l'espoir d'en comprendre le fonctionnement, je commence à en connaître le mode d'emploi. Il était temps. Je n'avais pas perdu tout espoir de me réconcilier avec moi-même mais je sentais poindre le découragement. Renoncer, c'est rester dans l'état actuel. Or, que ce soit dans mon tonneau, pendant les dernières semaines où je l'occupais, ou dans la source d'eau fraîche que j'habite aujourd'hui, je flottais, mais ne nageais plus. Suis-je condamnée à faire la planche, à me laisser ballotter au gré des circonstances, ou vais-je réussir à remettre le moteur en marche et à tourner au rythme qui me convient?

Si je gagne ce dernier combat, je peux ranger ces deux années de galère au magasin des accessoires et les y oublier. Si je perds, je reste ce que je suis actuellement. Un paquet-cadeau du 1er avril, un emballage amélioré, lissé par les soins, enrubanné de sagesse, et ne contenant rien! Ça ne peut être ainsi! même la mort est attirante à côté de la perspective de ces années vouées à n'être qu'inutiles et qui me guettent si je me montre assez faible pour déposer les armes. C'est exaspérant, par moments, de se dire que notre siècle restera celui des grandes découvertes scientifiques et que, dans certains domaines, il n'a pas avancé d'un pas!

Une réaction que j'ai les jours de défaitisme et que je sais de mauvaise foi, parce qu'en réalité cette certitude m'enchante. On m'a déjà volé la lune... maintenant, je dois m'inventer des planètes exclusivement réservées aux piétons pour laisser gambader mes rêves! Alors que des hommes vont se balader là-haut, et que des bambins manient des jouets électroniques avec une aisance qui semble innée, personne ne parvient à percer le mystère de la pensée. Peu à peu je m'accoutume aux robots; je ne sais pas si j'irai un jour jusqu'à éprouver pour eux de l'affection. J'admets, comme tout le monde, que le progrès facilite le quotidien. Le téléphone que je déteste quand il sonne m'est précieux quand c'est moi qui appelle. Je suis esclave consentante de la fée électricité. Je n'ai pas le virus de l'automobile, boire ou conduire il faut choisir, c'est ce que j'avais fait! J'apprécie moins l'existence de ces nouvelles machines dans lesquelles nos identités sont répertoriées. L'idée d'être réduite à l'état de fiche numérotée me déplaît... enfin peu importe.

L'incapacité de quiconque à pénétrer le cerveau humain reste indéniable. Dans le domaine artistique, la machine imite mais ne crée pas. Le privilège est inviolable. On ne fabrique pas un Wagner, un Baudelaire, un Van Gogh. On ne fabrique aucun artiste. Je me demande jusqu'à quel point on a le droit de soigner leur cerveau... c'est si fragile le mécanisme intérieur d'une tête.

Je ne prétends pas qu'il faille vivre dans le désordre pour pouvoir écrire. Ce serait absurde. On ne provoque pas le processus de création à volonté. Je n'ai cherché qu'à le faciliter. L'alcool faisait ronronner mes idées. Quant à la très légale chimiothérapie, elle ne le remplace pas. Elle peut en pallier le manque, parfois en singer les effets, mais les égaler sûrement pas. Je ne sais pas ce qu'il en est des autres. Ce sont des choses que l'on n'échange pas comme des recettes de cuisine! Pour moi, le rite est essentiel. C'est assez difficile à exprimer en mots, je ne trouve pas de comparaison plus proche ailleurs que dans l'amour charnel. J'aime m'y préparer, les heures qui le précèdent me sont infiniment précieuses : penser à ce qui va être, le désirer, l'attendre, se parer, se parfumer, faire de chaque geste une offrande au plaisir que l'on va donner et recevoir... la fête des corps reste un émerveillement et je l'envisage mal autrement que comme une cérémonie. A l'époque où je chantais il en était de même. J'arrivais très en avance au théâtre. Je prenais le temps de faire de ma loge mon territoire et c'est en me maquillant (ce que je déteste faire d'ordinaire), en peignant mes yeux de noir, en me poudrant, en revêtant ma tenue de scène, que naissaient en moi l'impudeur, le plaisir anticipé, qui font que le rideau passé, j'osais me donner à des inconnus. J'ai suffisamment décrit ma tanière, mes cahiers et mes diverses manies pour que l'on sache qu'ils sont les rites qui m'accompagnent dans l'écriture. J'avais des rapports identiques avec l'alcool, lesquels précédaient ou se mêlaient d'ailleurs à ceux de l'amour et de la chanson. Du scotch en pilules ne me ferait pas le même effet que le bel or liquide qui remplit un verre; il me manquerait son odeur et son impitoyable brûlure. Un médicament, aussi génial soit-il, ne m'apporte ni la poésie, ni l'atmosphère, ni le plaisir physique que je recevais en buvant.

Comme l'encens et le parfum des cierges, aussi païens soient-ils, peuvent aider la prière, le décorum dont j'entourais mon éthylisme provoquait l'intensité des sentiments et des sensations.

En supprimant l'usage des potions magiques, j'ai eu à retrouver, sans l'aide de philtre, un climat susceptible de me faire sortir de moi-même. J'ai subi une longue traversée d'un désert qui n'est autre que l'impuissance, une brisure de la personnalité profonde, presque insoutenable, la perte de quelque chose de rare, d'indéfinissable... oui, c'est un peu comme un deuil, la mort d'un irremplaçable ami.

Et l'on voudrait que je parle de l'alcool avec dédain! Pendant quarante ans il a été ma force, mon oxygène, ma santé morale et l'encre de mon stylo! Ne vous mêlez pas de ce qui vous est étranger... Je veux que l'on me laisse tranquille. Je n'ai à être l'exemple de personne. Ni en bien, ni en mal. Les réactions au poison varient selon celui qui en use. Si je m'étais obstinée, si j'étais restée dans mon tonneau, je serais laide, ce qui m'aurait contrariée mais que j'aurais pu oublier en augmentant les doses. J'ai cessé de boire quand j'ai compris que mes excès me condamnaient à une sénilité précoce. C'est la peur du gâtisme qui me fait rester près de la fontaine, rien d'autre. Et c'est elle qui, presque malgré moi (car j'étais déjà assez atteinte pour manquer de lucidité) instinctivement, m'a jetée dans la machine à laver.

Chacun choisit l'éthique qu'il aura à respecter. La liberté est à ce prix. Je me sens redevable de ce que j'ai reçu. Une dette d'honneur, en quelque sorte. Le destin a voulu que je sois aimée par un être exceptionnel. Il m'a sortie de la gouttière où je gambadais avec des matous aussi séduisants qu'irresponsables, pour tromper le désespoir qui me collait à la peau. Tout ce que je suis m'est venu de lui, pour lui, avec lui. Je lui appartiens bien plus qu'il ne le sait. Mais le quotidien n'est pas fait de grands sentiments. Comme un jardin, il n'existe que par la juxtaposition d'un arbre, de brins d'herbe, de fleurs, d'insectes, d'oiseaux.

Un peintre, c'est avant tout deux yeux. Bernard me veut belle, futile, trop gâtée. Je me devais de le rester le plus longtemps possible. Que les Marie-poisons du M.L.F. ne viennent pas prétendre que la séduction est un esclavage avilissant. C'est un jeu passionnant dont je ne me lasse pas; plus difficile quand la partie se joue avec le même partenaire; plus subtil aussi. Les hommes le savent bien, car ils se servent des mêmes ruses pour nous conquérir et sont aussi coquets que nous. Je n'irai pas jusqu'à mettre ma désintoxication au seul compte de la frivolité. Elle y a eu sa place et a été la première bénéficiaire de mon absorption d'eau. Ma transformation physique a été rapide et spectaculaire, ce qui m'a encouragée et aidée à continuer le ménage en grand que j'avais entrepris.

Redevenons sérieux. Si, trop lâche pour me soigner, je m'étais obstinée sciemment dans l'autodestruction, je serais devenue une criminelle. On peut tuer sans armes. Aller au bout de l'ivresse équivalait à me suicider. Fardeau héréditaire, ou veulerie, ou les deux. Avec ou sans excuses, le résultat aurait été le même. La neurasthénie est une maladie très contagieuse. Bernard venait de dépenser une énergie considérable pour se tirer de son propre gouffre; il était encore convalescent. Tôt ou tard je l'aurais contaminé et nous aurions sombré ensemble. Une influence néfaste pour laquelle je ne pouvais attendre aucun pardon... Pendant les jours qui ont précédé celui de la décision définitive, le sinistre ballet des hésitations, de la trouille et de la mauvaise foi, j'ai bien entendu cherché des échappatoires. Bernard n'était-il pas invincible? trop passionnément attaché à sa peinture pour se laisser influencer par mon éthylisme! Personne n'est indispensable. Et si, au lieu d'en crever, j'imposais à mon mari, à mes enfants, la charge d'une folle incurable!

De là à prêcher la prohibition, à feindre la honte du passé et autres âneries du même ordre, il n'en est et il n'en sera jamais question. J'accepte d'être sage parce que je ne peux pas faire autrement. Je me sens incapable d'assumer mon propre mépris au quotidien. Ah! si quelqu'un inventait un traitement miracle qui permette de tout recommencer... Allons, ne rêvons pas. Il y a peut-être plein de bars au paradis.

Maurice m'a demandé d'écrire une préface pour le catalogue de la prochaine exposition. Je suis contente de moi. La détresse que je ressens depuis quelque temps quand on me demande un texte ne s'est pas manifestée. Je n'ai pas immédiatement cherché un prétexte pour refuser. Pourtant c'était facile. Je pouvais prétendre qu'il cherchait à faire plaisir à Bernard ou que l'imprimeur était pressé et que m'ayant sous la main il avait opté pour une solution pratique... Non seulement j'ai accepté tout naturellement, mais en plus j'ai tout de suite réagi en écrivain. Combien de pages voulait-il, pour quelle date; pas l'ombre d'une hésitation. Il y avait longtemps que je n'avais pas ressenti ce petit frémissement de joie qu'éveille en moi une difficulté à vaincre. Reste à m'exécuter, ce qui m'inquiète et m'excite à la fois. Parler de Bernard en tant qu'homme me gêne souvent. Sa vie privée lui appartient, si elle ne s'entrelaçait pas à la mienne, je m'en serais abstenue. Je ne pourrais pas me raconter sans mentionner la place qu'il a dans tout ce que je fais et pense.

L'approche du peintre et de son œuvre est autrement plus ardue.

Dès que je pénètre dans l'univers pictural de Bernard, j'ai l'impression de faire trop de bruit, comme ces gens qui font du tourisme dans une église, oubliant que leur bavardage trouble la prière d'une ombre agenouillée.

Singulière expérience que de vivre avec deux hommes en un! Il y a celui avec qui je dors, je ris, je discute, l'amant, l'inséparable, et l'autre, celui dont j'attends la permission pour entrer dans l'atelier, où je ne parle qu'à voix basse, et sur qui je me suis engagée à écrire.

Heureusement, il arrive à me faire oublier que je partage mon existence avec un géant! Habiter le Louvre serait irrespirable!

Vingt-six années se sont écoulées, ponctuées par le mois de février. Il a remplacé pour nous le nouvel an, que nous ne fêtons d'ailleurs jamais. Le cycle du temps est modulé par le vernissage qui en est le pivot. Il est aussi une fête qui indique la fin des vacances. Dès le lendemain, c'est pour Bernard la rentrée des classes. Même la maladie a dû s'incliner devant l'inexorable :

– Que vais-je faire pour l'année prochaine?

En formulant sa sacro-sainte question, il n'attend bien entendu aucune réponse. C'est sa manière d'annoncer qu'une nouvelle gestation a commencé.

Je n'ai pas, comme beaucoup, essayé de percer le mystère qui accompagne la création. Non par discrétion, mais simplement parce que je crois tout à fait impossible d'expliquer ce que le peintre, lui-même, ignore.

Il attend. Il est là, disponible, offert à l'étrange alchimie mentale qui prend possession de lui, l'arrache à son quotidien, l'enchaîne dans son atelier et fait de son corps et de son esprit l'habitacle d'une force créatrice venue d'ailleurs.

Ce feu intérieur, presque surnaturel, que d'aucuns appellent inspiration, ne suffit pas à accomplir l'œuvre elle-même. Bernard le respecte, comme un « don de Dieu » et l'alimente de travail, de persévérance, de recherche. Il n'en est que le dépositaire et se sent redevable de ce présent au point d'avoir honte de la plus petite velléité de paresse. Pendant les rares vacances qu'il s'accorde, il ne peut s'empêcher de traîner un sentiment de culpabilité. Le plus émouvant est son absence totale de vanité. Il n'est pas modeste non plus. Il se considère comme un manuel et juge son travail avec une sévérité de perfectionniste. Quand son ouvrage correspond à ce qu'il souhaitait, il irradie de joie. Autrement, il recommence...

Célèbre dès l'âge de dix-huit ans, il aurait pu être abîmé par la gloire. Elle a glissé sur lui comme la pluie sur un canard. Il n'en a apprécié que les avantages matériels. L'absence de soucis d'argent lui laissait plus de temps pour peindre et surtout la liberté et les moyens de réaliser des toiles parfois monumentales et par-là même invendables. Cette gloire précoce a plutôt augmenté sa rigueur.

J'ai pour lui un infini respect. Je l'aime. Le désir, la passion, peuvent se passer d'admiration, pas l'amour.

Une fois de plus, il va transformer le mois de février gris et froid en fête du renouveau. Dans ses yeux verts se mêleront le bonheur du bel ouvrage, l'ironie envers la vanité humaine et, voilée sous une feinte indifférence, l'attente impatiente d'un nouvel ensemencement.

Le thème de cette année m'enchante. Je réserve au catalogue ce que j'en pense en tant qu'œuvre d'art, pour dire ici que le climat de bonheur qui s'en dégage est une preuve indéniable d'une guérison éclatante.

En devenant le chantre de l'automobile, Bernard se montre heureux, enthousiaste. Aucune trace d'angoisse ne se dégage de ces voitures vues par un enfant émerveillé. Elles ne sont pas de la famille de celles qui tuent ou mutilent, ni simplement utilitaires. Elles sont belles, séduisantes, faites pour jouer : des luxueuses pour s'inventer princesse ou star; des Formule Un pour rêver qu'on est pilote; des américaines rutilantes et démodées comme dans les vieux films policiers; des petites sportives pour battre le vent à la course et une 2 CV, arrêtée près d'un passage à niveau dans laquelle j'imagine un couple d'amoureux trop absorbés par un interminable baiser pour se préoccuper du train. Un train électrique, évidemment!...

Je n'arriverai jamais à penser en grande personne. Bernard non plus... Ce n'est pas une attitude. Par exemple quand je fais des projets, si je ne vais pas jusqu'à dire « quand je serai grande », c'est néanmoins ce que je ressens. Mais c'est surtout dans mes rapports avec les autres que je prends conscience d'un décalage. Je me vexe facilement quand Maurice me parle comme si j'étais une gamine. Combien de fois ai-je sorti mes griffes pour le convaincre que je n'étais plus une enfant, que j'étais pleinement responsable. Il prétend être de mon avis, affirme qu'il nous considère comme des adultes et continue à nous assumer en grand frère attentif. Ça vaut peut-être mieux. Qu'arriverait-il s'il nous laissait libres d'aller au bout de nos turbulents caprices! Le pauvre. Nous ne lui faisons pas une vie de tout repos. Sa femme aurait pu nous en tenir rigueur; elle se montre aussi affectueuse et patiente que lui. Comme moi, Muriel est juive. Notre race a le sens du clan. On ne cesse de nous le reprocher; critique idiote probablement dictée par l'envie. Au lieu de nous jeter notre fraternité à la tête, on devrait l'imiter.

L'homme n'est pas fait pour vivre seul. Dans la jungle de plus en plus féroce qu'est notre société, l'amitié est essentielle. Elle apporte un réconfort précieux, mais elle est aussi une motivation. Être égoïste, et nous le sommes tous, n'exclut pas le besoin des autres. L'amitié comme l'amour est le miroir dans lequel se reflète notre vie, ses progrès et ses échecs. Je ne crois pas que l'on puisse survivre sans donner et sans recevoir. On fabrique sa propre image mais si on veut la voir telle qu'elle est, il nous faut passer par le regard de ceux que l'on aime...

Acteur ou caméra, à tour de rôle, et le film se déroule...

La famille que j'ai voulue, choisie, existe et j'y tiens. Elle ressemble à un album de photos, voire à une bande dessinée; des images rassemblées par un quotidien qui s'amuse à les coller dans le désordre, parfois jaunies par le temps, ou à peine sorties du miroir, toujours incrustées dans le grand livre de la mémoire, graines de tendresse, miettes de chagrin, cristaux de rires et de fêtes. Oui, simplement des images, pas de mots, ni de serments, ni de mensonges... juste un peu de musique rythmée par les battements du cœur.

Et voilà, dès que je suis entraînée par l'amour ou l'amitié, je m'emballe, je galope vers l'imaginaire, écrasant à mon passage tout ce qui n'est pas ma tribu.

Un élan qui ne doit rien à l'alcool puisqu'il s'empare de moi aujourd'hui comme hier. Avec une légère différence : J'ai une nouvelle compagne qui ne me quitte plus... Madame Lucidité, toujours aux aguets... Reste-là si tu veux, mais je t'interdis de m'adresser la parole en public. Tu es d'une inexorable cruauté, ne me force pas à être méchante!...

J'ai bien peur qu'à l'avenir il ne me faille mentir plus qu'avant. Comment pourrait-on vivre au quotidien, dans une vérité sans faille! Une folie. Autant je tiens à la sincérité absolue des sentiments, autant j'aime le mensonge. Je suppose que sur ce point je ne diffère pas des autres écrivains. Tout ce que je vois, ce que j'entends, passe par l'imagination et j'embellis ou je déchire au gré de l'histoire que j'ai envie de me raconter. C'est charmant le mensonge et surtout c'est généreux... Je ne vois pas l'utilité d'asséner à son entourage une vérité qui ne peut être que relative. Qu'elle soit belle quand elle sort nue de son puits est possible, mais j'ai des doutes. Ce dont je suis certaine est qu'elle est souvent blessante et la plupart du temps, elle ne sert à rien.

Je reconnais que je mens facilement... ou je me tais, ce qui revient au même, Par charité avec ceux que j'aime bien, avec les autres par politesse.

Avec Bernard, je suis à peu près franche. Sauf quand je peux lui éviter une contrariété, un souci, une déception. Je ne raconte pas les faits en les déguisant, pas à lui... je les passe sous silence en espérant qu'ils lui sont passés inaperçus. Pour les choses sérieuses, notre travail par exemple, nous avons choisi de ne rien nous cacher. Rien n'est plus malsain que l'admiration aveugle. Le passage de pommade à domicile frôle le grotesque. Il est vrai pourtant que de ne jamais lui cacher ce que je pense de sa peinture me demande un effort considérable. Mais je le respecte trop pour tricher sur ce point.

La flatterie appartient au bataillon des petites bassesses

qui me dégoûtent. Je lui trouve une vilaine odeur de cupidité, de lâcheté et d'arrivisme.

Plus j'y pense, plus je suis décidée à user du mensonge, tendre ou courtois selon celui à qui il s'adresse. En revanche, pas question de m'en servir pour moi. Ce serait trop facile!

Ai-je dit que je détestais le bruit? Toujours est-il, qu'étant aussi sensible à celui que font les autres qu'au mien, j'en fais le moins possible. Le goût du silence m'est devenu une seconde nature. Je n'ai pas le geste bruyant et je suis presque toujours pieds nus. Peut-être ai-je pris cette dernière habitude pendant la guerre. Les chaussures étaient un luxe; j'en avais une paire, avec des semelles de bois articulées, dont j'étais tellement fière que, de peur de les user, je les gardais accrochées au guidon de mon vélo et ne les mettais que lorsque c'était obligatoire. Maintenant, je n'ai plus de vélo, beaucoup trop de bottes et de chaussures, mais j'éprouve un vrai plaisir à ce contact direct avec le sol qui apparente mes déplacements dans la maison à ceux d'un chat. Il m'arrive bien involontairement de surprendre ceux qui ne m'entendent pas aller et venir.

C'était il y a huit ans. Bernard était d'une sobriété exemplaire sans s'en plaindre. Il affichait une sagesse excessive, parlait comme un docte vieillard, ou riait aux éclats avec ses enfants. Il n'avait plus d'enthousiasmes soudains, ni de colères. Je le trouvais changé je le croyais heureux, je n'en demandais pas plus... Ce sont mes promenades de matou qui m'ont fait découvrir ce que je ne soupçonnais pas. Plusieurs fois j'ai vu son visage alors qu'il se croyait seul.

Il avait une expression d'une insoutenable mélancolie. J'ai commencé par taire mon indiscrétion mais j'étais de plus en plus préoccupée par son détachement. Il s'éloignait. Je comprenais que ce que j'avais pris pour de la sérénité, était de l'indifférence. J'y pensais de plus en plus... J'ai longtemps hésité avant de lui en parler, n'arrivant à savoir si je m'inquiétais pour lui ou pour moi. Je souffrais de l'avoir deviné habité d'une tristesse latente; j'avais honte d'être heureuse seule... Je crois avoir agi pour nous; un pluriel trop évident à mes yeux pour que je prenne une décision importante sans m'y référer. Je lui ai avoué ce que je soupçonnais et pas un instant il n'a cherché à nier qu'il était malheureux, qu'il se sentait extérieur, presque exclu. Sur mes conseils, il a atténué la rigueur de son régime. Il s'est accordé un peu de champagne ou de vin, puis il s'est remis à fumer. Il a maigri, rajeuni. Je le retrouvais étincelant de vie... Il allait régulièrement chez l'ophtalmologiste et ses yeux supportaient parfaitement ce léger retour vers la boisson.

Il a peint coup sur coup *L'Enfer de Dante* et la *Révolution française*. Fidèle au champagne, il ne buvait pas d'alcool. Il se croyait raisonnable, moi aussi et je l'admirais de résister à l'escalade.

Personne ne nous avait expliqué ce qu'était la potentialité. Je ne me lancerai pas dans un exposé médical. Il semble que pour quelqu'un qui a bu, l'alcool soit plus dangereux, parce que toujours virtuellement présent dans l'organisme. Disons pour simplifier qu'un verre de vin pour lui équivaut à un scotch pour un néophyte.

Nous l'ignorions. Nous nous aimions et si peu à peu les désordres dûs aux abus se sont manifestés, ils ne nous ont même pas étonnés. Nous avions renoué avec un climat qui était le nôtre. Nous retombions dans le cycle des changements de domicile, fuyant l'angoisse, passant d'une folle gaieté à la déprimante certitude d'une anxiété chronique. Par moments Bernard me faisait peur, mais je n'en souffrais pas vraiment. Grâce au scotch je pratiquais allègrement la politique de l'autruche. Je trouvais ces sautes d'humeur naturelles; je les avais toujours connues, sauf pendant les quelques années où Bernard ne se ressemblait plus, et je préférais cette existence difficile et mouvementée à celle trop calme qui m'avait donné l'impression d'une fêlure entre nous. Nous étions dans notre élément, baignés d'une intensité nécessaire.

Un funambulisme mental qui ne pouvait pas durer. Les équilibristes les plus expérimentés ne sont pas à l'abri d'une chute. Bernard a glissé de son fil pendant les vacances de la Toussaint en 1981. Madame la Mort a arpenté sur mes talons les couloirs de l'Hôpital Américain. Mais cela je l'ai déjà dit. Une guerre entre elle et moi qui ne cessera donc jamais...

Les souvenirs choisissent de curieux détours pour sortir des placards où ils somnolent. Ce matin, je me suis levée un quart d'heure plus tôt dans l'intention de me laver la tête. Les jappements intempestifs des chiennes m'ont obligée à renoncer à mon shampooing. Je ne me lasse pas de leur amusante tyrannie tant elle révèle de tendre malice. Ces jeunes garces ont deviné depuis longtemps que la menace de réveiller Bernard suffit à me faire céder à tous leurs caprices et elles en abusent... Elles ont bien raison.

Toujours est-il qu'en cherchant un élastique pour m'attacher les cheveux, solution qui me donne l'illusion d'être nette, j'ai retrouvé une barrette. Une barrette dont je ne me sers jamais parce qu'elle ferme mal, un bel objet. Un entrelacs d'écaille et vermeil comme on en portait au début de ce siècle. Elle est là, posée sur mon bureau...

Je l'ai achetée dans une boutique que Francine avait ouverte au coin de la rue Princesse et de la rue Dufour. Il y a déjà plusieurs années de cela. Six ou huit ans, je ne saurais être plus précise. On ne se voyait que rarement et c'est par hasard que je l'avais rencontrée dans ce quartier qui ne correspondait pas à l'idée que je me faisais d'elle. Elle avait grossi et, de toute évidence, avait abandonné la moindre prétention d'élégance. Nous avions bavardé quelques minutes; plus exactement je l'avais écoutée distraitement, pressée de finir mes courses, et, comme elle me proposait d'aller prendre un verre, j'avais refusé, prétextant un rendez-vous; était-ce pour ne pas me montrer désagréable? Je lui avais promis d'aller visiter ce magasin où elle exposait des nautiles qu'elle montait elle-même. Je savais qu'elle faisait de l'orfèvrerie mais n'avais pas vu ses dernières créations. Quelques jours plus tard, je devais me rendre à Saint-Germain-des-Prés pour une raison quelconque et j'en ai profité pour aller chez elle. Sans enthousiasme, je l'avoue. Cette femme lourde, un peu négligée, à la voix autoritaire, ne m'était plus grand-chose, mais elle avait été Francine et cela suffisait à me faire tenir parole. C'est la seule de nos rencontres d'adultes qui m'ait émue. Sa fille était là. Une grande perche, fine, racée, et dans l'enfant je revoyais la mère telle qu'elle vivait en mon cœur.

Elle lui ressemblait comme une sœur, mais son comportement, sa vivacité, étaient plus proches de Lucie. Une jeune femme exquise. Je suis restée plus d'une heure à bavarder avec elles, mais la conversation n'était qu'un prétexte pour regarder cette jeune fille qui me rappelait celle que j'avais quittée depuis si longtemps. Oui c'est là que, ne voulant pas partir les mains vides, j'avais cherché un objet à acquérir et opté pour cette barrette.

Et maintenant elle est là, devant moi, comme une question. Comment s'est creusé le fossé, de plus en plus profond, entre nous? Qui a donné le premier coup de pelle?

Les circonstances nous avaient séparées avec une soudaineté identique à celle qui m'avait posée dans leur vie comme un chaton abandonné... Lucie et Francine m'avaient réchauffée de leur tendresse, elles avaient essayé de panser mes plaies; elles m'ont nourrie, abritée, instruite et, devenue une chatte adulte, je suis partie tranquillement. Je ne crois pas que j'avais décidé de ne pas revenir. Peu importe. De toute façon je n'éprouve aucun remords d'avoir été ingrate. Il n'est pas dans ma nature de pleurnicher sur mes fautes. Je n'ai pas la notion du péché. Aujourd'hui encore je ne trouve en moi aucune trace de regret pour ce départ. Je considère cette brisure comme inévitable. Déplaisante époque que cette libération que j'attendais comme une explosion de bonheur...

Les justiciers ne sévissaient pas seulement officiellement ou dans la rue. Les tribunaux siégeaient secrètement au sein des familles. Ma tante Colette qui, dès l'appel du 18 juin, s'était montrée d'un courage exemplaire, était encore dans l'armée. Elle ne se vantait pas de ses exploits mais affichait un mépris hautain pour son frère. Comment avait-il osé fuir en Amérique en nous laissant, ses parents et moi, derrière lui! Mon père n'essayait pas de se justifier. Pourtant sa sœur commettait une erreur de jugement. Mes grands-parents auraient refusé de partir. Ils avaient survécu, moi aussi, ce qui aurait dû clore le procès. Il n'en fut rien. Nous habitions le même appartement. Il y régnait un climat empoisonné. Je me souviens d'avoir été terriblement désorientée par cette reprise de contact. Je ne comprenais pas pourquoi mon père ne montrait pas plus de reconnaissance envers Lucie et Mme Pallet. Je n'osais pas lui reprocher une attitude que je trouvais exagérément désinvolte après la faiblesse qui l'avait poussé à m'abandonner! Ignorait-il que sans la tendresse et le dévouement de ces femmes, j'aurais pu être expédiée dans un four? Personne ne lui aurait pardonné ma mort en déportation... Seulement j'étais vivante, lui probablement déjà fatigué d'exister, et nous cherchions maladroitement à faire connaissance.

Peu à peu le quotidien reprenait ses droits. Il fallait organiser l'avenir. Francine était venue passer une semaine à Paris; j'avais eu l'autorisation de l'inviter à partager ma chambre. Nous parlions tard dans la nuit. Mon père, courtois mais si atrocement froid, lui déplaisait. Elle aurait voulu me garder près d'elle mais j'étais mineure et ne pouvais qu'obéir. De toute façon, je crois que j'aspirais à renouer avec ma famille sans savoir pour autant comment m'y prendre. Son départ pour Bruxelles a marqué la fin de notre adolescence et de l'intimité qui nous liait. C'est en Belgique, chez sa grand-mère, qu'elle s'est fiancée et rapidement mariée avec un jeune diplomate. Lorsqu'il fut nommé aux États-Unis, ils partirent s'y installer. Pourquoi ai-je cessé d'écrire à Lucie? Par lâcheté et aussi pour ne pas regarder en arrière. Auribeau, la guerre, devaient rester entre parenthèses. J'étais très seule, indécise, engluée dans la sensation d'être une étrangère. La beauté de ma tante Colette, son indépendance, sa témérité me fascinaient. J'aurais pu m'attacher à elle. Elle refusa de m'emmener en Indochine où elle partait avec un groupe d'infirmières pour organiser les secours pour les enfants perdus et affamés. J'étais trop jeune pour m'engager à ses côtés.

Ensuite j'ai eu à grandir. Pas physiquement, je mesurais déjà un mètre soixante et onze. Mais j'avais tout à apprendre. Il y a eu mon père, mes grands-parents, le bar du Ritz, un début d'amitié et le retour de ma belle-mère.

A-t-elle été consciente de ce que mon père a fait en son nom? Qu'il ait abandonné ses parents pour se réfugier aux États-Unis pouvait s'excuser par une peur que les événements avaient malheureusement justifiée. Les mettre à la porte d'un appartement qui n'avait été récupéré que grâce aux mérites de leur fille, les envoyer camper au bureau pour satisfaire les caprices de sa femme est d'une faiblesse honteuse. Ont-ils compris par la suite la gravité du geste malhonnête qu'ils avaient commis? J'en doute. Elle était d'un égoïsme dont elle ne s'est jamais départie. D'ailleurs, un exil confortable la laissait loin de ce qu'avaient enduré ceux qui étaient restés.

Aussi sordides que puissent être certains rapports humains, l'humour les métamorphose en comédie. Peu de temps après son retour, elle avait réuni quelques amies; elle s'efforçait de renouer avec le passé; la plupart de ses amies d'avant-guerre avaient participé à la résistance et malgré les charmes qu'elle déployait elle avait du mal à gommer son absence. Ce jour-là, j'étais présente à sa demande. Jamais je n'oublierai la stupéfaction de ses invitées, ni le fou rire inextinguible qui s'empara de moi, quand le plus sérieusement du monde elle nous expliqua à quel point elle avait souffert de l'excès du chauffage central, véritable plaie new-yorkaise.

C'est à Francine que je veux penser aujourd'hui. Pendant des années je ne l'ai revue qu'épisodiquement. Son mari ne venait que rarement en Europe. Je savais qu'ils avaient deux enfants. Un soir, ils étaient arrivés sans me prévenir dans le cabaret où je chantais. Elle était si fière de cette visite qui se voulait une bonne surprise! Nous n'avions plus rien à nous dire. Un insondable fossé se creusait entre mon désordre et cette grande bourgeoise. Elle avait grande allure et l'air heureux. Nous n'avions plus besoin l'une de l'autre. Pendant des années, je n'ai plus pensé à elle. Je suppose que sur ce plan nous étions quittes, car elle ne m'avait donné aucune nouvelle. Ce qui ne signifie pas que notre affection était morte – elle sommeillait.

Des années plus tard, un matin, Bernard, Luc et moi arpentions les puces de Saint-Ouen dans un froid glacial quand, brusquement, je me suis trouvée nez à nez avec Lucie et Francine.

Un grand élan de joie m'a jetée vers elles. Nous nous sommes embrassées, nous avons échangé nos numéros de téléphone... et je ne les ai pas appelées.

J'ai raconté à Bernard ce qu'elles avaient été pour moi et il était heureux à l'idée de les mieux connaître. Or, j'ai froidement refusé cette occasion de leur prouver que je les aimais. J'étais tiraillée par des sentiments contradictoires.

L'amour de Bernard me prouvait l'existence du bonheur. La tendresse, dans laquelle je m'épanouissais, me forçait à avouer que malgré ma prétendue indifférence, j'avais tenu à ces deux femmes. Ligotée par un orgueil d'animal blessé dès l'enfance, je m'étais crue capable de voler l'amour des autres, ne leur donnant en échange que des illusions. Avec beaucoup, j'y étais parvenue. A l'égard de Lucie et de Francine, ma dureté n'avait été que vantardise... Pourtant je n'ai rien fait pour me rapprocher d'elles. J'ai juste hésité assez longtemps. Ensuite nous avons quitté Paris et l'oubli a fait son travail. C'était la Francine de mon adolescence qui m'émouvait; celle qui était devenue une grande personne m'était inconnue. J'ai préféré éviter une déception. Nous avancions sur des rails trop parallèles et je pressentais qu'aucun aiguillage ne les obligerait à se croiser une nouvelle fois. J'ai eu peur d'abîmer cette parenthèse heureuse dans un passé détesté.

Mais surtout je manquais de place dans ma vie trop pleine de l'amour d'un homme.

Il arrive un moment où l'on ne peut faire autrement que d'afficher complet. Un homme, des enfants, quelques amis, un métier passionnant, les animaux familiers... Accepter des nouveaux, côté cœur, serait nuisible à ceux qui déjà s'y trouvent à l'étroit. Certes, on peut recevoir des hôtes de passage. C'est même indispensable si l'on veut éviter la sclérose de la cellule de base. Parfois, mais c'est plus rare, un des invités reste. On se serre un peu plus et voilà tout... Seule injustice dans ce système, le dernier venu se doit d'être beaucoup plus exceptionnel que ne l'étaient les membres fondateurs!

Cela n'excuse pas la légèreté que j'ai manifestée devant l'opportunité de choyer ma presque sœur. Au fond, c'était Lucie qui m'attirait. J'avais envie de poser sur elle mes yeux de femme. Notre brève rencontre me l'avait rendue telle que dans mes souvenirs. Je ne l'avais pas idéalisée, elle existait. Je n'ai pas osé renouer avec la mère et négliger la fille. Tout aurait pu en rester là... Le destin, infatigable farceur, en avait décidé autrement.

Les détails n'ont pas grand intérêt et je ne chercherai pas à situer nos cahotantes rencontres à des dates précises. Ce que je peux dire est que chacune d'entre elles a été suivie d'un laps de temps conséquent.

Francine, divorcée, installée à Paris et obligée de travailler, s'occupait d'une galerie de tableaux de l'avenue Matignon. Le propriétaire des lieux, apprenant que nous étions amies d'enfance, avait sauté sur l'occasion pour inviter Bernard à un grand dîner qu'il donnait chez lui. Une soirée saugrenue, un amalgame impossible à réussir. Nous buvions beaucoup, ce qui rendait cette sauterie agréable. Francine, très dame bon chic, bon genre, était accompagnée d'un monsieur style grand-bourgeois qui semblait amoureux d'elle. A table, elle fut placée à côté de Bernard. Curieux de mon adolescence, il la poussait aux confidences. Des bribes de conversation me parvenaient. J'étais étonnée par ses propos exagérément flatteurs. J'aurais eu mauvaise grâce à m'en plaindre. Ce portrait de moi, d'un romantisme échevelé, dénotait un culte du passé qui me semblait ridicule. Regrettait-elle cette pourriture qu'est la guerre? Il fallait qu'elle ait été bien malheureuse depuis pour embellir à ce point ses souvenirs.

Quelques jours plus tard, elle est venue à la maison. Elle tenait à faire la connaissance de nos filles. Ça sentait le replâtrage affectif et ne m'enchantait guère. Un soir, nous l'avons emmenée partager une de nos fêtes... Nous étions chez Jean Castel, notre jungle de prédilection. Notre joyeuse férocité la mettait mal à l'aise. Je l'ai senti très vite mais n'ai rien fait pour l'aider. Elle n'était pas des nôtres. Est-elle partie seule? Quelqu'un l'a-t-il raccompagnée? Disons que nous l'avons perdue sans nous en apercevoir. Nous n'avons plus eu de ses nouvelles. C'était avant que je ne recommence à chanter, à peu près en 1967.

Dix ans plus tard, elle est revenue. Elle n'avait plus rien d'une grande-bourgeoise. Elle créait des objets, beaux d'ailleurs, à base de coquillages, de nacre, d'ivoire. Un artisan d'art en quelque sorte. Cela aurait dû me la rendre proche mais je ne trouvais toujours rien à lui dire. Honnêtement, je me suis montrée aimable par devoir. Elle était une autre, je la trouvais laide, elle m'agaçait. Elle affichait une assurance qui sonnait faux... j'aurais dû entendre son appel au secours. Je préparais un disque, Bernard travaillait comme un forcené, nous habitions Paris ce qui nous mettait les nerfs à vif. Je ne me suis pas attardée sur les états d'âme de Francine. Elle ne se ressemblait plus assez pour m'attendrir...

Entre-temps, j'avais revu Lucie. J'étais descendue à Saint-Tropez avec Virginie. La morte-saison et le soleil... Ma fille aînée devait avoir quinze ans; nous étions très proches à l'époque et ces vacances à deux nous rendaient heureuses.

Chez « Fifine », où nous déjeunions, Lucie est entrée avec son frère et des amis. Ne travaillant plus, elle s'était installée au Plan de la Tour. Nous avons été la voir. Une journée vraie, toute d'humour et de tendresse, sans barrière à sauter, sans le moindre effort pour renouer un dialogue venu du cœur qui ne s'était jamais interrompu...

Pudeur ou discrétion, Lucie n'évoquait pas Francine mais parlait beaucoup de sa petite-fille qui lui apportait de toute évidence une joie infinie. Je l'ai mieux compris le jour où j'ai vu cette charmante personne au magasin de sa mère. Elle ressemblait comme une sœur à la Francine d'autrefois.

J'ai revu Francine une dernière fois. Ultime maladresse que cette visite inopinée dans ma loge au Théâtre Hébertot. Rien n'est plus insupportable qu'une intrusion juste avant d'entrer en scène. Exaspérée par un flot de paroles oiseuses, par le timbre métallique de sa voix, j'ai été sèche. Pour qu'elle se taise, j'ai promis de lui téléphoner...

oui, son atelier était justement derrière le Théâtre, très bien, j'irais... je l'ai presque poussée dehors.

Huit jours plus tard, je m'envolais vers le Japon, ayant dit adieu à la chanson. J'avais bien évidemment complètement oublié Francine, son atelier et ma promesse.

Il y a deux ans, au mois d'août, nous étions assis au jardin. La fin d'après-midi était douce; nous conversions tranquillement avec Henri Garelli, venu de Saint-Tropez. Décorateur, ami de longue date, il me faisait la gazette des derniers potins du village sur le ton spirituel qui lui est coutumier. Bernard riait, je sirotais un scotch. Tout était paisible. Quelqu'un m'avait dit que Lucie avait quitté sa maison, trop isolée, pour un appartement dans Saint-Tropez. Henri la connaissant, je lui ai demandé s'il avait sa nouvelle adresse.

– Oui, bien sûr. Vous devriez lui écrire. Elle vient de vivre un drame. Sa fille s'est suicidée.

L'horreur à l'état pur. Les arbres majestueux, la fraîche odeur de l'herbe, jusqu'au silence à peine troublé par les oiseaux, toute cette beauté sereine s'est mise à hurler à la mort. Suicide, le mot maléfique entre tous, le mot panique, le mot folie, le mot qui accroche mon père, langue pendante à la branche du hêtre, qui jette les restes brisés de Maman au pied de ma chaise. Et Francine! non, ça ne doit pas être, c'est une erreur, non, non. La peur grouille en moi, immonde, elle noue mes entrailles, elle me déchire de ses dents avides; des larmes de sang coulent à l'envers de mes joues...

Combien de temps suis-je restée pétrifiée par le choc de cette mort?... Personne autour de cette table ne savait la profondeur des racines dont je venais d'apprendre la rupture... sauf Bernard. Lui, ma force, mon courage... Ne pas pleurer, ne pas crier... Je voyais mon chagrin terrifié dans son regard douloureux de vouloir le partager, mais aussi l'appel au calme, le bouche à bouche de l'âme qui me ramenait à la réalité, à ce jardin plein de son amour, de sa présence. Avec des gestes lents et précautionneux, comme pour apaiser un cheval rétif, il avait desserré mes doigts crispés sur mon verre et l'avait rempli par deux fois. Les autres continuaient leur bavardage.

Terrible solitude que celle de l'être humain... Incommunicabilité qui, au plus fort de la tempête, me voulait muette, renfermée dans une bulle de souffrance. Peut-être était-ce mieux ainsi. J'aurais été incapable d'exprimer le maelström de chagrin, d'anxiété, de faux remords, de vrais regrets qui se heurtaient, se liguaient pour me faire sombrer.

J'ai passé toute la soirée à agir comme un automate, plongée dans une sorte de stupeur hébétée. La mort de Francine, reçue comme une gifle, a été un bouleversement particulièrement difficile à surmonter. Je me refuse le droit à l'hypocrisie. Si un cancer l'avait tuée, je n'aurais pas été traumatisée à ce point. Étais-je condamnée à marcher avec le suicide comme ombre? Idée morbide qui me suivait à la trace... Je lui dois des nuits d'insomnie, ce refus d'un sommeil qui prélude au cauchemar et, bien entendu, quelques litres de scotch. L'alcoolisme, avec sa fantastique capacité d'anesthésie, a éloigné cette peur douloureuse. Elle est allée rejoindre les autres, au fond du placard dont une amnésie savamment orchestrée m'avait fait perdre la clé.

Ce même placard que j'ai ouvert comme un cambrioleur et dans lequel je fouille aujourd'hui.

Quelques semaines plus tard, j'ai pris mon rendez-vous fatidique chez mon médecin. Francine n'en fut pas la cause. Une mort naturelle m'aurait peinée mais ne m'aurait pas rendue malade de peur. C'est en se tuant qu'elle a ouvert la vieille plaie. Son suicide m'a fait pleurer sur moi bien plus que sur elle. Le suicide, mon ennemi de toujours, cette incurable gale de l'esprit et du cœur, cette douleur sourde, larvée, qui flambe à la moindre étincelle et me livre pantelante à l'angoisse, trop fragile pour échapper à ma hantise de l'hérédité, à ma terreur de la contagion... sans autre solution jusqu'à présent que la fuite.

Le choc reçu a probablement accéléré mon déséquilibre. A-t-il joué un rôle dans ma décision de me désintoxiquer? C'est possible. Francine semblait avoir peaufiné le piège en s'y jetant. Tout était déjà très confus en moi, mais je suis certaine que cette mort violente rôdait dans ma tête, tissait un réseau d'anxiété, de frayeur.

Je n'ai jamais cherché à savoir comment et pourquoi

Francine s'est suicidée. Quelle serait ma réaction si j'apprenais cette nouvelle maintenant? La même. Je n'aurais ni le courage d'affronter une vérité qui ne peut qu'être atroce, ni celui de réconforter Lucie. Je manque de générosité. Peut-être... Je crois que ce qu'il y a d'animal en moi se révulse devant la maladie. Je me méfie du morbide comme d'un piège.

J'ai aperçu Lucie cinq minutes, cet été. Elle déjeunait au Club 55 avec deux amies. Un baiser spontané, elle sentait bon, elle m'aimait encore... Elle riait, comme elle seule sait rire, en me donnant sa nouvelle adresse : « Impasse des Conquêtes »...

Ma chérie, je veux que tu saches que ce bonheur auquel tu as toujours cru, que tu as semé tout au long de mon adolescence, qui a mis si longtemps à germer, a, enfin, des racines solidement implantées. Certaines puisent encore dans ton cœur... Tu m'as donné bien plus que tu ne crois. Je t'aime beaucoup plus que je ne te le montre. Je suis ainsi faite...

La journée promettait d'être semblable à celles que nous passons à Paris d'habitude; c'est du moins ce que je pensais en jetant un coup d'œil à mon carnet de rendez-vous. Détail inhabituel et peu plaisant : le programme s'ouvrait par un rendez-vous chez le dentiste. Pour ne pas y penser, j'ai tourné dans l'appartement, fait semblant de mettre de l'ordre, bref flâné, ce qui a fait passer le temps plus vite que je ne l'espérais.

Ensuite j'ai préparé le petit déjeuner de Bernard, qui, lui, allait à l'imprimerie. Il y avait longtemps que nous n'avions pas eu l'occasion de partir ensemble tôt le matin. Est-ce d'avoir bavardé pendant que Bernard se préparait, d'avoir ri de l'entendre ronchonner, ce qu'il ne faisait d'ailleurs que pour m'amuser, d'avoir continué dans la voiture à échanger des bêtises, je me sentais insouciante et gaie. Je me suis retrouvée docilement allongée sur la chaise longue du praticien sans avoir eu d'appréhension.

Bonne idée que cette transformation du fauteuil d'antan qui me faisait irrévocablement penser à la chaise électrique. J'éprouve une sorte d'humiliation à être là, la bouche grande ouverte, noyée de jets d'eau, situation grotesque s'il en est. Pour oublier et aussi pour ne pas voir les instruments, je ferme les yeux et je vagabonde d'une idée à l'autre dans le désordre. C'est en revivant tout ce que cette matinée avait eu d'inattendu que j'ai brusquement pris conscience de ce que Bernard n'avait rendez-vous qu'à dix heures et demie.

Mais alors, s'il s'était réveillé si tôt, s'il s'était dépêché, c'était uniquement pour être avec moi, pour m'accompagner... Monsieur le Magicien, vous avez une fois encore changé une corvée en fête... J'ai dû avoir un frisson de plaisir car mon dentiste, l'interprétant comme un sursaut de douleur, s'est excusé de sa maladresse.

J'étais ravie de ne pas pouvoir lui répondre tant je voulais préserver le silence pour savourer la grande onde de bonheur qui s'emparait de moi de la tête aux pieds.

La tendresse, sentiment précieux entre tous : tendresse sans qui je ne saurais plus à quoi sert la vie, tendresse dans laquelle je me blottis comme dans une couette pleine de duvet, profonde, chaude, légère...

Comment se fait-il que je compare toujours ce à quoi je tiens le plus à mon lit ? Les animaux ramènent ainsi leur proie pour l'enfouir dans une cachette ou la grignoter sur leur litière. Je les imite sans doute par un reste d'enfance, quand le lit était le refuge le plus sûr pour échapper aux grandes personnes. Il n'est pas de lieu plus intime, il est le cœur de la tanière, l'île au trésor que nul n'ose envahir. Il est l'arène où se jouent les flamboyances de la passion, la plage où dormir et rêver au clair de lune et parfois le confessionnal où l'oreiller étouffe ces vérités que l'on veut taire.

Toute la journée j'ai marché comme on danse, portée par le bonheur. Je me sentais belle. J'étais privilégiée. J'étais aimée et j'aimais.

Le soir, je maquillais mes yeux avant de sortir, nous avions un dîner. J'aurais aimé lui dire la joie qui était en moi... Je suis allée dans le salon. Pas pour lui faire une déclaration d'amour, les mots sont parfois superflus, mais mue par un besoin instinctif de sa présence.

Je l'ai trouvé, un livre posé sur ses genoux, assoupi dans son fauteuil. Je suis partie tout doucement pour qu'il ne sache pas que j'avais surpris sa fatigue.

Il est éreinté. Toujours cette inextinguible soif de peindre. Je me demande pourquoi je m'obstine à le raisonner! J'ai beau lui dire qu'il travaille trop, il sourit, me promet de se reposer, pousse l'hypocrisie jusqu'à échafauder des projets de vacances et, bien entendu, continue le plus tranquillement du monde à n'en faire qu'à sa tête. En fait, si je continue à lui donner des conseils propres à l'inciter à la paresse, c'est par habitude. Une formalité en quelque sorte... et tout à fait inutile!

Je sais depuis toujours qu'il suit une ligne qu'il a tracée et que celui qui tenterait de l'en empêcher serait bon pour la poubelle.

Quand j'entends des propos fielleux le concernant, je ne ressens plus les violentes colères qui m'embrasaient au début de nos amours. Même l'alcool n'arriverait pas à camoufler cette tare qu'est la bêtise. Mais je serais enchantée de pouvoir contraindre ces enragés de l'envie à vivre quelques jours au rythme de Bernard. Les imaginer me fait rire. Au fond je me fous de ces âneries. Ces roquets sont plus bruyants que dangereux, des toutous de salon... J'ai hâte de repartir à la campagne. Le calme de la maison me manque et mes vrais chiens aussi...

Des trombes d'eau... La tempête est d'une extrême violence. Le vent a arraché des arbres qui se sont couchés en travers des routes. Les pompiers et les gardes forestiers font de leur mieux pour dégager les voies, mais nous sommes sans téléphone et sans électricité. Époque absurde qui prône les robots, l'informatique, et nous laisse sans eau et sans chauffage dès que la Fée Énergie nous quitte. J'ai fait installer un groupe électrogène pour que les ateliers de Bernard ne soient jamais privés de lumière, mais je ne sais pas le mettre en route, et quand je me suis levée à cinq heures je n'ai pas osé réveiller Dominique.

J'ai installé mon campement dans la cuisine, ce qui, pendant une heure, m'a amusée. Les bougies embellissent de leurs flammes dansantes tout ce qu'elles éclairent. Je suis ridiculement maniaque quant au lieu où je travaille et j'ai du mal à me concentrer ici. Mon cahier colle à la toile cirée. Les belles phrases sur le peu d'importance des tracas matériels sont difficiles à mettre en pratique. Mon calme s'effrite au rythme de la baisse du chauffage. Le café soluble est fausse fête. Avant, j'aurais mis du rhum dans cette décoction marron qui se flatte d'être colombienne! La suppression d'alcool me rend plus frileuse encore. L'humidité est palpable. Si la radio n'était pas alimentée par des piles j'aurais échappé au bulletin météo; le mauvais temps s'apaise sur toute la France sauf sur la Bretagne et sur la Normandie! Charmante journée en perspective... Je grogne, j'écris, je fume cigarette sur cigarette, les minutes s'écoulent au ralenti, je m'énerve pour des sottises, le papier accroche, mon stylo marche mal... vaine agitation...

Je ne vis pas le regard fixé sur mon nombril, mais depuis une semaine j'étais mal dans ma peau. J'ai noirci du papier pour le principe. Une suite de poncifs, trop théoriques, un mauvais devoir que j'ai mis au panier. Je pressentais l'anxiété qui me piège ce matin. Sur le moment, j'essaie bravement d'endiguer mes sautes d'humeur, plus occupée à les dissimuler à mon entourage qu'à les subir passivement.

Rien en apparence ne différencie ces crises d'une mauvaise humeur banale. Et pourtant elles existent. Samedi, j'ai brusquement décidé de partir seule pour Paris. Je voulais voir des gens, aller au spectacle, bouger pour secouer la rigueur d'un quotidien que j'ai choisi et que j'accusais soudain de m'étouffer.

Quelques coups de téléphone avaient suffi pour organiser cette fugue.

J'ai déjeuné avec Corentin qui voulait que je l'accompagne chez le tailleur, ce que j'ai fait. Il y avait un monde fou dans le magasin; le bruit, la bousculade m'ont agressée; mes tempes battaient, j'avais mal au dos; un léger vertige me fit croire que j'avais bu trop de café. J'ai prétexté un rendez-vous pour quitter la boutique. En fait, je devais retrouver Christine à qui j'avais promis un après-midi aux puces. J'étais en avance; j'ai marché dans la rue en attendant l'heure d'aller la chercher pour finalement ne rester avec elle que le temps d'un mensonge. Libérée de cette obligation, je suis rentrée me terrer. Habituée à la solitude à Saint-Tropez, je ne le suis pas à Paris. L'appartement vide augmentait mon désarroi. Qu'étais-je venue faire, au juste? Désorientée, j'ai erré à travers les pièces désertes. Le soir est enfin arrivé. J'avais obtenu à prix d'or des places pour aller au Zénith entendre Johnny Halliday. Je n'ai pas osé m'avouer que je n'avais plus envie de me rendre nulle part. Il y a des limites aux caprices. J'ai donc pris une douche, je me suis changée. Je me sentais mieux. Au théâtre, j'étais ravie, enchantée d'être là; Johnny était tel que je l'aimais. Tout allait bien. Ensuite, j'ai refusé d'aller souper chez Castel. Il était tard et je préférais grignoter avec mes chats. Un choix qui me ressemble depuis que je me lève à cinq heures du matin.

Le flottement moral de l'après-midi avait disparu et j'aurais dû m'endormir paisiblement. Il n'en fut rien. Je savais que j'avais triché en mettant sur le compte du sommeil mon désir de regagner mon lit. Nostalgie du passé? Pourquoi n'avais-je pas été dans les coulisses? Était-ce par crainte de retrouver une ambiance que j'avais tant aimée? une sourde tristesse, presque un regret, pas assez fort pour en souffrir mais suffisant pour que j'appréhende une fin de nuit rue Princesse, quartier général d'une période révolue. Affronter ce fief de noctambules un verre d'eau à la main était au-dessus de mes forces. Narguer la belle rangée de bouteilles multicolores eût été téméraire. Comme c'est difficile de vieillir... Problème aussi ardu à dominer que l'alcoolisme... Je me demande si ce qui me manque, plus que la chanson, les fêtes et l'ivresse que j'accuse de tous mes troubles, ne serait pas plutôt l'énergie, la fantaisie, l'indiscipline que j'avais en ce temps-là...

Suis-je en train de me glisser dans la peau d'une vieille

dame? Bernard se sent-il vieux? Nous nous sommes volontairement mis en marge d'un certain mode de vie. Nous avons l'un et l'autre trop de désordre dans la tête pour courir le risque de le voir prendre le pas sur une sagesse péniblement acquise à travers plaies et bosses. Décision qui respire le bon sens, que je considère même comme une bonne idée quand je nage, ou quand je me brosse les dents et que le miroir m'offre un visage reposé. Là, grelottante dans ma cuisine, je suis assaillie par le doute... Tout ce qui en moi est instinctif se révulse devant cet avenir de convalescente fragile. A quoi bon se survivre? L'âge fera de mon corps un emballage délabré. Je le sais et je n'arrive pas à l'accepter. Atteindra-t-il aussi ce que j'ai dans la tête? Tournera-t-il les pages du passé? Aidé de la sobriété, parviendra-t-il à accomplir ma métamorphose interne?

L'eau démythifie la nuit. Je ne veux pas découvrir que mes somptueux souvenirs de folies, d'alcool, ne sont que des mirages. Je tiens à les garder gravés dans ma mémoire, tels que je les ai vécus, tout de tendresse, de rêve, d'exploit, auréolés de cette chaleur amicale qui en faisait la magie. Je n'oublierai pas les conversations décousues, les plaisanteries qui ne faisaient rire que nous, les étincelles d'intimité avec des inconnus, les silences des copains plus chaleureux que de longs discours. Je refuse obstinément de renier tout cela. Déjà je n'y pense plus comme à un paradis perdu, mais plutôt comme à un beau voyage. Il me reste à ouvrir mes valises et à les remplir d'autres choses pour aller vers une nouvelle aventure.

Cette mutation me perturbe. Je suis plus fragile que je ne l'étais. Je n'ai plus peur d'aimer, je suis plus réceptive au bonheur, et aussi plus perméable aux blessures et désarmée devant la tentation. Chaque fois que je crois être arrivée au bout de cet interminable reconstruction de moi-même, je trébuche. Je tombe moins souvent, je me redresse plus vite, ce qui indique que je suis sur la bonne voie.

Je manque de patience, mais n'est-ce pas le propre de la jeunesse de tout vouloir immédiatement! A force de vieillir, suis-je déjà en train de retomber en enfance!

La tempête s'est calmée, une petite pluie fine lui

succède. Il fait presque jour. Dominique ne va pas tarder et avec lui la chaleur dans la maison. Je vais lâcher les chiens et réintégrer mon bureau. Si seulement je n'étais pas aussi terriblement fatiguée...

Le froid et la brume du petit matin se sont esquivés. Un timide soleil d'hiver s'est emparé du jardin et met en fuite les ombres qui teintaient mon humeur de gris.

Notre anniversaire de mariage approche. Vingt-six ans déjà!... Dire que les mieux intentionnés nous donnaient six mois de bonheur. Selon les jours, j'ai l'impression que je viens de te rencontrer ou à l'inverse que je n'ai jamais vécu sans toi. Tu es la vie même, ma vie, un battement de cœur perpétuel... Tu ne ressembles à personne...

Bernard... Arriverai-je un jour à faire ton portrait, sans te trahir? Toujours le même et toujours recommencé, tu es ma mouvance. Tu fais partie des rares êtres qui savent rester ce qu'ils sont, inaccessibles à ce qui pourrait les changer, habitants d'une planète inconnue du reste des mortels. Tu ignores ta différence. Tu te crois semblable aux autres. Tu te veux banal; tu te dis artisan; tu te vantes d'être normal, sage, tranquille. Et moi je vis au gré de tes tempêtes... Tu possèdes une fantaisie aussi instinctive que débridée. Tu penses sincèrement que seuls les autres sont bizarres.

Tes sautes d'humeur et les multiples péripéties qui en découlent, si elles sont parfois compliquées à suivre, me sont une intarissable source de renouveau. Tu fais de chaque jour quelque chose d'imprévu. Tu es ma curiosité, mes joies et mes peines, mon goût de vivre, tu es l'air que je respire, tu es mes colères et mes rires, tu es le désir et la passion, tu es la tendresse et l'enfance, tu es mon aujourd'hui, tu es mon devenir... Tu es tout ce que je n'avais pas, tout ce que je ne soupçonnais pas, il y a vingt-six ans, le 12 décembre.

Comme j'avais peur du mariage! Couples bancals, divorces sordides étaient trop fréquents pour que je renonce à une superstition, solidement ancrée, selon laquelle la légalisation de notre passion nous porterait malheur.

Je me souviens de ce dernier après-midi dans la maison de Saint-Tropez que tu avais louée. Une jolie demeure aux murs roses, blottie dans les vignes, entre la Chapelle Sainte-Anne et la mer. Dans le garage que tu avais transformé en atelier, tu m'avais installé un coin-bureau. C'est là que tu as peint les grands New York et que j'ai terminé mon premier roman. Ce jour-là, il faisait beau. Nous avions rendu les clés à l'agence dont la propriétaire allait être l'un de nos témoins. Nous habitions là depuis six mois; au moment de quitter la bohème, la clandestinité, pour être jetée en pâture au tout-Paris, à la presse, j'étais au bord de la panique. Est-ce pour me rassurer que tu m'as fait l'amour? Ensuite, nous nous sommes habillés pour la cérémonie que nous avions voulu garder secrète pour être tranquilles. Le snobisme veut que l'on considère le mariage comme une formalité sans importance. Ça n'était pas mon cas. Je le voyais comme une marque de confiance réciproque, un engagement grave, et j'étais fière du beau nom que Bernard allait me donner. Éternellement en jean, je m'étais obstinée à dénicher une jupe, ce qui, dans Saint-Tropez désertique en hiver, confinait à l'exploit.

Je nous revois, endimanchés, un scotch à la main, devenus étrangers à ce salon trop bien rangé où le ménage avait déjà effacé notre passage, attendant Suzanne qui devait nous conduire à la mairie. C'est elle qui avait eu l'idée de choisir celle de Ramatuelle. L'obligatoire publication des bans avait attiré les journalistes qui faisaient le guet à Saint-Tropez, sans soupçonner que nous irions ailleurs.

Nous avions rendez-vous à vingt heures trente. Il faisait nuit. La place était déserte. Seul l'ormeau y montait la garde. Nous étions cinq dans le bureau. Le maire était si troublé qu'il n'arrivait pas à mettre son écharpe; sa secrétaire, notre second témoin, avait la larme à l'œil. L'émotion me paralysait; j'ai réussi à dire le oui fatidique. Pas Bernard, qui s'est contenté d'un hochement de tête. Nous avons signé dans le grand livre. On nous a remis un livret de famille. Ma vie venait de changer du tout au tout, en quelques minutes; j'étais trop bouleversée pour en avoir conscience. Après l'inévitable coupe de champagne avec celui qui venait de nous unir, Suzanne nous a emmenés dîner au restaurant du village, ouvert pour

293

nous. Nous n'étions que trois dans la salle à manger. Cette idiote avait commandé une blanquette de veau. Elle aurait pu me demander mon avis! J'ai horreur de la blanquette! Mariée depuis une demi-heure, j'ai regardé mon mari dévorer avec gourmandise cette viande filandreuse nageant dans la sauce blanche. Je n'en ai pas mangé; j'ai éparpillé le peu que je m'étais servi dans mon assiette, pour ne pas vexer la patronne. Cela n'avait rien de grave, je me passe facilement de nourriture, mais je voyais dans ce repas non partagé un mauvais présage. Comme quoi les prémonitions peuvent être erronées. Une tarte de pâte sablée aux abricots et quelques verres m'ont rendu l'optimisme. Nous sommes redescendus vers Saint-Tropez où nous attendait la chauffeur de Bernard avec la Rolls-Royce. La rutilante limousine augmentait mes inquiétudes. Elle était une preuve tangible des changements qui m'attendaient au seuil de ma vie de concubine légitimée.

Nous partions pour Château l'Arc et j'avais le trac à l'idée de devenir châtelaine. Je comptais parler de mes craintes pendant le trajet. A peine sur la route, Bernard s'est endormi. J'étais consternée. La blanquette, le mari ronfleur, moi fagotée dans une jupe inconfortable, la voiture trop prestigieuse composaient une accumulation qui ressemblait un peu trop à ce que je reprochais à la vie conjugale. J'ai broyé des idées noires pendant les deux heures qui nous séparaient de mon nouveau et gigantesque foyer. Je m'efforçais d'oublier l'intimité de notre cachette rose, je devais me ressaisir. Mes chiennes, Noblesse et Sibelle, nous avaient précédés. Je savais qu'elles m'attendaient; leur présence m'aiderait. Je me souviens d'avoir ri d'une situation qui faisait de moi une héroïne de Delly : le retour triomphal de la jeune fille pauvre mais honnête au bras du Prince Charmant...

A l'instant où la Rolls pénétrait sur la grande allée, Bernard s'est réveillé. Tout était éclairé. C'était somptueux. J'étais de plus en plus intimidée. Comme je l'avais espéré, les chiennes nous guettaient.

Dans le grand salon, tendu de brocards cramoisis, un feu avait été allumé dans une cheminée monumentale. Sur un plateau d'argent, quelqu'un avait mis des verres, un seau de glace et une bouteille de scotch. J'avais sérieusement besoin de boire pour retrouver mon aisance. Bernard m'a servie ; il m'a dit de l'attendre et a disparu. Cela peut paraître incroyable mais j'ai ressenti une violente envie de fuir. Je me suis assise, luttant pour retrouver un semblant de calme. Dépaysée, fatiguée, j'aurais voulu pleurer. Dressée depuis l'enfance à rester sur mes gardes, à ne pas avoir l'indécence d'étaler mes sentiments, je gardais mes sanglots enfouis au fond de moi. J'avais trente ans. Je ne m'étais pas mariée sous la contrainte. Ma sensibilité, exacerbée par une trop forte émotion, expliquait mon injuste panique. N'étais-je pas rodée à feindre l'indifférence ? Installée dans un fauteuil Louis XIII, je caressais la tête de mon lévrier noir. Née chatte de race, j'avais opté pour les gouttières mais je savais d'instinct jouer les grandes dames. Absorbée par la mise en scène, façon couverture de *Vogue*, de Madame Bernard Buffet et de son chien, je n'ai pas entendu la porte s'ouvrir.

Tu étais là et dans tes yeux, je me suis vue belle, admirée, aimée, désirée. Tu as eu une drôle de voix, rauque, pour me dire : « Viens ! » Je t'ai suivi au premier étage. Dans la bibliothèque, qui allait devenir ma tanière, il y avait une orgie de fleurs, et, au mur, comme s'il avait été là de toute éternité, mon portrait...

Ainsi, c'était pour me préparer cette surprise qu'il m'avait laissée. Ce que j'avais pris pour de l'égoisme, le tour du propriétaire, la satisfaction de jeter un regard sur ses « biens » récupérés, était en fait une nouvelle marque de tendresse. Une nouvelle preuve de l'amour attentif dont il m'entourait.

Les larmes de joie ont lavé mon âme du doute, du désarroi, m'ont noyée dans l'amour de cet homme, qui, jour après jour, m'apprenait le bonheur. Au milieu de cette nuit, alors que la loi venait de faire de lui mon propriétaire, de tout mon être, du plus profond de moi-même j'ai ratifié ce qui n'était qu'un engagement de papier. Je suis entrée en esclavage. Inutile de préciser que la blanquette et le voyage monotone n'étaient déjà plus qu'un épisode comique. Quant à mes craintes à l'égard du mariage et de l'embourgeoisement qu'il entraîne, j'ai, avant l'aube, été définitivement rassurée.

Notre chambre était séparée de l'atelier par un mur. Nous étions dans notre lit; j'avais sommeil, lui avait envie de travailler et ni l'un ni l'autre ne voulions nous séparer. Alors, au petit matin, armé d'une masse, frappant comme un forcené, Bernard s'est attaqué à l'épaisse cloison. Il s'est acharné sur ce trou jusqu'à en faire un passage béant.

Aucune barrière ne s'est jamais dressée entre nous depuis.

Comme c'est difficile de quitter quelqu'un ou quelque chose, quand on l'aime encore! Même si ça n'est plus ce que l'on ressent comme essentiel, le feu couve encore sous la braise. Le grand mouvement d'horlogerie qui rythme une existence exige pourtant cette amputation qu'est l'instant de partir.

Un homme qui sait qu'il ne reviendra pas fait-il l'amour une dernière fois? Moi oui, et je m'en vais sur la pointe des pieds, lâchement, pour ne pas être désarmée par les larmes, sans prendre de douche pour garder un peu plus longtemps sur ma peau l'odeur subtile du plaisir, pour ne pas rejeter d'un coup d'éponge ce que j'ai trouvé beau et bon.

Cela m'est arrivé avec des amants. Pour rompre avec l'alcool, j'ai agi de même. Une séparation est parfois involontaire, un départ jamais.

Vouloir couper net une liaison amoureuse ou alcoolique ne signifie pas que le tranchant du scalpel soit indolore. User de la calomnie comme anesthésique est une bassesse; dénigrer ce qui a été c'est se renier soi-même. Ne pas cracher dans le verre où l'on a bu, ne pas le sublimer non plus, museler l'imagination, résister à la nostalgie, vivre au présent sont les règles que je me suis fixées pour trouver un nouvel équilibre.

Je sais que je suis très différente de cette autre Annabel, ma jumelle d'autrefois, mais je ne la répudierai pas et je ne prêcherai pas des slogans imbéciles aux éventuels touristes en partance pour l'étrange pays où nous vivions. Ne dit-on pas que les voyages forment la jeunesse? Certes, celui-là est dangereux, mais je n'en suis pas morte!

Il était fascinant, ce lieu que j'ai choisi d'abandonner. Un beau jardin désordonné et mystérieux, fait d'un entrelacs de plantes carnivores, d'orchidées, de parfums lourds et voluptueux, de fleurs vénéneuses; un jardin envoûtant, magique... un paradis artificiel. S'il avait été vrai, je n'aurais pas imité Ève au risque de perdre l'Éden une deuxième fois.

Je commençais à avoir un peu froid à l'ombre de cette jungle, un peu peur de m'enfoncer trop profondément dans sa nuit. Oui, c'est cette sensation d'enlisement qui a été le premier pas vers la sortie. J'avançais très doucement. Bernard ne m'avait épargné aucun détail; je connaissais la longueur du tunnel qui m'amènerait, après de douloureuses métamorphoses, au soleil, dans un champ de pâquerettes et de boutons d'or. Quand j'ai posé la main sur la porte, j'ai hésité avant de l'ouvrir. Si j'en passais le seuil, si je regrettais cette évasion, me laisserait-on revenir? Alors, j'ai volé la clef. L'exil ne m'était pas imposé; je devais rester seul juge quant à sa durée. Les ordres me plongent instinctivement dans une révolte hargneuse...

J'ai toujours la clé volée, visa permanent pour l'euphorie artificielle. Un talisman, un fétiche, un gri-gri... Je ne la prêterai pas. Je n'indiquerai pas non plus le moyen de trouver la porte. Chacun pour soi... J'ai appris à mes dépens qu'elle s'ouvre aisément quand on la pousse pour entrer et qu'elle grince quand on la claque derrière soi. Combien de fois ai-je déjà dit que l'expérience n'était pas transmissible? Je n'ai à recevoir de leçons de personne et je refuse d'en donner. Je suis pour l'apprentissage sur le tas; quant à évaluer les mérites comparés de la sobriété et de l'éthylisme, il ne saurait en être question. Un alcoolique est un cas d'espèce et son combat pour ou contre sa drogue est strictement individuel. Je serais outrée que ce qui représente quarante années de ma vie, ce qui a été la rivière tumultueuse qui m'a bousculée, façonnée, polie, soit défiguré pour servir de propagande.

Le cristal des verres chante la passion, le rire, le

désespoir, mais sa voix se briserait au souffle d'un puritanisme partisan.

J'ai choisi de renoncer à ce monde imaginaire, pas de ternir les images gravées par la reconnaissance et non par le regret...

L'intensité d'un regard, la pâleur de l'insomnie, un corps qui danse le désir, les mains impatientes, les mots poétiques ou incohérents, l'interminable plainte de la musique, l'immense fatigue des grands fauves repus, les projets somptueusement fous qui restent à jamais en gestation, plus beaux de n'être pas accomplis ; l'utopie d'un monde où le temps, le devoir, la morale, la responsabilité, l'obéissance n'existent pas, rayés par le liquide d'or et de feu aux grands murs de la pensée : cet univers fabuleux, douloureux, fascinant, cette gigantesque fête ne mourront pas en moi. J'y ai puisé mon énergie, ma sève créatrice ; j'y ai trouvé une bouée de sauvetage chaque fois que j'ai failli me noyer.

Belle envolée que cette déclaration d'amour à l'alcool ! Ultime sursaut de révolte, fidélité à des amours mortes, hommage au désordre qu'est la jeunesse ?... Peut-être simplement le dernier sanglot, celui qui, après une longue crise de larmes, s'échappe avec un drôle de petit hoquet, au moment où l'on essaie de reprendre son souffle, si fatigué qu'on ne sait plus très bien pourquoi l'on pleure, juste avant que le sommeil ne s'empare de ce chagrin pour en faire un souvenir de la veille.

Les docteurs ont la courtoisie de considérer l'alcoolisme comme une maladie. Le sursis qu'ils nomment convalescence n'est autre qu'une rééducation. La maintenance dans un état de fragilité, la position d'assisté, la pitié sous-jacente sont peut-être nécessaires et certainement dégradantes. J'ai joué le jeu sans tricher, sans ergoter, parce que j'avais la certitude que cette position haïssable était due au fait que j'étais en transit. Le moment de ranger mes béquilles au grenier est venu. Terminée la permission d'être faible, indécise ; finies les sautes d'humeur incontrôlables ! Il me faut quitter l'abri qu'offre une situation d'exception, sans pour autant déclarer forfait au championnat des buveurs d'eau. Combat singulier qu'aucun gong ne viendra interrompre.

L'amour ne tue pas la solitude, il l'apprivoise, c'est tout. Il la juxtapose à celle de l'aimé ; elles respirent au même rythme mais ne se fondent pas. Et n'est-ce pas justement l'individualité intacte qui magnifie le couple ? Une hydre à deux têtes...

Épilogue

Deux ans sur la sellette, à la fois modèle et ébauche du devenir avec, au départ, une sourde hésitation à vivre... Oui, c'était à peu près ce que je ressentais. Trop diffuse pour aboutir à un suicide, la douleur était assez sérieuse pour me faire entreprendre le voyage chaotique qu'est une désintoxication.

Depuis quelques mois j'ai relu et corrigé ce journal de bord. Aujourd'hui, j'en suis aux habituelles simagrées, aux faux prétextes, qui ne sont que vaines tentatives pour retarder l'instant de mettre un point final à ce récit. Le mot « fin » est détestable... une immobilité, une mort lente...

Drôle d'idée de comparer la création artistique à l'enfantement. On accouche d'un petit d'homme et c'est un commencement, le prologue d'une œuvre en plusieurs volumes, toute une vie! Un livre, dès lors qu'il est publié, à peine né, nous quitte. Il n'a plus besoin de celui qui l'a fait naître. S'il plaît, il est aux autres; sinon, il n'est à personne, il n'est plus qu'une erreur à oublier.

Est-ce pour reculer cette séparation que je m'entête à peaufiner mon texte? Aurais-je une certaine inquiétude devant la période vacante qui m'attend? Pourquoi cette disponibilité me gênerait-elle? Ne suis-je pas conforme à ce que je me devais d'être?

J'ai le sang propre et la tête claire. L'inévitable lucidité me harcèle sans pitié. La nuit, je l'entends ululer, chouette-gardienne toujours en éveil, vigie attentive prête à détruire, fût-ce dans mes rêves, ce qu'elle juge nuisible.

Le jour, elle marche à mes côtés, lynx à la vue perçante, à la dent vorace, prête à détruire d'un coup de patte agile tout ce qui pourrait adoucir les vérités que je suis condamnée à regarder en face. On prétend que la sagesse est entre ses mains. Cruelle lucidité, implacable arbitre, tu m'es un fardeau.

On m'a demandé si j'étais plus heureuse sobre que je ne l'étais éthylique. Quelle question idiote! Ça n'est pas dans ce but que je me suis extirpée de mon tonneau. Et pourtant c'est vrai que ces promesses de pacotille appartiennent à l'attirail des encouragements que l'on vous prodigue, mauvais slogans publicitaires, avant de vous précipiter dans la machine à laver. Qu'est-ce que ça veut dire, ces âneries! On est brun ou blond, grand ou petit, gros ou maigre, mais on n'est pas heureux ou malheureux. On est l'un et l'autre, complexe amalgame de sensations et de sentiments. Boire ou ne pas boire ne change pas les faits. Croire que l'alcool peut être le facteur déterminant du bonheur, du talent, est d'une naïveté primaire. Il est, comme tous les dopants, une source d'illusions, d'énergie, d'euphorie, mais il ne crée rien, ne supprime rien. Que l'on absorbe de l'eau de feu ou de l'eau claire de source, une certaine difficulté d'être demeure. Il est des blessures incurables, des malfaçons mentales qu'aucun procédé magique ne cicatrise. Ça les rend plus supportables, c'est tout. La peur viscérale de souffrir m'a fait bousculer vers l'abus d'analgésiques. La trouille de la décrépitude, de la folie m'a décidée à me soigner. Le serpent se mord la queue. La peur enroulait ma vie de ses anneaux...

J'ai été freinée par le vertige, au bord du ravin. J'avais la tentation d'une fin romantique et désespérée... enterrer ma beauté dans le ruisseau, et y crever comme ces chats écrasés qu'on laisse au milieu de la route. Oui je me suis dégonflée, oui j'ai eu peur et j'ai manqué de témérité. Je ne m'en plains pas. Mais je ne veux pas de compliments pour la façon exemplaire dont j'ai suivi ma cure, ni laisser croire que c'est par devoir que j'ai voulu guérir.

Devoir envers qui? Envers Bernard? Pas du tout. Fausses légendes et balivernes. Il est de taille à diriger ses actes sans l'aide de personne. Supposer que quelqu'un

301

puisse être indispensable, pour lui comme pour quiconque, est d'une affligeante idiotie. Et au cas où il aurait la certitude de ne pas pouvoir se passer de moi, il n'aurait eu aucun mal à me rejoindre. Envers mes enfants? Non plus, je suis payée pour savoir que l'on survit à l'absence des parents!

Ce que j'ai fait, je l'ai fait pour moi. Finalement je m'aime bien. J'ai retiré de cette expérience une des formes de la sérénité, celle qui consiste à s'accepter telle que l'on est. Je reste craintive, écorchée par la souffrance, mais je ne la fuis plus. Je ne me dispute plus avec mes fantômes. Je ne reproche plus à Maman de m'avoir abandonnée. C'était pratique de lui coller mes angoisses sur le dos. Elle me manque; mais cette plaie est celle de l'enfance déchirée. Si elle avait choisi de vivre aurions-nous su nous aimer? Serions-nous restées soudées ou l'âge adulte nous aurait-il dressées, toutes griffes dehors, femelles furieuses d'être rivales?

Mon père peut lui aussi dormir en paix. Pauvre Guy-Charles, si maladroit dans les sentiments, empêtré dans une existence mal orientée au départ, incapable d'admettre ses désirs, englué dans de fausses obligations. « La vie l'ennuyait à mourir » : une phrase-portrait, une boutade que ce désenchanté aurait pu prononcer au bar du Ritz, en buvant avec une élégance toute britannique un pink-gin (on le lui apportait sans même qu'il ait à le commander), et qu'il a flegmatiquement mise en pratique en se condamnant à la pendaison dans sa salle de bains. Terrible verdict pour un échec.

De toute façon, qu'auraient-ils fait tous les deux dans cette époque si différente de tout ce qu'ils aimaient, si moi-même j'y suis presque dépaysée!

Libérée d'eux, nettoyée, étrillée, lustrée, je marche le plus lentement possible vers la soixantaine. En fait je n'y pense guère, et quand j'entends des propos trop conventionnels, je continue à accuser « les vieux cons de cinquante ans »! Côté corps, je vais essayer de vieillir proprement, sans enthousiasme, mais sans pleurnicheries inutiles. J'apprendrai à attacher moins d'importance à l'emballage pour en accorder davantage au contenu. J'ai toujours eu un penchant pour les antiquités. Il ne me déplairait pas de ressembler à ces vieux écrins patinés par le temps dans lesquels reposent des objets comme on n'en fait plus. Je n'ignore pas que le physique et le psychique sont imbriqués, que l'on ne soigne plus l'un sans l'autre, ce qui est très bien, mais la santé du corps est plus facile à vérifier que celle de l'esprit. Prises de sang, analyses, radios, fournissent un bilan précis de l'organisme. L'invention fabuleuse qu'est le scanner permet maintenant l'investigation clinique du cerveau sans toutefois en révéler assez le mécanisme pour expliquer le phénomène de la pensée. L'équilibre mental est d'une affolante fragilité. Si ténu à établir, si périlleux à préserver. Le risque de rechute est là; tapi, tentateur, séduisant, il se cache dans les mouvances du subconscient. Je n'ai déjà que trop barboté dans la mare aux souvenirs, grenouillé dans mes états d'âme. J'y ai rencontré l'enfance, l'adolescence encore vivantes, douloureuses et j'ai déterré les enthousiasmes excessifs, les déceptions exagérées accrochées à l'âme et au cœur et qui les laissent tatoués de bleus indélébiles. Humeurs en dents de scie, redoutables écueils qui gardent ma sagesse trop neuve sur la défensive...

Mais le véritable danger est ailleurs. L'expérience que je viens de subir m'a prouvé que l'alcool m'était inutile pour travailler. Quant à la mort des autres, la maladie, les chagrins graves, il ne les fait ni reculer, ni disparaître. Pourtant j'ai eu des crises de manque, j'ai eu envie de boire comme on a envie de soleil quand il pleut; au point de ne pas oser entrer dans un café pour acheter des cigarettes. Tellement exaspérée par le quotidien que je ne voyais pas d'autre solution que de le noyer dans ma potion magique. Ce sont les journées anodines qui sont semées d'embûches tout à fait ordinaires... Des agacements qui, pris séparément, n'ont que peu d'importance et dont l'accumulation est usante; on résiste difficilement au désir de renouer avec les expédients qui les rendaient légers. Plus le taux d'exaspération augmente, plus le besoin d'alcool devient obsédant.

Les hommes font de leur métier une forteresse. Ces détails irritants n'en franchissent pas les remparts. Ils restent le lot des femmes, plus sensibles à la fatigue nerveuse et surtout enchaînées à l'obligation d'assumer deux rôles, leur travail et la responsabilité de la maison et de ses habitants.

Qui n'a pas envie de hurler à la mort, comme un chien perdu, malade de fatigue devant l'égoïsme inconscient des enfants, le désordre qu'il faut ranger, le professeur qui se plaint, les histoires de copains puis d'amants, les chagrins à consoler?... sans parler des impôts, du plombier qui ne vient pas, du courrier en retard, du téléphone qui sonne à l'instant où l'on a volé le temps de se détendre dans la baignoire... et, en prime, ce que l'on prend pour de l'indifférence et qui n'est que la manifestation d'une lassitude identique.

Ce n'est pas malin de faire une montagne de ces bêtises. Sûrement, mais plus facile à dire qu'à faire! Je me suis bien retrouvée en larmes pour une omelette ratée, ce qui ne me serait pas arrivé quand j'avais la poêle dans une main et mon scotch dans l'autre! Oui, ce sont ces agacements-là, les contrariétés superficielles, les légères vexations, qui chatouillent mon assurance, ouvrent la porte au doute, au malaise moral. L'angoisse – il devait y en avoir dans mon biberon – se rue dans la faille ouverte, m'envahit, et le regret frissonnant, tenace de l'alcool crispe mes doigts autour du sinistre verre d'eau. Oui, il me manque le merveilleux liquide qui me faisait gaie, déguisait les soucis en incidents cocasses, m'apportait un optimisme contagieux, camouflait de rose et de bleu les laideurs agressives. Non, la sobriété n'a pas embelli mon existence, elle l'a changée et peut-être prolongée, si toutefois je ne passe pas sous un autobus. Elle m'évite une sénilité précoce et l'asile d'aliénés que je redoutais plus que tout. Je ne lui en demandais pas davantage.

Ne plus boire, ça ressemble à ces fins de soirée, quand on se retrouve dans sa chambre : c'est délicieux de se coucher quand on a sommeil; se glisser dans son lit, s'y étirer voluptueusement, fermer les yeux avec un soupir de bien-être... et découvrir que le silence, auquel on aspirait de tout son être, est bruissant de susurrations. L'air se zèbre d'inquiétudes. On éteint, espérant que le noir fera cesser les vibrations d'anxiété qui vrillent le corps, on s'enfonce sous les draps pour ne plus entendre les vols en escadrille, on se met un oreiller sur la tête, on veut dormir, on doit dormir, malgré eux, avec eux... La valse des nerfs commence. Gagnera, gagnera pas?...

Oui, abandonner l'alcool c'est tout simplement accepter que les moustiques existent!

Aubin Imprimeur
LIGUGÉ, POITIERS

Achevé d'imprimer en mars 1988
Nº d'édition 8791-88013 / Nº d'impression L 26176
Dépôt légal, mars 1988
Imprimé en France

ISBN 2-73-8200-73-7
33-12-5073-01/3